CW01425000

СТО ОТТЕНКОВ ЛЮБВИ

Джейми Макгвайр

Мое прекрасное НЕСЧАСТЬЕ

АЗБУКА

Санкт-Петербург

УДК 821.111(73)
ББК 84(7Сое)-44
М 15

BEAUTIFUL DISASTER
by Jamie McGuire
Copyright © Jamie McGuire 2011

Перевод с английского Юлии Белолапотко

Оформление Ильи Кучмы

ISBN 978-5-389-04649-8

*Посвящается поклонникам,
чья любовь к историям
превратила мою мечту
в эту книгу*

ГЛАВА 1

КРАСНАЯ ТРЯПКА

В помещении все кричало об одном: мне здесь не место.
Под ногами крошились ступеньки, шумные зрители стояли плечом к плечу, в воздухе повис густой запах пота,
крови и сырости. Отовсюду доносились неразборчивые
голоса, люди снова и снова выкрикивали имена и ставки.
Народ размахивал руками, обмениваясь деньгами и же-
стами поверх всеобщего галдежа. Я протиснулась сквозь
толпу, семеня за своей лучшей подругой.

— Эбби, не вздумай браться за кошелек! — крикнула
мне Америка, и в тусклом свете сверкнула ее широчен-
ная улыбка.

— Не отставайте! — бросил нам Шепли, перекрикивая гам. — Скоро все начнется, тогда будет еще хуже.

Америка стиснула руку Шепли, потом мою и стала
пробираться следом за ним сквозь людское море.

Резкий звук громкоговорителя рассек задымленный
воздух. Я ошарашенно вздрогнула и стала искать источник
этого вопля. На деревянный стул запрыгнул парень с пач-
кой денег в одной руке и мегафоном в другой.

— Приветствую в кровавой бане! — сказал парень,
приложив штуковину к губам. — Что, дружище, искал
сто первый кабинет экономики? Тогда ты чертовски за-
плутал! Ну а если тебе нужна арена, добро пожаловать в
Мекку! Я Адам. Правила здесь устанавливаю я, откры-
ваю бой тоже я. Ставки прекращаются, как только соперники переступят порог. К борцам не прикасаться и
не помогать, на ринг не заходить, ставки менять запре-

щено. Если нарушишь эти правила, то из тебя весь дух вышибут, а задница твоя окажется за порогом — без денег, конечно. Вас это, дамочки, тоже касается. Так что, парни, не пытайтесь сжульничать с помощью своих телок!

Шепли покачал головой.

— Ей-богу, Адам! — крикнул он ведущему, явно не одобряя выбор слов своего приятеля.

Сердце мое бешено заколотилось. В розовом кардигане из кашемира и с жемчужными серьгами я походила на строгую училку, оказавшуюся на пляже Нормандии. Я пообещала Америке стойко перенести то, что мы здесь увидим, однако, спустившись в подвал, испытывала острое желание обеими ладонями вцепиться в ее тоненькую, как соломинка, руку. Вряд ли подруга подвергла бы меня опасности, но, находясь в окружении полусотни подвыпивших сокурсников, нацеленных на кровавую бойню, я сомневалась в наших шансах уйти отсюда целыми и невредимыми.

С тех пор как Америка познакомилась с Шепли на сборах первокурсников, она часто ходила с ним на подпольные бои, проводимые в разных подвалах университета «Истерн». Каждый раз выбиралось новое место, а сообщали о нем лишь за час до начала боя.

Я вращалась в более приличных кругах, поэтому подпольная жизнь «Истерна» стала для меня открытием. Шепли же, напротив, знал о ней еще до зачисления. Сосед по комнате и двоюродный брат Шепли, Трэвис, побывал в своем первом бою семь месяцев назад. Будучи первокурсником, он прослыл самым смертоносным бойцом — лучшего Адам не видел за все три года существования арены. Теперь, перейдя на второй курс, Трэвис считался совершенно непобедимым. Выигрышей с лихвой хватало, чтобы оплачивать счета.

Адам снова поднес мегафон к губам, и крики взлетели до лихорадочных высот.

— Сегодня попытает счастья новичок! Звезда спортивной команды «Истерна» рестлер Марек Янг!

Послышались оживленные возгласы, и толпа расступилась перед ним, как Красное море перед Моисеем. В центре комнаты быстро образовался пустой круг. Зрители свистели, поддразнивая новичка. Марек размял ноги и шею. Его лицо было суровым и сосредоточенным.

Рев толпы превратился в приглушенный гул. Музыка, внезапно загремевшая в гигантских колонках, заставила меня зажать уши.

— Второй наш боец в представлении не нуждается. Но поскольку этот парень даже меня до смерти пугает, я все-таки скажу о нем пару слов. Трепещите от ужаса, мужчины, готовьте трусики, дамочки! Я представляю вам Трэвиса Мэддокса, прозванного Бешеным Псом!

Как только в противоположном дверном проеме появился Трэвис, публика взорвалась. Обнаженный до пояса, он с непринужденностью и равнодушием проследовал в центр комнаты так, словно шел на работу. Крепкие мускулы перекатились под кожей, покрытой татуировками, когда парень легонько стукнул кулаками по костяшкам соперника. Трэвис нагнулся, шепнул что-то Мареку на ухо, и рестлер с трудом сохранил спокойствие. Марек и Трэвис стояли лицом к лицу, не сводя друг с друга глаз. Первый агрессивно смотрел на соперника, второго, казалось, все это слегка забавляло.

Парни разошлись на пару шагов, и Адам дал сигнал. Марек занял оборонительную позицию, а Трэвис перешел в нападение. Потеряв бойцов из виду и пытаясь разглядеть происходящее, я встала на носочки, затем сделала шаг вперед, протискиваясь сквозь орущую толпу. Со всех сторон меня толкали и пихали локтями, так что я рикошетила, как шарик в пинболе. Показались макушки Марека и Трэвиса, и я продолжила прокладывать путь вперед.

Наконец я вышла к рингу и увидела, как Марек схватил Трэвиса своими огромными ручищами, пытаясь повалить на пол. Марек наклонился, и в этот момент Трэвис ударил ему коленом в нос. Не успел парень опомниться, как Трэвис напал на него, без остановки колотя по окровавленному лицу.

В мою руку впилась пятерня и заставила меня отпрянуть.

— Эбби, какого черта ты здесь делаешь?! — крикнул Шепли.

— Мне оттуда не видно! — отозвалась я и отвернулась к рингу.

Как раз вовремя — Марек нанес мощный удар. Трэвис крутанулся, вроде бы пытаясь уклониться, но сделал полный оборот и врезал локтем Мареку в нос. В лицо мне брызнула кровь, пачкая спереди кардиган. Марек с грохотом рухнул на бетонный пол, и на долю секунды подвал затих.

Когда Адам бросил красный платок на обмякшее тело Марека, толпа вспыхнула. Снова по рукам потекла «зелень», зрители поделились на две категории: довольных и раздосадованных.

Толпа пришла в движение, волоча меня за собой. Где-то за спиной Америка выкрикивала мое имя, но я завороженно смотрела на красные пятна, покрывающие кардиган от груди до талии.

В поле моего зрения вдруг появились громоздкие черные ботинки. Взгляд медленно проследовал наверх: запятнанные кровью джинсы, рельефный пресс, покрытая потом грудь, вся в татуировках, без единого волоска, и наконец, чарующие карие глаза. Меня с силой толкнули в спину, и Трэвис ухватил мою руку, не давая упасть.

— Эй! Полегче с ней!

Парень нахмурился, отпихивая всех от меня. При виде моей кофточки его суровость сменилась улыбкой, и он вытер мне лицо полотенцем.

— Извини, Голубка.

Адам похлопал Трэвиса по затылку.

— Идем, Бешеный Пес! Тебя ждет кое-какое бабло!

Трэвис все так же пристально смотрел на меня.

— Свитерок, конечно, жалко. Он неплохо на тебе смотрится.

В следующую секунду Трэвиса смыла волна поклонников, и он исчез там, откуда явился.

— Вот чокнутая! О чем ты только думала? — крикнула Америка, дергая меня за руку.

— Я пришла сюда посмотреть на бой, так? — улыбнулась я.

— Эбби, тебя здесь вовсе не должно быть, — нравоучительно сказал Шепли.

— К Америке это тоже относится, — парировала я.

— В отличие от тебя она не бросается на арену, — нахмурился он. — Идемте отсюда.

Америка улыбнулась и стерла с моего лица остатки крови.

— Эбби, какая же ты заноза в одном месте! Но я тебя чертовски обожаю!

Подруга повисла у меня на шее, мы поднялись по ступенькам и окунулись в ночь.

Америка дошла со мной до комнаты в общаге и ухмыльнулась Каре, моей соседке. Немедленно сняв окровавленный кардиган, я бросила его в корзину для белья.

— Гадость какая! Вы где были? — лежа на кровати, спросила Кара.

Я взглянула на Америку.

— У нее кровь из носа пошла, — пожала плечами подруга. — Ты разве еще не видела знаменитые фонтаны крови Эбби?

Кара поправила очки и покачала головой.

— Все впереди! — обнадежила ее подруга.

Америка подмигнула мне и закрыла за собой дверь. Меньше чем через минуту запищал мой мобильник. Не изменяя себе, Америка прислала эсэмэску всего через пару секунд после нашего расставания: «Останусь с Шепом до завтра. Королева ринга».

Я мельком глянула на Кару. Соседка смотрела так, будто в любую секунду у меня из носа хлынет кровь.

— Она пошутила, — сказала я.

Кара равнодушно кивнула и перевела взгляд на учебники, разбросанные по одеялу.

— Пожалуй, приму душ, — пробормотала я, беря полотенце и косметичку.

— Я поставлю в известность общественность, — невыразительно бросила Кара, не поднимая головы.

На следующий день Шепли и Америка присоединились ко мне за обедом. Хотелось посидеть в одиночестве, но столовая заполнилась студентами, а свободные места вокруг меня заняли «братья» Шепли из студенческой общины, называемой «Сигма Тау», и парни из футбольной команды. Некоторых я видела на подпольном бою, но никто не упомянул про мою выходку на ринге.

— Шеп, — позвал кто-то, проходя мимо.

Шепли кивнул. Мы с Америкой обернулись и увидели, что в конце стола занял место Трэвис. За ним следовали две сладострастные крашеные блондинки. Одна из них приземлилась к нему на колени, другая устроилась рядом, теребя его футболку.

— Кажется, меня сейчас стошнит, — буркнула Америка.

Блондинка, сидевшая на коленях у Трэвиса, повернулась к ней.

— Я все слышала, сучка.

Америка схватила булочку, бросила ее через весь стол и чуть не угодила блондинке в лицо. Не успела та сказать и слова, как Трэвис столкнул ее с коленей на пол.

— Ой! — закричала она, сердито глядя на парня.

— Америка — мой друг. Так что, Лекси, присядь к кому-нибудь еще.

— Трэвис! — захныкала она, неуклюже поднимаясь на ноги.

Тот переключился на еду, вовсе игнорируя блондинку. Девушка посмотрела на свою сестру, фыркнула, и они вместе, под ручку, удалились.

Трэвис подмигнул Америке и как ни в чем не бывало принялся есть. Над его бровью я заметила небольшой шрам. Трэвис обменялся взглядами с Шепли и завязал разговор с парнем из футбольной команды, сидящим напротив.

Понемногу наш столик опустел. Мы с Америкой и Шепли задержались, чтобы обсудить планы на выходные. Трэвис поднялся, уже собираясь уходить, но затормозил возле нас.

— Что? — громко сказал Шепли, прикладывая руку к уху.

Я изо всех сил старалась не обращать внимания на Трэвиса, но, подняв голову, увидела, что он пялится на меня.

— Трэв, ты же знаешь ее. Лучшая подруга Америки. Она была с нами вчера вечером, — сказал Шепли.

Трэвис одарил меня, пожалуй, самой обольстительной улыбкой из своего арсенала. Парень просто излучал секс и бунтарство. Темно-русые волосы взъерошены, предплечья покрыты татуировками. Я закатила глаза из-за столь нелепой попытки соблазнить меня.

— Мерик, с каких пор у тебя есть лучшая подруга? — спросил Трэвис.

— Со средней школы, — ответила она, поджимая губки и улыбаясь мне. — Трэвис, разве не помнишь? Ты испортил ей свитер.

— Я столько свитеров перепортил, — улыбнулся Трэвис.

— Мерзость какая, — пробурчала я.

Трэвис выдвинул пустой стул рядом, сел и вытянул перед собой руки.

— Так, значит, ты Голубка? Да?

— Нет, — огрызнулась я. — У меня, вообще-то, есть имя.

Моя реакция, кажется, его повеселила, отчего я еще больше разозлилась.

— Ну?.. И какое? — спросил он.

Игнорируя его, я надкусила последнюю яблочную дольку.

— Значит, Голубка, — пожал он плечами.

Я взглянула на Америку, потом повернулась к Трэвису.

— Не мешай мне обедать.

Трэвис уходить не собирался, ведь я бросила ему вызов.

— Меня зовут Трэвис. Трэвис Мэддокс.

— Я знаю, кто ты, — закатила я глаза.

— Правда? — спросил Трэвис, удивленно поднимая брови.

— Не льсти себе. Трудно этого не знать, когда пятьдесят пьяных парней скандируют твое имя.

— Да, такого хватает сполна. — Трэвис выпрямился на стуле.

Я снова закатила глаза.

— У тебя что, нервный тик? — хмыкнул Трэвис.

— Чего?

— Нервный тик. У тебя глаза дергаются. — Он засмеялся над моим яростным взглядом. — При этом они просто прелестны, — сказал он, придвигаясь ко мне. — Кстати, какого цвета? Серые?

Я уперлась взглядом в тарелку, создавая между нами ширму из моих длинных светло-рыжих волос. Мне не нравилось то, что я испытывала в его присутствии. Я не хотела краснеть рядом с ним, как уйма других девчонок в «Истерне». Не хотела, чтобы он смог повлиять на меня таким образом.

— Трэвис, даже не думай, — предупредила Америка. — Она мне как сестра.

— Детка, — произнес Шепли. — Ты только что сказала «нет». Теперь он ни за что не сдастся.

— Ты не ее типаж, — встала на мою защиту Америка. Трэвис притворился обиженным.

— Да я чей угодно типаж!

Я украдкой взглянула на него и улыбнулась.

— Ага! Улыбка! Все же я еще не полный болван, — подмигнул он. — Рад знакомству, Голубка. — Он обошел вокруг стола, нагнулся к Америке и что-то шепнул ей на ухо.

Шепли швырнул в своего кузена картошкой фри.

— Трэв, убери-ка свои губы подальше от моей девушки!

— Связи! Я налаживаю связи! — Трэвис вернулся, подняв руки и демонстрируя саму невинность.

Следом за ним увязалось несколько девиц, хихикая и теребя волосы, чтобы привлечь его внимание. Трэвис открыл перед ними дверь, и те чуть ли не завизжали от восторга.

— Да уж, Эбби, — засмеялась Америка. — Ты попала.

— Что он сказал? — насторожилась я.

— Дай угадаю, — сказал Шепли. — Он хочет, чтобы ты привела ее в нашу квартиру?

Америка кивнула, и Шепли покачал головой.

— Эбби, ты умная девчонка. Так что предупреждаю сразу. Если поведешься на эту дребедень и потом останешься у разбитого корыта, не вини нас с Америкой, лады?

— Шеп, я не куплюсь на это, — улыбнулась я. — Я что, похожа на близняшек Барби?

— Она уж точно не поведется, — заверила своего парня Америка, беря его за руку.

— Мерик, это не первое родео на моем веку. Ты знаешь, сколько раз он подводил меня, переспав с лучшей подружкой моей девушки? Рано или поздно наступает конфликт интересов, ведь встречаться со мной равносильно дружбе с врагом! — Тут Шепли посмотрел на меня. — Так что, Эбби, не говори потом Мерике, чтобы она прекратила видеться со мной только потому, что ты поддалась на уловки Трэва. Я тебя предупредил.

— Не стоило, но все же ценю.

Я ободряюще улыбнулась. Пессимизм Шепли, конечно же, созревал долгие годы, поощряемый похождениями Трэвиса.

Америка махнула мне рукой, удаляясь с Шепли, а я направилась на послеобеденную пару. Сжав лямки рюкзака, я прищурилась от яркого солнца. «Истерн» полностью оправдал мои ожидания: небольшие аудитории, незнакомые лица. Я начинала все с чистого листа. Здесь никто не станет перешептываться у меня за спиной, обсуждая мое прошлое или то, что о нем известно. Я выглядела как обычная первокурсница, идущая на занятие с круглыми от любопытства глазами. Никто не пялился, не сплетничал, не жалел меня. Я позволяла остальным увидеть себя именно такой: скучной Эбби Эбернати в кашемировом.

Поставив рюкзак на пол, я рухнула на стул, наклонилась и выудила из сумки ноутбук. Когда я выпрямилась, чтобы положить его на парту, рядом приземлился Трэвис.

— Отлично. Будешь вести для меня конспекты. — Он погрыз кончик карандаша и ослепительно улыбнулся.

Я с отвращением глянула на Трэвиса.

— Ты даже не из этой группы.

— Черта с два. Обычно я сижу вон там. — Он кивнул на верхний ряд.

На меня уставилась небольшая группа девчонок, и я заметила стул, пустовавший между ними.

— Не буду я вести для тебя записи, — сказала я, загружая компьютер.

Трэвис так приблизился ко мне, что я ощутила на щеке его дыхание.

— Извини... я тебя чем-то обидел?

Я вздохнула и покачала головой.

— Тогда в чем твоя проблема?

— Я не стану спать с тобой, — тихим голосом сказала я. — Так что брось эти попытки, прямо сейчас.

На его лице появилась слабая улыбка.

— Я не предлагал тебе спать со мной. — Его глаза задумчиво взметнулись к потолку. — Так ведь?

— Я не близняшка Барби и не одна из твоих воздыхательниц. — Я бросила взгляд на девчонок позади нас. — Меня не впечатляют ни татуировки, ни твое обаяние, ни напускное равнодушие. Поэтому прекрати заигрывать со мной.

— Хорошо, Голубка. — На удивление, он оказался невосприимчив к моей прямолинейности, что взбесило меня еще сильнее. — Приходи к нам сегодня вечером с Америкой.

Я усмехнулась на это предложение, но Трэвис придвинулся ближе.

— Поверь, я не пытаюсь трахнуть тебя. Всего лишь хочу вместе отдохнуть.

— Трахнуть? Как тебе вообще удается кого-то завалить с такими разговорами?

Трэвис расхохотался и потряс головой.

— Просто приходи. Клянусь, я даже не стану флиртовать.

— Я подумаю.

В класс вошел профессор Чейни, на которого Трэвис тут же переключил все внимание. Улыбка еще не сошла с его лица, оставляя на щеках ямочки. Чем больше он улыбался, тем сильнее мне хотелось ненавидеть его. Но именно улыбка делала это совершенно невозможным.

— А теперь скажите мне, — начал профессор Чейни, — жена какого президента страдала косоглазием и уродством в тяжелой форме?

— Обязательно запиши, — шепнул Трэвис. — Это понадобится мне на собеседованиях.

— Ш-ш, — сказала я, печатая за Чейни каждое слово.

Трэвис заулыбался и принял расслабленную позу. Весь следующий час он либо зевал, либо пялился в мой монитор, касаясь локтем моей руки. Я изо всех сил старалась игнорировать Трэвиса, но мускулы и близость его тела делали это весьма затруднительным. Затем он принялся теребить кожаный черный напульсник на своем запястье и делал это до тех пор, пока Чейни наконец-то не отпустил нас.

Я пулей вылетела из класса, промчалась по коридору и, как только понадеялась, что нахожусь в безопасности, увидела рядом с собой Трэвиса Мэддокса.

— Ну что, подумала? — спросил он, надевая солнечные очки.

Перед нами появилась миниатюрная брюнетка с огромными, полными надежды глазами.

— Трэвис, приветик, — проворковала она, поглаживая волосы.

Я на миг притормозила, шокированная приторным голоском девушки, а затем обошла ее стороной. Раньше я уже видела эту брюнетку, болтающую с кем-нибудь в комнатах отдыха женской общаги «Морган-холл». Тогда голос девушки показался мне более взрослым. Интересно, почему она выбрала для общения с Трэвисом этот детский лепет? Брюнетка пропищала что-то еще, но Трэвис вновь оказался рядом со мной.

Достав зажигалку, он прикурил и выдохнул густое облачко дыма.

— На чем мы остановились? Ах да... ты собиралась подумать.

— О чем ты? — скорчила я рожицу.

— Так заглянешь к нам?

— А если я отвечу «да», ты прекратишь меня преследовать?

Трэвис обдумал это условие и кивнул.

— Да.

— Тогда я приду.

— Когда?

— Сегодня вечером, — вздохнула я. — Я приду сегодня вечером.

Трэвис улыбнулся и замер на месте.

— Круто! Тогда до встречи, Гулька! — крикнул он мне вслед.

Я завернула за угол и увидела на ступеньках общаги Америку и Финча. Мы подружились с ним на сборах первокурсников, с первой секунды поняв, что он станет незаменимой деталью нашего слаженного механизма. Финч был не слишком высоким, но явно превосходил мои метр шестьдесят пять. Большие круглые глаза выделялись на продолговатом худощавом лице, а обесцвеченные волосы, как всегда, стояли колом, особенно чуб.

— Трэвис Мэддокс? Черт побери, Эбби, с каких пор ты бросаешься в омут с головой? — Финч неодобрительно глянул на меня.

Америка растянула жвачку изо рта.

— Отшивая его, ты все только усложняешь. Трэвис к такому не привык.

— И что предлагаешь? Переспать с ним?

— Сэкономишь время, — пожала плечами Америка.

— Я сказала ему, что приду вечером.

Финч и Америка переглянулись.

— Что? — возмутилась я. — Он обещал больше не доставать меня, если соглашусь. Ты ведь тоже сегодня идешь туда?

— Ага, — сказала Америка. — Ты правда пойдешь?

Я улыбнулась и зашла в общагу. Интересно, будет ли Трэвис паинькой и сдержит ли свое обещание не флиртовать? Он вполне предсказуем. Этот парень либо видит во мне вызов, либо я настолько непривлекательна для него, что он готов оставаться просто другом. Не знаю, что беспокоило меня сильнее.

Через четыре часа за мной зашла Америка, чтобы отвезти в квартиру Шепли и Трэвиса.

Когда я переступила порог, подруга не удержалась от критики:

— Фу, Эбби! У тебя видок прямо как у сиротки!

— Вот и отлично, — улыбнулась я, глядя на свой наряд.

Я забрала волосы в небрежный пучок на макушке, стерла с лица весь макияж, а линзы заменила очками в прямоугольной роговой оправе. Щеголяя в растянутой футболке, спортивных штанах и вьетнамках, я пошлепала за Америкой по коридору. Эта гениальная мысль пришла ко мне несколько часов назад. Лучший план — прикинуться дурнушкой. В идеале Трэвис сразу же остынет и прекратит свои нелепые преследования. Если ему нужен друг, то я буду как можно более невзрачной.

Америка опустила стекло и выплюнула жвачку.

— Ты просто шита белыми нитками! Почему бы тебе в довершение не обмазаться собачьим дерьмом?

— Я не пытаюсь кому-то понравиться, вот и все, — сказала я.

— Ага, конечно.

Мы заехали на парковку рядом с домом Шепли, и я поднялась за Америкой по ступенькам. Шепли открыл дверь, увидел меня и зашелся смехом.

— Что с тобой приключилось?

— Она пытается не привлекать внимания, — сказала Америка, следуя за Шепли в его комнату.

Дверь за ними затворилась. Я осталась одна, чувствуя себя лишней, села в кресло-кровать у двери и скинула шлепки.

Квартира выглядела гораздо опрятнее типичной холостяцкой берлоги. На стенах — вполне ожидаемые плакаты с полуголыми женщинами и краденые уличные знаки. Тем не менее все было убрано, стояла новая мебель, а запахи выдохшегося пива и грязной одежды и вовсе отсутствовали.

— Что-то ты задержалась, — сказал Трэвис, приземляясь на диван.

Я улыбнулась и поправила очки на переносице, ожидая реакции на мою внешность.

— Америка заканчивала писать доклад.

— Кстати, ты уже начала готовить по истории?

Трэвис и бровью не повел из-за моих растрепанных волос.

— А ты? — нахмурилась я.

— Уже закончил, сегодня днем.

— Но ведь его сдавать только в следующую среду, — удивилась я.

— Я решил разделаться с этим сразу. Разве сложно написать две страницы про Гранта?[1]

— А я привыкла тянуть резину, — пожала плечами я. — Вряд ли займусь этим до выходных.

— Что ж, дай знать, если понадобится помощь.

Я ждала, что он засмеется или как-то еще покажет, что шутит, но выражение его лица оставалось искренним.

— Вот как! Ты собираешься помочь мне с докладом! — Я удивленно подняла брови.

— По этому предмету у меня «отлично», — сказал Трэвис, слегка оскорбленный моим недоверием.

— У него «отлично» по всем предметам, — заметил Шепли, ведя Америку в гостиную. — Чертов гений. Ненавижу его.

---

[1] *Улисс Симпсон Грант* — восемнадцатый президент США, находившийся у власти с 4 марта 1869-го по 4 марта 1877 г. (*Здесь и далее примеч. перев.*)

Я с подозрением посмотрела на Трэвиса.

— Что? — Его брови взмыли. — Думала, парень с татуировками, зарабатывающий себе на жизнь кулаками, не может получать отличные отметки? Я учусь не потому, что мне больше нечем заняться.

— Зачем тогда участвуешь в боях? — спросила я. — Почему не попробуешь получить стипендию?

— Пробовал. Мне оплатили половину стоимости обучения. Но еще есть учебники, плата за жилье, и как-то надо выплачивать вторую часть. Так что, Гулька, я вполне серьезно. Если понадобится помощь, обращайся.

— Не нужна мне твоя помощь. Я сама могу написать доклад. — На этом мне стоило бы замолчать, но совершенно новая сторона личности Трэвиса разжигала мое любопытство. — Почему бы не решить проблему как-нибудь иначе? Не знаю, не таким садистским способом, что ли?..

Трэвис пожал плечами.

— Это легкий способ срубить бабла. В магазине я столько не заработаю.

— Я бы не сказала, что такой уж легкий, если тебя бьют по физиономии.

— Что я слышу! Ты переживаешь за меня? — Трэвис подмигнул, я состроила рожицу, и он хмыкнул. — Меня бьют не слишком часто. Если они мешкают, я нападаю. Не так уж сложно.

— Будто никто больше до этого не додумался, — усмехнулась я.

— Когда я наношу удар, они принимают его и пытаются дать сдачи. А это вряд ли поможет победить.

Я закатила глаза.

— Ты что... киношный малыш-каратист? Где ты научился так драться?

Шепли и Америка переглянулись, а затем и вовсе уставились в пол. Я тут же поняла, что ляпнула невпопад.

Трэвис и глазом не моргнул.

— У моего отца были проблемы с алкоголем и приступы агрессии. А еще четыре старших брата с той же паршивой наследственностью.

— Ох... — У меня загорелись уши.

— Не стоит смущаться, Гулька. Пить отец бросил, братья повзрослели.

— Я вовсе не смутилась. — Сначала я теребила выбившиеся пряди, а затем решила распустить волосы и забрать их в новый пучок, чтобы как-то скрасить неловкую паузу.

— Мне нравится твоя естественность. Девчонки обычно не приходят сюда в таком виде.

— Меня вынудили прийти. Я не собиралась производить на тебя впечатление, — мрачно сказала я, поняв, что мой план рухнул.

Трэвис по-мальчишески улыбнулся. Я позволила злости еще больше овладеть мною, надеясь скрыть этим неуверенность. Я не знала, что испытывают рядом с ним другие девушки, но их поведение было очень красноречивым. Вместо беззаботной влюбленности я испытывала головокружение и тошноту. Чем больше Трэвис пытался развеселить меня, тем сильнее я нервничала.

— Я уже впечатлен, — сказал он. — Обычно я не умоляю девушек зайти ко мне в гости.

— Не сомневаюсь.

Я поморщилась. Его самоуверенность выходила за всякие рамки. Он не стыдясь признавал собственную привлекательность, к тому же настолько привык к женскому вниманию, что расценил мое прохладное с ним обращение как глоток свежего воздуха, а не как оскорбление. Придется сменить стратегию.

Америка включила телик.

— Сегодня идет хороший фильм. Кому-нибудь интересно, где Бэби Джейн?[1]

---

[1] Ссылка на фильм ужасов Р. Олдрича «Что случилось с Бэби Джейн» (1962).

Трэвис поднялся с дивана.

— Я собирался где-нибудь поужинать. Ты голодна, Гулька?

— Я уже поела, — пожала я плечами.

— Неправда, — сказала Америка прежде, чем поняла свою ошибку. — Э... да, точно, я забыла. Ты ведь съела... пиццу, до того как мы ушли.

Я поморщилась от ее жалкой попытки сгладить свою вину и посмотрела на Трэвиса, ожидая его реакции.

Он пересек комнату и открыл дверь.

— Идем. Ты, наверное, проголодалась.

— Куда собираешься пойти?

— Куда захочешь. Можем заехать в пиццерию.

Я взглянула на свой наряд.

— Но я не совсем подходяще одета.

Трэвис бросил на меня оценивающий взгляд и заулыбался.

— Отлично выглядишь. Пойдем, я умираю с голоду.

Я поднялась, помахала рукой Америке и последовала по ступенькам за Трэвисом. На парковке я остановилась, с ужасом наблюдая, как он оседлал матово-черный мотоцикл.

— А... — Я замолчала, пошевелив пальцами в шлепках.

Трэвис нетерпеливо взглянул на меня.

— Забирайся скорей. Я поеду медленно.

— Это что? — спросила я, слишком поздно заметив надпись на бензобаке.

— «Харлей Найт Род». Любовь всей моей жизни, так что не поцарапай краску, когда будешь забираться.

— Но я же в шлепках!

Трэвис глянул на меня так, будто я говорила на незнакомом ему языке.

— А я в ботинках. Залезай.

Трэвис надел очки. Зарычал мотор. Я вскарабкалась на мотоцикл и завела руки за спину, ища, за что уцепиться. Пальцы соскользнули с кожаного сиденья на пластиковый корпус задней фары.

Трэвис взял меня за запястья и положил мои руки себе на талию.

— Гулька, кроме меня, здесь не за что держаться. Не отпускай. — Он оттолкнулся ногой от земли, и мотоцикл покатился вперед.

Резко дернув кистью, Трэвис выехал на улицу и помчался как ракета. Выбившиеся пряди волос хлестали мне по лицу. Я вжалась в спину Трэвиса, зная, что если гляну через плечо, то содержимое желудка полезет наружу.

Около ресторана Трэвис резко затормозил, и как только мотоцикл остановился, я тут же спрыгнула на асфальт и ощутила себя в безопасности.

— Да ты псих!

Трэвис усмехнулся, ставя мотоцикл на подножку и слезая с него.

— Я соблюдал скоростные режимы.

— Ага, как если бы мы неслись по автомагистрали! — сказала я, распуская волосы и пальцами приводя в порядок взлохмаченные пряди.

Трэвис смотрел, как я расчесываюсь, отводя волосы от лица, а потом направился к двери, открыл ее и придержал для меня.

— Голубка, я бы не допустил, чтобы с тобой случилось плохое.

Я пронеслась мимо и влетела внутрь ресторана. Мои голова и ноги будто жили разными жизнями. Нос тут же заполнился запахами масла и пряностей. Я проследовала за Трэвисом по красному, покрытому крошками ковру до столика в углу, стоявшего вдалеке от студенческих компаний и семеек. Трэвис заказал два пива. Я покрутила головой, наблюдая, как родители уговаривают своих шумных деток съесть что-нибудь, и отворачиваясь от любопытных взглядов студентов «Истерна».

— Конечно, Трэвис, — сказала официантка, записывая напитки.

Возвращаясь на кухню, она выглядела слегка взбудораженной из-за его присутствия.

Я спрятала за уши спутанные волосы, внезапно испытав неловкость за свою внешность.

— Часто здесь бываешь? — кисло спросила я.

Трэвис облокотился на стол и устремил на меня взор карих глаз.

— Давай, Гулька, расскажи про себя. Ты в принципе мужененавистница или только ко мне так относишься?

— Думаю, только к тебе, — проворчала я.

Он издал смешок, явно позабавленный моим настроением.

— Никак не могу раскусить тебя. Ты первая девушка, которая испытывает ко мне отвращение, заметь, до секса. Разговаривая со мной, ты не впадаешь в экстаз и не пытаешься привлечь мое внимание.

— Я не нарочно. Ты мне просто не нравишься.

— Будь это так, ты бы здесь не сидела.

Я непроизвольно перестала хмуриться и вздохнула.

— Я же не говорю, что ты плохой человек. Мне лишь не нравится быть объектом внимания только потому, что у меня есть вагина, — сказала я, уставившись на крупицы соли, разбросанные по столу.

Трэвис ухмыльнулся и округлил глаза.

— Боже! — расхохотался он. — Ты просто убиваешь меня! Решено. Мы обязаны стать друзьями. «Нет» в качестве ответа не принимаю.

— Стать друзьями я не против, но не пытайся каждые пять секунд залезть ко мне в трусы.

— Ты не собираешься спать со мной. Усек.

Я хотела сдержать улыбку, но ничего не получилось. Глаза Трэвиса засияли.

— Обещаю, я даже думать не буду о твоих трусиках... пока ты сама этого не захочешь.

Я уперлась локтями в стол и подалась вперед.

— А этого не случится, так что можем дружить.

Трэвис придвинулся ко мне с озорной улыбкой на губах.

— Никогда не говори «никогда».

— Что расскажешь про себя? — спросила я. — Тебя всегда звали Трэвис Мэддокс Бешеный Пес или это только здесь? — Озвучивая его прозвище, я изобразила в воздухе кавычки.

Впервые за все это время Трэвис выглядел неуверенно и слегка смущенно.

— Нет. Все начал Адам после моего первого боя.

Короткие ответы уже бесили меня.

— И все? Больше ничего о себе не расскажешь?

— А что ты хочешь узнать?

— Все, что обычно говорят. Откуда ты, кем хочешь стать, когда повзрослеешь... и все в таком духе.

— Родился и вырос здесь. Мой профиль — уголовное правосудие.

Трэвис вздохнул, развернул столовые приборы и положил рядом с тарелкой. За два столика от нас заржали футболисты «Истерна». Трэвис обернулся и напрягся. Причина их смеха явно его задевала.

— Ты шутишь, — с неверием произнесла я.

— Нет, я местный, — рассеянно ответил он.

— Я о твоем профиле. Ты совсем не похож на специалиста по уголовному праву.

Трэвис свел брови на переносице, опять сосредоточившись на нашем разговоре.

— Это еще почему?

Я пристально посмотрела на татуировки, покрывавшие его руки.

— Ты скорее похож на уголовника, чем на блюстителя закона.

— Я не встреваю в неприятности... по большей части. Отец был строгий.

— А мама?

— Она умерла, когда я был маленьким, — ровным голосом произнес Трэвис.

— Ой... извини.

Я тряхнула головой. Его ответ застал меня врасплох. Трэвис отмахнулся от моего сочувствия.

— В отличие от братьев я ее не помню. Мне было всего три года, когда она умерла.

— Значит, четыре брата? Ну и как ты держал всех в узде? — поддразнила его я.

— Кто бил сильнее, тот и держал всех в узде. Обычно старшие младших. Томас, близнецы Тэйлор и Тайлер, потом Трентон. С Тэйлором и Таем в комнате лучше было не оставаться. Половине того, что делаю на арене, я научился у них. Трентон был самым мелким, но шустрым. Сейчас только он сможет ударить меня.

Я покачала головой, представив пятерых Трэвисов, бегающих по дому.

— И у всех татуировки?

— Почти. За исключением Томаса. Он генеральный директор рекламного агентства в Калифорнии.

— А твой отец? Где он?

— Здесь, в городе. — И Трэвис снова стиснул зубы.

Футбольная команда его явно раздражала.

— Над чем они смеются? — указала я на шумный столик.

Трэвис покачал головой, видимо не желая со мной делиться. Я скрестила руки на груди и нервно заерзала, недоумевая, что могло его так разозлить.

— Скажи мне.

— Они смеются, потому что я повел тебя ужинать... для начала. Обычно это не в моих правилах.

— Для начала? — Когда на моем лице появилось понимание, Трэвис поморщился, а я проворчала, даже не успев подумать: — Я уж боялась, они смеются, потому что увидели меня с тобой в таком виде и думают, будто я собираюсь прыгнуть к тебе в койку.

— А почему меня не могут увидеть с тобой?

— Так о чем мы говорили? — спросила я, пытаясь совладать с румянцем.

— О тебе. Какой профиль у тебя? — спросил он.

— Э... пока что общая подготовка. Я еще не решила, но склоняюсь к бухучету.

— И ты не местная, а переехала сюда.

— Из Уичито. Вместе с Америкой.

— Канзас? Как же ты здесь-то оказалась?

Я подцепила этикетку на пивной бутылке.

— Нам нужно было сбежать.

— От чего?

— От моих родителей.

— Вот как... У Америки тоже проблемы с родителями?

— Нет, Марк и Пэм замечательные. Можно сказать, они воспитали меня. Америка потащилась за мной, не хотела отпускать одну.

Трэвис кивнул.

— А почему «Истерн»?

— Это допрос с пристрастием? — поинтересовалась я.

Вопросы из общих превратились в личные, это напрягало.

Загромыхали стулья, футболисты покинули свои места. Они бросили в нашу сторону последнюю шуточку и вальяжной походкой направились к двери. Как только из-за стола поднялся Трэвис, парни ускорили шаг. Те, что сзади, стали подталкивать идущих впереди, чтобы поскорее смыться. Трэвис опустился, пытаясь перебороть раздражение.

— Ты собиралась рассказать, почему выбрала «Истерн», — напомнил он.

— Сложно объяснить, — пожала я плечами. — Просто это показалось мне правильным.

Трэвис улыбнулся и открыл меню.

— Понимаю.

ГЛАВА 2

СВИНЬЯ

За нашим излюбленным столиком появились знакомые лица. Америка села по одну сторону от меня, Финч — по другую, а остальные места занял Шепли со своими «братьями» из «Сигмы Тау». Из-за общего галдежа в столовой ничего слышно не было, к тому же, похоже, опять сломался кондиционер. В воздухе повисли густые запахи жареной пищи и пота, но все присутствующие казались даже более энергичными, чем обычно.

— Привет, Брэзил, — кивнул Шепли парню, сидящему напротив меня: смуглая кожа, глаза шоколадного цвета, почти скрытые белой бейсболкой футбольной команды университета «Истерн».

— Жаль, Шеп, что ты не остался с нами после субботней игры. Мне пришлось выпить за тебя бутылочку пива, даже все шесть, — сказал Брэзил с широкой белозубой улыбкой.

— Польщен. Я ужинал с Мерикой, — ответил Шепли, целуя Америку в макушку.

— Брэзил, ты сидишь на моем месте.

Парень повернулся и увидел Трэвиса, стоящего за его спиной.

Затем он посмотрел на меня и с удивлением спросил:

— Трэв, так она одна из твоих девчонок?

— Вовсе нет, — замотала я головой.

Парень взглянул на Трэвиса, тот в ответ пялился на него. Пожав плечами, Брэзил передвинул свой поднос в конец стола.

Трэвис улыбнулся мне, усаживаясь напротив.

— Что-то не так, Гулька?

— А это что? — спросила я, уставившись на поднос.

Загадочная еда на тарелке Трэвиса напоминала экспонат музея восковых фигур.

Трэвис усмехнулся и глотнул воды.

— В этой столовой ужасные повара. Даже не хочу критиковать их кулинарные способности.

Я не упустила из виду оценивающие взгляды сидящих за столиком. Поведение Трэвиса вызывало всеобщее любопытство. Я подавила улыбку. Надо же, оказалась единственной девушкой, к которой Трэвис подсаживается сам!

— О-о-о... после обеда тест по биоложке, — застонала Америка.

— Ты готовилась? — спросила я.

— Нет, конечно. Мне всю ночь пришлось убеждать своего парня, что ты не станешь спать с Трэвисом.

Футболисты, сидевшие в конце стола, перестали ржать и прислушались, делая знаки другим студентам. Я сердито глянула на Америку, но та не испытывала угрызений совести, плечом подталкивая Шепли.

— Черт возьми, Шеп, неужто все так плохо? — спросил Трэвис, бросая в кузена пачку кетчупа.

Шепли не ответил, а я признательно улыбнулась Трэвису за его попытку отвлечь от меня внимание. Америка похлопала своего парня по спине.

— Он придет в норму. Ему просто нужно время, чтобы свыкнуться с мыслью о том, что Эбби невосприимчива к твоему обаянию.

— Я еще даже не пытался очаровать ее, — обиженно фыркнул Трэвис. — Она мой друг.

Я взглянула на Шепли.

— Ну что, я же говорила. Тебе не о чем волноваться.

Шепли увидел в моем взгляде искренность и слегка взбодрился.

— А ты подготовилась? — спросил меня Трэвис.

— Сколько бы я ни готовилась, с биологией мне это не поможет. — Я нахмурилась. — Мой мозг не способен постичь ее.

Трэвис поднялся из-за стола.

— Идем.

— Что?

— Пойдем возьмем твои конспекты. Я помогу тебе подготовиться.

— Трэвис...

— Гулька, оторви свой зад от стула. Ты сдашь тест на «отлично».

Проходя мимо Америки, я дернула за длинную прядь белокурых волос.

— Увидимся в классе, Мерик.

— Я займу тебе место, — улыбнулась она. — Мне понадобится любая помощь.

Трэвис сопроводил меня до комнаты. Я достала методичку, а он открыл учебник и принялся беспощадно гонять меня по вопросам. Затем разъяснил несколько непонятных моментов. Ему с легкостью удавалось растолковывать сложные понятия, превращая их в очевидные.

— ...Тканевые клетки используют митоз для репродукции. Вот здесь наступает этап разных фаз. Они звучат как женское имя: Промета Анатела.

— Промета Анатела? — засмеялась я.

— Профаза, метафаза, анафаза и телофаза.

— Промета Анатела, — повторила я, кивая.

Трэвис похлопал распечатками по моей голове.

— Вот. Теперь ты знаешь эту методичку вдоль и поперек.

— Что ж... посмотрим, — вздохнула я.

— Я провожу тебя до класса и еще немного поспрашиваю по пути.

— Но ты не станешь беситься, если я завалю тест? — спросила я, запирая за нами дверь.

— Гулька, ты его не завалишь. Но нам уже пора готовиться к следующему, — сказал Трэвис, идя со мной к научному корпусу.

— Как ты собираешься одновременно помогать мне, делать свои уроки, учиться и тренироваться перед боями?

— Я не тренируюсь, — усмехнулся Трэвис. — Адам звонит мне, говорит, где следующий бой, и я еду туда.

Я удивленно покачала головой. Трэвис взглянул на распечатки и приготовился задать первый вопрос. Когда мы дошли до класса, то почти успели прогнать методичку по второму кругу.

— Задай там жару! — улыбнулся Трэвис, передавая мне конспекты и прислоняясь к дверному косяку.

— Привет, Трэв.

Я повернулась и увидела долговязого парня, улыбнувшегося Трэвису по пути в класс.

— Здравствуй, Паркер, — кивнул Трэвис.

Когда парень посмотрел на меня, его глаза на мгновение засияли.

— Привет, Эбби, — улыбнулся он.

— Привет, — ответила я, озадаченная тем, откуда он знает мое имя.

Я и раньше видела его в классе, но знакомы мы не были. Паркер зашел в аудиторию и перекинулся парой шуток с ребятами, сидящими рядом.

— Кто он? — спросила я.

Трэвис пожал плечами, но его лицо заметно напряглось.

— Паркер Хейс. Один из моих «братьев» по «Сиг Тау».

— Ты в братстве? — с сомнением спросила я.

— В «Сигме Тау», как и Шеп. Думал, ты в курсе, — сказал он, глядя мимо меня на Паркера.

— Ну... «братья» обычно выглядят иначе, — проговорила я, рассматривая татуировки на его предплечьях.

Трэвис переключился на меня и широко улыбнулся.

— Отец учился здесь, да и все мои братья в «Сиг Тау». Так что это семейное.

— Тебя вынудили вступить? — скептически спросила я.

— Нет. Просто они неплохие ребята, — сказал Трэвис, шелестя моими распечатками. — Лучше иди в класс.

— Спасибо, что помог, — поблагодарила я, толкая его локтем.

Мимо продефилировала Америка, и я проследовала за ней до наших мест.

— Ну и как все прошло? — спросила она.

— Он неплохой учитель, — пожала я плечами.

— Только учитель?

— Еще хороший друг.

Она явно огорчилась, и я посмеялась над ее скисшей мордашкой.

Америка мечтала о том, чтобы наши парни были друзьями, а сосед по комнате и кузен в одном флаконе приравнивалось к джекпоту. Когда она решила поехать со мной в «Истерн», то хотела, чтобы мы жили вместе, но я отвергла ее идею в надежде хоть немного расправить крылья. Сначала Америка дулась, а потом принялась думать, с каким другом Шепли меня свести. Внезапный интерес Трэвиса превзошел все ее ожидания.

Я быстро разделалась с тестом и стала ждать Америку на ступеньках здания. Когда она, потерпев поражение, рухнула рядом со мной, я промолчала, давая ей слово.

— Это было ужасно! — закричала она.

— Может, тебе позаниматься с нами? Трэвис действительно классно объясняет.

Америка застонала и положила голову мне на плечо.

— От тебя никакой помощи! Могла бы кивнуть мне из вежливости или что-нибудь еще придумать!

Я повисла на ее шее, и так мы пошли в общагу.

Всю следующую неделю Трэвис помогал мне с биологией и докладом по истории. Мы вместе приблизились к табло оценок у кабинета профессора Кэмпбелла, и мой студенческий номер оказался третьим сверху.

— Третий по счету результат в классе! Так держать, Гулька! — сказал Трэвис, обнимая меня.

Его глаза светились от радости и гордости. Непонятное чувство, какая-то неловкость заставила меня отступить на шаг.

— Спасибо, Трэв. Без тебя я не справилась бы, — проговорила я, потянув за его футболку.

Трэвис перебросил меня через плечо, прокладывая путь сквозь толпу студентов.

— Посторонись! Живей, народ! Дорогу страшно изнуренному мегамозгу этой бедолажки. Она гений!

Я хихикнула, видя любопытные взгляды одноклассников.

Шли дни, а мы все еще опровергали упорные слухи о наших отношениях. Репутация Трэвиса помогала утихомирить сплетни. За ним не водилось, чтобы он уделял девчонке больше одной ночи, поэтому чем чаще нас видели вместе, тем сильнее остальные верили в наши платонические отношения. Даже при всех разговорах о романе интерес других студенток к Трэвису не угасал.

На истории он все так же садился со мной, мы обедали вместе в столовой. Очень скоро я поняла, что ошибалась на его счет, и даже стала защищать парня перед теми, кто не знал Трэвиса так, как я.

Он поставил передо мной на стол баночку апельсинового сока.

— Не стоило, — сказала я, снимая куртку. — Я сама бы взяла.

— Что ж, я облегчил тебе жизнь. — У Трэвиса на щеках появились ямочки.

— Трэвис, она превратила тебя в лакея? — фыркнул Брэзил. — И что дальше? Нарядишь ее в купальник от «Спидо» и будешь обмахивать пальмовой ветвью?

Трэвис послал парню убийственный взгляд, и я тут же встала на защиту друга:

— А ты, Брэзил, даже не влезешь в «Спидо». Так что закрой рот.

— Полегче, Эбби! Я пошутил! — Брэзил поднял руки.

— Все равно, не говори о нем так, — нахмурилась я.

На лице Трэвиса отразилось удивление вперемешку с благодарностью.

— Вот теперь я все повидал, — вставая, сказал он. — За меня только что заступилась девчонка.

Трэвис бросил на Брэзила предупреждающий взгляд, вышел наружу и присоединился к небольшой группе курильщиков.

Я старалась не смотреть, как он смеется, болтая с кем-то. Все девчонки изощренно пытались занять место рядом с ним. Америка толкнула меня локтем в бок, когда поняла, что я не слушаю ее.

— Эбби, куда смотришь?

— Да так. Никуда я не смотрю.

Америка подперла рукой подбородок и покачала головой.

— Они как открытая книга. Посмотри на рыженькую. Она провела по волосам столько же раз, сколько и моргнула. Интересно, Трэвис от этого не устал?

— Еще как, — кивнул Шепли. — Все считают его подлецом, не понимая, сколько нужно терпения с каждой девушкой, норовящей приручить его. Он и шагу ступить не может, чтобы они не вешались ему на шею. Поверьте, я бы вел себя не так вежливо.

— Можно подумать, тебе бы это не понравилось, — сказала Америка, целуя своего парня в щеку.

Трэвис докуривал сигарету, когда я прошла мимо.

— Гулька, подожди. Я провожу тебя.

— Трэвис, тебе не обязательно провожать меня на каждую пару. Я сама знаю дорогу.

Тут же Трэвис отвлекся на длинноволосую брюнетку в короткой юбке. Девушка прошла мимо и улыбнулась ему. Он проследил за ней взглядом и бросил окурок.

— Гулька, я догоню.

— Ага, — сказала я, закатывая глаза и наблюдая, как он через мгновение оказывается рядом с брюнеткой.

Все занятие место Трэвиса пустовало. Меня слегка взбесило, что он не пришел из-за девушки, которую даже не знал. Профессор Чейни отпустил нас раньше положенного, и я быстрым шагом направилась через газон. В три мы договорились встретиться с Финчем, я обещала передать ему конспекты Шерри Кэссиди по музыкальному анализу. Я глянула на часы и ускорила шаг.

— Эбби?

Ко мне подбежал Паркер.

— Мы так и не познакомились, — сказал он, протягивая руку. — Я Паркер Хейс.

Я пожала ему кисть и улыбнулась.

— Эбби Эбернати.

— Я стоял позади, когда ты смотрела оценки теста по биологии. Поздравляю! — Он улыбнулся, пряча руки в карманах.

— Спасибо. Это Трэвис помог, иначе, поверь, я бы оказалась в самом конце списка.

— Так вы с ним...

— Друзья.

Паркер кивнул и улыбнулся.

— Он говорил тебе, что на этих выходных вечеринка в «Доме»?

— В основном мы болтаем о биологии и еде.

— Похоже на Трэвиса, — засмеялся он.

У дверей «Морган-холла» Паркер пристально посмотрел на меня своими большими зелеными глазами.

— Ты просто обязана прийти. Будет весело.

— Поговорю с Америкой. У нас пока вроде нет никаких планов.

— Вы с ней в «комплекте»?

— Летом мы заключили договор: не ходить на вечеринки друг без друга.

— Умно, — одобрительно кивнул Паркер.

— Они с Шепом познакомились на сборах, так что я не слишком часто тусуюсь вместе с ней. Мне впервые придется спросить ее разрешения, но думаю, она обрадуется. — Я внутренне поморщилась: много болтаю, да еще призналась, что меня не приглашают на вечеринки.

— Отлично. Там и увидимся. — Паркер сверкнул лучезарной улыбкой, как модель из каталога одежды «Банана репаблик», с квадратным подбородком и естественным загаром, повернулся и вышел из общаги.

Я смотрела ему вслед: высокий, гладко выбритый, в идеально отутюженной классической рубашке в тонкую полоску и джинсах. Волнистые светло-русые волосы покачивались в такт его движениям.

Я закусила губу, польщенная приглашением.

— А парнишка-то, похоже, в твоем вкусе, — сказал мне на ухо Финч.

— Симпатичный, правда? — спросила я, не переставая улыбаться.

— Да, черт побери! Каким только может быть янки в миссионерской позе.

— Финч! — прикрикнула я, хлопая его по плечу.

— Ты принесла конспекты Шерри?

— Да, — ответила я, доставая их из сумки.

Финч прикурил, зажал сигарету в губах и, щурясь, посмотрел на конспекты.

— Чертовски круто, — сказал он, пролистывая бумаги, затем свернул их, положил к себе в карман и затянулся. — Хорошая новость: в «Морган-холле» сломались нагреватели. Чтобы смыть похотливый взгляд этого долговязого воздыхателя, тебе понадобится ледяной душ.

— В общаге отключили горячую воду? — застонала я.

— По слухам, — сказал Финч, вешая рюкзак на плечо. — Я на алгебру. Передай Мерике, что я просил не забыть про меня на этих выходных.

— Передам, — проворчала я, сердито глядя на ветхие кирпичные стены общаги.

Я протопала в свою комнату, с силой толкнула дверь и бросила на пол рюкзак.

— Горячей воды нет, — пробормотала Кара, сидя со своей стороны стола.

— Слышала.

Зажужжал мобильник. Я открыла его и прочитала эсэмэску от Америки, проклинающей нагреватели. Через пару секунд в дверь постучали. Подруга зашла внутрь и плюхнулась ко мне на кровать.

— Ты можешь в это поверить? Бред какой-то. Мы столько платим и не можем принять горячий душ!

— Прекрати хныкать, — вздохнула Кара. — Почему бы тебе просто не пожить у своего парня? Ты все равно почти к нему переехала.

Америка перевела взгляд на Кару.

— Отличная мысль, Кара. Твоя стервозная натура иногда может пригодиться.

Кара даже не оторвалась от монитора, совершенно не задетая замечанием Америки.

Подруга достала мобильник и набрала сообщение с поразительной точностью и скоростью. Телефон тут же чирикнул.

— Мы поживем у Шепа и Трэвиса, пока не починят нагреватели, — улыбнулась мне Америка.

— Что? Я не поеду! — закричала я.

— Конечно поедешь. Какой смысл тебе торчать здесь, замерзая в душе, когда у Трэвиса и Шепа в квартире две ванные комнаты.

— Меня не приглашали.

— Я тебя приглашаю. Шеп сказал, что все в порядке. Ты можешь спать на диване... если Трэвис им не воспользуется.

— А если воспользуется?

— Тогда будешь спать на кровати Трэвиса, — пожала плечами Америка.

— Ни за что!

— Эбби, не веди себя как ребенок, — закатила глаза подруга. — Вы же вроде друзья. Если он до сих пор не приставал к тебе, то вряд ли начнет.

При этих словах мой рот резко захлопнулся. Уже несколько недель Трэвис каждый вечер был так или иначе рядом. Я слишком увлеклась идеей, чтобы все считали нас друзьями, и не задумывалась, что Трэвиса действительно интересует лишь дружба. Не знаю почему, но я оскорбилась.

Кара недоверчиво посмотрела на нас.

— Трэвис Мэддокс даже не пытался переспать с тобой?

— Мы друзья! — сказала я, защищаясь.

— Знаю, но неужели он даже не попытался? Он со всеми уже переспал.

— Кроме нас, — сказала Америка, глядя на нее. — И тебя.

— Что ж, я с ним даже не знакома, — пожала плечами Кара. — Просто ходят про него такие слухи.

— Вот-вот! — фыркнула я. — Ты его даже не знаешь.

Кара переключила внимание на монитор, совершенно игнорируя нас.

— Хорошо, Мерик, — вздохнула я. — Мне нужно собрать вещи.

— Возьми сразу на несколько дней. Неизвестно, как долго будут чинить нагреватели, — воодушевленно сказала подруга.

Внутри меня поселился ужас, словно я отправлялась на вражескую территорию.

— Э... хорошо.

— Круто! — подпрыгнула Америка, обнимая меня. — Нам будет так весело!

Через полчаса мы погрузили вещи в ее «хонду» и отправились на квартиру. Америка ехала затаив дыхание. Остановившись на своем обычном месте для парковки, она просигналила. Шепли сбежал по ступенькам, вытащил из багажника наши чемоданы и пошел за нами по лестнице.

— Там открыто, — сообщил он.

Америка распахнула дверь и придержала ее. Шепли с пыхтением опустил наш багаж на пол.

— Боже, детка! Твой чемодан на двадцать фунтов тяжелее, чем у Эбби.

Мы с Америкой замерли, когда из ванной, застегивая на ходу блузку, появилась девушка. Под ее глазами остались следы туши.

— Привет, — удивленно сказала она, изучая нас, прежде чем остановить взгляд на чемоданах.

Я узнала в ней длинноногую брюнетку, за которой Трэвис увивался возле столовой.

Америка сердито посмотрела на Шепли.

— Она с Трэвисом! — поднял руки тот.

Из-за угла в одних боксерских трусах вышел Трэвис, зевнул, посмотрел на свою гостью и шлепнул ее по попке.

— Мои друзья дома. А тебе пора уходить.

Девушка улыбнулась, обвила руки вокруг Трэвиса и поцеловала его в шею.

— Я оставлю свой номер на стойке бара, — сказала она.

— Э... не утруждайся, — непринужденно проговорил Трэвис.

— Что? — спросила девушка, отслоняясь и глядя ему в глаза.

— Каждый раз одно и то же! — Америка посмотрела на брюнетку. — Как ты вообще можешь удивляться? Он же чертов Трэвис Мэддокс! Именно этим он и знаменит, и каждый раз они удивляются! — сказала подруга, поворачиваясь к Шепли.

Он обнял ее, успокаивая. Девушка прищурилась, глядя на Трэвиса, а затем схватила свою сумочку, вылетела из квартиры и с силой хлопнула дверью.

Трэвис как ни в чем не бывало прошел на кухню и открыл холодильник. Америка покачала головой и зашагала по коридору. Шепли последовал за ней, согнувшись и волоча ее тяжеленный чемодан.

Я рухнула в кресло-кровать и вздохнула. Глупо было приехать сюда. Я не думала, что квартира Шепли как дверь-вертушка для безмозглых девиц.

Трэвис встал за стойку бара, скрестил руки на груди и улыбнулся.

— Гулька, что с тобой? Тяжелый день?

— Нет, я питаю истинное отвращение...

— Ко мне? — улыбнулся он.

Мне следовало понять, что Трэвис предвидел этот разговор. Я и не собиралась отступать.

— Да, к тебе! Как ты можешь использовать девушку и после так отнестись к ней?

— Как я к ней отнесся? Она предложила номер телефона, я отказался.

Я открыла рот, пораженная отсутствием угрызений совести.

— Ты занимаешься с ней сексом, но телефон не берешь?

Трэвис облокотился на стойку.

— Зачем мне ее номер, если я не стану звонить?

— А зачем спать с ней, если ты не собираешься ей позвонить?

— Гулька, я никому ничего не обещаю. Она не оговаривала дальнейшие отношения, прежде чем распластаться на моем диване.

Я брезгливо посмотрела на столь небезызвестный предмет мебели.

— Трэвис, она же чья-то дочь. Что, если в будущем с твоей дочерью станут так обращаться?

— Скажем так, моей дочери лучше не расставлять ноги перед первым встречным кобелем.

Я скрестила руки, злясь, что он прав.

— Значит, себя ты признаешь кобелем. А раз она переспала с тобой, то заслуживает подобного обращения — чтобы ее вышвырнули, как бродячую кошку.

— Я лишь говорю, что был с ней честен. Она уже взрослая, все случилось по взаимному согласию... Если тебе интересно, то она проявила изрядную настойчивость. Ты ведешь себя так, словно я совершил преступление.

— Трэвис, мне показалось, что она не слишком трезво осознавала твои намерения.

— Женщины любят придумывать всяческие объяснения своим поступкам. Она не сказала мне в лоб, что ожидает продолжения отношений, как и я не сказал, что мне нужен секс без всяких обязательств. Чем это отличается?

— Ты просто свинья!

— Меня еще и не так обзывали. — Трэвис пожал плечами.

Я взглянула на диван, где беспорядочно валялись смятые подушки, и поморщилась при мысли о том, сколько девушек отдались Трэвису на этой самой обивке. К тому же колючей.

— Пожалуй, я посплю в кресле, — проворчала я.

— Это еще почему?

Я сверкнула на Трэвиса глазами, видя его озадаченное лицо.

— На этом я спать не буду! Один бог знает, что я там подцеплю.

Трэвис поднял с пола мой чемодан.

— Ни на диване, ни в кресле ты спать не будешь. Ты спишь в моей кровати.

— Уверена, там еще большая антисанитария, чем на диване.

— В моей кровати, кроме меня, никого никогда не было.

— Не смеши меня, — закатила я глаза.

— Серьезно. Я трахаю их на диване, а в свою комнату никого не пускаю.

— Так почему же мне позволено спать на твоей кровати?

В уголке его рта заплясала озорная улыбка.

— Ты планируешь ночью заняться со мной сексом?

— Нет!

— Вот поэтому. А теперь поднимай свою ворчливую задницу и иди под горячий душ. Потом мы немного позанимаемся биологией.

Я сердито глянула на Трэвиса, но все-таки сделала так, как он велел. Казалось, я стояла под горячей водой целую вечность, пытаясь смыть раздражение. Намыливая голову шампунем, я думала о том, как здорово снова принять душ в нормальной ванной, а не в общаге — никаких шлепанцев и косметичек, только расслабляющее сочетание воды и пара.

Открылась дверь, я вздрогнула.

— Мерик?

— Нет, это я, — сказал Трэвис.

Я инстинктивно прикрыла руками те участки тела, которые не намеревалась ему показывать.

— Ты что здесь делаешь? Убирайся!

— Ты забыла полотенце, а еще я принес одежду, зубную щетку и какой-то подозрительный крем для лица, который нашел в твоей сумке.

— Ты рылся в моих вещах? — взвизгнула я.

Трэвис не ответил. Вместо этого я услышала, как из крана полилась вода, и парень стал чистить зубы.

Я выглянула из-за шторки, прижимая ее к груди.

— Трэвис, убирайся!

Он поднял голову, на его губах осталась пена от зубной пасты.

— Я не могу лечь спать, не почистив зубы.

— Если подойдешь к этой шторке ближе чем на два фута, то во сне я выколю тебе глаза.

— Гулька, я не стану подглядывать, — усмехнулся он.

Я выжидающе стояла под душем, крепко прижав руки к груди. Трэвис сплюнул, сполоснул рот и снова сплюнул. Дверь закрылась. Я смыла пену, наспех вытерлась, надела футболку и шортики, водрузила очки на нос и расчесала волосы. Мой взгляд зацепился за увлажняющий ночной крем, который принес Трэвис, и я невольно улыбнулась. Когда он хотел, то мог быть заботливым и чуть ли не милым.

Трэвис снова открыл дверь.

— Скорее, Гулька, я уже состарился!

Когда я кинула в него расческу, он пригнулся и закрыл дверь, а потом хихикал весь путь до спальни. Я почистила зубы и поплелась по коридору, проходя мимо комнаты Шепли.

— Спокойной ночи, Эбби, — раздался из темноты голос Америки.

— Спокойной ночи, Мерик.

Я замешкалась, а потом тихонько постучала в дверь Трэвиса.

— Заходи, Гулька. Тебе не обязательно стучаться.

Он распахнул дверь, и я зашла внутрь, глядя на кровать с черными коваными прутьями. Стояла она параллельно окнам в дальней стороне комнаты. Стены пустовали, за исключением одинокого сомбреро, висевшего над изголовьем. Я ожидала увидеть здесь плакаты с полуобнаженными девицами, но не нашла даже рекламы пива. Черное покрывало, серый ковер, все остальное — белое. Трэвис словно переехал сюда совсем недавно.

— Прикольная пижамка, — сказал Трэвис, осматривая желто-синие клетчатые шортики и серую майку

«Истерна», потом сел на кровать и похлопал по подушке рядом с собой. — Иди сюда. Я не кусаюсь.

— Я вовсе тебя не боюсь, — сказала я, подходя к кровати и бросая на покрывало учебник по биологии. — У тебя есть ручка?

Трэвис кивнул на тумбочку.

— В верхнем ящике.

Я растянулась на кровати, выдвинула ящик и обнаружила там три ручки, карандаш, тюбик со смазкой «K-Y jelly» и прозрачную стеклянную вазу, наполненную до отвала презервативами разных марок. С отвращением я извлекла оттуда ручку и задвинула ящик.

— Что такое? — спросил Трэвис, переворачивая страницу учебника.

— Ты ограбил медицинский центр?

— Нет. Почему?

Я сняла с ручки колпачок, не в силах скрыть своего отвращения.

— У тебя там пожизненный запас презервативов.

— Береженого бог бережет, так ведь?

Я закатила глаза. Скривившись в ухмылке, Трэвис перевел взгляд на учебник, потом стал зачитывать мне конспект, подчеркивая самые важные моменты, задавая вопросы и терпеливо объясняя то, что мне не давалось.

Через час я сняла очки и потерла глаза.

— Сдаюсь. Я больше не могу запомнить ни одной макромолекулы.

Трэвис улыбнулся и захлопнул учебник.

— Хорошо.

Я замолчала, не совсем понимая, где кто спит. Трэвис вышел из комнаты, что-то пробормотал, проходя мимо спальни Шепли, а потом включил душ. Я натянула одеяло до шеи и стала слушать жалобные стоны воды в трубах.

Через десять минут в душе стихло, заскрипели полы. Трэвис прошагал в комнату с полотенцем вокруг бедер.

По обе стороны груди красовались татуировки, картинки в стиле «трайбл» покрывали накаченные предплечья. На правой руке черные линии и символы протянулись от плеча до запястья, на левой рисунок заканчивался у локтя одной-единственной надписью по внутренней стороне. Я намеренно отвернулась, когда Трэвис встал перед комодом, сбросил полотенце и натянул боксерские трусы.

Выключив свет, Трэвис забрался в кровать и лег рядом.

— Ты тоже будешь здесь спать? — спросила я, поворачиваясь к нему.

Полная луна отбрасывала тени на его лицо.

— Ну да. Это же моя кровать.

— Я знаю, но... — Я замолчала.

Выбор у меня оставался небольшой: диван или кресло.

Трэвис заулыбался и тряхнул головой.

— Разве ты не научилась доверять мне? Клянусь, я буду вести себя самым лучшим образом, — сказал он, поднимая ладонь, чего, уверена, бойскауты никогда не делали.

Я не стала спорить, отвернулась, положила голову на подушку и подобрала под себя одеяло, чтобы создать барьер между нашими телами.

— Спокойной ночи, Голубка, — прошептал мне Трэвис на ухо.

Я ощутила на щеке его мятное дыхание, и по коже побежали мурашки.

Спасибо еще, что в темноте он не видел румянца на моем лице.

Казалось, я только прикрыла глаза, как вдруг услышала звон будильника. Я перевернулась, чтобы выключить его, но в ужасе отпрянула, коснувшись теплой кожи. Я попыталась вспомнить, где нахожусь, и наконец до меня все дошло. Сама мысль о том, что Трэвис подумает, будто я это нарочно, показалась мне унизительной.

— Будильник, Трэвис, — прошептала я, но он не двигался. — Трэвис!

Я толкнула его, но парень не пошевелился. Тогда я перегнулась через Трэвиса и нащупала в тусклом свете будильник. Не зная, как его выключить, я несколько раз стукнула сверху, попала по кнопке и со вздохом облегчения рухнула на подушку.

Трэвис ухмыльнулся.

— Значит, ты не спишь?

— Я обещал вести себя смирно и даже не возражал, когда ты легла на меня.

— Не ложилась я на тебя! — запротестовала я. — Я просто не могла дотянуться до часов. У тебя самый противный будильник, какой я только слышала. Как будто стонет раненое животное.

Трэвис дотянулся до будильника и нажал на кнопку.

— Хочешь позавтракать?

Я сердито посмотрела на Трэвиса и покачала головой.

— Нет, я не голодна.

— А вот я напротив. Почему бы нам не доехать до какого-нибудь кафе?

— Вряд ли мне с самого утра захочется терпеть твои водительские навыки, точнее, их отсутствие.

Я свесила ноги с кровати, сунула их в тапочки и шаркающей походкой направилась к двери.

— Ты куда? — спросил Трэвис.

— Одеваться и ехать на учебу. Тебе что, маршрутный лист сделать, пока я здесь?

Трэвис потянулся и подошел ко мне в одних боксерских трусах.

— Ты всегда такая ворчливая? Или это пройдет, когда ты поймешь, что я не строю изощренных планов залезть к тебе в трусы? — Он положил ладони на мои плечи и нежно повел большими пальцами по коже.

— Я не ворчунья!

Трэвис прислонился ко мне и прошептал на ухо:

— Голубка, я не хочу спать с тобой. Ты мне слишком уж нравишься.

Он прошел мимо меня в ванную, а я осталась посреди комнаты в потрясении. В голове всплыли слова Кары. Трэвис Мэддокс уже со всеми... Что ж, придется признать свою ущербность. Он даже не попробовал переспать со мной.

Дверь снова открылась, вошла Америка.

— Пора-пора-пора вставать! — Она улыбнулась и зевнула.

— Мерик, ты становишься похожей на свою маму, — проворчала я, роясь в чемодане.

— О-о-о... кажется, кто-то не спал всю ночь?

— Да он даже не дышал в мою сторону, — кисло сказала я.

На лице Америки появилась загадочная улыбка.

— Ах.

— Что?

— Ничего, — сказала она, возвращаясь в комнату Шепли.

Трэвис был на кухне, напевал под нос какую-то мелодию и делал яичницу-болтунью.

— Уверена, что не будешь? — спросил он.

— Да, уверена, но спасибо.

Вошли ребята. Шепли достал из шкафчика две тарелки, а Трэвис положил на каждую дымящуюся яичницу. Перейдя к стойке бара, Шепли и Америка принялись с заработанным за ночь аппетитом поглощать ее.

— Шеп, не смотри на меня так, — сказала Америка. — Извини, но я действительно не хочу туда идти.

— Детка, в «Доме» вечеринка для пар проводится лишь дважды в году, — сказал Шепли, жуя яичницу. — Еще целый месяц впереди. У тебя предостаточно времени, чтобы выбрать платье и сделать все, что вам, девчонкам, нужно.

— Да, Шеп, это очень мило, конечно... но я никого там не знаю.

— Уйма девчонок, приходящих туда, никого не знают, — удивился он ее отказу.

Америка с недовольством заерзала на стуле.

— Приглашены стервы из сестричества. Они все друг друга знают... мне будет неуютно.

— Мерик, не заставляй меня идти туда одного.

— А может, ты найдешь кого-нибудь для Эбби? — сказала она, глядя на меня, потом на Трэвиса.

Тот изогнул бровь, а Шепли покачал головой.

— Нет, Трэв не ходит на вечеринки для пар. Туда приводят своих девушек, а Трэвис... ты знаешь.

— Мы можем найти ей кого-нибудь еще, — пожала плечами Америка.

— Вообще-то, я все слышу, — прищурилась я.

Америка состроила рожицу, перед которой я не могла устоять.

— Эбби, ну пожалуйста. Мы найдем тебе отличного парня, веселого и остроумного. Я гарантирую, что он будет просто огонь. Обещаю, ты здорово проведешь время. Кто знает?.. Может, вы друг другу понравитесь.

Трэвис бросил сковороду в раковину.

— Я не говорил, что не отведу ее на вечеринку.

— Трэвис, не делай мне одолжений, — закатила я глаза.

— Гулька, я не об этом. Эти вечеринки для парней, у которых есть подружки. Всем известно, что не в моих привычках с кем-то встречаться. Но за тебя не стоит волноваться, ты же не будешь после ждать обручального кольца?

— Эбби, пожалуйста... — надула губки Америка.

— Не смотри на меня так! — возмутилась я. — Трэвис не хочет идти, я тоже... ничего из этого не выйдет.

Трэвис скрестил руки на груди и прислонился к мойке.

— Я не говорил, что не хочу идти. Мне кажется, будет весело, если мы пойдем вчетвером. — Он пожал плечами.

Ребята уставились на него, а я поморщилась.

— Почему бы нам просто не потусить здесь?

Америка надулась, а Шепли подался вперед.

— Эбби, я должен пойти. Я первокурсник, и мне придется следить, чтобы все шло как по маслу, у всех были напитки и все такое прочее.

Трэвис пересек кухню, положил руки мне на плечи, притянул к себе.

— Да ладно тебе, Гулька. Ты пойдешь со мной?

Я посмотрела на Америку, потом на Шепли и наконец на Трэвиса.

— Да, — вздохнула я.

Америка радостно завизжала и обняла меня. На мою спину легла рука Шепли.

— Спасибо, Эбби, — сказал он.

ГЛАВА 3

УДАР ПО БОЛЬНОМУ МЕСТУ

Финч снова затянулся и выпустил дым из ноздрей двумя густыми струями. Я подставила лицо солнечным лучам, пока он рассказывал о выходных: танцах, выпивке и новом, очень настойчивом друге.

— Если он преследует тебя, то зачем ты разрешаешь покупать себе выпивку? — засмеялась я.

— Эбби, все очень просто. Я без гроша в кармане.

Я снова засмеялась, а Финч увидел Трэвиса, приближающегося к нам, и толкнул меня локтем в бок.

— Привет, Трэвис, — промурлыкал Финч, подмигивая мне.

— Финч, — кивнул Трэвис и потряс ключами. — Гулька, я еду домой. Тебя подбросить?

— Как раз собиралась в общагу, — сказала я, широко улыбаясь ему.

Мои глаза были скрыты за солнечными очками.

— Так ты сегодня не остаешься у меня? — спросил он, и на его лице отразилось удивление вперемешку с разочарованием.

— Почему же, остаюсь. Мне просто нужно взять кое-какие вещи.

— Например?

— Мой станок, во-первых. А тебе какое дело?

— Ага, как раз пора побрить ноги. А то они уже стали царапаться, — сказал он с лукавой улыбкой.

Финч выпучил глаза, бегло осматривая меня.

— Вот так рождаются слухи! — Я скорчила Трэвису рожицу, а затем посмотрела на Финча и покачала головой. — Я сплю в его кровати... просто сплю!

— Хорошо-хорошо, — сказал Финч с самодовольной улыбочкой.

— Прекрати! — Я хлопнула его по руке, потом открыла дверь и поднялась по ступенькам до второго этажа.

Трэвис шел рядом.

— Не бесись. Я просто пошутил.

— Все и так считают, что мы переспали. А ты только масла в огонь подливаешь.

— Кого волнует, что думают все?

— Меня, Трэвис, меня!

Я распахнула дверь, собрала кое-какие вещи в небольшую сумку и вылетела из спальни. Трэвис не отставал. Он усмехнулся, беря сумку у меня из рук.

— Ничего смешного. — Я сердито посмотрела на него. — Ты хочешь, чтобы вся школа считала меня одной из твоих шлюх?

— Никто так не считает, — нахмурился Трэвис. — Или же пускай молятся, чтобы я ничего не услышал.

Он придержал для меня дверь. Переступив порог, я резко остановилась.

— Берегись! — сказал Трэвис, врезавшись в меня.

— Боже! — воскликнула я, поворачиваясь. — Все наверняка думают, что мы вместе, а ты без стыда и совести продолжаешь вести свой... образ жизни. Как же жалко я выгляжу! — сказала я, осознав это. — Думаю, лучше мне больше не оставаться у тебя. Какое-то время нам надо держаться подальше друг от друга.

Я взяла из его рук сумку, но он крепко ухватился за нее.

— Гулька, никто не считает, что мы вместе. Не обязательно прекращать наше общение, доказывая что-то остальным.

Мы вцепились в сумку и завязали ожесточенную борьбу. Трэвис упрямо отказывался отпускать ее, и я громко зарычала от раздражения.

— А раньше ты имел друга-девушку, которая жила у тебя? Ты когда-нибудь возил таких в школу и забирал их? Обедал с ними каждый день? Никто не знает, что думать о нас, даже если мы сами все расскажем!

Трэвис прошел на стоянку, держа мои вещи в заложниках.

— Я все улажу, ладно? Не хочу, чтобы из-за меня о тебе дурно думали, — с беспокойством сказал Трэвис.

Вдруг его глаза засияли, и он улыбнулся.

— Позволь, я сам со всем разберусь. Пойдем сегодня в «Датч»?

— Это же байкерский бар, — ехидно сказала я, глядя, как Трэвис прикрепляет сумку к мотоциклу.

— Хорошо, тогда идем в клуб. Я отвезу тебя на ужин, а потом наведаемся в «Ред дор». Угощаю.

— Как ужин с клубом решат нашу проблему? Когда нас увидят вместе, все лишь ухудшится.

Трэвис запрыгнул на мотоцикл.

— Да ты только подумай. Я, пьяный, в компании полуобнаженных девиц? Все очень быстро догадаются, что мы не пара.

— А мне что делать? Подцепить в баре парня, чтобы довести дело до победного конца?

— Я этого не говорил, — нахмурился Трэвис. — Не надо перегибать палку.

Закатывая глаза, я забралась на сиденье и обхватила Трэвиса за талию.

— С нами домой вернется первая встречная девушка из бара? Вот так ты со всем разберешься?

— Гулька, ты ведь не ревнуешь?

— Ревную к кому? К имбецилке с венерическим заболеванием, которую ты вышвырнешь утром?

Трэвис засмеялся и завел «харлей». К квартире он полетел с удвоенной скоростью, и я зажмурилась, чтобы не видеть деревья и машины, стремительно проносившиеся мимо.

Слезая с мотоцикла, я стукнула Трэвиса по плечу.

— Ты забыл, что не один? Или пытаешься угробить меня?

— Сложно забыть, кто сидит сзади, когда ты так крепко сжимаешь меня ногами. — На его лице отразилась самодовольная улыбка. — Я бы не мог придумать лучшей смерти.

— У тебя совсем нелады с головой.

Как только мы переступили порог, из комнаты Шепли появилась Америка.

— Мы хотели куда-нибудь сходить сегодня. Вы, ребята, как?

Я посмотрела на Трэвиса.

— Мы собираемся в суши-бар, а потом в «Ред».

Америка расплылась в улыбке.

— Шеп! — крикнула она, торопясь в ванную. — Мы идем гулять!

В ванную я попала последней, поэтому Шепли, Америке и Трэвису пришлось ждать у дверей, пока я наконец не вышла в черном платье и розовых босоножках на высоком каблуке.

— Черт побери, крутая штучка, — присвистнула Америка.

Я благодарно улыбнулась.

— Отличные ножки, — махнул рукой Трэвис.

— Я говорила тебе про волшебную бритву?

— Думаю, дело не в бритве, — улыбнулся он, открывая дверь.

В суши-баре мы вели себя до непристойности шумно и, еще не доехав до «Ред дор», достаточно набрались.

Шепли долго выбирал место на парковке около клуба.

— Скорее уже, Шеп, — пробормотала Америка.

— Эй, мне нужно место пошире. Не хочу, чтобы какой-нибудь пьяный придурок поцарапал мою тачку.

Как только мы припарковались, Трэвис откинул сиденье вперед и помог мне выбраться.

— Хотел спросить насчет твоих документов. Они безупречные. Ты же их не здесь получала.

— Они у меня уже давно. Так было нужно... в Уичито, — отозвалась я.

— Нужно? — спросил Трэвис.

— Здорово, что у тебя есть связи. — Америка икнула и засмеялась, прикрывая рот.

— Боже, женщина, — сказал Шепли, держа ее под руку, пока она неуклюже продвигалась по дорожке. — Думаю, с тебя уже хватит на сегодня.

— Мерик, о чем ты? — нахмурился Трэвис. — Какие связи?

— У Эбби есть старые приятели, которые...

— Это фальшивые документы, Трэв, — перебила ее я. — Чтобы сделать их, нужно знать, к кому обратиться.

Америка намеренно отвернулась от Трэвиса, а я ждала его реакции.

— Понятно, — сказал он, беря меня за руку.

Я обхватила его пальцы и улыбнулась, зная, что такого ответа ему недостаточно.

— Мне нужно выпить! — сказала я, меняя тему.

— Рюмку! — закричала Америка.

Шепли закатил глаза.

— Ага, этого тебе только и не хватало. Еще одной рюмки.

Оказавшись внутри, Америка сразу же потянула меня на танцпол. Белокурые волосы подруги мелькали повсюду, а я смеялась, глядя на забавную утиную мордочку, которую она делала, двигаясь под музыку. Когда песня стихла, мы присоединились к парням у бара. Рядом с Трэвисом уже стояла соблазнительная платиновая блондинка, и Америка поморщилась от отвращения.

— Мерик, так будет всю ночь. Забей на них, — сказал Шепли, кивая на небольшую группу девчонок, стоявшую поодаль.

Они с ненавистью смотрели на блондинку, ожидая своей очереди.

— Как будто Вегас извергнул стаю стервятниц, — подметила Америка.

Трэвис прикурил и заказал еще два пива. Девушка прикусила пухлую блестящую губку и улыбнулась. Бармен открыл две бутылки и пододвинул их к Трэвису. Блондинка взяла одну, но Трэвис выхватил ее.

— Э... это не тебе, — сказал он, передавая мне бутылку.

Сначала я хотела выбросить пиво в урну, но, видя оскорбленное лицо девушки, приняла бутылку и улыбнулась. Блондинка фыркнула и удалилась, а я усмехнулась тому, что Трэвис вроде ничего не заметил.

— Можно подумать, я стану покупать пиво какой-нибудь цыпочке из бара. — Трэвис тряхнул головой, я подняла бутылку, и он криво улыбнулся. — Ты — другое дело.

Мы чокнулись бутылками.

— За единственную девушку, с которой не хочет спать парень без всяких принципов, — сказала я, делая глоток.

— Ты серьезно? — спросил Трэвис, отрывая бутылку от моих губ.

Когда я не ответила, он приблизился ко мне.

— Во-первых... принципы у меня все же есть. Я никогда не спал с уродиной. Никогда. Во-вторых, я хотел переспать с тобой. Придумал пятьдесят разных способов завалить тебя на мой диван, но не сделал этого, потому что теперь отношусь к тебе иначе. Дело не в том, что меня к тебе не тянет. Просто ты намного лучше этого.

Я не сдержала самодовольной улыбки.

— Ты считаешь, что я для тебя слишком хороша.

Он ухмыльнулся, услышав уже второе по счету оскорбление.

— Я не знаю ни одного парня, достойного тебя.

На месте самодовольства появилась благодарная улыбка.

— Спасибо, Трэв, — сказала я, опуская на стойку бутылку.

Трэвис потянул меня за руку, повел сквозь толпу на танцпол и сказал:

— Идем.

— Я слишком много выпила! Сейчас упаду!

Трэвис улыбнулся, притянул меня к себе и положил ладони на бедра.

— Заткнись и просто танцуй.

Рядом появились Шепли с Америкой. Шепли двигался так, будто слишком много смотрел клипов с Ашером. Я чуть не запаниковала от того, как Трэвис прижимался ко мне. Если он использовал на диване хоть одно из этих телодвижений, то я могла понять, почему все эти девицы готовы терпеть утренние унижения.

Трэвис сжал мои бедра, и я заметила на его лице странную серьезность. Я провела рукой по безупречной груди, кубикам пресса, напрягающимся в такт музыке под обтягивающей майкой. Повернувшись к Трэвису спиной, я улыбнулась. Когда он обхватил мою талию и прижал к себе, в моей крови взыграл алкоголь, а мысли стали отнюдь не дружескими.

Сменилась мелодия, но Трэвис не подавал виду, что хочет вернуться к бару. Моя шея вспотела, а голова закружилась от цветных огней стробоскопа. Я закрыла глаза и положила голову Трэвису на плечо. Он забросил мои руки себе на шею. Его ладони скользнули по плечам, ребрам и вернулись на бедра. Когда я почувствовала прикосновение губ, а затем языка к шее, то отпрянула.

— Гулька, что такое? — озадаченно усмехнулся Трэвис.

Я вспыхнула от злости, колкие слова застряли в горле. Вернувшись к бару, я заказала еще пива. Трэвис сел рядом и сделал жест бармену. Как только передо мной появилась бутылка, я скинула крышку и отпила половину содержимого.

— Ты думаешь, это изменит всеобщее мнение о нас? — сказала я, откидывая волосы на одну сторону и прикрывая место, которое Трэвис поцеловал.

— Да мне плевать, что они подумают. — Он усмехнулся.

Я неодобрительно глянула на него, а потом уставилась прямо перед собой.

— Голубка, — сказал Трэвис, прикасаясь к моей руке.

— Не надо, — отпрянула я. — Я никогда не напьюсь настолько, чтобы позволить тебе завалить меня на тот диван.

Лицо Трэвиса исказилось от злости, но не успел он ничего сказать, как к нему приблизилась ослепительная брюнетка с пухлыми губками, огромными голубыми глазами и слишком глубоким декольте.

— Кого я вижу! Трэвис Мэддокс!.. — сказала она, покачивая соблазнительными формами.

Не отрывая от меня взгляда, Трэвис сделал глоток.

— Привет, Меган.

— Может, представишь меня своей девушке? — Она улыбнулась, а я закатила глаза от столь нелепой очевидности ее намерений.

Трэвис запрокинул голову, допивая пиво, а затем покатил пустую бутылку по стойке бара. Все стоявшие в очереди проследили, как посудина упала в урну.

— Она не моя девушка.

Трэвис схватил Меган за руку, и она поплелась за ним на танцпол. Он самым бесстыжим образом лапал ее, пока звучала песня, потом еще одна и еще. Из его откровенных прикосновений получилось целое зрелище, а когда Трэвис наклонил брюнетку, я повернулась к ним спиной.

— Ты явно злишься, — подсел ко мне парень. — Это твой бойфренд зажигает?

— Нет, просто друг, — проворчала я.

— Что ж, тем лучше для тебя. Иначе бы ты выглядела нелепо. — Он покачал головой, следя за шоу, которое устроил Трэвис.

— Нашел кому рассказать, — пробормотала я, допивая пиво.

Последние две бутылки были совершенно безвкусными, челюсть онемела.

— Еще будешь? — спросил парень.

Я взглянула на него и улыбнулась.

— Я Итан.

— Эбби, — ответила я, пожимая руку.

Он поднял вверх два пальца в направлении бармена и улыбнулся.

— Спасибо. Так ты здесь живешь?

— В «Морган-холле», в «Истерне».

— А у меня квартира в Хинли.

— Ты учишься в «Стейте»? — спросила я. — Это где-то в часе езды отсюда. Что ты здесь делаешь?

— Я закончил универ в прошлом мае. Моя сестренка учится в «Истерне». Эту неделю я живу у нее, пока ищу работу.

— Ага, значит, вышел в большое плавание?

— Да уж. Все так, как мне и обещали. — Итан засмеялся.

Я достала из кармана блеск и нанесла на губы, используя зеркала за стойкой.

— Отличный оттенок, — сказал Итан.

Я улыбнулась, злясь на Трэвиса и ощущая в голове тяжесть от алкоголя.

— Может, позже ты попробуешь его на вкус.

Глаза Итана засияли, когда я придвинулась ближе. Он положил ладонь на мое колено, и я улыбнулась. Вдруг между нами возник Трэвис, и Итан убрал руку.

— Гулька, ты готова?

— Я разговариваю, — сказала я, отталкивая Трэвиса.

Футболка его совершенно промокла после шоу на танцполе, и я с показным отвращением вытерла руку о юбку.

— Ты хоть знаешь этого парня? — скривился Трэвис.

— Это Итан, — сказала я, кокетливо улыбаясь новому знакомому.

Он подмигнул мне, затем перевел взгляд на Трэвиса и протянул руку.

— Рад познакомиться.

Трэвис пристально смотрел на меня, пока я не сдалась и не махнула рукой в его сторону.

— Итан, это Трэвис, — пробормотала я.

— Трэвис Мэддокс, — сказал он, глядя на ладонь Итана так, будто собирался оторвать ее.

Глаза Итана округлились, и он неуверенно спрятал руку.

— Трэвис Мэддокс? Трэвис Мэддокс из «Истерна»?

Я подперла голову рукой, с ужасом ожидая неизбежного обмена мужскими историями.

Трэвис положил руку на стойку за моей спиной.

— Да, и что?

— Я видел, приятель, как ты дрался с Шоном Смитом в прошлом году. Думал, что стану свидетелем чьей-то смерти!

Трэвис смерил парня взглядом.

— Хочешь снова это увидеть?

Итан издал смешок, глядя то на меня, то на Трэвиса. Когда парень понял, что тот не шутит, то сконфуженно улыбнулся мне и смылся.

— Теперь готова? — рявкнул Трэвис.

— Какой же ты козел!

— Это еще слабо сказано, — отозвался Трэвис, помогая мне сползти со стула.

Мы последовали за Америкой и Шепли до машины, а когда Трэвис попытался схватить меня за руку и повести через стоянку, я вырвалась. Он круто развернулся, а я резко остановилась и отступила назад. Трэвис замер совсем близко от моего лица.

— Мне стоит поцеловать тебя и покончить уже с этим! — закричал он. — Ты ведешь себя нелепо! Я поцеловал тебя в шею, и что теперь?

От Трэвиса разило пивом и сигаретами.

— Трэвис, я тебе не подружка для секса! — Я оттолкнула его.

— Я никогда не говорил про тебя такого! — с неверием потряс он головой. — Мы вместе двадцать четыре часа в сутки, семь дней в неделю, ты спишь в моей кровати, но в остальное время ведешь себя так, словно не хочешь, чтобы нас видели вместе!

— Я пришла сюда с тобой!

— Гулька, я всегда относился к тебе лишь с уважением.

— Нет, как к собственности, — стояла я на своем. — Ты не имел никакого права отпугивать Итана!

— Ты хоть знаешь, кто такой Итан? — спросил Трэвис.

Когда я помотала головой, он приблизился ко мне.

— А вот я знаю. В прошлом году его арестовали за сексуальное насилие, но обвинения вскоре сняли.

— Так у вас есть кое-что общее. — Я скрестила руки на груди.

Трэвис прищурился, заиграв желваками.

— Не расслышал, ты назвала меня насильником? — ледяным голосом произнес он.

Я поджала губы, зная, что не права, но еще больше заводясь от этого. Похоже, я перегнула палку.

— Нет, я просто ужасно зла на тебя!

— Я выпил, понятно? Твоя кожа была слишком близко. Ты красивая и так восхитительно пахнешь, когда потеешь. Я поцеловал тебя! Извини! Можешь расслабиться!

От его извинения уголки моих губ поползли вверх.

— Значит, ты считаешь меня красивой?

— Ты сногсшибательна, и знаешь об этом, — раздраженно нахмурился он. — Чего улыбаешься?

Я пыталась скрыть радость, но тщетно.

— Да так. Идем.

Трэвис усмехнулся и покачал головой.

— Что?.. Да ты!.. Ты просто заноза в заднице! — закричал он, сердито глядя на меня.

Я по-прежнему улыбалась, и Трэвис в итоге тоже развеселился. Он снова потряс головой и обнял меня за плечи.

— Ты сводишь меня с ума.

Шатаясь, мы переступили через порог квартиры. Я быстро побежала в ванную, чтобы вымыть прокуренные волосы. Когда я вышла из душа, то увидела, что Трэвис принес мне свою футболку и боксерские трусы.

В футболке я без преувеличений утонула, под ней скрылись и трусы. Я рухнула на кровать и вздохнула, с улыбкой вспоминая, что он сказал на стоянке.

Трэвис задержал на мне взгляд, и в груди у меня что-то шевельнулось. Я испытала страстное желание притянуть его лицо и поцеловать в губы, но устояла, несмотря на алкоголь и взбунтовавшиеся гормоны.

— Спокойной ночи, Гулька, — прошептал Трэвис, отворачиваясь.

Я заерзала на постели, не в силах уснуть.

— Трэв?.. — сказала я, придвигаясь к нему и утыкаясь подбородком в плечо.

— Да?

— Я знаю, что пьяная, и мы совсем недавно ужасно поскандалили, но...

— Секса не будет, даже не проси, — сказал он, по-прежнему лежа ко мне спиной.

— Что? Да нет же! — закричала я.

Трэвис засмеялся и повернулся, с нежностью глядя на меня.

— Что тогда, Голубка?

Я вздохнула.

— Это... — сказала я, кладя голову на его грудь, обнимая рукой за талию и прижимаясь так крепко, как только могла.

Трэвис напрягся и поднял руки, не зная, как вести себя.

— Да уж, ты и впрямь пьяна.

— Знаю, — сказала я, слишком захмелевшая, чтобы смущаться.

Трэвис положил одну руку мне на спину, другую — на мокрые волосы, а затем поцеловал в лоб.

— Гулька, ты самая противоречивая женщина, которую я когда-либо встречал.

— Это меньшее, что ты можешь сделать. Ты и так виноват передо мной. Отпугнул единственного парня, подошедшего ко мне за весь вечер.

— Ты про насильника Итана? Да, конечно, я в неоплатном долгу перед тобой!

— Забудь, — сказала я, чувствуя, как внутри нарастает желание поспорить.

Трэвис прижал мою руку к своему животу, чтобы я не убрала ее.

— Я серьезно. Тебе стоит быть осторожнее. Не окажись меня там... даже не буду об этом думать. А ты еще хочешь, чтобы я извинился!

— Нет, не хочу. Не в этом дело.

— Тогда в чем? — спросил он, пытаясь поймать мой взгляд.

Лицо Трэвиса находилось так близко, что я ощущала его дыхание на своих губах.

— Трэвис, я пьяна. — Я нахмурилась. — Это мое единственное оправдание.

— Значит, хочешь, чтобы я обнимал тебя, пока не
уснешь?

Я не ответила.

Он переместился, чтобы посмотреть мне прямо в
глаза.

— Мне следовало бы сказать «нет», — проговорил он,
сводя брови. — Но ведь я буду ненавидеть себя, если от-
кажу, а ты так больше и не попросишь.

Я прижалась щекой к его груди, а он крепко обнял
меня, вздыхая.

— Голубка, тебе не нужно никакое оправдание. Все,
что от тебя требуется, это попросить.

Я поморщилась от яркого солнечного света и будильника, звенящего прямо над ухом. Трэвис еще спал, об-
хватив меня руками и ногами. Я чудом освободила руку
и нажала на кнопку будильника, затем посмотрела на
Трэвиса. Его лицо находилось совсем близко от моего.

— Боже, — прошептала я, удивляясь, как нам удалось так переплестись.

Я затаила дыхание, пытаясь выскользнуть из креп-
ких объятий.

— Гулька, прекрати. Я сплю, — пробормотал Трэвис,
прижимая меня к себе.

После нескольких попыток мне все же удалось высвободиться, и я села на край кровати, глядя на полуоб-
наженное тело Трэвиса, наполовину скрытое одеялом.
Пару секунд я просто смотрела, затем вздохнула. Границы между нами стирались, и все моя вина.

Трэвис потянулся ко мне рукой, коснулся пальцев.

— Голубка, что-то не так? — спросил он, слегка при-
открыв глаза.

— Хочу пить. Тебе принести?

Трэвис покачал головой и закрыл глаза, вжавшись
щекой в подушку.

— С добрым утром, Эбби, — сидя в кресле, сказал Шепли, когда я завернула за угол.

— А где Мерик?

— Спит. А ты чего так рано? — спросил он, глядя на часы.

— Будильник зазвенел, но я всегда рано просыпаюсь после гулянки. Мое проклятье.

— Я тоже, — кивнул Шепли.

— Лучше тебе разбудить Мерику. Через час нам на учебу, — сказала я, открывая кран и наклоняясь, чтобы сделать глоток.

— Хотел дать ей поспать, — кивнул Шепли.

— Не стоит. Она взбесится, если пропустит занятие.

— А... — сказал Шепли, вставая. — Тогда все же разбужу ее. — Он обернулся. — Эбби!..

— Да?

— Не знаю, что у вас творится с Трэвисом, но уверен, он совершит нечто глупое и разозлит тебя. Такой уж у него дурной характер. Он не так часто сближается с кем-нибудь, но по какой-то причине подпустил тебя. Смирись с его демонами. Может, тогда он поймет.

— Поймет что? — спросила я, поднимая бровь от его мелодраматичного монолога.

— Что ты переступила черту, — ответил он.

Я покачала головой и усмехнулась.

— Шеп, что за бред.

Шепли пожал плечами и исчез в спальне. Я услышала тихое бормотание, возмущенные стоны, а потом звонкий смех Америки.

Я добавила шоколадный сироп в овсяные хлопья и перемешала.

— Гулька, это извращение, — сказал Трэвис, зайдя на кухню в зеленых клетчатых боксерских трусах.

Он потер глаза и достал из шкафчика хлопья.

— И тебя с добрым утром, — сказала я, снимая крышку с бутылки молока.

— Слышал, скоро у тебя день рождения. Финишная черта твоей юности. — Он засмеялся; глаза были опухшими и красными.

— Ага, я не слишком люблю отмечать день рождения. Наверное, Мерик поведет меня на ужин, или что-нибудь в этом духе, — улыбнулась я. — Если хочешь, приходи.

— Хорошо. — Он пожал плечами. — В следующее воскресенье?

— Ага. Когда твой день рождения?

Трэвис налил себе молока и перемешал хлопья.

— В апреле. Первого числа.

— Да ладно тебе!

— Я серьезно, — жуя, сказал Трэвис.

— Ты родился в день дурака? — удивленно спросила я.

— Да! — Он засмеялся. — Ты уже опаздываешь. Пойду одеваться.

— Я поеду с Мерикой.

Трэвис изобразил напускное равнодушие.

— Ну и ладно. — Он пожал плечами и отвернулся, доедая хлопья.

ГЛАВА 4

ПАРИ

— Он явно пялится на тебя, — шепнула Америка, наклоняясь для лучшего обзора. — Не смотри, глупенькая, увидит. — Подруга улыбнулась и махнула рукой. — Он уже заметил меня. И по-прежнему пялится.

Я поколебалась, а потом все же набралась смелости и посмотрела в его направлении. Глядя на меня, Паркер улыбнулся.

Я вернула ему улыбку, а потом притворилась, что печатаю что-то в ноутбуке.

— Он по-прежнему смотрит на меня? — пробормотала я.

— Ага. — Подруга хихикнула.

После занятия Паркер остановил меня в коридоре.

— Не забудь про вечеринку на этих выходных.

— Не забуду, — сказала я, стараясь не хлопать ресницами как дурочка.

Мы с Америкой направились по газону к столовой, чтобы пообедать с Трэвисом и Шепли. Подруга все еще смеялась над поведением Паркера, когда пришли парни.

— Привет, малыш, — сказала Америка и поцеловала своего бойфренда в губы.

— Что тебя рассмешило? — спросил Шепли.

— Да так, один парень из группы почти час пялился на Эбби. Просто прелесть!

— И кто это? — Трэвис скривился, помогая мне снять рюкзак.

— Мерик все выдумывает. — Я покачала головой.

— Эбби! Ах ты, толстая врунья! Это был Паркер Хейс, и нужно ослепнуть, чтобы этого не заметить. Он чуть ли не истекал слюнями.

— Паркер Хейс? — Трэвис перекосился.

Шепли потянул Америку за руку.

— Мы на обед. Вы сегодня оцените превосходную готовку в столовой?

Америка снова поцеловала его, а мы с Трэвисом пошли вслед за ними.

Я поставила поднос между Америкой и Финчем, а вот Трэвис сел не как всегда напротив, а через несколько мест от меня. Только сейчас я поняла, что мы почти не разговаривали, пока шли до столовой.

— Трэв, все в порядке? — спросила я.

— У меня? Да, а что? — спросил он с равнодушным лицом.

— Просто ты какой-то тихий.

К столу, громко смеясь, приблизилась группа футболистов. Трэвис выглядел слегка раздраженным, ковыряясь вилкой в тарелке.

Крис Дженкс бросил несколько картошек фри Трэвису на тарелку.

— Трэв, что такой хмурый? Слышал, ты трахнул Тину Мартин. Сегодня она смешивала твое имя с грязью.

— Заткнись, Дженкс, — сказал Трэвис, неотрывно глядя на тарелку.

Я подалась вперед, чтобы этот мускулистый громила ощутил всю ярость моего взгляда.

— Крис, замолкни.

Трэвис впился в меня взглядом.

— Эбби, я сам могу о себе позаботиться.

— Извини, я...

— Мне не нужны твои извинения. Мне ничего от тебя не нужно, — резко сказал он, затем вскочил из-за стола и пулей вылетел из столовой.

Финч с удивлением взглянул на меня.

— Ого! Что это было?

Я подцепила на вилку жареную картошку и раздраженно фыркнула:

— Не знаю.

Шепли похлопал меня по спине.

— Эбби, ты тут ни при чем.

— У него голова своими мыслями забита, — добавила Америка.

— Что еще за мысли? — спросила я.

Шепли пожал плечами и переключил внимание на тарелку.

— Тебе уже следует знать, что дружба с Трэвисом требует терпения и умения прощать. Он — сам по себе вселенная.

— Таким видят Трэвиса все остальные!.. — Я тряхнула головой. — Я знаю его совсем другим.

— Особой разницы нет. — Шепли наклонился ко мне. — Тебе просто нужно переждать бурю.

После занятий мы с Америкой поехали на квартиру, и я обнаружила, что мотоцикла Трэвиса нет. Я зашла в его спальню и свернулась калачиком на кровати, подложив руку под голову. Утром с Трэвисом все было в порядке. Мы проводили уйму времени вместе, как я могла не заметить, что его что-то беспокоит? К тому же Америка, похоже, знала, в чем дело, а я нет.

Мое дыхание успокоилось, веки отяжелели, и я уснула. Когда я снова открыла глаза, за окном уже стемнело. Из гостиной доносились приглушенные голоса, в том числе и глубокий — Трэвиса. Я на цыпочках пошла по коридору, но услышала свое имя и замерла.

— Трэв, Эбби все понимает, — сказал Шепли. — Не мучай себя.

— Вы и так вместе идете на вечеринку для пар. Почему бы не пригласить ее на свидание? — спросила Америка.

Я напряглась, ожидая его ответа.

— Я не встречаться с ней хочу, а быть рядом. Она... особенная.

— Особенная? Каким образом? — раздраженно спросила Америка.

— Ее не отпугивает моя сволочная натура, а это как глоток свежего воздуха. Но, Мерик, ты сама сказала. Я совершенно не ее типаж. Между нами... все совсем иначе.

— Ты намного ближе к ее типажу, чем сам думаешь.

Я потихоньку стала пятиться, но тут под ногами скрипнули деревянные полы. Тогда я дотянулась до двери, захлопнула ее и прошла по коридору.

— Привет, Эбби, — широко улыбаясь, сказала Америка. — Ну как, вздремнула часок?

— Пять часов проспала. Скорее похоже на кому.

Трэвис несколько секунд смотрел на меня, а потом, когда я улыбнулась, подошел, взял за руку и повел по коридору в свою спальню. Он захлопнул дверь, и сердце бешено заколотилось в моей груди, готовясь к очередному удару по моему самолюбию.

— Гулька, мне так жаль, извини. — Брови Трэвиса взметнулись. — Я повел себя как придурок.

Увидев в его глазах раскаяние, я слегка расслабилась.

— Не знала, что ты зол на меня.

— Я не на тебя злился. У меня есть идиотская привычка срывать гнев на тех, кто мне дорог. Это никудышное оправдание, знаю, но я действительно хочу извиниться, — сказал он, обнимая меня.

Я прижалась щекой к его груди.

— Так из-за чего ты злился?

— Это не важно. Сейчас меня волнуешь только ты.

Я отслонилась и посмотрела на него.

— Ничего, я могу справиться с твоими вспышками гнева.

Трэвис несколько мгновений изучал мое лицо, а потом на его губах появилась слабая улыбка.

— Даже не знаю, почему ты миришься с моими выходками. Что бы я делал, будь все иначе?..

От Трэвиса шел запах сигарет и ментола. Я посмотрела на его губы, и все мое тело откликнулось на такую близость между нами. Лицо Трэвиса изменилось, дыхание стало прерывистым — он тоже это заметил.

Между нами оставались считаные дюймы, когда вдруг запищал его телефон. Трэвис вздохнул и достал мобильник из кармана.

— Да. Хоффман? Ну и ну!.. Хорошо. Дело — пустяк. У Джефферсона? — Трэвис посмотрел на меня и подмигнул. — Мы приедем. — Он отключился и взял меня за руку. — Идем со мной. — Трэвис потянул меня по коридору. — Звонил Адам, — сказал он Шепли. — Брэди Хоффман будет в комплексе имени Джефферсона через полтора часа.

Шепли кивнул, встал с дивана, извлек из кармана мобильник, быстро набрал сообщение и разослал ограниченному кругу лиц — тем, кто знал про арену. Около десятка его знакомых напишут еще десяти, в итоге все заинтересованные лица узнают, где на этот раз состоится бой.

— Поторапливайся! — Америка улыбнулась. — Нам лучше привести себя в порядок.

Напряжение в квартире смешалось с оживленностью. Казалось, Трэвиса все предстоящее не волновало. Он непринужденно обулся, надел белую майку, будто шел по обыденному поручению.

Америка с хмурым видом довела меня до комнаты Трэвиса.

— Эбби, тебе надо переодеться. Ты не можешь пойти на бой вот так.

— В прошлый раз я была в кардигане, и ты не возражала! — возмутилась я.

— В прошлый раз я не думала, что ты и вправду пойдешь, — ответила подруга и бросила мне вещи. — Вот, надень это.

— Ни за что!

— Идемте уже! — позвал из гостиной Шепли.

— Поторопись! — прикрикнула на меня Америка, убегая в его комнату.

Я натянула на себя желтый топ с бретелькой через шею и глубоким вырезом и узкие джинсы с низкой талией, которые мне дала Америка. Затем обула туфли на каблуке, наспех причесалась и заторопилась по коридору.

Америка вышла из своей спальни в коротком зеленом платьице с завышенной талией и туфлях в тон. Когда мы завернули за угол, Трэвис и Шепли стояли у дверей.

— Черт побери! — Трэвис разинул рот. — Ты хочешь убить меня? Гулька, тебе придется переодеться.

— Что? — спросила я, осматривая себя.

Америка уперлась руками в бока.

— Она просто милашка. Трэв, оставь ее в покое!

Трэвис взял меня за руку и повел по коридору.

— Надень футболку... и кеды. Что-нибудь удобное.

— Что? Зачем?

— Затем, что иначе вместо Хоффмана я буду беспокоиться о том, что кто-то заглядывается на твою грудь, — сказал Трэвис, останавливаясь у двери.

— Мне казалось, тебе все равно, кто и что думает.

— Голубка, это совсем другое дело. — Трэвис опустил глаза на мою грудь, а потом снова посмотрел на меня. — Ты не можешь пойти на бой в таком виде, поэтому, пожалуйста... я прошу, переоденься, — заикаясь, произнес он, заталкивая меня в спальню и закрывая за мной дверь.

— Трэвис! — закричала я.

А потом сбросила туфли, натянула «конверсы», избавилась от топа, полетевшего через всю комнату, надела первую попавшуюся хлопчатобумажную футболку, выбежала в гостиную и остановилась в дверном проеме.

— Так лучше? — фыркнула я, завязывая волосы в хвост.

— Да! — с облегчением выдохнул Трэвис. — Идем!

Мы стремительно добежали до стоянки. Я запрыгнула на мотоцикл, Трэвис завел мотор и полетел по дороге, ведущей к университету. В странном предвкушении я обхватила Трэвиса за талию, и по венам от такой спешки побежал адреналин. Трэвис заехал на обочину и припарковал мотоцикл в тени рядом с «Джефферсон либерал артс». Он сдвинул очки на лоб, с улыбкой схватил меня за руку и повел за здание. Остановились мы около открытого окна, расположенного вровень с землей.

Мои глаза округлились, когда я все поняла.

— Издеваешься!

— Это вход для вип-персон. Ты должна увидеть, как люди сюда попадают.

Я покачала головой, а Трэвис просунул ноги в окно и исчез.

Я наклонилась и крикнула в пустоту:

— Трэвис!

— Гулька, спускайся! Свесь сначала ноги, потом я тебя поймаю.

— Ты, черт побери, выжил из ума, если решил, что я прыгну в темноту!

— Я поймаю! Обещаю тебе! А теперь пошевеливай своим задом!

Я вздохнула и приложила руку ко лбу.

— Это безумие!

Я села, подалась вперед так, что мое тело наполовину скрылось в темноте, перевернулась на живот и пальцами стала нащупывать пол. Ждала, что мои ноги коснутся ладоней Трэвиса, но не удержалась и с визгом повалилась вниз.

Меня поймали крепкие руки, и в темноте раздался голос Трэвиса:

— Падаешь как девчонка. — Он усмехнулся.

Трэвис поставил меня на землю и потянул за собой в темноту. Через дюжину шагов я услышала знакомые выкрики — объявлялись имена и ставки. Вдруг в помещении появился тусклый свет — от лампы, стоявшей в углу. Я различила лицо Трэвиса.

— Что теперь?

— Ждем. Сначала обычная болтовня Адама, потом мой выход.

Я заерзала.

— А я? Мне остаться здесь или зайти внутрь? Куда идти, когда начнется бой? Где Шеп и Мерик?

— Они пошли другим путем. Просто следуй за мной, я не отпущу тебя одну в это логово акул. Останешься рядом с Адамом, он убережет от столкновений. Я не смогу следить за тобой и одновременно махать кулаками.

— Столкновений?

— Сегодня здесь соберется больше народу. Брэди Хоффман из «Стейта». У них там своя арена. Тут будет стенка на стенку, так что начнется дурдом.

— Нервничаешь? — спросила я.

Он улыбнулся и окинул меня взглядом.

— Нет. А вот ты, кажется, слегка волнуешься.

— Возможно, — призналась я.

— Если тебе станет легче, то скажу, что не позволю ему прикоснуться ко мне, даже разок ударить себя ради его фанатов.

— Как ты собираешься провернуть это?

Трэвис пожал плечами.

— Обычно я позволяю противникам нанести один удар, чтобы все выглядело по-честному.

— Ты?.. Ты позволяешь им бить себя?

— А разве было бы интересно, если бы я устраивал побоище, а они не наносили бы ни единого удара? Это невыгодно для бизнеса. Никто бы тогда не ставил против меня.

— Что за бред, — сказала я, скрестив руки на груди.

Трэвис изогнул бровь.

— Считаешь, я развожу тебя?

— Мне сложно поверить, что они бьют тебя, только когда ты сам позволяешь.

— Хочешь поспорить на это, Эбби Эбернати? — Трэвис улыбнулся, его глаза загорелись.

— Вызов принят, — сказала я. — Думаю, хотя бы разок, но он ударит тебя.

— А если нет? Что я получу взамен? — спросил Трэвис.

Я пожала плечами. Рев за стеной стал громче. Адам поприветствовал толпу и напомнил правила.

На лице Трэвиса появилась широкая улыбка.

— Если ты выиграешь, я проведу целый месяц без секса. — Я повела бровью, и он снова улыбнулся. — Но если выиграю я, то тебе придется на месяц остаться со мной.

— Что? Я ведь живу у тебя! Что это за пари такое? — взвизгнула я.

— Сегодня в «Моргане» починили отопление, — с улыбкой сказал Трэвис и подмигнул мне.

Я слегка ухмыльнулась, а Адам объявил имя Трэвиса.

— Что угодно, лишь бы посмотреть ради разнообразия на твое воздержание.

Трэвис поцеловал меня в щеку и скрылся в дверном проеме. Я последовала за ним и поразилась огромному количеству людей в таком тесном помещении, когда мы оказались в соседней комнате. Как только мы вошли, свист и крики достигли необычайной мощи. Трэвис кивнул в моем направлении, Адам обнял меня за плечи и притянул к себе.

— Ставлю две на Трэвиса, — сказала я на ухо Адаму.

Брови Адама поползли вверх, когда я достала из кармана две стодолларовые купюры. Он протянул руку, и я вложила в нее банкноты.

— А ты не такая уж Полианна[1], как я думал, — сказал Адам, оглядывая меня с головы до ног.

[1] Персонаж одноименного романа американской писательницы Элеанор Портер о жизнерадостной девочке. Это имя стало синонимом оптимизма и даже наивности.

Брэди на голову возвышался над Трэвисом. Я сглотнула, когда увидела их стоящими лицом к лицу. Брэди был крупным и мускулистым, вдвое больше своего противника. Лица Трэвиса я не видела, но вот Брэди, очевидно, жаждал крови.

Адам прижался губами к моему уху.

— Прикрой лучше уши, детка.

Я зажала их руками, и Адам свистнул в рупор. Вместо того чтобы нападать, Трэвис отступил на пару шагов. Брэди замахнулся, Трэвис нырнул вправо. Парень снова занес кулак, Трэвис пригнулся и отступил в другую сторону.

— Какого черта? Трэвис, это не боксерский матч! — крикнул Адам.

В этот момент Трэвис врезал противнику в нос. В подвале поднялся оглушительный рев. Трэвис нанес левый хук в челюсть Брэди. Я зажала рот ладонями, увидев, как тот предпринял несколько попыток атаковать, но в итоге лишь рассекал воздух. Брэди и вовсе подвел своих болельщиков, когда Трэвис ударил его локтем в лицо. Я думала, что бой вот-вот закончится, но парень снова замахнулся. Удары Трэвиса следовали один за другим, и Брэди не успевал опомниться. Соперники жутко вспотели. Я ахнула, когда Брэди опять нанес удар — впустую. Кулак врезался в бетонную колонну. Парень согнулся, поджал руку, а Трэвис перешел в нападение. Он был неумолим — сначала врезал коленом по лицу Брэди, затем стал колотить его, наносил удар за ударом, в итоге парень зашатался и упал. Толпа взорвалась, а Адам отошел от меня, чтобы покрыть окровавленное лицо Брэди красным платком. Трэвис утонул в волне поклонников. Я вжалась в стену, пытаясь нащупать дверной проем, откуда мы появились. Когда я добралась до лампы, то с облегчением вздохнула. Боялась, что меня собьют с ног и затопчут.

Уставившись в проем, я со страхом ожидала, что в комнату повалит народ. Через несколько минут Трэвис так и не появился, и я подумывала направиться к окну. Разгуливать одной в такой толпе было небезопасно.

Как только я ступила в темноту, раздался скрежет по бетонному полу — кто-то шел. С паникой на лице Трэвис искал меня.

— Голубка!

— Я здесь! — отозвалась я, кинувшись ему в объятия.

Трэвис хмуро посмотрел на меня.

— Гулька, ты меня до смерти перепугала! Я чуть не начал еще один бой, чтобы найти тебя... прихожу сюда, а тебя нет!

— Я рада, что ты вернулся. Мне не слишком хотелось искать обратный путь по темноте и в одиночку.

Вся тревога исчезла с лица Трэвиса.

— Кажется, ты проиграла пари. — Он улыбнулся.

В комнату ворвался Адам, глянул на меня, потом злобно посмотрел на Трэвиса.

— Надо поговорить.

— Оставайся здесь. Я скоро вернусь. — Трэвис подмигнул мне, и они скрылись в темноте.

Адам несколько раз повышал голос, но слов разобрать я не могла. Трэвис вернулся, запихивая в карман толстую пачку денег.

— Тебе понадобится больше вещей. — Он криво улыбнулся.

— Неужели ты действительно заставишь меня жить с тобой целый месяц?

— А ты бы заставила меня обойтись месяц без секса?

Я засмеялась, не сомневаясь, что так бы и поступила.

— Лучше нам сделать остановку в «Моргане».

— Кажется, будет интересно. — Трэвис просиял.

Мимо прошел Адам, вложил мне в ладонь мой выигрыш и растворился в толпе.

— Ты ставила на меня? — удивился Трэвис.

Я улыбнулась и пожала плечами.

— Хотела вкусить все прелести.

Трэвис повел меня к окну, забрался наверх и помог мне выбраться. Я вдохнула свежий ночной воздух. В темноте стрекотали сверчки, умолкавшие на долю секунды, когда мы проходили мимо. На легком ветерке шелестел ландышник, растущий вдоль тротуара, напоминая приглушенный шум океанских волн. Не было жарко или холодно. Идеальная ночь.

— С какой стати ты вдруг хочешь, чтобы я жила с тобой? — спросила я.

Трэвис пожал плечами и сунул руки в карманы.

— Не знаю. Просто все становится светлее, когда ты рядом.

Вид окровавленной футболки мигом затмил трепет от этих слов.

— Фу. Ты весь в крови.

Трэвис равнодушно глянул на свою одежду, потом открыл дверь и махнул мне, мол, заходи. Я промчалась мимо Кары. Соседка увлеченно делала домашнее задание на постели, обложившись со всех сторон учебниками.

— Утром починили нагреватели, — сказала она.

— Слышала, — ответила я, роясь в шкафу.

— Привет, — поздоровался Трэвис с Карой.

Она скривилась, глядя на потную, окровавленную футболку Трэвиса.

— Трэвис, это моя соседка Кара Лин. Кара, это Трэвис Мэддокс.

— Приятно познакомиться, — ответила Кара, поправляя на носу очки, затем взглянула на мои огромные сумки. — Ты съезжаешь?

— Нет. Проспорила.

Трэвис расхохотался и схватил мои сумки.

— Готова?

— Ага. Только как мы перевезем все это в твою квартиру? Ты же на мотоцикле.

Трэвис улыбнулся и достал мобильник. Затем он вынес сумки на улицу, а через несколько минут подъехал черный винтажный «чарджер» — машина Шепли.

Пассажирское стекло поползло вниз, и оттуда высунула голову Америка.

— Приветик, цыпочка!

— И тебе приветик. В «Моргане» опять работают водогреи. Ты останешься у Шепа?

— Ага. — Подруга подмигнула. — Сегодня точно. Я слышала, ты проиграла пари.

Не успела я ответить, как Трэвис захлопнул багажник, а Шепли дал газу. Америка с визгом повалилась внутрь машины.

Мы дошли до «харлея», и Трэвис подождал, пока я устроюсь сзади. Я обхватила его за талию, а он накрыл мои ладони.

— Гулька, я рад, что ты сегодня пошла со мной. Еще никогда мне не бывало так весело на боях.

Я положила подбородок Трэвису на плечо и улыбнулась.

— Все потому, что ты хотел выиграть пари.

Он повернулся ко мне.

— Ты чертовски права.

В его взгляде не было ни капли шутки. Трэвис говорил на полном серьезе и хотел, чтобы я знала об этом.

— Поэтому ты сегодня бесился? — Я изогнула брови. — Ты знал, что нагреватели починили и я вечером уйду?

Трэвис ничего не ответил и с улыбкой завел мотоцикл. До его квартиры мы ехали неестественно медленно. На каждом светофоре Трэвис либо пожимал мои ладони, либо накрывал рукой коленку. Опять грани между нами стирались. Как же провести вместе месяц и не разрушить все? Наша дружба приобретала совершенно неожиданные для меня очертания.

Когда мы добрались до квартиры, «чарджер» уже находился на стоянке.

Я остановилась перед ступеньками.

— Терпеть не могу, когда они приезжают раньше. Мы словно им помешаем.

— Привыкай. На следующие четыре недели это твой дом. — Трэвис улыбнулся и повернулся ко мне спиной. — Забирайся.

— Что?.. — Я улыбнулась.

— Давай же, я отнесу тебя наверх.

Хихикая, я запрыгнула к нему на спину, сцепила пальцы на груди, а он взбежал по ступенькам. Америка открыла дверь, не успели мы добраться до верха.

— Только посмотрите на этих двоих, — весело заявила подруга. — Если бы я не знала наверняка...

— Мерик, брось это, — сказал с дивана Шепли.

Америка улыбнулась, будто сболтнула лишнего, и распахнула дверь, чтобы мы могли пройти вдвоем. Трэвис упал в кресло, а я завизжала, когда он придавил меня.

— Трэв, ты сегодня необычайно веселый. В чем причина? — не вытерпела Америка.

Я подалась вперед, чтобы посмотреть ему в лицо. Еще никогда я не видела его столь довольным.

— Мерик, я выиграл чертову кучу денег. Вдвое больше того, на что рассчитывал. Почему бы мне не радоваться?

Америка широко улыбнулась.

— Нет, дело в чем-то другом, — сказала она, глянув на ладонь Трэвиса, лежащую у меня на коленке.

Подруга была права, он изменился. Вокруг Трэвиса появилась некая умиротворенность, словно в его душе поселилось спокойствие.

— Мерик!.. — предупреждающе произнес Шепли.

— Хорошо, поговорим о чем-нибудь еще. Эбби, разве Паркер не пригласил тебя на вечеринку «Сиг Тау» на этих выходных?

Улыбка Трэвиса испарилась. Он повернулся ко мне, ожидая ответа.

— Э... ну да. А разве мы идем не все вместе?

— Я точно там буду, — сказал Шепли, уставившись в телик.

— Значит, и я, — отозвалась Америка, выжидающе глядя на Трэвиса.

Тот несколько секунд пристально смотрел на меня, потом ущипнул за ногу и спросил:

— Он заедет за тобой или как?

— Да нет же, он просто сказал мне о вечеринке.

На лице Америки появилась озорная улыбка. Подруга чуть ли не прыгала от предвкушения.

— Но он сказал, что вы там встретитесь. Такой очаровашка.

Трэвис раздраженно глянул на Америку, потом на меня.

— И ты пойдешь?

— Я сказала ему, что да. — Я пожала плечами. — А ты?

— Ага, — без промедления ответил Трэвис.

Шепли тут же переключил внимание на кузена.

— Ты же на прошлой неделе сказал, что не пойдешь.

— Шеп, я передумал. В чем проблема?

— Ни в чем, — проворчал он, уходя в свою спальню.

Америка нахмурилась и посмотрела на Трэвиса.

— Ты знаешь, в чем проблема, — сказала она. — Может, хватит сводить его с ума, пора просто решить ее?

Подруга присоединилась к Шепли, их голоса приглушенно доносились из-за стены.

— Рада, что все что-то знают, — проговорила я.

— Я по-быстрому в душ. — Трэвис поднялся.

— У них какие-то нелады? — спросила я.

— Нет, просто паранойя.

— Это из-за нас, — догадалась я.

Глаза Трэвиса оживились, он кивнул.

— И что? — спросила я, с подозрением глядя на него.

— Ты права. Это из-за нас. Не засыпай, хорошо? Мне нужно с тобой кое о чем поговорить.

Он отступил на несколько шагов, а потом скрылся в ванной. Я намотала на палец прядь волос, думая о том, как он произнес слово «нас». Да еще и это выражение на его лице. Интересно, а были ли вообще между нами какие-то границы? Казалось, только я до сих пор считала нас с Трэвисом лишь друзьями.

Из спальни вылетел Шепли, Америка — следом за ним.

— Шеп, не надо! — взмолилась она.

Он взглянул на дверь в ванную, потом на меня.

— Эбби, ты же обещала, — произнес Шепли тихим, но сердитым голосом. — Когда я просил не судить его строго, то не имел в виду, чтобы вы встречались! Я думал, вы просто друзья!

— Мы и так друзья. — Я удивилась его нападкам.

— Неправда! — завелся он.

Америка прикоснулась к его плечу.

— Малыш, я же говорила, что все будет хорошо.

Шепли освободился от ее руки.

— Мерик, зачем ты подталкиваешь их? Я предупреждал тебя, что будет дальше!

Она обняла его лицо ладонями.

— А я говорила, что все будет совсем не так. Ты мне не веришь?

Шепли вздохнул, посмотрел на нее, потом на меня и поплелся в спальню.

Америка рухнула в кресло и фыркнула:

— Я не могу вдолбить ему в голову, что на нас никак не отразится, будете вы с Трэвисом вместе или нет. Но он уже сто раз обжигался. Шеп не верит мне.

— О чем ты, Мерик? Мы с Трэвисом не вместе. Мы просто друзья. Правда. Ты же слышала, что он говорил раньше. В этом смысле я его совсем не интересую.

— Ты все слышала?

— Ну да.

— И поверила?

— Не имеет значения. — Я пожала плечами. — Этого никогда не случится. Он говорил, что относится ко мне совсем иначе. К тому же у него фобия насчет отношений. Придется потрудиться, чтобы найти девушку, кроме тебя, с которой он еще не переспал. Я не смогу мириться с его перепадами настроения. Не верю, что Шеп думает иначе.

— Он не только хорошо знает Трэвиса. Эбби, Шеп разговаривал с ним.

— В смысле?

— Мерик!.. — позвал из спальни Шеп.

— Ты моя лучшая подруга. — Америка вздохнула. — Мне кажется, иногда я знаю тебя лучше, чем ты саму себя. Я вижу вас вместе, и единственная разница между нами с Шепли и вами с Трэвисом — вы не занимаетесь сексом. А кроме этого? Никакой!..

— Разница есть. Просто огромная. Разве Шеп приводит каждую ночь новых девиц? А ты идешь завтра на вечеринку, чтобы поразвлечься с парнем, на которого у тебя виды? Мерик, ты же знаешь, я не могу встречаться с Трэвисом. Даже не понимаю, почему мы это обсуждаем.

На лице Америки появилось разочарование.

— Эбби, я ничего не понимаю. Ты проводишь с ним каждую секунду своего времени весь последний месяц. Признайся, что у тебя к нему чувства.

— Мерик, оставь это, — поправляя полотенце на талии, сказал Трэвис.

При звуке его голоса мы с Америкой вздрогнули. Я встретилась с Трэвисом взглядом и поняла, что в нем больше нет веселости. Не сказав больше ни слова, Трэвис прошел по коридору.

Америка с грустью посмотрела на меня и прошептала:

— Мне кажется, ты совершаешь ошибку. Тебе не нужна эта вечеринка, чтобы закадрить парня. По тебе тут и так один с ума сходит. — Она замолчала и оставила меня в одиночестве.

Я повалилась на кресло, прокручивая в голове события минувшей недели. Шепли злился на меня, Америка мною разочарована, а Трэвис... Таким счастливым я его еще не видела, а теперь он казался столь обиженным, что даже не нашел слов. Я слишком разнервничалась и не могла пойти к нему в кровать, поэтому осталась сидеть в кресле, наблюдая за минутной стрелкой.

Через час Трэвис вышел из комнаты. Когда парень завернул за угол, я думала, он велит мне идти в кровать, но Трэвис оказался одетым, а в руках держал ключи от мотоцикла. Очки полностью скрывали его глаза. Он засунул в рот сигарету и взялся за дверную ручку.

— Уходишь? — сказала я, выпрямляясь. — Куда ты?

— Куда-нибудь, — ответил Трэвис, дернул за ручку и захлопнул за собой дверь.

Раздраженно вздохнув, я повалилась на кресло. Каким-то образом я превратилась в главного злодея, только сама не понимала, как это вышло.

Часы над телевизором показывали два часа ночи, и я все-таки поплелась в кровать. Без Трэвиса в постели стало одиноко, и я несколько раз подумывала позвонить ему. Когда я стала засыпать, то услышала, как подъехал мотоцикл. Через мгновение хлопнули дверцы машины, а на ступеньках послышались шаги нескольких пар ног. В замке заворочали ключом, дверь открылась. Трэвис засмеялся и что-то пробормотал, а затем я услышала не один, а два женских голоса. Девушки хихикали, а в перерывах доносились приглушенные звуки поцелуев и стоны.

Сердце мое оборвалось. Я разозлилась на себя за эти чувства. Когда одна из девиц завизжала, я крепко зажмурилась, а в следующую минуту, как мне показалось, все трое рухнули на диван.

Я хотела было попросить у Америки ключи от машины, но передумала. От комнаты Шепли хорошо просматривался диван, а я вряд ли вынесла бы сцену, происходящую под эти звуки в гостиной. Я зарылась головой под подушку и закрыла глаза. Вдруг отворилась дверь. В комнату вошел Трэвис, выдвинул верхний ящик, достал пару презервативов из вазы, захлопнул его и побежал по коридору.

Еще около получаса девушки не переставали хихикать, затем все стихло. Через несколько секунд послышались стоны и крики. В гостиной словно шли съемки порнографического фильма. Я закрыла лицо руками и покачала головой. Какие бы грани ни стерлись между нами за прошлую неделю, на их месте выросла непроницаемая каменная стена. Я отбросила в сторону свои нелепые эмоции, заставляя себя расслабиться. Трэвис есть Трэвис, а мы, без всяких сомнений, друзья. И только.

Крики и прочие тошнотворные звуки стихли примерно через час. За ними последовали жалобное хныканье и возмущение — девушек прогнали. Трэвис принял душ, рухнул на свою сторону кровати и повернулся ко мне спиной. Даже после душа от него ужасно несло виски. Казалось, он выпил столько, что можно было свалить с ног лошадь. Я ужасно разозлилась, что Трэвис в таком состоянии вел мотоцикл.

Когда неловкость испарилась, а злость поутихла, я по-прежнему не могла уснуть. Дыхание Трэвиса было ровным и глубоким. Я поднялась на кровати, глядя на часы. Рассвет совсем скоро. Я сбросила одеяло, прошла по коридору и взяла в шкафу покрывало. Единственное свидетельство секса втроем — два пустых пакетика от презервативов на полу. Я переступила через них, устроилась в кресле и закрыла глаза. Открыв их, я увидела Америку и Шепли. Ребята сидели на диване и смотрели телевизор с приглушенным звуком. Солнечные лучи осветили всю квартиру. При малейшем движении в спине возникала боль, и я поморщилась.

Америка бросилась ко мне.

— Эбби!.. — Она с беспокойством посмотрела на меня.

Подруга, видимо, ожидала вспышки гнева, слез или любого другого проявления эмоций.

Шепли выглядел ужасно подавленным.

— Эбби, прости за эту ночь. Все моя вина.

— Порядок, Шеп, — улыбнулась я. — Тебе не нужно извиняться.

Америка и Шепли обменялись взглядами, потом подруга сжала мою руку.

— Трэвис ушел в магазин. Он... не важно, что с ним. Я упаковала твои вещи и отвезу тебя в общагу до его возвращения, так что тебе не придется с ним пересекаться.

В этот самый момент мне захотелось разрыдаться. Меня выставляли за дверь.

Я с трудом заговорила ровным голосом:

— Я могу хотя бы принять душ?

Америка покачала головой.

— Эбби, давай просто уедем. Я не хочу, чтобы тебе пришлось встретиться с ним. Он не заслуживает...

Дверь распахнулась, вошел Трэвис с пакетами в руках. Он сразу же направился на кухню и принялся оживленно расставлять банки и коробки по шкафчикам.

— Когда Гулька проснется, дайте мне знать, ладно? — тихо произнес он. — Я купил спагетти, блинчики, клубнику и эту ужасную овсянку с шоколадом, а еще она любит хлопья «Фрути пебблз», так ведь, Мерик? — спросил парень, поворачиваясь.

Когда Трэвис увидел меня, то замер. После неловкой паузы его лицо смягчилось.

— Привет, Гулька, — сказал он ровным, нежным голосом.

Я будто проснулась в незнакомой стране, где царила полная неразбериха. Сначала я решила, что меня выселяют, как вдруг заявляется Трэвис с пакетами, полными моей любимой еды.

Он сделал несколько шагов в сторону гостиной, нервно ерзая руками в карманах.

— Гулька, ты голодна? Я приготовлю тебе блинчики. Или... есть овсянка. Я еще купил какой-то розовой пенистой ерунды, с которой бреются девчонки, фен и... Секундочку, он здесь, — сказал Трэвис и побежал в спальню.

Дверь открылась, захлопнулась, и парень завернул за угол. Вся краска сошла с его лица.

— Твои вещи упакованы.

— Знаю, — сказала я.

— Ты уходишь, — поверженным голосом произнес он.

Я посмотрела на Америку, которая метала гневные взгляды в сторону Трэвиса, будто собиралась убить его.

— А ты рассчитывал, что она останется?

— Детка!.. — тихо сказал ей Шепли.

— Шеп, не начинай, черт бы тебя побрал! Не смей защищать его передо мной, — закипела Америка.

Казалось, Трэвис в полном отчаянии.

— Гулька, прости меня. Я даже не знаю, что сказать.

— Эбби, идем, — позвала Америка, встала и потянула меня за руку.

Трэвис сделал шаг в мою сторону, но Америка направила на него указательный палец.

— Ей-богу, Трэвис!.. Если попытаешься остановить ее, я оболью тебя бензином и подожгу, пока ты спишь!

— Америка!.. — сказал Шепли, не менее отчаявшийся.

Я видела, как он разрывается между двоюродным братом и любимой женщиной, и мне стало жаль его. Случилось то, чего Шеп так боялся.

— Я в порядке! — сказала я, заводясь из-за напряжения, повисшего в комнате.

— В каком смысле? — с надеждой спросил Шепли.

— Трэвис притащил ночью девиц из бара, и что такого? — Я закатила глаза.

Америка взволнованно посмотрела на меня.

— Ну и ну, Эбби! Тебя не волнует, что произошло?

Я обвела всех взглядом.

— Трэвис может приводить домой кого угодно. Это все-таки его квартира.

Америка посмотрела на меня так, будто я чокнулась. На губах Шепли вот-вот должна была появиться улыбка, а Трэвис выглядел хуже некуда.

— Это не ты упаковала вещи? — спросил он.

Я покачала головой и посмотрела на часы. Два часа дня.

— Не я. Теперь придется все распаковывать. Еще мне нужно поесть, принять душ и одеться, — сказала я, направляясь в ванную.

Как только за мной закрылась дверь, я прислонилась к ней и сползла на пол. Была уверена, что не на шутку разозлила Америку, но вот Шепли я дала надежду и собиралась сдержать слово.

В дверь тихонько постучали.

— Гулька!.. — сказал Трэвис.

— Да? — отозвалась я, пытаясь ничего не выдать своим голосом.

— Ты остаешься?

— Я могу уйти, если хочешь, но пари есть пари.

Дверь слегка задрожала — Трэвис бился о нее лбом.

— Я не хочу, чтобы ты уходила, но не стану винить тебя, если все-таки решишься.

— Значит, я освобождена от пари?

Последовала долгая пауза.

— Если я скажу «да», ты уйдешь?

— Ну да. Я же не живу здесь, глупенький. — Я попыталась выдавить улыбку.

— Тогда нет, пари по-прежнему в действии.

Я подняла голову и тряхнула ею, слезы обжигали глаза. Сама не понимала, почему плачу, но остановиться не могла.

— Теперь я могу принять душ?

— Ага... — Трэвис вздохнул.

Я услышала шаги Америки. Подруга остановилась рядом.

— Ты эгоистичный мерзавец, — прорычала она, захлопывая за собой дверь спальни.

Я заставила себя встать, включила душ и разделась, закрываясь шторкой.

В дверь постучались.

— Голубка!.. — подал голос Трэвис. — Я тебе тут кое-что принес.

— Оставь на умывальнике. Я возьму.

Трэвис вошел и закрыл за собой дверь.

— Я обезумел. Услышал, как ты высказываешь Америке, что со мной не так, и взбесился. Собирался просто выйти и развеяться. Немного выпить и все осмыслить. Сам не заметил, как набрался, и эти девушки... — Он помолчал. — Утром я проснулся, а тебя нет. Я нашел тебя в кресле, потом увидел на полу обертку, да не одну, и мне стало тошно от самого себя.

— Сначала нужно было со мной поговорить, а не скупать весь магазин, чтобы задобрить меня.

— Гулька, деньги меня не волнуют. Я боялся, что ты уйдешь и перестанешь со мной общаться.

От его извинений я поморщилась. Я и не подумала о его чувствах, когда распиналась, как он мне не подходит. А теперь ситуация стала слишком запутанной, чтобы как-то спасти положение.

— Я не хотела задеть твои чувства, — сказала я, стоя под душем.

— Знаю. Теперь не имеет значения, что я скажу. Ведь я все запорол... как всегда.

— Трэв!..

— Да?

— Больше не води мотоцикл пьяным, хорошо?

Целую минуту он молчал, потом тяжело вздохнул.

— Ага, хорошо, — сказал Трэвис и вышел из ванной.

ГЛАВА 5

ПАРКЕР ХЕЙС

— Заходи, — позвала я, услышав стук в дверь.

Трэвис замер на пороге.

— Ого!

Я улыбнулась и посмотрела на свое короткое платье-бюстье. Оно было намного откровеннее, чем все то, что я осмеливалась надевать раньше. Тонкий материал черного цвета поверх телесного чехла. На вечеринку придет Паркер, и нужно, чтобы на меня обратили внимание.

— Выглядишь потрясающе, — сказал Трэвис, когда я обулась в туфли на каблуках.

Я одобрительно кивнула, глядя на его белую рубашку и джинсы.

— Тоже неплохо.

Рукава он завернул выше локтя, обнажая замысловатые татуировки на предплечьях. Когда Трэвис засунул руки в карманы, на запястье я заметила его любимый напульсник из черной кожи.

В гостиной нас ждали Америка и Шепли.

— Паркер просто описается от счастья, когда тебя увидит. — Америка захихикала, и Шепли повел нас к машине.

Трэвис открыл дверь, и я забралась на заднее сиденье «чарджера». Мы сотни раз до этого оказывались здесь вместе, но теперь мне почему-то было неловко.

Машины заполонили всю улицу, некоторые даже припарковались на газоне. «Дом» трещал по швам, но народ потоком стекался сюда из общаг. Шепли остановился на лужайке за зданием, следом за парнями мы с Америкой направились внутрь.

Трэвис принес мне красный пластиковый стаканчик с пивом.

— Не бери выпивку ни от кого, кроме нас с Шепом, — прошептал он мне на ухо. — Не хочу, чтобы тебе что-нибудь подсыпали.

— Трэвис, никто мне ничего не подсыплет. — Я закатила глаза.

— Просто не пей то, что принес не я. Гулька, здесь тебе не Канзас.

— Раньше ты такого не говорил, — саркастически отозвалась я, принимая стаканчик.

Прошел уже час, а Паркер все не появлялся. Америка и Шепли танцевали под медленную музыку в гостиной.

Трэвис потянул меня за руку.

— Потанцуем?

— Нет, спасибо, — сказала я.

Он приуныл. Я прикоснулась к его плечу.

— Трэв, я просто слегка устала.

Он накрыл мою ладонь и начал что-то говорить, но тут за его спиной я увидела Паркера. Трэвис заметил новое выражение на моем лице и обернулся.

— Привет, Эбби! — улыбнулся Паркер. — Ты все-таки пришла!

— Ага, мы здесь уже почти час, — проговорила я, вынимая ладонь из-под руки Трэвиса.

— Выглядишь сногсшибательно! — сказал Паркер, перекрикивая музыку.

— Спасибо! — Я просияла, поглядывая на Трэвиса.

Он поджал губы, а между бровей пролегла морщинка.

Паркер кивнул в сторону гостиной и улыбнулся.

— Потанцуем?

Я сморщила нос и покачала головой.

— Нет, я что-то устала.

Паркер посмотрел на Трэвиса.

— Ты вроде бы не собирался приходить.

— Передумал, — раздраженно отозвался Трэвис.

— Ясно. — Паркер взглянул на меня. — Может, подышим свежим воздухом?

Я кивнула и последовала за Паркером по ступенькам. Он притормозил, взял меня за руку, и мы поднялись на второй этаж.

Наверху Паркер распахнул французские окна, вывел меня на балкон и спросил:

— Тебе не холодно?

— Слегка, — ответила я и улыбнулась, когда он накинул мне на плечи пиджак. — Спасибо.

— Ты здесь с Трэвисом?

— Мы приехали вместе.

На лице Паркера появилась широкая улыбка, и он взглянул на лужайку. Группа девчонок сбилась в кучку, взявшись за руки, чтобы было теплее. На траве валялась гофрированная бумага, пивные банки и пустые бутылки из-под ликера. Посреди всего этого беспорядка стояли парни из «Сиг Тау», разглядывая свое творение: пирамиду из пивных бочонков, украшенную гирляндой белых огней.

— Утром здесь и живого места не останется, — покачал головой Паркер. — Уборочной бригаде придется потрудиться.

— У вас есть уборочная бригада?

— Ага. — Он улыбнулся. — Мы называем их первокурсниками.

— Бедняга Шеп.

— Он в этом не участвует. Его освободили, потому что он кузен Трэвиса, к тому же не живет в «Доме».

— А ты здесь обитаешь?

— Последние два года, — кивнул Паркер. — Но мне нужна своя квартира. Тихое место для учебы.

— Дай угадаю... твой профиль — бизнес?

— Биология плюс анатомия как неосновной предмет. Мне остался еще год, потом сдача вступительного экзамена в медицинский колледж. А дальше надеюсь поступить на медицинский в Гарвард.

— Ты ведь уже знаешь, что попал туда?

— Мой отец учился в Гарварде. Я, конечно, не на все сто уверен, но он очень щедрый выпускник, если ты понимаешь, о чем я. У меня 4.0[1] по всем предметам, 2200 баллов по SAT[2], 36 по ACT[3]. Так что шансы неплохие.

— Твой отец врач?

Паркер улыбнулся и подтвердил:

— Хирург-ортопед.

— Впечатляет.

— А как насчет тебя? — спросил он.

— Пока не решила.

— Типичный ответ первокурсника.

Я театрально вздохнула.

— Полагаю, я только что лишила себя возможности как-то выделиться на общем фоне.

— Тебе не стоит волноваться на этот счет. Я заметил тебя еще в первый день. Что ты делаешь на третьем курсе математики?

Я улыбнулась и стала накручивать на палец прядь волос.

— Математика для меня не слишком сложная наука. На уроках в старших классах я делала дополнительные задания, а еще закончила два летних курса в государственном университете Уичито.

— А вот это впечатляет, — сказал Паркер.

---

[1] *4.0* — оценка «А», т. е. «отлично».

[2] *SAT*, Scholastic Aptitude Test — «Школьный оценочный тест». Максимальный балл — 2400.

[3] *ACT*, American College Testing — «Американское тестирование», 36 — максимальный балл.

Мы провели на балконе больше часа, болтая обо всем на свете, начиная с местных кафе и заканчивая тем, как я и Трэвис стали такими хорошими друзьями.

— Я бы не стал упоминать об этом, но вы у всех на языке.

— Просто класс, — пробормотала я.

— Совсем не похоже на Трэвиса. Он обычно не дружит с женщинами. Чаще они становятся его врагами.

— Даже не знаю. Я тут повидала парочку, у которых либо память слишком коротка, либо они могут простить ему что угодно.

Паркер засмеялся, демонстрируя ослепительно-белую улыбку на фоне загорелой кожи.

— Ваши отношения для всех загадка. Тебе стоит признать, что они слегка двусмысленны.

— Ты спрашиваешь, не спим ли мы?

Паркер улыбнулся.

— Будь это так, ты не приехала бы сюда с ним. Мы знакомы с четырнадцати лет, и я прекрасно знаю его манеру. Просто любопытно, что у вас за дружба такая.

— Какая есть. — Я пожала плечами. — Мы проводим вместе время, едим, смотрим телик, учимся, ссоримся. И все.

От моей искренности Паркер громко засмеялся, трясся головой.

— Слышал, тебе единственной дозволено ставить Трэвиса на место. Почетный титул.

— Думай как знаешь. Но Трэвис не такой негодяй, каким его все выставляют.

Солнце перевалило за горизонт, окрашивая небо в лиловые и розовые оттенки. Паркер взглянул на часы, а потом вниз — на заметно поредевшую толпу.

— Кажется, вечеринка закончилась.

— Тогда мне лучше найти Шепа и Мерику.

— Ты не против, если я отвезу тебя домой? — спросил Паркер.

Я старалась ничем не показать своей радости.

— Совсем нет. Только предупрежу Америку.

Я вышла за дверь, поморщилась, потом обернулась и спросила:

— Ты знаешь, где живет Трэвис?

Густые каштановые брови Паркера удивленно взметнулись.

— Да, а что?

— Я сейчас там обитаю, — ответила я, ожидая его реакцию.

— Ты живешь с Трэвисом?

— Я вроде как проиграла пари, так что должна прожить там месяц.

— Месяц?!

— Долгая история, — понуро ответила я.

— Но вы с ним только друзья?

— Да.

— Тогда я отвезу тебя домой к Трэвису. — Паркер улыбнулся.

Я сбежала по ступенькам, собираясь найти Америку, промчалась мимо угрюмого Трэвиса, которому надоедала разговорами подвыпившая девушка. Он пошел по коридору следом за мной.

Я увидела Америку и потянула ее за платье.

— Ребята, вы можете ехать. Паркер предложил подвезти меня домой.

— Что?! — с восторгом воскликнула Америка.

— Что?! — со злостью отозвался Трэвис.

— Какие-то проблемы? — спросила его Америка.

Он сверкнул в ее сторону глазами и потащил меня за угол, играя желваками.

— Ты даже не знаешь этого парня.

Я вырвала руку из его хватки.

— Трэвис, это не твое дело.

— Мое, черт побери. Я не позволю тебе ехать домой с незнакомцем. А если он что-то попытается с тобой сделать?

— Вот и отлично! Он симпатичный!

Удивление на лице Трэвиса сменилось злостью. Я внутренне приготовилась к тому, что он скажет дальше.

— Гулька, Паркер Хейс? Ты это серьезно? Паркер Хейс, — с отвращением повторил он. — Что это вообще за имя такое?

— Прекрати, Трэв! — Я скрестила руки на груди. — Ты ведешь себя как придурок.

Явно нервничая, он приблизился ко мне.

— Убью его, если к тебе прикоснется.

— Он мне нравится, — отчеканила я.

От моих слов Трэвис как будто впал в ступор, а потом его лицо стало суровым.

— Хорошо. Но если он завалит тебя на заднем сиденье своей тачки, потом не приходи ко мне плакаться.

Я открыла рот от обиды и ярости, оттолкнула Трэвиса с пути и сказала:

— Не переживай, не приду.

Трэвис схватил мою руку и вздохнул, глядя на меня через плечо.

— Гулька, я не это имел в виду. Если он обидит или тебе просто станет не по себе — дай мне знать.

Злость ушла, мои плечи поникли.

— Да, хорошо. Но прекрати опекать меня словно старший брат.

Трэвис усмехнулся.

— Голубка, я совсем не изображаю старшего брата. Даже в мыслях не было.

Из-за угла показался Паркер, сунул руки в карманы и подставил мне локоть.

— Все в порядке?

Трэвис стиснул зубы. Я встала рядом с Паркером, чтобы отвлечь его от Трэвиса.

— Ага, идем.

Я взяла Паркера под руку, прошла с ним несколько шагов, потом обернулась, чтобы попрощаться с Трэвисом. Он метал злобные взгляды в спину Паркера, но посмотрел на меня и смягчился.

— Прекрати! — проговорила я сквозь зубы, следуя за Паркером до машины.

— Моя — серебристая.

Дважды мигнули фары, когда Паркер нажал на кнопку. Он открыл пассажирскую дверцу, и я засмеялась.

— Ты водишь «порше»?

— Не просто «порше», а «Порше девятьсот одиннадцать джи ти три». Большая разница.

— Дай угадаю: это любовь всей твоей жизни? — спросила я, цитируя заявление Трэвиса о его мотоцикле.

— Нет, это всего лишь машина. Любовью всей жизни станет женщина с моей фамилией.

Я слегка улыбнулась, пытаясь не выдать удивления из-за такой сентиментальности. Паркер взял меня за руку, помог сесть в машину, потом занял место за рулем, откинулся на подголовник и улыбнулся мне.

— Что делаешь сегодня вечером?

— Сегодня? — переспросила я.

— Сейчас утро. Хочу пригласить тебя на ужин, пока меня не опередили.

На моем лице появилась широкая улыбка.

— Пока никаких планов.

— Тогда заберу тебя в шесть?

— Хорошо, — ответила я, а Паркер переплел наши пальцы.

Он отвез меня прямиком к дому Трэвиса, не превышая скорости и все это время держа меня за руку. Парень припарковался за «харлеем» и, как и раньше, открыл мне дверцу. Когда мы добрались до двери, Паркер наклонился и поцеловал меня в щеку.

— Отдыхай. Увидимся вечером, — шепнул он мне на ухо.

— Пока, — сказала я, поворачивая ручку и толкая дверь.

Та резко распахнулась, и я провалилась вперед. Трэвис схватил меня за руку, не давая упасть.

— Осторожнее, мисс Грация.

Я повернулась и увидела неловкость на лице Паркера. Он подался вперед, заглянул в квартиру.

— Если есть униженные и выгнанные девушки, могу подвезти.

Трэвис злобно посмотрел на него.

— Лучше не начинай.

Паркер улыбнулся и подмигнул.

— Я постоянно ему докучаю! Но в последнее время не часто. Кажется, он понял, что намного проще, если девушки сами за рулем.

— Это очень все упрощает, — поддразнила я Трэвиса.

— Не смешно, Гулька.

— Гулька?.. — переспросил Паркер.

— Это... от Голубки. Просто кличка, даже не знаю, как он это придумал, — ответила я.

Впервые за все время мне стало стыдно за имя, которое в ночь нашего знакомства мне дал Трэвис.

— Буду ждать от тебя истории, когда все узнаешь. Звучит заманчиво, — улыбнулся Паркер. — Спокойной ночи, Эбби.

— Ты хотел сказать «С добрым утром»? — проговорила я, наблюдая, как он сбегает по лестнице.

— И это тоже, — с нежной улыбкой отозвался парень.

Трэвис резко захлопнул дверь, я отпрянула, чтобы не получить по лицу, и сердито сказала:

— Что еще?

Трэвис покачал головой и ушел в спальню. Я последовала за ним, прыгая на одной ноге и снимая туфлю.

— Трэв, он такой милый.

Трэвис вздохнул и подошел ко мне.

— Ты так покалечишься. — Он одной рукой обхватил меня за талию, а другой снял мои туфли.

Бросив их в шкаф, Трэвис стащил с себя футболку и отправился в спальню.

Я расстегнула платье, скинула его через бедра, забросила в угол, натянула футболку и расстегнула бюстгальтер, вытаскивая его через рукав. Завязывая волосы в узел на макушке, я заметила, что Трэвис пялится на меня.

— Уверена, у меня нет ничего такого, чего ты не видел бы раньше.

Я закатила глаза, залезла под одеяло, положила голову на подушку и свернулась калачиком. Трэвис расстегнул ремень и снял джинсы.

Несколько секунд он стоял и молчал. Лежа к нему спиной, я могла лишь гадать, что этот парень делает, стоя рядом с кроватью и ничего не говоря. Матрас прогнулся, когда Трэвис наконец-то лег. Я напряглась, ощутив его руку у себя на бедре.

— Сегодня я пропустил бой, — сказал Трэвис. — Звонил Адам. Я не поехал.

— Почему?! — спросила я, поворачиваясь к нему лицом.

— Хотел убедиться, что ты доберешься до дома.

— Тебе не надо нянчиться со мной. — Я сморщила нос.

Трэвис провел пальцем по всей длине моей руки, вызывая дрожь в позвоночнике.

— Знаю. Но мне по-прежнему стыдно за прошлую ночь.

— Я уже говорила, что меня это не волнует.

Трэвис нахмурился и приподнялся на локте.

— Поэтому ты спала в кресле? Потому что тебя это не волнует?

— Я не могла заснуть после того, как твои... подружки ушли.

— В кресле ты заснула замечательно. Почему же не смогла спать со мной?

— Рядом с парнем, от которого несло ночными бабочками, отправленными по домам? Даже не знаю! Какая я эгоистка!

Трэвис вздрогнул.

— Я же извинился.

— А я сказала, что меня это не волнует. Спокойной ночи, — буркнула я, отворачиваясь.

Несколько секунд в спальне царила тишина. Потом Трэвис положил руку на подушку и накрыл мою ладонь. Он погладил нежные участки кожи между пальцев, затем прижался губами к уху.

— Как бы я ни переживал, что ты не станешь разговаривать со мной, но все же твое равнодушие намного хуже.

Я зажмурилась.

— Трэвис, что тебе нужно? Ты не хочешь, чтобы я расстраивалась из-за твоего поступка, не желаешь, чтобы мне было все равно. Заявляешь Америке, что не собираешься со мной встречаться, а потом бесишься, когда я говорю то же самое. Ты вылетаешь из квартиры и напиваешься до потери пульса. Я тебя совсем не понимаю.

— Поэтому ты так ответила Америке? Из-за моих слов, что я не стану с тобой встречаться?

Я стиснула зубы. Он сейчас намекнул, что я ему мстила.

Я сформулировала самый простой ответ, какой только могла придумать:

— Нет, я действительно имела в виду то, что сказала. Просто не собиралась оскорблять тебя.

— Я сказал так именно потому, что не хотел ничего разрушить, — начал Трэвис, нервно почесав голову. — Я не знал, как стать достойным тебя. Хотел сам все обдумать.

— Уже неважно. Мне нужно поспать. Сегодня у меня свидание.

— С Паркером? — разъяренным голосом спросил Трэвис.

— Да. А теперь я могу поспать?

— Конечно, — ответил он, сползая с кровати и хлопая за собой дверью.

Кресло заскрипело под его весом, из телевизора донеслись приглушенные голоса. Я заставила себя закрыть глаза, успокоиться и немного поспать, пускай хотя бы пару часов.

Когда я открыла глаза, то увидела, что уже три часа дня. Я схватила полотенце, халат и помчалась в ванную. Как только я прикрылась шторкой, дверь отворилась и захлопнулась. Я подождала, пока кто-нибудь не заговорит, но услышала лишь стук ободка об унитаз.

— Трэвис?

— Нет, это я, — отозвалась Америка.

— Тебе обязательно ходить в туалет именно здесь? У тебя есть своя ванная.

— Шепа там полчаса после пива полоскало. Туда я точно не пойду.

— Отлично.

— Слышала, у тебя сегодня свидание. Трэвис в бешенстве! — радостно сообщила она.

— В шесть! Америка, он такой милый! Этот парень просто... — Я замолчала, вздыхая и краснея, чего со мной обычно не происходило.

Я все думала, как образцово он себя вел с момента нашего знакомства. Паркер — все, что мне нужно, полная противоположность Трэвису.

— У тебя даже нет слов? — Америка засмеялась.

Я выглянула из-за шторки.

— Мне даже не хотелось возвращаться домой! Я проболтала бы с ним целую вечность!

— Звучит обнадеживающе. Только странно, что ты все еще здесь.

Я вернулась под душ, смывая с себя мыло.

— Я все ему объяснила.

Америка спустила воду в унитазе, включила кран, и на мгновение душ стал ледяным. Я вскрикнула, и тут же распахнулась дверь.

— Гулька!.. — сказал Трэвис.

Америка засмеялась.

— Трэв, я лишь спустила воду, успокойся.

— А... Голубка, ты в порядке?

— Все отлично. Убирайся отсюда. — Дверь снова закрылась, и я вздохнула. — Как считаешь, не попросить ли поставить замки на дверях? — Америка не ответила. — Мерик?

— На самом деле очень печально, что вы не пришли к согласию. Ты единственная девушка, которая могла бы... — Подруга вздохнула. — Не бери в голову. Теперь уже не важно.

Я выключила душ и завернулась в полотенце.

— Ты не хуже его. Меня от всего этого тошнит. Я больше никого из вас не понимаю. Ты зла на него, не забыла?

— Знаю, — кивнула Америка.

Я включила свой новый фен и начала наводить марафет к свиданию с Паркером. Накрутила волосы, накрасила ногти и губы бордовым оттенком. Возможно, перебор для первого свидания. Я хмурилась, глядя на свое отражение. Не в том дело, что я боялась вызвать шок у Паркера. Просто очень не хотелось вызвать насмешку Трэвиса, решившего, что я пытаюсь ему отомстить.

Я бросила последний взгляд в зеркало, и меня переполнило чувство вины. Трэвис старался изо всех сил, а я вела себя как упрямая, капризная девчонка. Я вышла в гостиную, и Трэвис улыбнулся. Совсем не такой реакции я ожидала.

— Ты... просто красавица.

— Спасибо, — ответила я, озадаченная отсутствием раздражения или ревности в его голосе.

— Отличный выбор, Эбби. — Шепли присвистнул. — Парням по душе красный цвет.

— А кудряшки просто потрясающие, — добавила Америка.

Раздался звонок в дверь, подруга улыбнулась и, переполненная эмоциями, замахала руками.

— Повеселись там!

Я открыла дверь. Паркер, в костюме и при галстуке, держал в руках букетик цветов.

— Ты самое прелестное создание, которое я когда-либо видел, — очарованно произнес он, окинув взглядом мое платье и туфли.

Я оглянулась и помахала Америке, которая расплылась в столь широкой улыбке, что я могла пересчитать все ее зубы. Шепли выглядел как гордый отец, а Трэвис уставился в телевизор. Паркер взял меня за руку и повел к своему сверкающему «порше». Как только мы оказались внутри, он выдохнул.

— Что такое? — спросила я.

— Вынужден сказать, что немного нервничал. Ведь я забирал женщину, в которую влюблен Трэвис Мэддокс... из его же квартиры. Ты даже не представляешь, сколько человек обвиняли меня сегодня в безумии.

— Трэвис в меня не влюблен. Иногда он просто не выносит моей персоны.

— Значит, в ваших отношениях от любви до ненависти один шаг? Когда я упомянул при «братьях», что иду с тобой сегодня на свидание, все сказали одно и то же.

Мол, в последнее время Трэвис ведет себя непредсказуемо, даже больше обычного, и они пришли к единому выводу.

— Твои друзья ошибаются, — настаивала я.

Паркер покачал головой так, будто я ничего не смыслю, и накрыл мою ладонь.

— Лучше нам поехать. У нас забронирован столик.

— Где?

— В «Биасетти». Я решил рискнуть. Надеюсь, ты любишь итальянскую кухню.

— А не маловато было времени для бронирования? — удивилась я. — Там обычно забито до отказа.

— Ну... это, вообще-то, наш ресторан. Наполовину.

— Что ж, я люблю итальянскую кухню.

До ресторана Паркер ехал, в точности соблюдая скоростные режимы, включая, когда нужно, поворотники и заранее притормаживая на желтый свет.

Когда мы прибыли, я рассмеялась.

— Что такое? — спросил Паркер.

— Просто ты очень осторожный водитель. Хорошо...

— Все это выгодно отличается от мотоцикла Трэвиса? — Он улыбнулся.

Мне стоило бы засмеяться, но разница была не в пользу Паркера.

— Давай не будем сегодня говорить о Трэвисе, ладно?

— Согласен. — Паркер вышел и открыл мне дверь.

Нас сразу же проводили к столику у большого окна на застекленной веранде. Хотя я пришла в платье, но по сравнению с другими женщинами в ресторане — в бриллиантах и платьях-коктейль — выглядела по-сиротски. Я еще ни разу не бывала в столь пафосных заведениях.

Мы сделали заказ, Паркер закрыл меню и улыбнулся официанту.

— Принесите нам бутылку аллегрини амароне, пожалуйста.

— Да, сэр, — отозвался официант, забирая у нас меню.

— Это место невероятно роскошное, — шепнула я, подавшись вперед.

Зеленые глаза Паркера засияли.

— Спасибо, я передам отцу, что ты так думаешь.

К нашему столику приблизилась женщина. Ее светлые волосы были забраны в тугой французский пучок, в челке, уложенной волной, виднелась седина. Я старалась не пялиться на сверкающие драгоценности, окольцовывавшие шею дамы и заметно оттягивавшие мочки ушей. Такие украшения созданы, чтобы их заметили. Недружелюбные голубые глаза устремились на меня, но женщина быстро отвела взгляд и посмотрела на моего кавалера.

— И кто же твоя подруга, Паркер?

— Мама, это Эбби Эбернати. Эбби, это моя мать, Вивьен Хейс.

Я протянула руку, и женщина чопорно пожала мою ладонь. Суровое лицо озарилось хорошо отрепетированным интересом. Женщина взглянула на Паркера.

— Эбернати?

Я нервно сглотнула, переживая, что она может припомнить мое имя.

— Она из Уичито, мама, — нетерпеливо проговорил Паркер. — Ты не знаешь ее семью. Эбби учится в «Истерне».

— Да? — Вивьен снова окинула меня взглядом. — В следующем году Паркер отправляется в Гарвард.

— Да, он говорил. Это замечательно. Вы, должно быть, очень им гордитесь.

Морщинки вокруг ее глаз слегка разгладились, а в уголках губ появилась самодовольная улыбка.

— Это так. Спасибо.

Меня поразило, насколько вежливо прозвучали ее слова, при этом в них сквозило оскорбление. Этот талант она явно приобрела не вдруг. Миссис Хейс потратила многие годы, подавляя других своим превосходством.

— Был рад увидеться, мама. Хорошего тебе вечера.

Она поцеловала Паркера в щеку, стерла следы губной помады и вернулась к своему столику.

— Извини. Я не знал, что сегодня она будет здесь.

— Все в порядке. Она показалась мне... милой.

— Ага, для пираньи. — Паркер рассмеялся.

Я выдавила смешок, а Паркер виновато улыбнулся.

— Она станет более дружелюбной. Ей нужно какое-то время.

— Надеюсь, это произойдет до того, как ты отправишься в Гарвард.

Казалось, мы болтали целую вечность: о еде, «Истерне», математике и даже об арене. Паркер был веселым, обаятельным и говорил все, что нужно. Время от времени к нему подходили поздороваться, и он каждый раз представлял меня с гордой улыбкой на лице. В стенах этого ресторана он слыл знаменитостью, а когда мы уходили, я ощутила на себе оценивающие взгляды.

— Что теперь? — спросила я.

— Боюсь, первой парой в понедельник у меня промежуточный тест по сравнительной анатомии позвоночных. Так что мне нужно подготовиться, — сказал он, накрывая мою ладонь.

— Это важнее, — проговорила я, пытаясь не выдать своего разочарования.

Он довез меня до дома и за руку отвел по ступенькам.

— Спасибо, Паркер, — сказала я, понимая, что нелепо улыбаюсь. — Я великолепно провела время.

— Не рано спросить о втором свидании?

— Совсем нет, — просияла я.

— Позвоню тебе завтра?

— Здорово.

Последовала неловкая пауза. Именно этих моментов свидания я всегда боюсь до ужаса. Целовать или не целовать — ненавижу этот вопрос.

Не успела я подумать, поцелуют меня или нет, как Паркер обхватил мое лицо, притянул к себе и прижался губами. Такими мягкими, теплыми и чудесными. Он отстранился, а потом снова поцеловал меня.

— До завтра, Эбс.

Я помахала ему, следя, как он спускается по лестнице к своей машине.

— Пока.

Я взялась за дверную ручку и снова повалилась внутрь. Трэвис подхватил меня, не давая окончательно потерять равновесие.

— Может, прекратишь? — сказала я, закрывая за собой дверь.

— Эбс? — скривился парень. — Этот хлыщ тебя не перепутал с физкультурными роликами?[1]

— Голубка? — сказала я с неменьшим отвращением. — Надоедливая птица, которая гадит на тротуары?

— Тебе нравится это имя — Голубка, — стал защищаться Трэвис. — Прекрасная птица, привлекательная девушка, профессиональный картежник[2]. Выбирай сама. Но ты моя Голубка.

Я схватила его за локоть, сняла туфли и пошла в спальню. Там переоделась в пижаму, изо всех сил стараясь оставаться злой на него. Трэвис сел на кровати и скрестил руки.

— Ты хорошо провела время?

— Просто восхитительно. — Я вздохнула. — Идеально. Он такой... — Я не смогла придумать подходящего слова и потрясла головой.

---

[1] Намек на «Abs Workout», комплекс видеоупражнений для тренировки мышц живота.

[2] Pigeon — профессиональный игрок; термин в покере *(англ.)*.

— Он целовал тебя?

Я поджала губы и кивнула.

— У него очень мягкие губы.

Трэвис поморщился.

— Мне все равно, какие у него губы.

— Поверь, это важно. Я всегда так нервничаю из-за первых поцелуев. Но этот оказался не так уж и плох.

— Ты нервничаешь из-за поцелуев? — с весельем в голосе спросил Трэвис.

— Лишь из-за первых. Просто ненавижу их.

— Я бы тоже возненавидел, если мне пришлось бы поцеловать Паркера Хейса.

Хихикнув, я побежала в ванную смывать макияж. Трэвис проследовал за мной и повис на двери.

— Так ты опять пойдешь на свидание?

— Ага. Он позвонит завтра.

Я вытерла лицо, помчалась по коридору и прыгнула в постель.

Трэвис разделся до трусов и сел на кровати спиной ко мне. Он слегка горбился, выглядел измотанным. На спине перекатились мускулы.

Он мельком взглянул на меня через плечо и полюбопытствовал:

— Если ты так хорошо провела время, то почему рано вернулась домой?

— У Паркера в понедельник важный тест.

— Да кого это заботит? — поморщился Трэвис.

— Он собирается поступать в Гарвард. Поэтому ему нужно заниматься.

Трэвис фыркнул, улегся на живот и нервно засунул руки под подушку.

— Ага, так он всем рассказывает.

— Не будь придурком. У Паркера свои приоритеты... Думаю, он очень ответственный.

— Разве не должна его девушка быть на первом месте?

— Я не его девушка. Трэв, мы всего лишь сходили на одно свидание, — проворчала я.

— Ну и чем вы там занимались?

Я бросила на него недоуменный взгляд, и Трэвис засмеялся.

— Что? Мне просто любопытно!

Поняв, что он говорит искренне, я описала ему все в мельчайших подробностях: ресторан, еду, приятные слова Паркера и его шутки. На моем лице застыла глупая улыбочка, но я не могла ничего поделать, потому как рассказывала о вечере своей мечты.

Трэвис слушал мою болтовню с улыбкой на лице, даже задавал вопросы. Хоть он и выглядел раздраженным из-за всей ситуации с Паркером, все же мне показалось, что ему приятно видеть меня счастливой.

Трэвис устроился на своей стороне кровати, а я зевнула. Некоторое время мы молча смотрели друг на друга, потом он вздохнул.

— Рад, Гулька, что ты хорошо провела время. Ты этого заслуживаешь.

— Спасибо, — просияла я.

На тумбочке завибрировал мобильник, и я вскочила, чтобы посмотреть на экран.

— Алло?

— Кажется, уже завтра? — сказал Паркер.

Я взглянула на часы и засмеялась. Одна минута первого.

— Ага.

— Что насчет вечера в понедельник? — спросил Паркер.

Я на мгновение прикрыла ладонью рот и глубоко вздохнула.

— Отлично. Понедельник подойдет.

— Хорошо. Увидимся в понедельник, — сказал Паркер. В его голосе слышалась улыбка.

Я отключилась и посмотрела на Трэвиса, который наблюдал за мной с легким раздражением. Переполняемая радостными эмоциями, я отвернулась от него и поджала ноги.

— Ты такая же, как все девчонки, — сказал Трэвис, отворачиваясь от меня.

Я закатила глаза.

Вдруг Трэвис резко повернулся и притянул меня к себе.

— Тебе серьезно нравится Паркер?

— Трэвис, не порть все, пожалуйста!

Он с минуту глядел на меня, потом покачал головой и снова отвернулся.

— Паркер Хейс!

ГЛАВА 6
ПОВОРОТНЫЙ МОМЕНТ

Свидание вечером в понедельник полностью оправдало мои ожидания. Мы ужинали в китайском ресторане, и я хихикала, глядя, как Паркер управляется с палочками. Когда он привез меня домой, Трэвис открыл дверь до того, как Паркер успел поцеловать меня. На следующий раз, в среду вечером, он предусмотрительно сделал это в машине.

В четверг, в обеденное время, мы встретились в столовой, и Паркер поразил всех, заняв место Трэвиса. Когда тот докурил и зашел внутрь, то равнодушно прошагал мимо и сел в конце стола.

К Трэвису приблизилась Меган, но осталась с носом, когда он прогнал ее. После этого вся столовая притихла. Я с трудом следила за тем, что говорил мне Паркер.

— Полагаю, я не приглашен, — сказал он, привлекая мое внимание.

— Что?

— Слышал, в воскресенье вечеринка по случаю твоего дня рождения. Я не приглашен?

Америка мельком посмотрела на Трэвиса, который сверлил Паркера гневным взглядом, будто желая убить его.

— Паркер, это был сюрприз, — тихо проговорила Америка.

— А... — Тот съежился.

— Ты устраиваешь мне вечеринку-сюрприз? — спросила я Америку.

— Это идея Трэвиса, — пожала она плечами. — В воскресенье, дома у Брэзила. В шесть часов.

Щеки Паркера стали пунцовыми.

— Думаю, теперь я точно не приглашен.

— Конечно приглашен! — воскликнула я, накрывая его ладонь.

Двенадцать пар глаз уставились на наши руки. Я заметила, что Паркеру так же неловко от излишнего внимания, как и мне, поэтому убрала руку на колени.

— Мне еще нужно сделать пару дел перед учебой. — Паркер поднялся. — Позвоню тебе позже.

— Хорошо, — сказала я с виноватой улыбкой.

Паркер перегнулся через стол и поцеловал меня в губы.

В столовой воцарилась тишина. Когда Паркер ушел, Америка толкнула меня в бок локтем.

— По мне мурашки бегают от того, как все на тебя смотрят, — прошептала она, а затем нахмурилась, обвела столовую взглядом и крикнула: — Чего уставились? Это не ваше дело, извращенцы!

Постепенно все головы отвернулись от меня, и разговоры возобновились.

Я прикрыла глаза ладонью.

— Знаешь, раньше я выглядела жалко, потому что все считали меня наивной подружкой Трэвиса. А теперь я главная злодейка — все думают, будто я прыгаю между Трэвисом и Паркером, как шарик в пинг-понге. — Америка ничего не сказала, и я подняла на нее глаза. — Что? Только не говори, что тоже купилась на эту чушь.

— Я вообще молчу! — отозвалась она.

— Но ты ведь так думаешь? — Я подозрительно уставилась на подругу.

Америка покачала головой, но не ответила. Недружелюбные взгляды других студентов стали вдруг осязаемыми. Я поднялась и прошла в конец стола.

— Нам нужно поговорить, — похлопала я Трэвиса по плечу.

Я хотела быть вежливой, но внутри кипела от злости, поэтому мои слова прозвучали слишком резко. Все студенты без исключения, даже моя лучшая подруга, считали, что я дурачу двух парней. Оставалось лишь одно.

— Так говори, — сказал Трэвис, запихивая в рот бутерброд с чем-то жареным.

Я занервничала, ощутив на себе любопытные взгляды. Трэвис не двинулся с места, тогда я схватила его за руку и с силой потянула. Он поднялся, улыбнулся и вышел со мной на улицу.

— Что такое, Гулька? — спросил парень, поглядев на руку.

— Ты должен освободить меня от пари, — взмолилась я.

— Хочешь уехать? — Он поник. — Но почему? Что я буду делать?

— Нет же, Трэв, ты тут ни при чем. Ты заметил, как пялятся остальные? Я становлюсь изгоем «Истерна».

Трэвис тряхнул головой и прикурил.

— Не мои проблемы.

— Твои! Паркер сказал, все думают, будто он подписал себе смертный приговор, потому что ты в меня влюблен.

Трэвис удивленно поднял брови и поперхнулся от дыма.

— Про меня так говорят?

Я кивнула. Сделав круглые глаза, он отвернулся и снова затянулся.

— Трэвис! Ты должен освободить меня от пари! Я не могу встречаться с Паркером и в то же время жить с тобой. Это выглядит ужасно!

— Так не встречайся с Паркером.

— Проблема не в этом, ты сам знаешь. — Я сердито взглянула на него.

— Ты только поэтому хочешь уехать? Из-за того, что говорят другие?

— По крайней мере, до этого я была наивной девочкой, а ты плохим парнем, — проворчала я.

— Гулька, ответь на вопрос.

— Да!

Трэвис посмотрел на ребят, проходящих мимо. Он обдумывал свое решение, а я становилась все нетерпеливее.

Наконец парень выпрямился и решительно произнес:

— Нет.

Я покачала головой, не сомневаясь, что ослышалась.

— Что, извини?

— Нет. Ты сама сказала: пари есть пари. Когда закончится месяц, ты будешь с Паркером, он станет врачом, вы поженитесь, у вас появятся двое детей, и я никогда больше не увижу тебя. — При этих словах его лицо исказилось. — Но у меня есть еще три недели, и я не променяю их на какие-то нелепые сплетни.

Сквозь стекло я видела, что на нас смотрит вся столовая. От столь надоедливого внимания в глазах защипало. Я оттолкнула Трэвиса и прошла мимо, направляясь на лекцию.

— Голубка, — позвал Трэвис, но я не обернулась.

Тем же вечером Америка сидела на кафельном полу ванной, разглагольствуя о парнях, а я прихорашивалась у зеркала, завязывая волосы в высокий конский хвост. Я слушала вполуха и все думала, какое же необыкновенное терпение проявлял Трэвис — для него, конечно. Видеть, как из квартиры меня почти каждый вечер забирает Паркер!..

Перед глазами всплыло лицо Трэвиса, когда я попросила освободить меня от пари и сказала, что он влюблен в меня. Я не переставала думать, почему Трэвис не опроверг эти слова.

— Ну, Шеп думает, ты слишком сурова с ним. Он никогда ни о ком не заботился настолько, чтобы...

Трэвис заглянул к нам и улыбнулся, глядя, как я причесываюсь.

— Поужинаем? — спросил он.

Америка встала и посмотрелась в зеркало, рукой приглаживая золотистые волосы.

— Шеп хочет опробовать новое мексиканское местечко в центре, если вы пойдете.

Трэвис покачал головой.

— Я думал пойти вдвоем с Гулькой.

— Я иду на свидание с Паркером.

— Опять? — раздраженно проговорил он.

— Опять, — чуть ли не пропела я.

Раздался звонок в дверь, я побежала открывать и промчалась мимо Трэвиса. На пороге стоял Паркер: волнистые светлые волосы, гладко выбритое лицо.

— Ты когда-нибудь выглядишь не столь роскошно? — спросил он.

— Если вспомнить первый раз, когда она пришла сюда, то я отвечу «да», — сказал Трэвис из-за моей спины.

Я закатила глаза, улыбнулась, жестом попросила Паркера подождать минутку, обернулась и повисла на шее у Трэвиса. Сперва он напрягся, а потом расслабился и притянул меня к себе.

Я посмотрела ему в глаза и улыбнулась.

— Спасибо за вечеринку-сюрприз на мой день рождения. Можем мы перенести наш ужин?

На лице Трэвиса проявились разнообразные эмоции. Уголки его губ поползли вверх.

— Завтра?

Я обняла Трэвиса и заулыбалась.

— Отлично.

Я помахала ему на прощание, а Паркер взял меня за руку.

— Что сейчас происходило?

— В последнее время мы мало бываем вместе. Это мой способ примирения.

— У меня есть повод волноваться? — спросил он, открывая дверцу.

— Нет. — Я поцеловала его в щеку.

За ужином Паркер рассказывал про Гарвард, «Дом» и планы поискать квартиру.

— Трэвис будет сопровождать тебя на вечеринку? — Паркер нахмурился.

— Не уверена. Он ничего об этом не говорил.

— Если он не против, я бы хотел отвезти тебя. — Паркер взял мою кисть и поцеловал.

— Я узнаю. Все-таки вечеринка — его идея...

— Понимаю. Если не получится, то увидимся прямо там. — Паркер улыбнулся.

Он довез меня до квартиры и припарковался на стоянке. Когда поцеловал меня на прощание, его губы задержались на моих дольше обычного. Он потянул ручной тормоз, покрыл поцелуями мои губы, дошел до уха, а потом принялся спускаться по шее. Это застало меня врасплох, и в ответ я издала легкий вздох.

— Ты такая красивая, — прошептал Паркер. — Весь вечер я отвлекался на вид твоей обнаженной шеи. — С этими словами он принялся целовать ее.

Я выдохнула и слегка замурлыкала от удовольствия.

— Что же тебя сдерживало? — Я улыбнулась, задирая подбородок и подставляя шею.

Паркер сосредоточился на моих губах, придержал ладонями лицо и поцеловал слегка настойчивее, чем обычно. В салоне было тесновато, но мы постарались использовать имеющееся пространство с толком. Паркер прильнул ко мне, а я согнула ногу в колене и прижалась спиной к окну.

Паркер скользнул языком меж губ, обхватил мою щиколотку, провел ладонью вверх по ноге и остановился на бедре. В считаные секунды остывшие окна запотели от нашего энергичного дыхания. Паркер провел губами по ключице и резко вздернул голову, когда стекло завибрировало от громких ударов.

Он сел на свое место, я выпрямилась и поправила платье. Когда дверь резко открылась, я вздрогнула. Рядом с машиной стояли Трэвис и Америка. На лице подруги застыло виноватое выражение, а Трэвиса от слепой ярости отделял лишь шаг.

— Какого черта, Трэвис? — закричал Паркер.

Вдруг вся ситуация приняла опасный оборот. Я еще ни разу не слышала, чтобы Паркер повышал голос. Трэвис так сильно сжал кулаки, что побелели костяшки, но между ним и Паркером была я. Подруга положила руку на его предплечье, и ее кисть показалась крошечной по сравнению с мускулами Трэвиса. Америка в молчаливом предостережении Паркеру покачала головой.

— Идем, Эбби, — сказала она. — Мне надо с тобой поговорить.

— О чем?

— Просто пойдем! — резко повторила подруга.

Я взглянула на Паркера: на его лице застыло раздражение.

— Извини, мне нужно пойти.

— Все в порядке. Иди.

Трэвис помог мне выбраться из «порше», а потом ногой захлопнул дверцу. Я развернулась и встала между ним и машиной.

— Да что с тобой такое? — Я стукнула его по плечу. — Прекрати!

Америка заметно нервничала, да и неудивительно: от Трэвиса разило виски. Либо она сама вызвалась сопроводить его, либо это он попросил. В любом случае подруга играла роль сдерживающего фактора.

Блестящий «порше» Паркера с визгом уехал со стоянки. Трэвис закурил.

— Можешь идти, Мерик.

Она потянула за мою юбку.

— Идем, Эбби.

— Нет уж, останься, Эбс, — прорычал Трэвис.

Я кивнула, и Америка нехотя удалилась. Скрестив руки на груди, я приготовилась защищаться и атаковать после неизбежной лекции. Трэвис несколько раз затянулся, очевидно не собираясь объяснять свое поведение.

— Зачем ты это сделал? — не выдержала я.

— Зачем?! А зачем он лапал тебя перед моим домом?! — закричал Трэвис.

Его взгляд был рассредоточен, и я поняла, что этот парень сейчас не способен на разумный разговор.

— Может, я и живу у тебя, но что делаю и с кем — это касается лишь меня, — как можно спокойнее выговорила я.

Трэвис бросил окурок на землю.

— Гулька, ты заслуживаешь гораздо большего. Не дай ему трахнуть тебя в машине, прямо как безмозглую выпускницу.

— Я не собиралась заниматься с ним сексом!

Трэвис махнул рукой на пустое место, где недавно стояла машина Паркера.

— А чем ты тогда занималась?

— Трэвис, ты что, никогда ни с кем не встречался, не ласкал кого-то, не заходя слишком далеко?

Он нахмурился и покачал головой, будто я несла вздор.

— А какой смысл?

— Это имеет смысл для многих людей... особенно для тех, кто встречается.

— У вас все стекла запотели, машина прыгала... как я должен был догадаться?

— Может, просто не надо за мной шпионить?

Трэвис потер лицо и покачал головой.

— Голубка, я не могу этого вынести. Кажется, я схожу с ума.

Я развела руками.

— Чего не можешь вынести?

— Если ты с ним переспишь, я не хочу об этом знать. Иначе надолго попаду за решетку... Просто не рассказывай мне.

— Трэвис!.. — закипела я. — Не верю, что ты сказал такое! Ведь это очень важный шаг для меня!

— Все девчонки так говорят!

— Я не про тех шлюх, с которыми ты имеешь дело, а про себя! — сказала я, прижимая руки к груди. — Ведь я еще не... да ну тебя!

Я пошла прочь, но он схватил меня за руку.

— Чего ты еще не делала? — слегка шатаясь, спросил он.

Я не ответила — не обязана была делать это. На его лице появилась искра понимания.

— Ты девственница? — Он усмехнулся.

— И что? — моментально покраснев, спросила я.

Взгляд Трэвиса сфокусировался на мне и снова затуманился. Он пытался все обдумать.

— Поэтому Америка не сомневалась, что вы не зайдете так далеко.

— Все четыре года старших классов у меня был один и тот же бойфренд. Подающий надежды баптистский миссионер! До этого как-то дело не дошло!

Ярость Трэвиса улетучилась, а в глазах читалось облегчение.

— Миссионер? Что же случилось после всего этого воздержания?

— Он мечтал, чтобы мы поженились и остались в... Канзасе. А я нет.

Я отчаянно хотела сменить тему. Меня и так унижало веселье, появившееся в глазах Трэвиса. Я не желала, чтобы он еще глубже копался в моем прошлом.

Трэвис подошел на шаг и обхватил мое лицо ладонями.

— Девственница, — сказал он, мотая головой. — Ни за что не догадался бы после того, как ты танцевала в «Реде».

— Очень смешно, — буркнула я, делая шаг вверх по ступенькам.

Трэвис хотел последовать за мной, но споткнулся и с истерическим хохотом упал на спину.

— Ты что вытворяешь? Вставай! — Я помогла ему подняться на ноги.

Он повис на моей шее, и я повела его по ступенькам. Шепли и Америка уже улеглись спать. Не предвидя помощи с их стороны, я сбросила туфли, чтобы не сломать ноги, и повела Трэвиса в спальню. Он рухнул на кровать и потянул меня за собой. Когда мы приземлились, то оказались совсем близко друг от друга. Трэвис вдруг стал серьезным. Он приподнялся, почти поцеловал меня, но я его оттолкнула. Трэвис изогнул брови.

— Прекрати, Трэв.

Он крепко прижал меня к себе, не отпуская, как я ни пыталась вырваться, и расстегнул платье, отчего оно повисло на плече.

— С тех пор как с этих прелестных губ слетело слово «девственница»... мне вдруг ужасно захотелось помочь тебе с платьем.

— Что ж, неудачная идея. Двадцать минут назад ты чуть не убил за то же самое Паркера. Так что не будь лицемером.

— К черту Паркера. Он не в курсе, что тебе нравятся мои действия.

— Трэв, хватит. Давай разденем тебя и уложим спать.

— Об этом я и толкую. — Он усмехнулся.

— Сколько же ты выпил? — спросила я, для равновесия становясь на колени.

— Достаточно. — Он улыбнулся и потянул за подол моего платья.

— Целый галлон[1], наверное? — сказала я, сбрасывая его руку.

Опершись на колено, я стащила с Трэвиса майку. Он снова потянулся ко мне и схватил за запястье. Я фыркнула от противного запаха алкоголя, повисшего в воздухе.

— Боже, Трэв, ты насквозь провонял «Джеком Дэниелсом».

— Это «Джим Бим», вообще-то, — поправил меня Трэвис.

— Воняет горелой древесиной и химией.

— На вкус то же самое. — Парень хмыкнул.

Я расстегнула его ремень. Трэвис засмеялся, когда я резко дернула за пояс, приподнял голову и взглянул на меня.

— Гулька, ты лучше следи за своей девственностью. Люблю грубость.

— Заткнись. — Я расстегнула его джинсы и стянула их с ног.

Бросив штаны на пол в угол комнаты, я встала и, еле дыша, уперла руки в бока. Ноги Трэвиса свисали с кровати, глаза закрылись, а дыхание стало глубоким и ровным. Он отключился.

Я пошла к шкафу, принялась рыться в нашей одежде, расстегнула платье, позволила ему упасть к ногам, потом отбросила его в угол и распустила волосы.

В шкафу наша с Трэвисом одежда безнадежно перемешалась. Я вздохнула, сдула с лица волосы и стала искать в этом беспорядке какую-нибудь футболку. Я сняла одну с вешалки, и вдруг сзади в меня врезался Трэвис и обвил руки вокруг моей талии.

— Ты меня перепугал до смерти! — возмутилась я.

Трэвис провел руками по моей коже. Теперь он прикасался ко мне совсем иначе — неторопливо и осторож-

---

[1] 1 галлон — 3,785 л.

но. Трэвис притянул меня к себе и зарылся лицом в волосах, водя носом по шее. Я закрыла глаза и прильнула к его обнаженному телу.

— Трэвис!.. — наконец запротестовала я.

Он перебросил мои волосы на одну сторону и провел губами по спине, от плеча к плечу, затем расстегнул бюстгальтер и поцеловал шею у основания. Я закрыла глаза, наслаждаясь прикосновением теплых мягких губ. Мне было слишком приятно, чтобы останавливать его. С губ Трэвиса сорвался приглушенный стон, когда он прижался ко мне животом. Сквозь боксерские трусы я ощутила, как сильно парень желает меня. Я затаила дыхание, сознавая, что от этого огромного шага, которому я противилась несколько минут назад, нас отделяют два тоненьких клочка ткани.

Трэвис развернул меня лицом к себе, прильнул ко мне и прижал к стене. Наши взгляды встретились, и я увидела, с какой жаждой он смотрит на голые участки моего тела. Я и раньше замечала, как Трэвис разглядывает девушек, но сейчас все было по-другому. Он не собирался завоевывать меня, хотел лишь услышать «да».

Трэвис наклонился поцеловать меня и остановился в дюйме от моего лица. Я ощутила на губах жаркое дыхание и поборола острое желание притянуть Трэвиса к себе. Раздумывая, он впился пальцами в мою кожу, потом опустил ладони к краю трусиков, указательными пальцами скользнул по бедрам, минуя кружевную ткань. В тот самый момент, когда Трэвис собирался стянуть изящную вещицу с моих ног, он вдруг заколебался. Я открыла рот, собираясь сказать «да», но Трэвис зажмурился.

— Все будет не так, — прошептал он, еле касаясь своими губами моих. — Я хочу тебя, но не таким образом.

Он поплелся назад к кровати и рухнул на спину, а я еще какое-то время стояла со скрещенными на животе руками. Дыхание Трэвиса выровнялось. Я просунула голову в футболку, которую все это время держала в руках.

Трэвис не шевелился. Я медленно выдохнула. Заберись я сейчас в постель, он проснется с менее благородными намерениями, и удержаться мне не удастся.

Я повалилась в кресло, закрывая лицо ладонями. Внутри меня копилось раздражение. Паркер уехал с задетыми чувствами, Трэвис же дождался момента, когда я встречу кого-нибудь действительно симпатичного, и только теперь проявил интерес. Однако я единственная девушка, с которой он не может переспать, даже будучи в стельку пьяным.

Утром я налила стакан апельсинового сока и сделала глоток, качая головой в такт музыке из айпода. Я проснулась еще до рассвета и проворочалась в кресле до восьми часов. Надо было как-то убить время, и я решила заняться уборкой кухни, пока не проснулись соседи, не столь заинтересованные в чистоте моего жилья. Загрузила тарелки в посудомойку, вымыла полы и протерла стойку бара. Когда кухня засияла, я взяла корзину с чистым бельем. Сидела на диване и аккуратно складывала вещи, пока вокруг не выросли стопки.

Из комнаты Шепли донеслось бормотание. Захихикала Америка, потом на несколько минут наступила тишина. Следом донеслись приглушенные звуки, от которых мне стало неловко, совсем одной в гостиной. Я сложила белье в корзину и понесла ее в комнату Трэвиса. Увидев, что он лежит там же, где вчера повалился, я улыбнулась, опустила корзину, накрыла Трэвиса одеялом и еле сдержала ухмылку, когда парень повернулся.

— Гулька, взгляни, — пробормотал он, и его дыхание вновь стало ровным.

Я не могла уйти, все стояла и наблюдала, как он спит. Само осознание того, что я снилась ему, вызывало во мне необъяснимую дрожь.

Наконец я решила принять душ, надеясь, что посторонние звуки как-то заглушат стоны Шепли и Америки и стук кровати о стену. Выключив воду, я поняла, что их совсем не волнует, слышит ли кто возню или нет.

Я причесалась и закатила глаза, уловив жалобные вскрикивания Америки. Они скорее подошли бы скулящему пуделю, чем звезде порно.

В дверь позвонили, я набросила синий махровый халат, затянула пояс и быстро пошла по коридору.

Стоны в комнате Шепли немедленно стихли. Я открыла дверь и увидела на пороге улыбающегося Паркера.

— С добрым утром, — проговорил он.

Я провела рукой по влажным волосам.

— Что ты делаешь здесь в такую рань?

— Мне не понравилось, как мы вчера попрощались. Утром я отправился за подарком к твоему дню рождения и не удержался — захотелось сразу же отдать его тебе. — Паркер достал из кармана пиджака блестящую коробочку. — Так что с днем рождения, Эбс.

Он вручил мне серебристую коробочку. Я прильнула к Паркеру и поцеловала в щеку.

— Спасибо.

— Давай же. Хочу видеть твое лицо, когда откроешь подарок.

Я подцепила скотч, сняла обертку и отдала ее Паркеру. Внутри я обнаружила браслет из цепочки сверкающих бриллиантов, обрамленных белым золотом.

— Паркер! — прошептала я.

— Тебе нравится? — Он засиял.

— Очень, — ответила я, с благоговением держа браслет перед глазами. — Но это слишком. Я не смогла бы принять его, даже встречайся мы целый год. Не говоря уж про неделю.

— Я предвидел, что ты так скажешь. — Паркер поморщился. — Все утро искал подходящий подарок, а когда увидел этот браслет, то понял, что он будет идеально сидеть лишь на одной-единственной ручке. — Паркер взял вещицу и застегнул на моем запястье. — Я оказался прав. На тебе он выглядит потрясающе.

Я подняла руку и покачала головой, зачарованная игрой света на переливающихся камнях.

— Это самая красивая вещь, которую я когда-либо видела. Никто еще не дарил мне ничего столь... — «Дорогого», — подумала я, но произнесла другое: — ...утонченного. Даже не знаю, что сказать.

Паркер засмеялся и поцеловал меня в щеку.

— Скажи, что наденешь его завтра.

Я широко улыбнулась.

— Да, я надену его завтра, — заявила я, глядя на запястье.

— Рад, что тебе понравилось. Выражение твоего лица стоит того, чтобы объехать семь магазинов.

— Семь магазинов? — выдохнула я.

Паркер кивнул и положил ладони на мои щеки.

— Спасибо тебе. Это самый лучший подарок. — Я поцеловала Паркера.

Он крепко обнял меня.

— Мне пора идти. Я обедаю с родителями, но после позвоню тебе, хорошо?

— Да, конечно. Спасибо! — крикнула я вслед, наблюдая, как он спускается по ступенькам.

Я вернулась в гостиную, не в силах оторвать глаз от запястья.

— Черт побери, Эбби! — Америка схватила меня за руку. — Где ты это взяла?

— Паркер подарил на день рождения, — ответила я.

Америка уставилась на меня, округлив глаза, а потом посмотрела на презент.

— Он купил тебе теннисный браслет[1] с бриллиантами? После недельных отношений? Знай я тебя меньше, подумала бы, что ты прячешь в трусах какое-то волшебство!

---

[1] Теннисный браслет представляет собой изящную линию одинаковых бриллиантов, укрепленных на гибкой основе. Получил свое название после Открытого чемпионата США 1987 г. Известная американская теннисистка Крис Эверт прервала тогда игру из-за того, что с ее руки соскользнул один из круглых бриллиантовых браслетов.

Я хохотнула, заражая смехом и Америку.

Из спальни появился Шепли с усталым, но довольным лицом.

— Вы чего развизжались тут, чокнутые подружки?

Америка подняла мою руку.

— Погляди-ка! Это подарок ей на день рождения от Паркера!

Шепли прищурился, а потом распахнул глаза от удивления.

— Ничего себе!

— Это точно. — Америка кивнула.

Из-за угла вышел Трэвис, слегка помятый после вчерашней ночи.

— Ребята, вы и мертвого поднимете, — проворчал он, застегивая джинсы.

— Извини, — сказала я, вырываясь из рук Америки.

В мыслях тут же возникло, как мы с Трэвисом почти переступили черту. Мне было неловко смотреть ему в глаза.

Он допил мой апельсиновый сок и вытер губы.

— Кто, черт побери, допустил, чтобы я вчера так набрался?

— Ты сам, — ухмыльнулась Америка. — После того как Эбби уехала с Паркером, ты сходил за бутылкой виски и прикончил ее еще до их возвращения.

— Дьявол! — покачал головой Трэвис. — Хорошо повеселилась? — спросил он, глядя на меня.

— Ты что, серьезно? — не успев подумать, набросилась я на него.

— О чем ты?

Америка захохотала.

— Ты психанул и вытащил ее из машины Паркера, когда они обжимались, как школьники. У них там стекла запотели и все такое!

Трэвис задумался, перебирая свои воспоминания о предыдущем вечере. Я изо всех сил сдерживала ярость.

Если он забыл, как вытащил меня из машины, то не помнит и того, как я чуть не преподнесла ему свою девственность на блюде.

— Ты сильно злишься на меня? — поморщившись, спросил он.

— Ужасно.

Но бесилась я не из-за Паркера. Я туже затянула пояс халата и прошествовала по коридору. Трэвис пошел следом.

— Гулька!.. — сказал он.

Когда я попыталась захлопнуть дверь у него перед носом, парень перехватил ее, медленно открыл и подошел ко мне, ожидая вспышки моей ярости.

— Ты помнишь хоть что-нибудь из того, что вчера говорил мне? — спросила я.

— Нет, а что? Я тебя обидел? — В покрасневших глазах застыло беспокойство, что только усилило мой гнев.

— Нет, не обидел! Ты... мы... — Я прикрыла глаза ладонью и замерла, когда рука Трэвиса легла мне на запястье.

— А это откуда? — сказал он, сердито глядя на браслет.

— Это мое. — Я вырвалась.

Трэвис не отвел глаз от запястья.

— Раньше я его не видел. Похож на новый.

— Так и есть.

— Где ты его взяла?

— Паркер подарил пятнадцать минут назад, — сказала я и увидела, как озадаченность на лице Трэвиса сменилась яростью.

— Что, черт подери, этот придурок здесь забыл? Он оставался на ночь? — С каждым вопросом Трэвис повышал голос.

Я скрестила руки на груди.

— Он все утро искал мне подарок, а потом привез его сюда.

— Но твой день рождения еще не наступил.

Лицо Трэвиса стало пунцовым. Он еле сдерживал гнев.

— Паркер не дождался. — Я горделиво задрала подбородок.

— Неудивительно, что мне пришлось вытаскивать твою задницу из его машины. Тебя там чуть не... — Трэвис замолчал и поджал губы.

— Что? Меня там чуть не что? — прищурилась я.

Трэвис сжал зубы, сделал глубокий вдох и выпустил воздух через нос.

— Ничего. Просто я от злости чуть не сказал гадость, совсем так не считая.

— Раньше тебе это не мешало.

— Знаю. Я пытаюсь с этим бороться, — сказал он, идя к выходу. — Одевайся. Не стану мешать тебе.

Когда он дотянулся до двери, то вдруг остановился, потер руку, прикоснулся пальцами к крошечным фиолетовым точкам на коже, задрал локоть и увидел синяк. Несколько мгновений Трэвис смотрел на него, потом повернулся ко мне.

— Прошлой ночью я упал на лестнице. А ты помогла мне добраться до кровати... — сказал он, пролистывая в голове расплывчатые воспоминания.

Сердце учащенно забилось. Я сглотнула, когда на лице Трэвиса отразилось осознание случившегося.

— Мы... — прищурившись, проговорил Трэвис.

Он сделал шаг в моем направлении, взглянул на шкаф, потом на кровать.

— Нет, ничего не произошло. — Я потрясла головой.

Трэвис поморщился, вспоминая.

— Сначала у вас с Паркером запотели окна. Я вытащил тебя из машины, а потом пытался... — Он мотнул головой, отвернулся к двери и с такой силой сжал ручку, что побелели суставы пальцев. — Голубка, ты превратила меня в чертова психопата, — сверкнув глазами, продолжал Трэвис. — Когда ты рядом, я не могу трезво мыслить.

— Так, значит, это моя вина?

Его взгляд опустился с моего лица на халат, потом на ноги, ступни и вернулся наверх.

— Не знаю. В моих воспоминаниях все смутно... но не помню, чтобы ты сказала «нет».

Я сделала шаг вперед, собираясь оспорить этот малюсенький факт, но не смогла. Он был прав.

— Трэвис, что мне нужно сказать?

Он посмотрел на браслет, потом перевел на меня осуждающий взгляд.

— Ты надеялась, я не вспомню?

— Нет! Я разозлилась, что ты забыл!

— Почему?

— Потому что я бы тогда... мы бы... а ты не... да не знаю я почему! Просто разозлилась!

Трэвис в мгновение ока пересек комнату и остановился совсем близко. Он обхватил ладонями мое лицо, его дыхание участилось, а глаза внимательно изучали меня.

— Гулька, что нам делать?

Взглядом я скользнула от его ремня по мускулистой груди и татуировкам и остановилась на карих глазах, с нежностью смотрящих на меня.

— Это ты мне скажи.

ГЛАВА 7

ДЕВЯТНАДЦАТЬ

— Эбби!.. — Шепли постучал в дверь. — Мерик собиралась поехать по своим делам. Она попросила меня узнать, не нужно ли тебе с ней.

Трэвис не отводил от меня глаз.

— Гулька!..

— Ага, — ответила я Шепли. — Мне тоже кое-что нужно.

— Отлично, она поедет, как только ты соберешься, — сказал Шепли, удаляясь.

— Гулька!..

Я достала из шкафа вещи и прошла мимо Трэвиса.

— Мы можем поговорить об этом позже? Сегодня мне многое нужно сделать.

— Конечно, — с притворной улыбкой ответил Трэвис.

Я с облегчением скрылась в ванной и заперлась. Мне оставалось жить здесь еще две недели. Отложить наш разговор, да еще на такое время, невозможно. Разум говорил мне, что Паркер — именно мой тип: привлекательный, умный и увлеченный мною. Я совершенно не понимала, почему меня волновал Трэвис.

Какой бы ни была причина, это сводило с ума нас обоих. Я словно стала двумя разными людьми: послушная и вежливая с Паркером и раздраженная и сердитая с Трэвисом. Вся школа наблюдала, как он изменился, из просто непредсказуемого стал совершенно непостоянным.

Я быстро оделась, чтобы вместе с Америкой поехать в город, оставив в квартире Шепли и Трэвиса. Подруга с хихиканьем рассказала о своем сексо-марафоне с Шепли, а я слушала и вежливо кивала, когда нужно. Я совсем не могла сосредоточиться, глядя на бликующие бриллианты. Они напоминали о выборе, перед которым я внезапно оказалась. Трэвис ждал ответа, а у меня его не было.

— Так, Эбби!.. Что происходит? Ты какая-то тихая.

— С Трэвисом... полная неразбериха.

— Почему? — спросила Америка.

Солнечные очки слегка приподнялись, когда она наморщила носик.

— Он спросил меня, что мы будем делать.

— И что? Ты с Паркером или как?

— Мне он нравится, но прошла всего неделя. У нас все несерьезно.

— Ты влюблена в Трэвиса?

— Сама не понимаю, что испытываю к нему. — Я покачала головой. — Мерик, я не представляю нас вместе. Он для меня отрицательный персонаж.

— Никто из вас не решится признаться первым, в этом вся проблема. Вы оба слишком боитесь того, что может случиться. Из кожи вон лезете, лишь бы этого не произошло. Я точно знаю, скажи ты Трэвису прямо в глаза, что хочешь его, он больше никогда не взглянет на другую женщину.

— Точно знаешь?

— Ага. Разве ты забыла про мое чутье?

Я ненадолго задумалась. Трэвис разговаривал обо мне с Шепли, но тот не стал бы рассказывать все Америке, провоцируя наши отношения. Ведь та все выболтала бы мне. Вывод один: Америка подслушала их разговор. Я хотела расспросить, о чем шла речь, но передумала.

— Финал с разбитым сердцем неминуем. — Я опять покачала головой. — Сомневаюсь, что Трэвис может быть верным.

— Он вообще не был способен на какие-то отношения, а теперь вы с ним шокировали весь «Истерн».

Я провела пальцем по браслету и вздохнула.

— Даже не знаю. Мне нравится все так, как есть сейчас. Мы можем быть просто друзьями.

Америка покачала головой.

— Вы совсем не друзья. — Она вздохнула. — Ты ведь понимаешь? Все, хватит об этом. Идем в парикмахерскую и к визажисту. Я куплю тебе на день рождения новый наряд.

— Вот это мне сейчас просто необходимо, — кивнула я.

После многих часов маникюра, педикюра, укладки волос и депиляции я наконец обулась в блестящие желтые туфли на высоком каблуке и натянула новое платье серого цвета.

— Вот теперь передо мной Эбби, которую я знаю и люблю! — Америка засмеялась, с восторгом глядя на мой наряд. — Ты просто обязана одеться так завтра на вечеринку.

— Разве не в этом был твой план? — слегка усмехнулась я.

В сумочке завибрировал телефон.

— Алло? — отозвалась я.

— Пора ужинать! Где вас черти носят? — спросил Трэвис.

— Мы решили себя немного побаловать. Вы с Шепом питались же как-то до нас. Уверена, вы справитесь.

— Абсолютно верно, мы, вообще-то, о вас беспокоимся.

Я посмотрела на Америку и улыбнулась.

— У нас все отлично.

— Скажи ему, что я скоро верну тебя, он и моргнуть не успеет. Мне только нужно заехать к Брэзилу и забрать конспекты для Шепа. Потом сразу домой.

— Слышал? — спросила я.

— Ага. Гулька, до встречи.

В молчании мы доехали до Брэзила. Подруга выключила зажигание и уставилась на дом. Я удивилась, что Шепли попросил Америку забрать конспекты, ведь их квартира всего в квартале отсюда.

— Мерик, что-то не так?

— Просто от этого типа у меня мурашки. Когда мы приезжали сюда с Шепом в прошлый раз, Брэзил ужасно заигрывал со мной.

— Что ж, тогда я составлю тебе компанию. Пусть только попробует подмигнуть, я выколю ему глаза своими новыми шпильками. Идет?

Америка улыбнулась и обняла меня.

— Спасибо, Эбби!

Когда мы обошли дом, Америка глубоко вздохнула и постучалась в дверь. Мы подождали, но никто не открыл.

— Может, его нет дома? — спросила я.

— Он здесь, — с легким раздражением ответила подруга.

Америка с силой постучала в дверь кулаком, и та распахнулась.

— С днем рождения! — закричала целая толпа народа.

Весь потолок был покрыт розовыми и черными гелиевыми шарами, длинные серебристые ленточки падали на лица гостей. Толпа расступилась, и ко мне, сияя улыбкой, подошел Трэвис. Он нежно прикоснулся к моим щекам и поцеловал в лоб.

— С днем рождения, Голубка.

— Но он только завтра, — пролепетала я, ошарашенно оглядываясь по сторонам и всем улыбаясь.

Трэвис пожал плечами.

— Поскольку тебе все разболтали, нам пришлось внести в план кое-какие изменения. Сюрприз удался?

— Еще как, — подтвердила я, когда подошел Финч и обнял меня.

— С днем рождения, крошка! — Он поцеловал меня в губы.

Америка толкнула меня в бок.

— Еще повезло, что я взяла тебя в город, иначе ты здесь выглядела бы чучелом!

— Ты великолепна, — похвалил Трэвис, осматривая мой наряд.

Брэзил обнял меня, прижимаясь щекой.

— А как тебе коронная фраза Америки: «От Брэзила у меня мурашки». Ведь это только для того, чтобы заманить тебя сюда.

Я взглянула на Америку, и подруга засмеялась.

— Главное в том, что это сработало.

Когда все по очереди обняли меня и пожелали счастливого дня рождения, я наклонилась к Америке.

— А где Паркер?

— Придет позже, — шепнула она. — До самого обеда Шепли не мог дозвониться ему.

Брэзил добавил громкости в колонках, и все закричали.

— Идем со мной, Эбби! — Брэзил повел меня на кухню.

На стойке бара он выставил целый ряд стопок текилы.

— Поздравление с днем рождения от футбольной команды, малышка! — улыбнулся он, разливая текилу «Патрон» по стопкам. — Вот так мы отмечаем эти праздники. Раз тебе исполняется девятнадцать, то столько же и стопок. Ты можешь выпить или поделиться ими, но чем больше выпьешь, тем больше получишь вот этого. — Он пошуршал горстью двадцатидолларовых купюр.

— Боже! — завизжала я.

— Давай, Гулька, выпей их! — сказал Трэвис.

Я с подозрением глянула на Брэзила.

— Значит, я получу двадцатку за каждую выпитую стопку?

— Так точно, слабачка. Учитывая твой вес, ты заработаешь к концу вечера баксов шестьдесят.

— Брэзил, не торопись с выводами. — Я взяла первую стопку, поднесла к губам, мигом опустошила и переложила в другую руку.

— Вот черт! — воскликнул Трэвис.

— Брэзил, это пустая трата денег, — сказала я, вытирая губы. — Надо пить не «Патрон», а «Куэрво».

Самодовольная улыбка исчезла с лица Брэзила. Он покачал головой и пожал плечами.

— Тогда принимайся за дело. В твоем распоряжении бумажники двенадцати футболистов, и парни сомневаются, что ты сможешь прикончить хотя бы десяток рюмок.

Я прищурилась.

— Удваиваем ставки. Я говорю, что выпью пятнадцать.

— Сорок баксов за рюмку? — неуверенно спросил Брэзил.

— Испугался? — поинтересовалась я.

— Нет, черт побери! Я дам по двадцатке за каждую стопку, а когда ты доберешься до пятнадцатой, удвою общую сумму.

— Вот как празднуют дни рождения в Канзасе, — сказала я, опустошая еще одну рюмку.

Через час и еще три стопки я танцевала в гостиной с Трэвисом. Играла рок-баллада; двигаясь в такт музыке, Трэвис шевелил губами и повторял слова песни. В конце первого припева он наклонил меня, а я забросила руки назад. Парень снова поднял меня, и я ахнула.

— Только не делай так, когда я перейду к двузначному числу стопок. — Я захихикала.

— Не помню, я уже говорил, что ты потрясающе выглядишь сегодня?

Я покачала головой, обняла Трэвиса и уткнулась лицом ему в плечо. Он крепко прижал меня к себе и зарылся в моей шее. Я совершенно позабыла о всяких решениях, браслетах и раздвоении личности. Я находилась там, где и хотела.

Когда музыка стала более ритмичной, отворилась дверь.

— Паркер! — Я подбежала к нему и обняла. — Ты все-таки пришел!

— Извини, Эбс, что опоздал. — Он поцеловал меня в губы. — С днем рождения!

— Спасибо, — ответила я, краем глаза замечая, как на нас пялится Трэвис.

Паркер приподнял мою руку.

— Ты надела его.

— Я же обещала. Потанцуем?

Паркер покачал головой.

— Э... я не танцую.

— Тогда хочешь посмотреть, как я опустошу шестую стопку «Патрона»? — Я улыбнулась, показывая пять двадцатидолларовых купюр. — Если доберусь до пятнадцатой, то сумма удвоится.

— А тебе не кажется, что это немного опасно?

— Я ловко с ними управляюсь, — шепнула я ему на ухо. — Мы с отцом играли в это с моего шестнадцатилетия.

— Правда? — неодобрительно спросил Паркер и нахмурился. — Ты пила с отцом текилу?

— Так уж он налаживал отношения. — Я пожала плечами.

Паркер никак не отреагировал на мои слова. Он обвел взглядом толпу.

— Я не смогу остаться надолго. Мы с отцом рано утром уезжаем на охоту.

— Хорошо, что моя вечеринка сегодня, иначе завтра у тебя не получилось бы, — сказала я, удивляясь его планам.

Паркер улыбнулся и взял меня за руку.

— Я вернулся бы вовремя.

Притащив Паркера к стойке бара, я схватила очередную стопку, прикончила ее и с грохотом опустила обратно, к предыдущим пяти.

Брэзил вручил мне еще двадцатку, и я отправилась танцевать в гостиную. Трэвис перехватил меня, и мы кружились вместе с Шепли и Америкой.

Шепли шлепнул меня по ягодицам.

— Раз!

Америка добавила второй шлепок, а потом присоединились все остальные, кроме Паркера. Перед девятнадцатым разом Трэвис потер ладони.

— Мой черед!

Я потерла свою пятую точку, начавшую уже побаливать.

— Полегче только! У меня задница не железная!

Лукаво улыбнувшись, Трэвис высоко занес руку. Я крепко зажмурилась, через мгновение приоткрыла глаза и увидела, что за секунду до шлепка Трэвис остановился, а потом легонько хлопнул по моей попе.

— Девятнадцать! — заявил он.

Гости радостно закричали. Америка пьяным голосом принялась исполнять «Happy Birthday». Я засмеялась, когда вся комната запела «Голубка» вместо моего имени.

Заиграла очередная медленная мелодия, и Паркер повел меня на импровизированный танцпол. Очень скоро я поняла, почему он не танцует.

— Извини, — сказал парень, в третий раз наступая мне на ноги.

Я опустила голову ему на плечо и соврала:

— У тебя все отлично получается.

Он прижался губами к моему виску.

— Что будешь делать вечером в понедельник?

— Ужинать с тобой?

— Ага. В моей новой квартире.

— Все-таки нашел себе жилье!

Он засмеялся и кивнул.

— Правда, еду нам лучше заказать, моя стряпня несъедобна.

— Все равно съела бы. — Я улыбнулась.

Паркер огляделся по сторонам и повел меня в коридор. Там он аккуратно прислонил меня к стене и стал целовать своими нежными губами. Руки его были повсюду. Сначала я подыгрывала, но когда его язык проник сквозь мои губы, у меня появилось чувство, что я поступаю неправильно.

— Довольно, Паркер. — Я увернулась.

— Все в порядке?

— Просто мне кажется, с моей стороны невежливо зажиматься с тобой в темном углу, когда у меня там гости.

Он улыбнулся и снова поцеловал меня.

— Ты права, извини. Я просто хотел подарить тебе перед уходом незабываемый поцелуй.

— Ты уходишь?

Паркер погладил меня по щеке.

— Эбс, мне вставать через четыре часа.

Я поджала губы.

— Хорошо. Значит, до понедельника?

— До завтра. Я заеду к тебе, как только вернусь.

Паркер довел меня до двери и перед уходом поцеловал в щеку. Я заметила, как уставились на меня Шепли, Америка и Трэвис.

— Папочка ушел! — громко сказал Трэвис, как только закрылась дверь. — Вечеринка начинается.

Толпа закричала, а Трэвис потащил меня в центр комнаты.

— Подожди... у меня кое-что по графику, — сказала я, ведя его за руку к стойке.

Я залпом выпила еще рюмку и засмеялась, когда Трэвис взял себе одну и опустошил ее. Я схватила следующую, Трэвис тоже.

— Еще семь, Эбби, — сказал Брэзил, отдавая мне деньги.

Я вытерла губы, и Трэвис снова повел меня в гостиную. Я танцевала с Америкой, потом с Шепли, затем со мной пытался потанцевать Крис Дженкс, но Трэвис оттащил его за рубашку и покачал головой. Крис пожал плечами, отвернулся и начал танцевать с первой попавшейся девчонкой.

Десятая стопка далась уже с трудом. Меня слегка пошатывало, когда мы стояли с Америкой на диване Брэзила, танцевали, как неуклюжие школьницы, хохотали абсолютно без всякой причины и махали руками в такт музыке.

Я споткнулась, чуть не рухнула с дивана, но Трэвис моментально поддержал меня за бедра, сохраняя равновесие.

— Ты уже все доказала, — проговорил он. — Выпила при нас больше, чем любая другая девчонка. Я прикрываю лавочку.

— Черта с два, — промямлила я. — Впереди меня ждут шестьсот баксов. И не тебе говорить, что я не могу совершить безрассудство ради денег.

— Гулька, если тебе так нужны деньги...

— Не собираюсь я брать у тебя. — Я ухмыльнулась.

— Я хотел подкинуть идею, чтобы ты заложила этот браслет. — Он улыбнулся.

При этих словах я шлепнула его по руке, и тут Америка начала обратный отсчет до полуночи. Когда стрелка остановилась на двенадцати, мы закричали, встречая мой день рождения. Мне исполнилось девятнадцать.

Америка и Шепли поцеловали меня в щеки с обеих сторон, а Трэвис оторвал от земли и покружил.

— Голубка, с днем рождения, — нежно сказал он.

Я посмотрела в его бархатные карие глаза и на мгновение утонула в них. Все вокруг будто замерло, пока мы смотрели друг на друга. Мы стояли так близко, что его дыхание касалось моей кожи.

— Рюмки! — воскликнула я и поплелась к стойке.

— Эбби, выглядишь ты не очень. Думаю, пора закончить, — сказал Брэзил.

— Я не сдамся, — ответила я. — Хочу получить свои деньги.

Брэзил положил двадцатку под две последние рюмки, а потом крикнул другим футболистам:

— Она собирается их выпить. Мне нужно пятнадцать двадцаток!

Парни застонали и полезли в бумажники. Около последней стопки образовалась целая гора банкнот. Трэвис опустошил четыре оставшиеся стопки, не считая моих двух.

— Не подумал бы, что проиграю пятьдесят баксов девчонке в пари на пятнадцать рюмок, — пожаловался Крис.

— Придется поверить, Дженкс, — сказала я, беря по стопке в каждую руку.

Я опрокинула рюмку и подождала, пока исчезнут рвотные позывы.

— Голубка!.. — позвал Трэвис, делая шаг ко мне.

Я подняла указательный палец, а Брэзил улыбнулся и сказал:

— Она сейчас проспорит.

— Ничего подобного. — Америка покачала головой. — Эбби, дыши глубже.

Я закрыла глаза и втянула воздух, поднимая последнюю рюмку.

— Боже, Эбби! Ты же умрешь от алкогольного отравления! — закричал Шепли.

— У нее все получится, — заверила его Америка.

Я запрокинула голову, позволяя текиле обжечь мое горло. Челюсть онемела еще после восьмой рюмки, крепость восьмидесятиградусного напитка давно уже не ощущалась.

Все вокруг кричали и свистели, а Брэзил вручил мне стопку денег.

— Спасибо, — с гордостью сказала я, засовывая их в лифчик.

— Ты сейчас такая сексуальная, — шепнул мне на ухо Трэвис, когда мы шли в гостиную.

Мы протанцевали до утра, а потом текила, бегущая по венам, погрузила меня в забытье.

ГЛАВА 8

СПЛЕТНИ

Когда я наконец открыла глаза, то увидела вместо подушки чьи-то ноги. Трэвис в отключке сидел спиной к ванной, прислонив голову к стене. Выглядел он не лучшим образом, под стать моему состоянию. Я сбросила с себя одеяло, встала и с ужасом посмотрела на свое отражение в зеркале над раковиной.

Жалкое зрелище. Тушь растеклась, на щеках застыли черные разводы от слез, помада размазалась вокруг рта, а волосы спутались в клубок.

Вокруг Трэвиса валялись простыни, полотенца и одеяла. Он соорудил здесь лежку, пока я избавлялась от пятнадцати рюмок текилы. Парень держал мои волосы над унитазом, а потом всю ночь сидел рядом.

Я включила воду и подставила руку под струю, подбирая нужную температуру. Стерев с лица следы макияжа, я услышала стон, доносящийся с пола. Трэвис зашевелился, потер глаза, потянулся, потом посмотрел на место рядом с собой и в панике подскочил.

— Я здесь, — сказала я. — Почему бы тебе не лечь в кровать? Поспи немного.

— Ты в порядке? — спросил он, протирая глаза.

— Да, со мной все нормально. Если такое сейчас возможно. Будет лучше, когда приму душ.

— Ты вчера побила все рекорды, — сказал Трэвис, поднимаясь. — Не знаю, откуда такие способности, но не советую повторять.

— Трэв, там, где я росла, это было в порядке вещей.

Он приподнял мою голову за подбородок и вытер остатки туши под глазами.

— Для меня как раз напротив.

— Отлично. Я больше так не буду. Счастлив?

— Да. Кстати, я тебе кое-что скажу, если обещаешь не психовать.

— Боже, что я натворила?

— Ничего, но стоит позвонить Америке.

— Где она?

— В «Моргане». Она вчера повздорила с Шепом.

Я наспех помылась и натянула на себя одежду, оставленную Трэвисом на раковине. Когда я вышла из ванной, они с Шепли сидели в гостиной.

— Что ты сделал? — потребовала я объяснений.

Шепли уныло посмотрел на меня.

— Она всерьез разозлилась.

— Что случилось?!

— Я взбесился, что она подначивала тебя столько пить. Думал, все закончится в больнице. Слово за словом, а потом я помню, что мы накричали друг на друга. Эбби, мы напились. Я сказал лишнего, — покачал он головой и уткнулся взглядом в пол.

— Например? — сердито спросила я.

— Обзывал ее по-разному, чем совсем не горжусь, а потом сказал, чтобы она уходила.

— Ты выгнал ее пьяной? Совсем спятил? — Я схватила сумочку.

— Полегче, Гулька. Ему и так непросто, — проговорил Трэвис.

Я выудила из сумочки мобильник и набрала номер Америки.

— Алло? — гробовым голосом ответила она.

— Только что обо всем узнала. — Я вздохнула. — Ты в порядке? — Я уединилась в коридоре, бросив сердитый взгляд в сторону Шепли.

— Нормально. Он козел. — Подруга была немногословной, в ее голосе слышалась обида.

Америка достигла мастерства в сокрытии своих эмоций, но от меня их не утаить.

— Извини, что не поехала с тобой.

— Эбби, тебе было не до этого, — отмахнулась она.

— Почему бы тебе за мной не заехать? Обо всем поговорим.

В трубке раздалось ее дыхание.

— Не знаю. Я не хочу сейчас с ним встречаться. — После долгой паузы я услышала бряцанье ключей. — Хорошо. Буду через минуту.

Я прошла в гостиную, перебрасывая сумочку через плечо. Парни пронаблюдали, как я открыла дверь и стала ждать Америку. Шепли подался вперед.

— Она приедет сюда?

— Шеп, Мерик не хочет тебя видеть. Я сказала ей, что ты останешься внутри.

Он вздохнул и повалился на подушки.

— Она меня ненавидит.

— Я поговорю с ней, а вам лучше придумать какое-нибудь потрясающее извинение.

Через десять минут на улице дважды просигналила машина. Я захлопнула за собой дверь. Как только я добралась до нижней ступеньки, мимо меня промчался Шепли, склонился над красной «хондой» Америки и заглянул в окно. Я остановилась, видя, что Америка игнорирует его, глядя прямо перед собой. Потом подруга опустила окно, и Шепли начал что-то объяснять. Завязалась перебранка. Я решила уйти, оставить их наедине.

— Голубка!.. — сказал Трэвис, спускаясь по ступенькам.

— Совсем плохо дело.

— Позволь им самим разобраться. Идем внутрь, — сказал он, за руку ведя меня по ступенькам.

— Неужели все было так ужасно? — спросила я.

Трэвис кивнул.

— Ужаснее не придумаешь. Они только выходят из стадии медового месяца, так что справятся с этим.

— Для парня, который ни с кем не встречался, ты чересчур много знаешь про отношения.

— У меня четыре брата и куча друзей, — с улыбкой ответил он.

Внутрь ввалился Шепли и с силой хлопнул за собой дверью.

— Черт побери, она просто невыносима!

Я поцеловала Трэвиса в щеку.

— Теперь моя очередь.

— Удачи, — сказал Трэвис.

Я скользнула в машину и села рядом с Америкой.

— Черт побери, он просто невыносим! — Она фыркнула.

Я хихикнула, и подруга одарила меня гневным взглядом.

— Извини, — сказала я, сдерживая улыбку.

Мы решили прокатиться, и всю дорогу Америка ругалась, плакала и снова ругалась. Временами она принималась разглагольствовать, адресуя свои тирады Шепли. Я молча слушала подругу, позволяя во всем разобраться с помощью метода, известного только ей.

— Он назвал меня безответственной! Меня! Как будто я тебя не знаю! Как будто я не видела, как ты чистила карманы своего отца и выпивала вдвое больше. Он, черт побери, не знает, о чем говорит! Он не знает, что за жизнь у тебя была! Он не знает того, что знаю я, и ведет себя со мной как с ребенком, а не со своей девушкой! — Я накрыла кисть Америки, но та отпрянула. — Он считал, что именно ты станешь причиной нашего разрыва, а в итоге сам этого добился. Кстати, о тебе. Ты какого черта вчера вытворяла с Паркером?

Неожиданная смена темы застала меня врасплох.

— Мерик, ты о чем?

— Трэвис устроил вечеринку в твою честь, Эбби. Ты уходишь и зажимаешься с Паркером, а потом еще удивляешься, почему о тебе ходят всякие сплетни!

— Подожди-ка минутку! Я говорила Паркеру, что нам не стоит этого делать. Да и какая разница, кто устраивал мне вечеринку! Мы с Трэвисом не встречаемся!

Америка фыркнула и уставилась прямо перед собой.

— Хорошо, Мерик. Что теперь? Злишься на меня?

— Я не злюсь на тебя, просто не общаюсь с полнейшими идиотами.

Я посмотрела в окно, не позволяя непоправимым словам сорваться с губ. У Америки всегда хорошо получалось задеть меня за живое.

— Разве не видишь, что происходит? — спросила она. — Трэвис прекратил бои. Ни с кем, кроме тебя, не гуляет. После тех шлюх-близняшек не приводил домой никаких девушек, готов убить Паркера, а ты волнуешься, что, по слухам, водишь за нос двоих парней. И знаешь, Эбби, почему расползаются такие слухи? Потому что дыма без огня не бывает!

Я повернулась, медленно склонила голову набок и посмотрела на подругу со всей злобой, на какую только была способна.

— Да что с тобой, черт побери?

— Ты встречаешься с Паркером и так счастлива! — насмешливо сказала она. — Почему же ты тогда не в «Моргане»?

— Я пари проиграла, ты же знаешь!

— Эбби, не смеши меня! Ты рассказываешь, какой Паркер чудесный, ходишь на ваши потрясающие свидания, часами болтаешь с ним по телефону, а потом каждую ночь ложишься рядом с Трэвисом. Не замечаешь, что́ во всей этой ситуации не так? Если бы тебе действительно нравился Паркер, то сейчас твои вещи находились бы в «Моргане».

Я стиснула зубы.

— Ты же знаешь, Мерик, я еще никогда не уклонялась от своих обязательств в случае проигрыша пари.

— Сначала я так и подумала, — сказала она, сжимая руль. — Трэвис — вот кого ты хочешь, а Паркер — тот, кто, по-твоему, тебе нужен.

— Я знаю, что выглядит все именно так, но...

— Так все думают. Поэтому изменись, если тебе не нравятся сплетни. Трэвис в этом не виноват. Он и так развернулся на сто восемьдесят градусов. Ты пожинаешь плоды, а Паркер получает все самое лучшее.

— Еще неделю назад ты упаковала мои вещи и хотела увезти подальше от Трэвиса! Почему же теперь защищаешь его?

— Эбигейл! Я его не защищаю, глупая! Я забочусь о тебе! Вы сходите друг по другу с ума! Сделай с этим что-нибудь!

— Да как ты вообще могла подумать, что мы с ним будем вместе? — простонала я. — Ты должна уберегать меня от типов вроде него!

Находясь на грани, подруга поджала губы.

— Ты многое сделала, чтобы отгородиться от отца. Именно поэтому, в принципе, и посмотрела на Паркера! Он полная противоположность Мику, а ты считаешь, что с Трэвисом окажешься там, откуда сбежала. Эбби, он совсем не похож на твоего отца.

— Я такого не говорила. Это себя я ставлю под угрозу, могу последовать по стопам отца.

— Трэвис никогда такого не допустит. Мне кажется, ты не осознаешь, как много для него значишь. Если бы ты просто рассказала ему...

— Нет. Мы оставили все позади не для того, чтобы здесь косились на меня, как в Уичито. Давай разберемся с куда более насущной проблемой. Шеп ждет тебя.

— Я не хочу говорить о Шепе, — сказала она, останавливаясь на светофоре.

— Мерик, он так несчастен. Он же любит тебя!

Глаза Америки наполнились слезами, а нижняя губа задрожала.

— Меня это не волнует.

— Неправда.

— Знаю. — Она захныкала, прислоняясь к моему плечу.

Подруга плакала, пока не сменился свет. Я поцеловала ее в макушку.

— Зеленый свет.

Она выпрямилась и вытерла нос.

— Я с ним так грубо обошлась. Не думаю, что он станет со мной разговаривать.

— Станет. Он же знает, что ты разозлилась.

Америка потерла лицо, а потом медленно развернулась. Я волновалась, что придется долго уговаривать ее зайти внутрь, но, прежде чем она выключила зажигание, по ступенькам сбежал Шепли.

Он дернул дверцу и вытащил Америку на улицу.

— Прости меня, детка. Мне не стоило совать нос в чужие дела. Я... пожалуйста, не уходи. Не знаю, что буду без тебя делать.

Америка положила ладони на его щеки и улыбнулась.

— Ты высокомерный осел, но я по-прежнему люблю тебя.

Шепли без остановки целовал ее, будто они не виделись целый месяц, а я улыбнулась отлично проделанной работе. Когда я дошла до квартиры, на пороге стоял Трэвис.

— И жили они долго и счастливо, — сказал он, закрывая за мной дверь.

Я рухнула на диван, а Трэвис сел рядом и положил мои ноги себе на колени.

— Гулька, чем желаешь сегодня заняться?

— Спать. Или отдыхать... или спать.

— Могу я сначала отдать тебе подарок?

Я толкнула его в плечо.

— Да ладно. У тебя есть для меня подарок?

На губах Трэвиса появилась неуверенная улыбка.

— Это, конечно, не бриллиантовый браслет, но думаю, тебе понравится.

— Я уже его обожаю.

Он сбросил мои ноги и исчез в комнате Шепли. Я изогнула брови, когда услышала бормотание Трэвиса. Он вернулся с коробкой в руках, сел на пол у моих ног и склонился над ней.

— Открывай скорее, я хочу, чтобы ты удивилась, — улыбнулся он.

— Почему скорее?.. — спросила я, поднимая крышку.

Моя челюсть отвалилась, когда на меня уставились большие темные глаза.

— Щеночек? — завизжала я, доставая его из коробки.

Я поднесла к лицу щенка с темной волнистой шерстью, и он стал лизать мне губы. Трэвис лучился от счастья и торжества.

— Тебе он нравится?

— Он? Он просто чудесный! Ты подарил мне щеночка!

— Это керн-терьер. Пришлось три часа ехать за ним в четверг после занятий.

— Ты тогда сказал, что едешь с Шепли в автомастерскую...

— Ага, мы ездили за подарком. — Трэвис кивнул.

— Он такой кучерявый! — Я засмеялась.

— Каждой девочке из Канзаса нужен свой Тотошка, — сказал Трэвис, поддерживая пушистый комочек у меня на коленях.

— Он и правда похож на Тотошку! Так я его и назову, — сказала я, глядя на извивающегося щенка.

— Можешь держать его здесь. Я позабочусь о нем, когда ты вернешься в «Морган». — Трэвис слегка улыбнулся. — К тому же это моя гарантия, что ты станешь заглядывать ко мне, когда закончится наш месяц.

Я сдвинула брови.

— Трэв, я бы и так приехала.

— Я бы что угодно сделал ради этой улыбки.

— Мне кажется, Тотошка, тебе надо поспать. Точно надо, — проворковала я.

Трэвис кивнул, пересадил меня себе на колени, а потом поднялся.

— Идем.

Он отнес меня в спальню, отбросил покрывало и уложил на кровать. Перегнувшись через меня, парень потянулся и заштерил окна, а потом опустился на свою подушку.

— Спасибо, что был рядом со мной прошлой ночью, — сказала я, гладя мягкую шерстку Тотошки. — Тебе не стоило спать на полу ванной.

— Прошлая ночь была одной из самых лучших в моей жизни.

Я повернулась, чтобы посмотреть ему в лицо. И с удивлением поняла, что он говорит серьезно.

— Спать между унитазом и ванной на холодном, жестком кафеле рядом с идиоткой, которую тошнит? Это твоя лучшая ночь? Печально, Трэв.

— Нет. Быть рядом, когда тебе плохо. Смотреть, как ты засыпаешь у меня на коленях. Вот моя лучшая ночь. Мне было жутко неудобно, я почти не спал, но твой девятнадцатый день рождения провел с тобой. Кстати, ты очень милая, когда напиваешься.

— Да, уверена, что между приступами рвоты была просто очаровашкой!

Трэвис прижал меня к себе, поглаживая Тотошку, который уткнулся мне в шею.

— Ты единственная девушка, которая выглядит потрясающе даже с головой в унитазе. А это о чем-то говорит.

— Спасибо, Трэв. Я больше не заставлю тебя нянчиться со мной.

Он откинулся на подушке.

— Ну и ладно. Но никто не сможет придерживать тебе волосы так, как я.

Я захихикала, закрыла глаза и погрузилась в темноту.

— Эбби, вставай! — закричала Америка, тряся меня. Тотошка лизнул мою щеку.

— Встала! Уже встала!

— Занятия через полчаса.

Я спрыгнула с кровати.

— Я проспала... четырнадцать часов? Что за бред?

— Полезай в душ! Если не соберешься через десять минут, уеду без тебя!

— Нет времени на душ! — Я принялась снимать одежду, в которой уснула.

Трэвис оперся головой на руку и усмехнулся.

— Вы, девчонки — непонятные создания. Не конец же света, если вы пропустите одно занятие.

— Как раз так, если речь об Америке. Она не пропускает занятий и ненавидит опаздывать, — сказала я, натягивая на себя свежую футболку и джинсы.

— Пускай Мерик едет вперед. Я подвезу тебя.

— Трэв, моя сумка в ее машине, — сказала я, обуваясь.

— Ну и ладно. — Он пожал плечами. — Только не покалечься по пути в универ.

Трэвис взял на руки Тотошку, как крошечный футбольный мяч, и понес по коридору.

Америка схватила меня и потащила за собой до машины.

— Не могу поверить, что он подарил тебе щенка, — сказала она, оборачиваясь и выезжая со стоянки.

В утренних лучах солнца стоял Трэвис, босиком и в одних боксерских трусах. Он обхватил себя руками и поежился на прохладном воздухе. Трэвис наблюдал, как Тотошка нюхает травинки, и подбадривал его с гордостью отца.

— У меня никогда не было собаки, — сказала я. — Мне кажется, будет интересно.

Америка бросила взгляд на Трэвиса и переключила передачу.

— Только посмотри на него. — Она покачала головой. — Трэвис Мэддокс, мистер Мамочка.

— Тотошка — чудо. Даже ты не устоишь перед его пушистыми лапками.

— Но ты не сможешь взять его с собой в общагу. Трэвис этого не учел.

— Он сказал, что Тотошка поживет в его квартире.

Америка подняла брови.

— Не сомневаюсь. Трэвис все продумал заранее. Надо отдать ему должное, — сказала она, качая головой и нажимая на газ.

Я со вздохом уселась на стул за минуту до начала занятия. После выплеска адреналина и постпраздничной комы на мое тело навалилась невероятная тяжесть. Америка толкнула меня в бок, когда занятие закончилось, и я пошла за ней в столовую.

У дверей нас встретил Шепли, и я сразу же поняла: что-то не так.

— Мерик!.. — Шепли остановил ее, взяв за руку.

К нам подбежал Трэвис и уперся ладонями в бедра, пытаясь отдышаться.

— За тобой гонится толпа разъяренных женщин? — поддразнила я.

Он покачал головой.

— Я хотел перехватить тебя до того, как ты... зайдешь внутрь.

— Что происходит? — спросила Америка.

— Пошел слух, что Трэвис отвез Эбби домой... — начал Шепли. — Подробности варьируются, но все очень плохо.

— Что?! Ты серьезно? — закричала я.

Америка закатила глаза.

— Эбби, да кого это волнует? Народ перемывает вам с Трэвом косточки уже несколько недель. Не в первый раз кто-то заявляет, что вы переспали.

Трэвис и Шепли обменялись взглядами.

— Что? — сказала я. — Ведь вы мне чего-то еще не говорите?

Шепли вздрогнул.

— Говорят, что у Брэзила ты переспала с Паркером, а потом позволила Трэвису... отвезти тебя домой, если ты понимаешь, о чем я.

— Отлично! — возмутилась я. — Теперь я местная проститутка?

Глаза Трэвиса помутнели, а челюсти сжались.

— Это я виноват. Будь на моем месте кто другой, они не говорили бы про тебя так.

Сжав кулаки, Трэвис зашел в столовую.

Америка и Шепли последовали за ним.

— Будем надеяться, не сыщется дурака, готового что-нибудь ему ляпнуть, — проговорила Америка.

— Или ей, — добавил Шепли.

Трэвис сел через несколько мест от меня и с сэндвичем в руке погрузился в размышления. Я ждала, когда он посмотрит в мою сторону, чтобы улыбнуться ему. Его репутация говорила сама за себя, а вот я позволила Паркеру затащить меня в коридор.

Шепли толкнул меня локтем, пока я пялилась на его кузена.

— Ему сейчас худо. Возможно, он пытается опровергнуть слухи.

— Трэв, тебе не обязательно сидеть там. Иди сюда. — Я показала на пустое место напротив себя.

— Слышал, Эбби, твой день рождения прошел на ура, — сказал Крис Дженкс, бросая лист салата на тарелку Трэвиса.

— Дженкс, не лезь к ней, — предупредил Трэвис, сверкая взглядом.

Крис улыбнулся, надувая круглые розовые щеки.

— Слышал, Паркер в ярости. Он сказал, что пришел вчера к тебе, а вы с Трэвисом еще в постели.

— Они просто дремали, Крис. — Америка ухмыльнулась.

Я перевела взгляд на Трэвиса.

— Заходил Паркер?

— Я собирался сказать тебе. — Трэвис заерзал на стуле.

— Когда? — резко спросила я.

Америка склонилась над моим ухом.

— Паркер узнал последние сплетни и пришел за объяснениями. Я пыталась остановить его, но он ворвался внутрь и... все не так понял.

Я поставила локти на стол и уронила голову на ладони.

— Час от часу не легче.

— Так что, вы этого не делали? — спросил Крис. — Черт, вот отстой. А я уж поверил, Трэв, что Эбби та, кто тебе нужен.

— Крис, лучше остановись, — предупредил Шепли.

— Если ты не спал с ней, то, может, не против, если я попытаюсь? — спросил Крис, с ухмылкой глядя на других футболистов.

Мое лицо вспыхнуло от стыда, но вдруг у меня над ухом завизжала Америка. Трэвис сорвался с места. Он перегнулся через стол, одной рукой вцепился Крису в горло, другой сжал футболку и протащил полузащитника по столу. Вокруг загромыхали стулья, народ вставал, чтобы поглазеть. Трэвис наносил удар за ударом, его локоть взлетал высоко в воздух и тут же опускался. Крис мог лишь закрывать лицо руками.

Трэвиса никто не тронул. Он себя не контролировал, а репутация этого парня говорила об одном: лучше не вставать на его пути. Другие футболисты, пригнувшись, наблюдали за избиением своего соратника и вздрагивали с каждым ударом.

— Трэвис! — закричала я, обегая стол.

Кулак остановился на полпути. Трэвис отпустил футболку Криса, и полузащитник повалился на пол. Когда Трэвис повернулся и посмотрел на меня, я заметила, что он весь вспотел. Еще никогда я не видела его таким страшным. Я сглотнула и отступила на шаг, а Трэвис прошел мимо.

Я направилась за ним, но подруга схватила меня за руку. Шепли быстро поцеловал Америку и двинулся вслед за кузеном.

— Боже правый, — прошептала моя подруга.

Повернувшись, мы увидели, как члены футбольной команды поднимают с пола Криса. Я съежилась при виде его красного, опухшего лица. Из носа сочилась кровь. Брэзил сунул Крису салфетку.

— Полоумный урод! — простонал Крис, садясь на стул и прижимая руку к лицу, потом посмотрел на меня. — Извини, Эбби. Я просто хотел пошутить.

У меня не нашлось слов, чтобы ответить ему. Я, как и он, не могла объяснить, что сейчас произошло.

— Она ни с кем из них не спала, понятно? — сказала Америка.

— Дженкс, ты не умеешь держать язык за зубами, — с отвращением произнес Брэзил.

Америка потянула меня за руку.

— Пойдем отсюда.

Ей не пришлось тащить меня, поэтому мы очень быстро добрались до «хонды». Когда Америка завела машину, я придержала подругу за запястье.

— Подожди! Куда мы едем?

— К Шепу. Не хочу, чтобы он оставался с Трэвом наедине. Ты его видела? Этот парень просто с цепи сорвался!

— Я тоже не очень хочу сейчас близко подходить к нему!

Америка удивленно посмотрела на меня.

— С ним явно что-то происходит. Не хочешь узнать, что именно?

— Мерик, инстинкт самосохранения сильнее любопытства.

— Эбби, его остановил лишь твой голос. Тебя он послушает. Поговори с ним.

Я вздохнула, убрала руку и откинулась на сиденье.

— Хорошо. Едем.

Мы заехали на стоянку, и Америка остановилась между «чарджером» и «харлеем». Она поднялась по ступенькам, уперев руки в бока с присущим только ей драматизмом.

— Идем же, Эбби! — позвала Америка, махая мне рукой.

Я нехотя последовала за подругой и остановилась, когда по ступенькам сбежал Шепли и что-то прошептал ей на ухо. Он посмотрел на меня, покачал головой и снова что-то шепнул.

— Что такое? — спросила я.

— Шеп... — Америка заколебалась. — Шеп считает, что нам не стоит заходить внутрь. Трэвис все еще бесится.

— Речь о том, что именно я не должна заходить? — спросила я.

Америка неуверенно пожала плечами и посмотрела на Шепли.

Он прикоснулся к моему плечу.

— Эбби, ты ничего не сделала. Он просто не... хочет сейчас видеть тебя.

— Но почему, если я ничего не сделала?

— Не знаю. Трэвис не говорит мне этого. Думаю, ему стыдно, что он потерял самообладание у тебя на глазах.

— Вообще-то, на глазах у всей столовой! При чем тут я?

— Очень даже при чем, — сказал Шепли, избегая моего взгляда.

Несколько секунд я молча смотрела на них, а потом взбежала по ступенькам и ворвалась в пустую гостиную. Дверь в комнату Трэвиса была закрыта, и я постучала.

— Трэвис!.. Это я, открывай.

— Гулька, уходи, — подал он голос.

Я заглянула внутрь и увидела его сидящим на краю кровати лицом к окну. Тотошка поставил лапки ему на спину, не понимая, почему его игнорируют.

— Трэв, что с тобой творится? — спросила я.

Он не ответил, поэтому я встала перед ним и скрестила руки. У него заиграли желваки, но он уже не был таким страшным, как в столовой. Парень выглядел невыразимо печальным.

— Не хочешь говорить со мной об этом?

Я подождала, но он ничего не ответил. Тогда я сделала шаг к двери, и Трэвис тяжело вздохнул.

— Помнишь, когда Брэзил что-то ляпнул в мой адрес, а ты стала защищать меня? Ну... вот это и произошло сейчас. Хотя я слегка увлекся.

— Ты начал злиться еще до того, как Крис что-то сказал, — проговорила я, садясь рядом с Трэвисом.

Он по-прежнему смотрел в окно.

— То, что я сказал раньше, не выдумки. Гулька, тебе правда стоит уйти. Видит бог, я этого сделать не смогу.

— Ты ведь не хочешь, чтобы я уходила. — Я прикоснулась к его руке.

Он снова напрягся, потом обнял меня, на секунду замешкался, но все же поцеловал в лоб и прижался щекой к виску.

— Как бы сильно я ни старался, это не важно. После того как все будет сказано и сделано, ты меня возненавидишь.

Я обхватила его руками и напомнила:

— Мы просто обязаны быть друзьями. «Нет» не принимается.

Брови Трэвиса взметнулись, он притянул меня к себе обеими руками, по-прежнему глядя в окно.

— Я часто смотрю, как ты спишь. Ты выглядишь умиротворенной. Во мне же такого спокойствия нет. Внутри меня кипят ярость и злость, но не в то время, когда я наблюдаю за твоим сном. Это я как раз и делал, когда вошел Паркер, — продолжил Трэвис. — Я не спал, а он ворвался в комнату. Стоял и ошеломленно смотрел на нас. Я знаю, что он подумал, но ничего не стал объяснять. Я не сделал этого, ведь мне действительно хотелось, чтобы он считал, будто между нами что-то произошло. А теперь весь универ думает, что ты провела ночь с нами обоими.

Щенок забрался ко мне на колени, и я почесала у него за ушком. Трэвис погладил его разок и положил ладонь на мою руку.

— Извини.

— Если он поверил сплетням, то сам виноват. — Я пожала плечами.

— Трудно подумать что-то другое, увидев нас вместе в постели.

— Он знает, что я живу у тебя. И я была полностью одета!

— Наверное, он не обратил на это внимания, слишком взбесился, — вздохнул Трэвис. — Гулька, я знаю, что он нравится тебе. Мне следовало ему все объяснить. Я перед тобой в таком долгу.

— Это неважно.

— Ты не злишься? — удивился Трэвис.

— Вот почему ты так расстроился? Решил, я разозлюсь из-за того, что ты не рассказал мне правду?

— Это логично. Если бы кто-нибудь в одиночку разделался с моей репутацией, я бы хоть немного, но злился.

— Тебя ведь не волнует репутация. Что случилось с Трэвисом, которому плевать на всеобщее мнение? — поддразнила я, толкая его в бок.

— Когда ты узнала про сплетни, а я увидел твое лицо, все изменилось. Я не хочу, чтобы ты страдала из-за меня.

— Ты никогда не заставишь меня страдать.

— Да я себе лучше руку отрежу. — Он вздохнул.

Трэвис приник щекой к моим волосам. У меня не нашлось подходящего ответа, а Трэвис высказался, поэтому мы сидели в тишине. Время от времени он крепко обнимал меня. Я сжала его рубашку, не зная, чем еще кроме объятий помочь ему.

Когда солнце уже пряталось за горизонтом, в дверь осторожно постучали.

— Эбби!.. — еле слышно позвала Америка.

— Входи, Мерик, — произнес Трэвис.

Америка и Шепли зашли в комнату. Увидев нас с Трэвисом в обнимку, подруга улыбнулась.

— Мы собирались перекусить. Не хотите прокатиться в «Пэй Вэй»?

— Фу... Мерик, опять азиатская кухня? — спросил Трэвис.

Я улыбнулась: он стал самим собой.

Америка тоже заметила перемену.

— Ага. Так что, идете?

— Умираю с голоду, — сказала я.

— Еще бы, ты ведь так и не пообедала. — Трэвис нахмурился, поднялся и потянул меня за собой. — Идем, накормим тебя.

Он обнял меня и не убирал руку с моей талии, пока мы не устроились за столиком в «Пэй Вэй».

Как только Трэвис удалился в уборную, ко мне нагнулась Америка.

— Ну? Что он сказал?

— Ничего. — Я пожала плечами.

Подруга удивленно подняла брови.

— Ты пробыла в его комнате два часа. И он ничего не сказал?

— Обычно он так и поступает, когда злится, — отозвался Шепли.

— Не может быть, чтобы Трэвис ничего не сказал, — не унималась Америка.

— Он сказал, что слегка увлекся, вступившись за меня, и что ничего не объяснил Паркеру, когда тот вошел в комнату. Вот и все, — проговорила я, теребя солонку и перечницу.

Шепли покачал головой и закрыл глаза.

— Что такое, малыш? — спросила Америка, выпрямляя спину.

— Трэвис просто... — Шепли вздохнул и закатил глаза. — Забудьте.

Америка упрямо нахмурилась.

— Черт побери, ты не можешь вот так...

Она умолкла, когда за столик опустился Трэвис и положил руку за моей спиной.

— Вот гадство! Неужели еду еще не принесли?

Мы рассмеялись. И продолжали веселиться, пока не закрылся ресторан, потом забрались в машину и поехали домой. Шепли занес Америку по ступенькам на своей спине, а Трэвис задержался на улице и взял меня за руку. Он смотрел на ребят, пока они не скрылись за дверью, а потом печально улыбнулся мне.

— Я должен извиниться за сегодняшний день. Прости меня.

— Ты уже извинился. Все в порядке.

— Нет, я извинился за Паркера. Не хочу, чтобы ты считала меня психом, который набрасывается на людей по мелочам, — сказал он. — Я должен извиниться, потому что вступился за тебя не по той причине, по которой хотелось бы.

— А эта причина... — заговорила я.

— Он сказал, что хочет встать в очередь. Я накинулся на него именно поэтому, а не потому, что он тебя поддразнивал.

— Это достаточная причина, Трэв, чтобы вступиться за меня.

— В том-то и дело. Я взбесился, потому что воспринял это как желание переспать с тобой.

Обдумав, что имел в виду Трэвис, я сжала его рубашку и прислонилась головой к груди.

— Знаешь, мне все равно, что говорят другие, все равно, что ты потерял самообладание и расплющил Крису нос. Мне ни к чему плохая репутация, но я устала оправдываться перед всеми за нашу дружбу. К черту их.

Глаза Трэвиса наполнились нежностью, а уголки губ поползли вверх.

— Нашу дружбу? Иногда мне интересно, слушаешь ли ты меня.

— Что ты имеешь в виду?

— Идем внутрь, я устал.

Я кивнула, и Трэвис повел меня в квартиру, прижимая к себе. Америка и Шепли заперлись в своей спальне, а я быстро забежала в душ.

Пока я переодевалась в пижаму, Трэвис сидел с Тотошкой за дверью. Через полчаса мы уже легли спать.

Я положила руку под голову и с облегчением вздохнула.

— Осталось всего две недели. Что же ты устроишь, когда я вернусь в «Морган»?

— Не знаю, — ответил Трэвис.

Даже в темноте я увидела, как он измученно нахмурился.

— Эй! — Я прикоснулась к его руке. — Я просто пошутила.

Я долго наблюдала, как он пытается расслабиться, вздыхает и часто моргает. Трэвис заворочался в постели и повернулся ко мне.

— Гулька, ты мне доверяешь?

— Да, а что?

— Иди сюда, — сказал он, притягивая меня к себе.

На долю секунды я напряглась, а потом расслабилась и положила голову ему на грудь. Что бы ни творилось в его душе, он нуждался во мне. Даже если бы я очень захотела, то не стала бы возражать. Быть сейчас с ним рядом казалось мне самым правильным.

ГЛАВА 9

ОБЕЩАНИЕ

— Так с кем ты, с Паркером или Трэвисом? Я в замешательстве. — Финч покачал головой.

— Паркер со мной не разговаривает, наше общение пока под вопросом, — сказала я, поправляя свой рюкзак.

Финч выдохнул дым и снял с языка табачную крошку.

— Значит, с Трэвисом?

— Финч, мы просто друзья.

— Все считают, у вас какая-то извращенная дружба с взаимной выгодой, которую ты никак не хочешь признавать.

— Меня это не заботит. Пусть думают, что хотят.

— С каких это пор? Что случилось с вечно взволнованной, загадочной и осторожной Эбби, которую я знаю?

— Она умерла от стресса после всех слухов и домыслов.

— Плохо. Над кем же я тогда стану смеяться? Мне этого будет не хватать.

Я ударила Финча по руке, он хихикнул и сказал:

— Хорошо. Пора уже прекратить притворство.

— В смысле?

— Дорогуша, ты общаешься с тем, кто притворялся бóльшую часть своей жизни.

— Финч, ты о чем? Что я скрытая лесбиянка?

— Нет, ты что-то темнишь. Кардиганы, напускная скромность, походы в рестораны с Паркером Хейсом...

это все ненастоящее. Ты стриптизерша из какого-нибудь городишки или прошла курс реабилитации. Я склоняюсь ко второму.

— Догадки не по твоей части! — Я расхохоталась.

— Так в чем твой секрет?

— Расскажи я тебе, это будет уже не секрет.

На лице Финча появилась озорная улыбка.

— Я тебе свой открыл, теперь твоя очередь.

— Не хочу огорчать, но твоя сексуальная ориентация, Финч, далеко не секрет.

— Вот черт! А я-то думал, вокруг меня сияет загадочная аура сексуальной игривости, — снова затягиваясь, сказал он.

Я поежилась, потом спросила:

— Финч, у тебя с предками все в порядке?

— Мама просто великолепная... С отцом мы много конфликтовали, но сейчас все хорошо.

— А мой отец — Мик Эбернати.

— Кто это?

— Вот видишь? — засмеялась я. — Не так уж и важно, если ты узнаешь, кто он.

— Так кто?

— Ходячие неприятности. Азартные игры, выпивка, дурной нрав... В моей семье это наследственное. Мы с Америкой приехали сюда, чтобы я могла начать с чистого листа, без клейма, отметившего дочь пьяницы-неудачника.

— Невезучий игрок из Уичито?

— Я родилась в Неваде. Там все, чего бы Мик ни касался, превращалось в золото. Когда мне исполнилось тринадцать, удача отвернулась от него.

— Он стал винить тебя.

— Америка много чем пожертвовала, чтобы приехать сюда со мной. И вот я появляюсь здесь и сталкиваюсь лицом к лицу с Трэвисом.

— А когда ты смотришь на Трэвиса...

— Все это слишком знакомо мне.

Финч кивнул и бросил окурок на землю.

— Вот отстой, Эбби.

— Если кому-нибудь расскажешь, то я позвоню мафии. — Я прищурилась. — Я там пару ребят знаю.

— Врешь!

— Хочешь верь, хочешь нет.

Финч с подозрением посмотрел на меня и улыбнулся.

— Ты официально признана самым крутым человеком, которого я знаю.

— Печально, Финч. Тебе стоит чаще бывать на людях, — сказала я, останавливаясь у входа в столовую.

Финч приподнял мою голову за подбородок.

— Все наладится. Я твердо верю, что в жизни не бывает ничего случайного. Тебе удалось приехать сюда, Америка встретила Шепли, ты нашла дорогу на арену и перевернула весь мир Трэвиса Мэддокса с ног на голову. Подумай об этом. — И Финч легонько поцеловал меня в губы.

— Привет всем! — раздался голос Трэвиса.

Он обнял меня за талию, оторвал от земли и поставил рядом с собой.

— Финч, ты последний, из-за кого я стал бы волноваться! — поддразнил Трэвис. — Уступишь мне ее?

Финч приблизился к нему и подмигнул.

— Увидимся позже, конфетка!

Когда Трэвис повернулся ко мне, его улыбка исчезла.

— Ты чего нахмурилась?

Я покачала головой, стараясь пережить прилив адреналина.

— Мне не очень нравится «конфетка». У меня с этим связаны дурные воспоминания.

— Ласковое обращение твоего миссионера?

— Не угадал, — проворчала я.

Трэвис хлопнул кулаком по ладони.

— Хочешь, я пойду и вытрясу из Финча дух? Преподам ему урок? Снаружи, конечно.

Я не сдержала улыбки.

— Если бы я хотела поквитаться с Финчем, то просто сказала бы ему, что продукция фирмы «Прада» вышла из моды. Остальное он сделал бы сам.

Трэвис засмеялся и подтолкнул меня к двери.

— Идем! Я умираю с голоду!

Мы сели за стол вместе, пихая друг друга в бок и щипая. Настроение Трэвиса было таким же приподнятым, как и в тот вечер, когда я проиграла пари. Все за столом, конечно, заметили перемену, а когда Трэвис устроил мини-сражение за еду, внимание на нас обратили и люди, сидящие за другими столиками.

— Словно в зоопарке. — Я закатила глаза.

Трэвис какое-то время смотрел на меня, потом глянул на тех, кто пялился, и встал.

— Я не могу! — закричал он.

Я с ужасом увидела, как все в столовой повернулись в его сторону. Трэвис несколько раз мотнул головой в такт мысленному ритму.

— Нет! — Шепли закрыл глаза.

Трэвис улыбнулся.

— Испытать удовольствия, — пропел он. — Не могу испытать у-до-воль-ствия. Я пробовал, и пробовал, и пробовал, и пробовал... — Под всеобщими удивленными взглядами он забрался на стол. — Я не могу, нет, я не могу![1]

Он указал в сторону футболистов, сидевших в конце стола, они улыбнулись и в унисон прокричали:

— Я не могу, нет, я не могу!

Вся столовая стала отбивать ритм.

---

[1] Ссылка на песню «I can't get no satisfaction» группы «The Rolling Stones».

Трэвис поднес ко рту кулак и пропел:

— Когда я еду в своей тачке, по радио чувак бубнит... о бесполезных новостях! Чтобы разжечь мое воображение! Я не могу, нет, я не могу! О нет, о нет, о нет! — Он протанцевал мимо меня, подпевая в воображаемый микрофон.

Вся столовая единогласно распевала:

— Хей, хей, хей!

— Так я говорю! — пропел Трэвис.

Он слегка дернул бедрами, и столовая наполнилась девичьим свистом и визжанием. Трэвис снова прошел мимо меня и исполнил куплет в противоположной стороне комнаты, а футболисты подпевали ему.

— Я помогу тебе! — закричала какая-то девчонка.

— Ведь я пробовал, и пробовал, и пробовал... — пропел он.

— Я не могу, нет, я не могу! Не могу, нет, не могу! — подпели его бэк-вокалисты.

Трэвис остановился передо мной и подался вперед.

— Когда я смотрю телик, чувак там бубнит... какой белой станет рубашка моя! Он не мужик, ведь он не курит тех сигарет, что и я! Я не могу, нет, не могу! О нет, о нет, о нет!

Все захлопали в ритм, а футболисты пропели:

— Хей, хей, хей!

— Так я говорю! — пропел Трэвис, указывая на хлопающую публику.

Некоторые встали и принялись подтанцовывать, но большинство присутствующих с удивлением глазели на него.

Трэвис перепрыгнул на соседний стол, Америка завизжала, захлопала и толкнула меня в бок. Я покачала головой. Кажется, я умерла и попала на диснеевский «Классный мюзикл».

Футболисты напевали:

— На-на, на-на-на! На-на, на! На-на, на-на-на!

Трэвис высоко поднял свой кулак-микрофон.

— Когда я еду вокруг света, я делаю это... я это пою!

Трэвис спрыгнул на пол и приблизился к моему лицу.

— Я хочу закадрить девчонку одну, а она говорит мне: «Малыш, приходи-ка потом». У меня полоса неудач! Я не могу, нет, я не могу! О нет, о нет, о нет!

Вся столовая отбивала ритм, футбольная команда подпевала:

— Хей-хей-хей!

— Не могу испытать, нет! Не могу испытать, нет! Удовольствие! — Трэвис склонился надо мной, улыбаясь и пытаясь выровнять дыхание.

Вся столовая взорвалась аплодисментами, кто-то даже свистел. Трэвис поцеловал меня в лоб, встал и всем поклонился.

Он вернулся на свое место, усмехнулся и произнес, тяжело дыша:

— Теперь они не смотрят на тебя?

— Спасибо, — сказала я. — Но не стоило.

— Эбс?

Я подняла глаза и увидела Паркера, стоящего у конца стола. Все взгляды вновь обратились на меня.

— Нам надо поговорить, — слегка нервничая, сказал Паркер.

Я взглянула на Америку, потом на Трэвиса и опять на Паркера.

— Пожалуйста, — попросил он, засовывая руки в карманы.

Я кивнула и пошла за ним на улицу. Он миновал окна и завернул за здание, чтобы остаться наедине со мной.

— Я не хотел снова привлекать к тебе внимание. Знаю, ты это ненавидишь.

— Если ты хотел поговорить, то стоило позвонить, — сказала я.

Он кивнул и уперся взглядом в землю.

— Я не собирался искать тебя в столовой. Просто заметил оживление, а потом тебя. Вот и зашел. Извини.

Я подождала, и Паркер снова заговорил:

— Не знаю, что случилось между тобой и Трэвисом. Меня это не касается... мы ведь только сходили на несколько свиданий. Сначала я расстроился, конечно, но потом понял другое. Если бы я ничего к тебе не испытывал, меня бы это не тронуло.

— Паркер, я не спала с ним. Он придерживал меня за волосы, пока я извергала пинту «Патрона» в его унитаз. Это, конечно, верх романтики.

Паркер усмехнулся.

— Не думаю, что для наших отношений сейчас самые благоприятные условия... не теперь, когда ты живешь с Трэвисом. По правде говоря, Эбби, ты мне очень нравишься. Не знаю, что это за чувство, но я все время думаю о тебе.

Я улыбнулась, он взял меня за руку и провел пальцем по браслету.

— Возможно, я отпугнул тебя этим нелепым подарком, но раньше я не бывал в подобной ситуации. Кажется, я постоянно соревнуюсь с Трэвисом за твое внимание.

— Ты совсем не отпугнул меня этим браслетом.

Паркер насупился.

— Я бы хотел снова пригласить тебя на свидание через пару недель, когда ваш с Трэвисом месяц подойдет к концу. Тогда мы сможем узнать друг друга лучше без всяких отвлекающих факторов.

— Справедливо.

Паркер склонился, закрыл глаза и прижался ко мне губами.

— Скоро позвоню тебе.

Я помахала ему на прощание и вернулась в столовую. Хотела пройти мимо Трэвиса, но он перехватил меня и посадил к себе на колени.

— Так тяжело разрывать отношения?

— Он хочет попытаться еще раз, когда я вернусь в «Морган».

— Черт, мне нужно срочно придумать другое пари, — сказал Трэвис, придвигая мою тарелку.

Следующие две недели пролетели незаметно. Помимо занятий я проводила все свободное время с Трэвисом, по большей части наедине. Мы ходили ужинать, танцевали в «Реде», играли в боулинг. К тому же Трэвис отменил два боя. Когда мы не смеялись как ненормальные над всякой чепухой, то мерились силами на руках, валялись с Тотошкой на диване и смотрели фильмы. Он откровенно игнорировал каждую девушку, которая строила ему глазки, и все заговорили о новом Трэвисе.

В мой последний вечер в квартире Америка и Шепли куда-то незаметно исчезли, а Трэвис приготовил особый прощальный ужин. Он купил вина, разложил салфетки, даже принес домой новые столовые приборы, расставил тарелки на стойке бара и разместил свой стул напротив моего. Впервые у меня появилось отдаленное ощущение, что мы на свидании.

— Трэв, все очень вкусно. Да ты скрывал от меня свои таланты, — сказала я, жуя пасту с курицей по-каджунски, которую он приготовил.

Трэвис выдавил улыбку, и я заметила, с каким трудом ему удается вести непринужденную беседу.

— Скажи я тебе раньше, ты бы каждый вечер требовала от меня этого.

Его улыбка померкла, а взгляд уперся в стол.

Я повозилась вилкой в еде.

— Трэв, я тоже буду очень скучать.

— Но ты ведь будешь приезжать?

— Ты же знаешь, что да. А ты будешь приходить в «Морган» и помогать мне с учебой, как и раньше.

— Но ведь это не то же самое. — Он вздохнул. — Ты станешь встречаться с Паркером, мы займемся своими делами... каждый пойдет своей дорогой.

— Все изменится не так сильно.

Трэвис печально усмехнулся.

— Кто бы подумал после нашей первой встречи, что мы будем вот так сидеть здесь? Кто бы знал три месяца назад, что я буду чувствовать себя так подавленно, прощаясь с девчонкой!

Мое сердце сжалось.

— Я не хочу, чтобы ты чувствовал себя подавленно.

— Тогда не уходи, — попросил он, и на лице отразилось такое отчаяние, что у меня в горле встал комок.

— Трэвис, не могу же я переехать сюда. Это безумие.

— Кто это сказал? Я провел здесь две самые лучшие недели в своей жизни.

— Я тоже.

— Тогда почему у меня такое ощущение, что я больше тебя не увижу?

Ответа у меня не нашлось. Трэвис сжал зубы, но не от злости. Внезапно мне захотелось подойти к нему, в этом порыве я встала, обошла стойку и села к парню на колени. Он не взглянул на меня, я обняла его за шею и прижалась щекой.

— Ты скоро поймешь, какой я была стервой, и даже не вспомнишь обо мне, — проговорила я ему на ухо.

Он тяжело вздохнул и погладил меня по спине.

— Обещаешь?

Я отслонилась, посмотрела Трэвису в глаза, провела пальцем по губам. Эта печаль на его лице разбивала мне сердце. Я закрыла глаза и наклонилась, чтобы легонько поцеловать Трэвиса, он повернулся, и я, сама того не ожидая, угодила прямо в губы.

Поцелуй застал меня врасплох, но я не отпрянула.

Трэвис тоже не отстранился, однако не проявил инициативы.

Я наконец-то отодвинулась, пытаясь улыбкой сгладить ситуацию.

— Завтра у меня важный день. Так что сейчас я уберу на кухне и отправлюсь в постель.

— Я помогу, — сказал Трэвис.

Мы мыли посуду в молчании, Тотошка спал у наших ног. Трэвис вытер последнюю тарелку и поставил ее в сушилку, а потом повел меня по коридору, чуть крепче обычного сжимая мою руку. Дорога до спальни показалась мне вдвое длиннее. Мы знали, что прощаться придется через считаные часы.

На этот раз Трэвис не притворялся, что не подглядывает, пока я переодевалась в его футболку. Он разделся до трусов и забрался под одеяло — ждать меня. Как только я присоединилась к нему, Трэвис выключил лампу, а потом притянул меня к себе, не спрашивая и не извиняясь. Он крепко обнял меня и вздохнул. Уткнувшись лицом в его шею, я зажмурилась, пытаясь запомнить этот чудесный момент. Я понимала, что буду желать его повторения всю оставшуюся жизнь, поэтому старалась насладиться сполна.

Трэвис взглянул на окно. Деревья отбрасывали тени на его лицо. Он закрыл глаза, и внутри меня поселилось гнетущее чувство. Я не могла смотреть на его страдания, поскольку была не просто их причиной... но и единственным лекарством.

— Трэв, ты в порядке? — спросила я.

Последовала долгая пауза.

— Мне еще никогда не было так плохо, — ответил наконец Трэвис.

Я уткнулась лицом в его шею, и он крепко обнял меня.

— Глупо как-то, — сказала я. — Мы же будем видеться каждый день.

— Ты сама знаешь, что это не так.

На мои плечи обрушился тяжкий груз печали, и меня охватило непреодолимое желание спасти нас обоих.

Я приподняла подбородок, но замешкалась. То, что я собиралась сделать, изменит все. Как мне казалось, в близости Трэвис видел лишь способ провести время. Я зажмурилась и отогнала свои страхи. Мне необходимо что-нибудь предпринять, иначе нас обоих ждет бессонное ожидание утра.

Мое сердце забилось чаще, когда я прикоснулась губами к шее Трэвиса, пробуя на вкус его кожу в медленном ласковом поцелуе. Он с удивлением посмотрел на меня, а когда разгадал мои намерения, его глаза наполнились нежностью.

Он наклонился и подарил мне сладкий чувственный поцелуй. Тепло мужских губ разлилось по всему моему телу, и я притянула Трэвиса к себе. Мы сделали первый шаг, отступать я не намеревалась. Я раскрыла губы, позволяя Трэвису проникнуть внутрь языком.

— Я хочу тебя, — проговорила я.

Внезапно поцелуй замедлился, и Трэвис попытался отстраниться. Я же собиралась довести дело до конца и перешла к более энергичному поцелую. Трэвис отпрянул и встал на колени. Я поднялась вместе с ним, не отрываясь от его губ.

Трэвис схватил меня за плечи, пытаясь охладить мой пыл.

— Подожди, — прошептал он с радостной улыбкой на губах.

Дыхание его было прерывистым.

— Гулька, тебе не обязательно делать это. Сегодня важно совсем другое.

Трэвис едва сдерживался, и я снова прильнула к нему. На этот раз он сопротивлялся не так сильно. Этого оказалось достаточно, чтобы я дотянулась до его губ. Я посмотрела на Трэвиса исподлобья, вложив во взгляд всю мою решимость.

Я замешкалась лишь на секунду, потом прошептала:

— Не заставляй меня умолять.

При этих словах самообладание Трэвиса испарилось, и он с жадностью поцеловал меня. Я провела ладонью по его спине, остановилась у резинки боксерских трусов и неуверенно затеребила ее. Поцелуи Трэвиса стали совсем нетерпеливыми, и мы повалились на кровать. Его язык снова нашел мой, а когда я набралась смелости и скользнула пальцами под трусы, Трэвис застонал.

Он стащил с меня футболку и торопливо провел рукой по боку, снимая мои трусики. Губы Трэвиса снова накрыли мой рот, а ладонь легла на внутреннюю сторону бедра, лаская то, чего еще не касался ни один мужчина. Я прерывисто вздохнула. Мои согнутые ноги вздрагивали при каждом сокровенном прикосновении Трэвиса. Когда я дотронулась до его плоти, он расположился прямо надо мной.

— Голубка, — тяжело дыша, произнес парень. — Мы не обязаны делать это сегодня. Я подожду, пока ты будешь готова.

Я дотянулась до верхнего ящика тумбочки, выдвинула его, нащупала пакетик, поднесла ко рту и открыла зубами. Трэвис убрал руку с моей спины, снял боксерские трусы и отбросил в сторону, будто не мог вынести самого факта их присутствия между нами.

Зашуршал пакетик, через несколько секунд я ощутила Трэвиса между своих ног и закрыла глаза.

— Голубка, посмотри на меня.

Я так и поступила. Взгляд Трэвиса наполнился одновременно решимостью и нежностью. Он склонил голову и ласково поцеловал меня, затем его тело напряглось, когда парень медленным движением проник внутрь. Трэвис отпрянул, и я закусила губу от неприятного ощущения. Когда он снова подался вперед, я зажмурилась от боли и стиснула его бедра ногами. Он опять поцеловал меня.

— Посмотри на меня, — прошептал Трэвис, и я открыла глаза.

Он подался вперед, вжимаясь в меня. Я вскрикнула от внезапной сладости ощущения. Как только я расслабилась, Трэвис стал двигаться ритмичнее. Я перестала нервничать, как вначале, а Трэвис с жадностью проникал в мою плоть, будто не мог насытиться. Когда я крепко прижала его к себе, он застонал от переизбытка ощущений.

— Эбби, я так долго желал тебя. Ты все, что мне нужно, — выдохнул он.

Одной рукой Трэвис сжал мое бедро, облокотился на вторую и навис надо мной. Наша кожа покрылась потом. Я выгнула спину, когда Трэвис провел губами по моему подбородку, а потом покрыл легкими поцелуями шею.

— Трэвис, — выдохнула я.

Как только я произнесла его имя, он прижался ко мне щекой и ускорился. Дыхание его стало громче, наконец он со стоном проник в меня последний раз.

Через пару секунд Трэвис расслабился, а дыхание его успокоилось.

— Недурной первый поцелуй, — сказала я уставшим, удовлетворенным голосом.

Трэвис внимательно посмотрел на меня и улыбнулся.

— Твой последний первый поцелуй.

Я была слишком взбудоражена, чтобы отвечать.

Трэвис распростерся на животе, обняв меня рукой и прижавшись лбом к щеке. Я водила ладонью по его обнаженной спине, пока не услышала ровное дыхание.

Несколько часов я пролежала без сна, прислушиваясь к глубокому дыханию Трэвиса. Ветер за окном раскачивал деревья. Америка и Шепли тихонько зашли в квартиру и на цыпочках миновали коридор, перешептываясь.

Мои вещи мы упаковали заранее. Я с содроганием подумала, как неловко мне будет утром. Теперь Трэвис переспал со мной, и его любопытство, наверное, удовлетворено. Однако он говорил про вечность. Я зажмурилась, представив выражение его лица, когда он узнает, что все произошедшее было не началом, а концом. Но я не могу встать на прежний путь. Трэвис возненавидит меня, если я все ему расскажу.

Я выбралась из-под его руки, оделась, взяла с собой туфли и прошла до спальни Шепли. Америка сидела на кровати, а ее парень снимал футболку перед шкафом.

— Эбби, все в порядке? — спросил он.

— Мерик!.. — позвала я подругу, сигналя ей, чтобы вышла.

Америка кивнула и обеспокоенно посмотрела на меня.

— Что случилось?

— Отвези меня в «Морган». Я не могу ждать до утра.

Америка кивнула с понимающей улыбкой.

— Ты никогда не любила прощаться.

Шепли и Америка помогли мне вынести сумки. Всю дорогу до «Морган-холла» я пялилась в окно.

Когда мы занесли последнюю сумку в дом, Америка обняла меня.

— В квартире теперь станет иначе.

— Спасибо, что привезла меня домой. Рассвет всего через пару часов. Так что лучше тебе ехать, — сказала я, обнимая ее на прощание.

Покидая мою комнату, Америка не обернулась. Я нервно закусила губу, понимая, как подруга будет злиться, когда все узнает.

Когда я стащила с себя футболку, та затрещала на прохладном воздухе. Близилась зима. Чувствовала я себя слегка потерянной. Свернувшись в клубок под толстым одеялом, я втянула носом воздух. Моя кожа все еще хранила аромат Трэвиса.

Кровать стала холодной и чужой, совсем непохожей на теплую постель Трэвиса. Я провела тридцать дней в тесной комнате с самым известным распутником «Истерна», и после всех пререканий и ночных гостей мне хотелось находиться лишь там.

В восемь часов стал звонить телефон. Он голосил целый час с интервалом в пять минут.

— Эбби! — простонала Кара. — Ответь на эти проклятые звонки!

Я дотянулась и выключила телефон. Когда в дверь забарабанили, я поняла, что не получится, как планировала, уединиться в комнате на целый день.

Кара дернула за ручку.

— Что еще?

Мимо нее пронеслась Америка.

— Что, черт побери, происходит? — закричала подруга.

Она стояла передо мной с красными, опухшими глазами, в одной пижаме.

— Что такое, Мерик? — Я села на кровати.

— Трэвис на грани срыва! С нами не разговаривает, разнес квартиру в пух и прах, швырнул колонки через всю комнату... Шеп не может добиться от него чего-нибудь внятного!

Я протерла глаза кулаками и моргнула.

— Не знаю.

— Чушь собачья! Ты мне расскажешь, что случилось, и сделаешь это сейчас же!

Кара схватила свою косметичку, удалилась и захлопнула дверь.

Я нахмурилась, опасаясь, что она может рассказать все администрации общежития или декану, что еще хуже.

— Господи, Америка, успокойся, — прошептала я.

— Что ты натворила? — сквозь зубы проговорила она.

Я предполагала, что он расстроится, но не обезумеет от ярости.

— Не знаю. — Я сглотнула.

— Он накинулся на Шепа, когда узнал, что мы помогли тебе уехать. Эбби! Пожалуйста, расскажи мне! — умоляюще проговорила она. — Я боюсь!

Страх в ее глазах заставил меня изложить половину правды.

— Я просто не смогла попрощаться. Ведь ты знаешь, как мне сложно делать это.

— Эбби, дело в другом. У него крыша поехала! Я слышала, как он звал тебя по имени, а потом стал искать по всей квартире. Ворвался в комнату Шепа и потребовал сказать, где ты. Потом пытался дозвониться до тебя. Снова и снова. — Она вздохнула. — А его лицо, Эбби... черт побери. Я никогда не видела его таким. Он сорвал простыни с кровати и выбросил их, раскидал подушки, разбил кулаком зеркало, пнул дверь так, что та слетела с петель! Отродясь не видела ничего страшнее!

Я закрыла глаза, пытаясь сдержать слезы, но они все равно потекли по щекам.

Америка протянула мне свой телефон.

— Позвони ему. По крайней мере, скажи, что с тобой все в порядке.

— Хорошо, я позвоню.

Она снова подсунула мне мобильник.

— Звони сейчас же.

Я взяла телефон и провела пальцем по кнопкам, пытаясь придумать, что сказать Трэвису. Америка вырвала мобильник из моих рук, сама набрала номер, потом протянула аппарат мне. Я прижала его к уху и глубоко вздохнула.

— Мерик? — спросил Трэвис обеспокоенным голосом.

— Это я.

Трэвис затих на несколько секунд, потом заговорил:

— Что, черт подери, произошло с тобой ночью? Я просыпаюсь утром, а тебя нет. Ты... просто ушла и даже не попрощалась? Почему?

— Извини, я...

— Извини? Да я с ума схожу! Ты не отвечаешь на мои звонки, незаметно сбегаешь и... почему? Я думал, мы во всем наконец разобрались!

— Мне нужно все осмыслить.

— Что осмыслить? — спросил он и замолчал. — Я... я сделал тебе больно?

— Нет! Все не так! Мне вправду очень жаль. Америка, наверное, уже сказала. Я ненавижу прощаться.

— Нам нужно увидеться, — с отчаянием произнес он.

— Трэв, мне сегодня многое надо сделать. — Я вздохнула. — Распаковать вещи, да еще куча стирки.

— Ты жалеешь обо всем, — надломленным голосом произнес Трэвис.

— Нет, дело не в этом. Мы друзья. Это не изменится.

— Друзья? Тогда какая чертовщина была прошлой ночью? — кипя от злости, спросил он.

— Знаю, чего ты хочешь. — Я крепко зажмурилась. — Просто не могу... сделать этого прямо сейчас.

— Так тебе нужно время? — Он немного успокоился. — Могла бы сказать мне об этом, а не сбегать.

— Так мне показалось проще.

— Проще для кого?

— Я не могла заснуть. Все думала, что будет утром, как я стану загружать вещи в машину Америки. Трэв, я бы не смогла, — сказала я.

— Жаль, что ты не хочешь остаться у меня. Но ты не можешь просто так уйти из моей жизни.

— Увидимся завтра, — выдавила я улыбку. — И чтобы без всяких неловкостей, хорошо? Мне нужно во всем разобраться.

— Хорошо, — ответил он. — На это я согласен.

Я закончила разговор, и Америка сверкнула глазами.

— Ты переспала с ним? Ну и стерва! Почему не сказала мне?

Я закатила глаза и рухнула на подушку.

— Мерик, дело не в тебе. Все стало запутанным, как клубок.

— Что же тут сложного? Вы должны витать на седьмом небе, а не крушить двери и прятаться!

— Я не могу быть с ним! — прошептала я, уставившись в потолок.

Америка накрыла мою руку ладонью и тихо проговорила:

— Трэвису еще нужно работать над собой. Поверь мне, я понимаю, откуда все сомнения, но посмотри, как сильно он уже изменился ради тебя. Эбби, вспомни последние две недели. Он не Мик.

— Это я Мик! Я связалась с Трэвисом, и все, с чем мы боролись... Да, впустую! — Я щелкнула пальцами. — Исчезло! Вот так!

— Трэвис этого не допустит.

— Это зависит не от него, понимаешь?

— Эбби, ты разобьешь ему сердце. Разобьешь сердце! Единственная девушка, которой он доверился и в которую влюбился, собирается отшить его!

Я отвернулась от Америки, не в силах смотреть на ее умоляющее лицо.

— Мне нужен счастливый конец. Вот зачем мы сюда приехали.

— Тебе не обязательно поступать так. Все может получиться.

— Пока не иссякнет моя удача.

Америка раздраженно взмахнула руками.

— Боже, Эбби, только не начинай. Мы уже это обсуждали.

Зазвонил телефон, и я посмотрела на экран.

— Это Паркер.

Америка покачала головой.

— Мы, вообще-то, не закончили.

— Алло? — ответила я на вызов, игнорируя сердитый взгляд подруги.

— Эбс!.. Первый день свободы! Как ощущения? — спросил он.

— Как... на свободе, — сказала я, пытаясь изобразить энтузиазм.

— Поужинаем завтра вечером? Я соскучился.

— Ага, — сказала я, вытирая нос рукавом. — Завтра будет просто отлично.

Я отключилась и посмотрела на хмурую Америку.

— Трэвис станет расспрашивать меня, когда вернусь, — сказала она. — Захочет узнать, о чем мы разговаривали. Что я должна сказать?

— Скажи, что я сдержу обещание. За эти сутки он перестанет тосковать по мне.

ГЛАВА 10

КАМЕННОЕ ЛИЦО

Два столика в стороне, один позади. Со своего нового места Америку и Шепли я почти не видела. Я ссутулилась, глядя, как Трэвис пялится на мой пустой стул. Прятаться было нелепо, но пока я не могла просидеть перед ним целый час. Закончив обедать, я сделала глубокий вдох и пошла на улицу, где Трэвис докуривал сигарету. Почти всю ночь я провела, пытаясь придумать, как вернуть прежнее положение вещей. Относись я к нашему «близкому знакомству» так же, как Трэвис воспринимал секс в целом, стало бы проще. Конечно, я могла совсем потерять этого парня, но надеялась, что огромное мужское эго сыграет мне на руку.

— Привет, — сказала я.

— Привет. — Трэвис скривился. — Думал, ты придешь на обед.

— Я забежала ненадолго, мне нужно заниматься. — Я пожала плечами, изображая непринужденность.

— Помощь нужна?

— Это математика. Здесь я сама справлюсь.

— Я могу поддержать морально. — Трэвис улыбнулся, шаря рукой в кармане.

При этом движении мускулы напряглись, и перед моим внутренним взором в мельчайших деталях предстал он, нависший надо мной. Крепкие руки, ритмичные толчки.

— Э... что? — спросила я, отвлеченная внезапным эротическим видением.

— Мы должны теперь притворяться, что прошлой ночи не было?

— Нет, зачем? — сказала я, пытаясь скрыть смущение.

Трэвис вздохнул, раздосадованный моим поведением.

— Не знаю. Наверное, затем, что я лишил тебя девственности? — почти шепотом спросил он, прислонившись ко мне.

— Уверена, Трэв, для тебя такое не впервые. — Я закатила глаза.

Как я и опасалась, мое непринужденное поведение разозлило его.

— Вообще-то, именно впервые.

— Хватит. Я сказала, что не хочу между нами никакой неловкости.

Трэвис еще раз затянулся и бросил окурок на землю.

— Не всегда получаешь то, что хочешь. Этому я научился за несколько последних дней.

— Привет, Эбс, — сказал Паркер и поцеловал меня в щеку.

Трэвис убийственно посмотрел на него.

— Я заберу тебя около шести? — спросил Паркер.

— В шесть. — Я кивнула.

— Скоро увидимся, — сказал он, идя на занятие.

Я проводила Паркера взглядом, опасаясь последствий этих десяти секунд.

— Ты сегодня встречаешься с ним? — процедил Трэвис, и я заметила, как заиграли его желваки.

— Я же говорила, что Паркер собирается пригласить меня на свидание, как только я вернусь в «Морган». Он звонил вчера.

— Но с того разговора все немного изменилось, не находишь?

— Почему?

Трэвис пошел прочь от меня, а я изо всех сил пыталась сдержать слезы. Вдруг он остановился, вернулся и оказался совсем близко.

— Поэтому ты сказала, что я не буду тосковать по тебе после сегодняшнего дня? Ты подумала, что когда я узнаю про вас с Паркером, то... что? Забуду? Ты мне совсем не доверяешь или же я просто недостаточно хорош для тебя? Скажи мне, черт тебя дери! Объясни, чем я заслужил такое обращение!

Я решительно посмотрела ему в глаза.

— Ты тут ни при чем. С каких пор секс стал для тебя вопросом жизни и смерти?

— С тех самых, как я переспал с тобой!

Я осмотрелась по сторонам и заметила, что мы привлекли всеобщее внимание. Рядом с нами студенты замедляли шаг, пялились и перешептывались. Мои уши загорелись, потом все лицо стало пунцовым, на глаза навернулись слезы.

Трэвис зажмурился, стараясь сохранить самообладание, а потом снова заговорил:

— Так вот в чем дело? Ты считаешь, будто для меня это ничего не значит?

— Но ты ведь Трэвис Мэддокс!

Он возмущенно покачал головой.

— Знай я тебя хуже, решил бы, что ты попрекаешь меня моим прошлым.

— Не думаю, что четырехнедельный срок можно считать прошлым. — Трэвис поморщился, а я засмеялась. — Да ладно, я шучу. Трэвис, все в порядке. У меня, у тебя. Не стоит раздувать из этого проблему.

С лица Трэвиса испарились всяческие эмоции, и он сделал глубокий вдох через нос.

— Я знаю, что ты пытаешься сделать. — На минуту его взгляд стал задумчивым. — Мне просто нужно тебе доказать.

Трэвис прищурился и посмотрел мне в глаза. Казалось, он настроен даже более решительно, чем перед боем.

— Если ты считаешь, что я снова буду трахаться налево и направо, то ошибаешься. Мне больше никто не нужен. Хочешь, чтобы мы оставались друзьями? Отлично, тогда так и будет. Но мы с тобой знаем, что произошедшее — не просто секс.

Трэвис шагнул мимо меня, а я зажмурилась и выдохнула, хотя даже не заметила, что задержала дыхание. Он обернулся и пошел дальше, на занятие. По моей щеке сбежала слеза, и я наспех вытерла ее. Пока я шла в аудиторию, спину мне прожигали любопытные взгляды сокурсников.

Во втором ряду сидел Паркер, и я опустилась за парту по соседству с ним.

На его лице расползлась широкая улыбка.

— С нетерпением жду вечера.

Я вздохнула и улыбнулась, пытаясь отвлечься от разговора с Трэвисом.

— Каков план?

— Я переехал в собственную квартиру. Может, поужинаем там?

— С нетерпением жду вечера, — сказала я, пытаясь убедить себя в этом.

Америка отказалась помочь мне в приготовлениях к свиданию, поэтому я обратилась к Каре. Она нехотя стала моим ассистентом по подбору наряда. Я надела платье, но сразу же сняла его и натянула джинсы. Я так расстроилась из-за провала своего плана, что даже не могла как следует нарядиться. Пытаясь сохранять спокойствие, я надела тонкий кашемировый свитер цвета слоновой кости поверх коричневого топа и стала ждать на выходе. Когда к «Моргану» подъехал сияющий «порше» Паркера, я тут же вышла на улицу, не давая парню возможности зайти за мной.

— Я собирался забрать тебя, — разочарованно заявил он, открывая дверь.

— Тогда я сделала тебе одолжение, — пристегиваясь, ответила я.

Паркер сел рядом, склонился ко мне, обхватил мое лицо ладонями и одарил меня бархатным поцелуем.

— Ух ты! — выдохнул он. — Я так соскучился по твоим губам.

Все в нем было идеально: мятное дыхание, невероятный аромат одеколона, теплые мягкие руки, отлично сидящие джинсы и зеленая рубашка, но я не могла отделаться от ощущения, что чего-то не хватает. Того восторга, которого я испытывала поначалу. Мысленно я прокляла Трэвиса за то, что он украл у меня это.

— Приму за комплимент. — Я выдавила улыбку.

Квартира Паркера оказалась такой, какой я ее себе и представляла: безупречная чистота, повсюду техника последней модели. Скорее всего, интерьером занималась его мать.

— Что скажешь? — Паркер улыбался, как ребенок, хвастающийся новой игрушкой.

— Великолепно. — Я кивнула.

Озорство в глазах Паркера сменилось желанием. Он притянул меня к себе и поцеловал в шею. Все мое тело напряглось. Я хотела быть сейчас где угодно, но только не в этой квартире.

Зазвонил мой мобильник, и я виновато улыбнулась Паркеру, прежде чем ответить.

— Гулька, как продвигается свидание? — услышала я и повернулась к Паркеру спиной.

— Трэвис, что тебе надо? — прошептала я, надеясь, что мой голос прозвучит грубо, однако смягчилась, потому что была рада услышать сейчас этого парня.

— Собираюсь завтра в боулинг. Мне нужен партнер.

— Боулинг? Ты не мог позвонить раньше? — Я почувствовала себя лицемеркой, говоря это лишь для того, чтобы избежать губ Паркера.

— Как мне узнать, когда ты кончишь? Ой. Я не совсем правильно выразился... — Трэвис замолчал, очевидно довольный собой.

— Я позвоню тебе завтра, и мы обо всем поговорим, хорошо?

— Нет, не хорошо. Ты сказала, что хочешь сохранить дружеские отношения. Неужто мы не можем вместе провести время? — Я закатила глаза, а Трэвис фыркнул. — Не закатывай глаза. Ты идешь или нет?

— Откуда ты знаешь, что я закатываю глаза? Следишь за мной? — спросила я, глядя на опущенные шторы.

— Ты всегда закатываешь глаза. Значит, да? Нет? Ты тратишь бесценное время своего свидания.

Он так хорошо знал меня!.. Я поборола внезапный порыв попросить, чтобы Трэвис заехал за мной прямо сейчас. При этой мысли на моем лице появилась улыбка.

— Да! — почти шепотом сказала я, пытаясь не рассмеяться. — Я пойду.

— Тогда заберу тебя в семь.

Я повернулась к Паркеру, улыбаясь как Чеширский кот.

— Трэвис, — со знанием дела сказал он.

— Да. — Я нахмурилась.

— Вы по-прежнему лишь друзья?

— По-прежнему друзья. — Я кивнула.

Мы сели за стол и стали поглощать еду из китайского ресторана. Через некоторое время я растаяла, вспомнив, каким обаятельным может быть Паркер. Мне стало намного легче и веселее. Я пыталась убедить себя в этом, но знала, что настроение мое поднялось из-за планов, связанных с Трэвисом.

После ужина мы перебрались на диван, чтобы посмотреть фильм, но не успели закончиться вступительные титры, как Паркер повалил меня на спину. Я обрадовалась, что сделала выбор в пользу джинсов. Будь я в платье, было бы намного сложнее оттолкнуть Паркера. Его губы проследовали до моей ключицы, а рука остановилась на ремне. Паркер неуклюже расстегнул его, но я выскользнула из объятий.

— Отлично! Боюсь, тебя сегодня ждет одиночная игра, — сказала я, застегивая ремень.

— Что?

— Первая база[1], потом вторая? Забудь. Уже поздно, мне пора идти.

Паркер выпрямился и обхватил мои ноги.

— Эбс, не уходи. Не хочу, чтобы ты думала, будто я привез тебя сюда за этим.

— А разве не так?

— Конечно нет, — сказал Паркер, сажая меня на колени. — Я думаю о тебе уже две недели. Извини, что был слегка нетерпелив.

Он поцеловал меня в щеку, я с улыбкой склонилась к нему и ощутила на шее его дыхание. Я пыталась почувствовать к этому парню хоть что-нибудь, но ничего не вышло. Тогда я отодвинулась от него и вздохнула.

Паркер нахмурил брови.

— Я попросил извинения.

— А я сказала, что уже поздно.

Мы доехали до «Моргана», Паркер сжал мою руку и поцеловал на прощание.

— Давай попытаемся снова. Завтра в «Биасетти»?

— Завтра я иду в боулинг с Трэвисом. — Я поджала губы.

— Тогда в среду?

— Отлично, в среду. — Я натянуто улыбнулась.

Паркер заерзал на сиденье. Он что-то собирался сказать.

— Эбби, через пару недель в «Доме» вечеринка для пар...

Я съежилась, опасаясь неизбежного разговора.

— Что такое? — Паркер усмехнулся.

— Я не могу с тобой пойти, — ответила я, выходя из машины.

---

[1] Первая база означает стадию поцелуев.

Паркер последовал за мной и проводил до дверей «Моргана».

— У тебя другие планы?

Я вздрогнула.

— Да, планы есть... Трэвис уже пригласил меня.

— Что? Трэвис пригласил? Куда?

— На вечеринку для пар, — слегка раздраженно пояснила я.

Лицо Паркера вспыхнуло, он подался вперед.

— Ты идешь на эту вечеринку с Трэвисом? Он же не ходит на такие сборища. Вы с ним только друзья. Нет смысла идти с ним.

— Америка не пойдет туда с Шепом, если меня там не будет.

— Тогда ты можешь отправиться со мной. — Паркер расслабился, сцепил свои пальцы с моими.

При этом предложении мое лицо перекосилось.

— Я не могу отказать Трэвису, а потом пойти с тобой.

— Не вижу проблемы. — Паркер пожал плечами. — Ты будешь там ради Америки, а Трэвису не придется идти. Он закоренелый противник таких вечеринок, считает, что это возможность для наших девушек заявить об отношениях.

— Вообще-то, именно я не хотела идти. Он уговорил меня.

— Теперь у тебя есть отличный предлог. — Паркер пожал плечами.

Он был уверен, что я переменю свое решение, и это раздражало.

— Я вообще не хотела никуда идти.

Терпение Паркера было на исходе.

— Давай проясним ситуацию. Ты не желаешь идти на вечеринку для пар, а Трэвис хочет. Он пригласил тебя, а ты боишься отказать ему и пойти со мной?

Я неохотно встретилась с Паркером взглядом.

— Паркер, я не могу так поступить с ним. Извини.

— Понимаешь, что такое вечеринка для пар? Туда приходят со своим парнем.

От нравоучительного тона всякое чувство вины улетучилось.

— Что ж, у меня вообще нет парня, так что по логике я и вовсе не должна туда идти.

— Я думал, мы попытаемся начать все с нуля. Считал, будто между нами что-то есть.

— Я пытаюсь!..

— Чего ты ожидаешь от меня? Я должен сидеть дома, пока ты на вечеринке моего братства с кем-то еще? Мне что, другую девушку пригласить?

— Ты можешь делать все, что захочешь, — ответила я, раздраженная его угрозами.

Он поднял взгляд и покачал головой.

— Не хочу я приглашать другую девушку.

— Я не жду, что ты не пойдешь на свою вечеринку. Там и увидимся.

— Ты хочешь, чтобы я пригласил кого-то еще, а сама пойдешь с Трэвисом? Разве ты не видишь, как это нелепо?

Скрестив руки на груди, я начала защищаться:

— Паркер, я пообещала Трэвису еще до того, как мы сходили на первое свидание. Я не могу ему отказать.

— Не можешь или не хочешь?

— Да какая разница. Мне жаль, что ты ничего не понимаешь. — Я открыла дверь в общагу, но Паркер положил ладонь мне на руку.

— Ладно, — уступчиво произнес он. — С этим мне, видимо, придется смириться. Трэвис один из твоих лучших друзей. Я все понимаю, но не хочу, чтобы это както влияло на наши отношении. Хорошо?

— Хорошо, — кивнула я.

Паркер открыл дверь и поцеловал меня на прощание в щеку.

— Увидимся в среду, в шесть?

— В шесть, — помахала я ему рукой, поднимаясь по ступенькам.

Когда я завернула за угол, Америка вышла из душевой, и ее глаза засветились при виде меня.

— Привет, красотка! Как все прошло?

— Именно. Прошло, — вымученно сказала я.

— Ого-го.

— Только не говори Трэвису, ладно?

— Не буду. — Она фыркнула. — А что произошло?

— Паркер пригласил меня на вечеринку для пар.

Америка поправила свое полотенце.

— Но ведь ты не обманешь Трэвис?

— Не обману. И Паркер совсем не обрадовался.

— Ясное дело, — кивнула она. — Все чертовски плохо.

Америка перекинула длинные мокрые волосы на одно плечо, и по ее коже побежали струйки воды. Она была ходячим противоречием. Подруга поступила в «Истерн», чтобы мы могли приехать сюда вместе. Она стала моей самопровозглашенной совестью — когда я поддавалась своим врожденным наклонностям и сбивалась с нужного пути, на сцену выходила Америка. Отношения с Трэвисом полностью противоречили всему, что мы с ней обсуждали, тем не менее она стала его чересчур ярой защитницей.

Я прислонилась к стене.

— Ты разозлишься, если я совсем не пойду?

— Нет. Я просто немыслимым и необратимым образом взбешусь. Эбби, ты нарываешься на крупную ссору.

— Тогда я, конечно же, иду, — сказала я, вставляя ключ в замок.

Зазвонил мой телефон, и на экране появилась фотография Трэвиса, корчащего забавную рожицу.

— Алло.

— Ты уже дома?

— Да, он привез меня пять минут назад.

— Значит, я буду у тебя через такое же время.

— Трэвис, подожди! — сказала я, но он уже отключился.

Америка засмеялась.

— Недавно ты была на провальном свидании с Паркером и заулыбалась, когда позвонил Трэвис. До тебя все действительно так туго доходит?

— Я не улыбалась, — возмутилась я. — Он едет сюда. Можешь встретить его снаружи и сказать, что я уже легла спать?

— Нет. Ты все-таки улыбнулась. Еще раз нет... иди и сама скажи ему.

— Да, Мерик, я выйду, чтобы сказать ему, что легла спать. Отличный план.

Подруга отвернулась и пошла в свою комнату. Я взмахнула руками.

— Мерик, пожалуйста.

— Хорошо повеселись, Эбби. — Она улыбнулась и исчезла в своей комнате.

Я спустилась по лестнице и рядом с входом увидела Трэвиса на мотоцикле, в белой футболке с черным узором, открывающей татуировки на руках.

— Тебе не холодно? — спросила я, кутаясь в куртку.

— Хорошо выглядишь. Как провела время? Нормально?

— Э... ага, спасибо, — сбивчиво сказала я. — А ты что здесь делаешь?

Трэвис нажал на газ, и мотор зарычал.

— Я собирался прокатиться, чтобы немного развеяться. Хотел взять тебя с собой.

— Трэв, сейчас холодно.

— Хочешь, я съезжу за машиной Шепа?

— Мы же завтра идем в боулинг. Разве ты не мог подождать?

— Мы были рядом каждую секунду, а теперь я вижу тебя максимум десять минут в день, если повезет.

Я улыбнулась и покачала головой.

— Трэв, прошло всего два дня.

— Я соскучился. Тащи сюда свою задницу, и поехали уже.

Я не могла спорить с ним, потому как тоже очень соскучилась. Больше, чем могла в этом признаться. Я застегнула куртку, запрыгнула сзади и уцепилась пальцами за шлевки его джинсов. Трэвис положил мои ладони себе на грудь и скрестил их. Он убедился, что я достаточно крепко держусь, и помчался по дороге.

Я прислонилась щекой к спине Трэвиса и закрыла глаза, вдыхая его аромат. Это напомнило мне о квартире и простынях, о том, как после душа Трэвис ходил с полотенцем вокруг бедер. Мимо нас стремительно проносился город, но я не обращала внимания на скорость или холодный ветер, бьющий по коже. Меня не волновало, где мы едем. Я могла думать лишь об одном — о близости наших тел. Грани пространства и времени стерлись, и мы мчались по давно опустевшим улицам, только он и я.

Трэвис заехал на заправку и остановился.

— Хочешь чего-нибудь? — спросил он.

Я покачала головой, слезла с мотоцикла и стала разминать ноги. Трэвис понаблюдал, как я пытаюсь причесаться пальцами, и улыбнулся.

— Брось это. Ты чертовски красива.

— Как из рок-клипов восьмидесятых, — сказала я.

Трэвис засмеялся и зевнул, отмахиваясь от мотыльков, кружащих вокруг него. Заправочный пистолет щелкнул громче, чем обычно. Казалось, мы единственные люди на планете.

Я вынула телефон и посмотрела, который час.

— Боже, Трэв. Уже три ночи.

— Хочешь вернуться? — разочарованно спросил он.

— Стоило бы. — Я поджала губы.

— Так мы идем сегодня в боулинг?

— Я же сказала, что да.

— И ты по-прежнему идешь со мной на вечеринку «Сиг Тау» через пару недель?

— Ты намекаешь, что я не сдерживаю обещаний? Мне это кажется слегка обидным.

Трэвис вынул пистолет из бака и повесил на стойку.

— Теперь я уже не знаю, что ты собираешься делать.

Он сел на мотоцикл и помог мне устроиться сзади. Я снова зацепилась за шлевки, но потом все же решила обнять Трэвиса.

Он вздохнул и выпрямил мотоцикл, не желая заводить двигатель. Костяшки пальцев побелели, когда парень с силой сжал ручки. Трэвис сделал глубокий вдох, а потом мотнул головой.

— Ты многое для меня значишь, — сказала я, крепко обнимая его.

— Голубка, я тебя совсем не понимаю. Мне казалось, я разбираюсь в женщинах, но из-за твоего непостоянства теперь не понимаю, как быть дальше.

— Я тоже кое-чего не понимаю. Тебя называют Казановой «Истерна». Я не получила того, о чем говорится в буклете для первокурсниц, — поддразнила я.

— Что ж, это со мной впервые. Еще ни одна девушка, с которой я переспал, не просила оставить ее в покое, — не поворачиваясь, сказал он.

— Вообще-то, у нас было не совсем так, — соврала я, пристыженная его словами.

Трэвис покачал головой, завел мотор и вырулил на улицу. Ехал он неестественно медленно, останавливался на каждом светофоре. В итоге поездка до общаги вышла довольно долгой. Когда мы подъехали к дверям «Морганхолла», меня охватила та же печаль, как и в ту ночь, когда я покинула квартиру. Нелепо с моей стороны поддаваться эмоциям. Отталкивая Трэвиса, я каждый раз с ужасом ожидала, что это сработает.

Он проводил меня до двери, и я вытащила ключи, избегая его взгляда. Пока я возилась с замком, Трэвис вдруг схватил мой подбородок и нежно прикоснулся пальцем к губам.

— Он целовал тебя? — спросил парень.

Я отпрянула, поразившись, как столь простое прикосновение вызвало жар во всем теле.

— Ты действительно способен испортить идеальный вечер.

— Идеальный? Ты так считаешь? Значит ли это, что ты хорошо провела время?

— С тобой всегда так.

Трэвис уставился в пол, свел брови на переносице и повторил:

— Он целовал тебя?

— Да. — Я раздраженно вздохнула.

Трэвис зажмурился.

— И все?

— Тебя это совершенно не касается! — сказала я, рванув на себя дверь.

Трэвис захлопнул ее и с виноватым лицом встал у меня на пути.

— Мне нужно знать.

— Нет, не нужно! Уйди, Трэвис!

— Голубка...

— Ты думаешь, если я больше не девственница, то отдамся любому, кто меня возьмет? Спасибо большое! — сказала я, отпихивая его.

— Черт возьми, я этого не говорил! Разве сложно подарить моей душе немного спокойствия?

— Каким образом твоя душа успокоится, если я скажу, что не спала с Паркером?

— Как ты не понимаешь? Это очевидно для всех, кроме тебя! — задыхаясь, произнес он.

— Значит, я полная дура. Трэв, ты сегодня превзошел себя, — сказала я, дотягиваясь до ручки.

Он сжал мои плечи.

— То, что я испытываю к тебе... это безумие.

— Да уж, безумия в тебе предостаточно, — резко сказала я, вырываясь.

— Я мысленно репетировал это всю дорогу, пока мы ехали на мотоцикле, так что теперь выслушай, — сказал он.

— Трэвис...

— Мы запутались, черт побери. Я импульсивен и вспыльчив, а ты, как никто другой, понимаешь меня. Ты ведешь себя так, словно ненавидишь меня, а в следующую секунду — будто нуждаешься во мне. У меня все не как у людей, и я тебя недостоин!.. Но, черт побери, я люблю тебя, Эбби. Как никого и никогда не любил на своем веку. Когда ты рядом, мне не нужна выпивка, деньги, бои или девушки на одну ночь... а лишь ты. Все мои мысли только о тебе. Все мои мечты — о тебе. Ты — все, чего я хочу в этой жизни.

Мой план изображать равнодушие с грохотом провалился. Я не могла оставаться глухой, когда он выложил все карты на стол. С нашей встречи что-то внутри каждого из нас изменилось, и что бы это ни было, теперь мы нуждались друг в друге. По неизвестной причине я стала для него исключением из правила, а он — для меня, как бы я ни сопротивлялась.

Трэвис тряхнул головой, взял меня за виски и посмотрел в глаза.

— Ты спала с ним?

По моим щекам побежали горячие слезы, когда я отрицательно покачала головой. Трэвис впился в меня губами и без всякого промедления скользнул языком внутрь. Не в силах больше сдерживаться, я схватила его за рубашку и притянула к себе. Он что-то промурлыкал своим удивительным глубоким голосом и обнял меня так крепко, что я с трудом могла втягивать в себя воздух.

Все еще прерывисто дыша, Трэвис отстранился.

— Позвони Паркеру. Скажи, что больше не хочешь с ним встречаться. Заяви, что теперь ты со мной.

— Трэвис, я не могу быть с тобой. — Я зажмурилась.

— Почему, черт побери? — спросил он, отпуская меня.

Я покачала головой, опасаясь его реакции на правду обо мне.

— Невероятно. — Трэвис усмехнулся. — Единственная девушка, которую я желаю, не хочет меня.

Я сглотнула, понимая, что сейчас приблизилась к правде намного больше, чем за последние месяцы.

— Когда мы с Америкой переехали сюда, то договорились, что моя жизнь войдет в определенное русло. Нет, скорее не угодит в другое. Я оставила позади бои, азартные игры, выпивку. Когда я рядом с тобой, все это опять со мной в новом татуированном облике, перед которым невозможно устоять.

Трэвис приподнял мою голову за подбородок, чтобы я смотрела ему в глаза.

— Знаю, ты заслуживаешь лучшего. Думаешь, я этого не понимаю? Но если и есть женщина, созданная для меня... так это ты. Гулька, я сделаю все, что понадобится. Ты меня слышишь? Я готов совершить что угодно.

Я вырвалась из его объятий, стыдясь, что не могу рассказать всю правду. Ведь именно он заслуживал лучшего, не меня. Я все разрушу, в том числе и его личность. Однажды он возненавидит меня. Я не смогу вытерпеть его взгляда, когда он придет к этому выводу.

Трэвис придерживал дверь рукой.

— Я прекращу драться, как только закончу учебу. Больше и капли спиртного в рот не возьму. Голубка, я подарю тебе счастливую жизнь. Только поверь в меня.

— Я не хочу, чтобы ты менялся.

— Тогда скажи, что мне надо сделать. Объясни, и я выполню, — умоляюще проговорил он.

Все мои мысли о Паркере давно улетучились. Я знала, что это из-за чувств к Трэвису. Я пыталась предугадать различные сценарии развития моей жизни с этого самого момента: слепо довериться Трэвису и предстать перед неизвестностью или оттолкнуть парня, точно зная, что будет дальше — жизнь без него. Оба эти решения ужасали меня.

— Можно мне твой телефон? — спросила я.

Трэвис растерянно нахмурился.

— Конечно, — сказал он, доставая из кармана мобильник.

Я набрала номер и закрыла глаза, слушая гудки.

— Трэвис? Какого черта? Ты знаешь, который сейчас час? — жестким голосом ответил Паркер, и мое сердце сжалось в груди. Мне не пришло в голову, что он узнает номер Трэвиса.

Слова как-то сами сорвались с моих дрожащих губ:

— Извини, что звоню тебе так поздно, но это не может подождать. Я... не смогу пойти с тобой на ужин в среду.

— Эбби, сейчас почти четыре часа ночи. Что происходит?

— Я больше не смогу с тобой встречаться.

— Эбс...

— Я почти уверена, что люблю Трэвиса, — сказала я, ожидая реакции Паркера.

После нескольких секунд ошеломляющей тишины он выключил телефон.

По-прежнему глядя в пол, я вернула Трэвису мобильник, затем нехотя подняла голову. На лице парня я прочитала целую гамму эмоций: растерянность, удивление и восхищение.

— Он отключился. — Я поморщилась.

Трэвис посмотрел на меня со слабой надеждой в глазах.

— Значит, ты любишь меня?

— Все дело в татуировках. — Я пожала плечами.

Его лицо расплылось в улыбке, а на щеках появились ямочки.

— Поедем домой, — сказал он, обнимая меня.

Мои брови взметнулись.

— Ты все это мне сказал, чтобы затащить в постель? Наверное, я произвела на тебя впечатление.

— Сейчас я хочу лишь одного — держать тебя в объятиях всю ночь.

— Тогда поехали, — сказала я.

Несмотря на бешеную скорость и короткий путь, дорога до квартиры показалась мне бесконечной. Когда мы наконец приехали, Трэвис понес меня вверх по ступенькам. Пока он возился с замком, я хихикала у самых его губ. Трэвис опустил меня на пол и закрыл за нами дверь, а потом с облегчением выдохнул.

— С тех пор как ты ушла, дом перестал быть домом, — сказал он и поцеловал меня в губы.

По коридору, виляя крошечным хвостиком, прибежал Тотошка и встал лапками мне на ноги. Я ласково поздоровалась с ним и взяла на руки.

Заскрипела кровать Шепли, раздались шаги. Следом открылась дверь, и появилось его лицо. Он сонно щурился.

— Трэв, черт тебя дери, ты не поступишь так! Ты же любишь Эб...

Глаза Шепли сосредоточились на мне. Он наконец узнал меня.

— Приветик, Эбби.

— Привет, Шеп, — сказала я, опуская Тотошку на пол.

Трэвис провел меня мимо своего потрясенного кузена, ногой закрыл за нами дверь, притянул меня к себе и без промедления поцеловал, будто уже миллион раз так делал. Я стащила с него майку, а он сбросил с моих плеч куртку. Прервав поцелуй лишь на мгновение, я сняла с себя свитер и топ, а потом снова прижалась к Трэвису.

Мы в считаные секунды раздели друг друга, и Трэвис опустил меня на матрас. Я дотянулась до ящика и порылась там, нащупывая что-нибудь шуршащее.

— Черт!.. — с раздражением сказал Трэвис. — Я от них избавился.

— Что? Ото всех? — выдохнула я.

— Я думал, ты больше не... без тебя мне они не понадобились бы.

— Ты шутишь! — сказала я, опираясь затылком на подголовник.

Трэвис прижался лбом к моей груди.

— Считай, что ты исключение из моего правила.

Я улыбнулась и поцеловала Трэвиса.

— Ты с кем-нибудь спал, не предохраняясь?

— Ни разу. — Он покачал головой, а я на мгновение отвела взгляд, потерявшись в своих мыслях.

— Что ты делаешь?

— Ш-ш, я считаю.

Трэвис посмотрел на меня, а потом склонился и поцеловал в шею.

— Я не могу сосредоточиться, когда ты так... — выдохнула я, а потом приглушенно сказала: — Двадцать пятое и еще два дня.

— Ты о чем, черт побери? — усмехнулся Трэвис.

— У нас все в порядке. — Я спустилась вниз и забралась прямо под него.

Трэвис лег на меня, прижался грудью и с нежностью поцеловал.

— Уверена?

Я скользнула руками по его спине и опустила их на ягодицы, притягивая Трэвиса к себе. Он зажмурился и издал глубокий стон.

— Эбби, мой бог, — выдохнул Трэвис, снова подался вперед, и с его губ слетел очередной стон. — Черт возьми, ты просто потрясающая.

— Ощущения другие?

Трэвис посмотрел мне в глаза.

— С тобой они и так другие, но... — Он сделал глубокий вдох и снова напрягся, закрывая на миг глаза. — После этого я уже не буду прежним.

Его губы исследовали каждый дюйм моей шеи, а когда он накрыл мой рот, я впилась пальцами в мускулы его рук, теряясь в глубине поцелуя.

Трэвис занес мои руки над головой, сцепил наши пальцы в замок и сжимал ладони с каждым толчком. Движения стали жестче, и я вдавила ногти в его руки. Напряжение внутри меня достигло невероятной силы. Я вскрикнула, зажмурилась и закусила губу.

— Эбби, — неуверенно прошептал Трэвис. — Я сейчас... сейчас...

— Не останавливайся, — простонала я.

Он снова подался вперед и застонал так громко, что я прижалась губами к его рту. После нескольких прерывистых вздохов Трэвис посмотрел мне в глаза и стал целовать снова и снова. Он положил ладони на мои щеки и поцеловал опять, на этот раз медленнее и нежнее. Парень прикоснулся к моему рту, поцеловал кончик носа и наконец вернулся к губам.

Я улыбнулась и утомленно вздохнула. Трэвис притянул меня к себе и накрыл нас одеялом. Я прижалась щекой к его груди, он поцеловал меня в лоб и снова переплел наши пальцы.

— Не уходи на этот раз, хорошо? Хочу проснуться утром в обнимку с тобой.

Я поцеловала его грудь, испытывая перед ним вину.

— Никуда я не уйду.

ГЛАВА 11

РЕВНОСТЬ

Я проснулась, лежа на животе, обнаженная и завернутая в простыни Трэвиса Мэддокса. Глаз я не открывала и чувствовала, как он водит пальцами по моей руке и спине.

Трэвис глубоко вздохнул и тихо заговорил:

— Эбби, я люблю тебя. Я сделаю тебя счастливой, клянусь.

Кровать прогнулась, когда Трэвис переместился ко мне и стал покрывать поцелуями мою спину. Я лежала неподвижно. Добравшись до мочки моего уха, он остановился, слез с постели, неторопливо прошел по коридору, и в душе зашумела вода.

Я открыла глаза и потянулась. Ныли все мышцы, хотя о существовании некоторых из них я даже не подозревала. Я прижала простыню к груди, выглянула в окно и понаблюдала за желтыми и красными листьями, падавшими на землю.

Где-то на полу завибрировал мобильник Трэвиса. Я порылась в разбросанной одежде и нашла его в кармане джинсов. На экране высветился номер без имени.

— Алло?

— Э... а Трэвиса можно? — спросила девушка.

— Он в душе, ему что-нибудь передать?

— Да, конечно, в душе. Скажи, что звонила Меган, ага?

В комнату вошел Трэвис, поправляя полотенце на еще влажных бедрах.

Он улыбнулся, когда я протянула ему телефон и сказала:

— Это тебя.

Трэвис поцеловал меня, еще не взглянув на экран, а потом покачал головой.

— Да? Ответила моя девушка. Меган, что тебе нужно? — Пару секунд он слушал, а потом улыбнулся. — Хм, Голубка особенная, что еще я могу сказать? — После долгой паузы парень закатил глаза, а я могла лишь вообразить, что эта Меган говорила. — Послушай, не будь такой стервой. И не звони мне больше. Любовь и не такое может сотворить, — сказал он, нежно глядя на меня. — Да, с Эбби. Меган, я серьезно, никаких звонков... Пока.

Трэвис бросил мобильник на кровать и сел рядом со мной.

— Она слегка взбесилась. Тебе что-нибудь наговорила?

— Нет, лишь попросила позвать тебя.

— Я удалил с телефона те номера, которые у меня были, но полагаю, это не остановит разных девиц, и они станут мне названивать. Если сами все не поймут, придется объяснить.

Трэвис посмотрел на меня, ожидая реакции, и я не сдержала улыбки. Я никогда не видела его таким.

— Знай, я тебе доверяю.

Он прижался ко мне губами.

— Я не стану винить тебя, если мне придется заслужить твое доверие.

— Мне нужно в душ, я и так пропустила одну пару.

— Видишь? Я уже положительно влияю на тебя.

Я поднялась, а Трэвис потянул за простыню.

— Меган сказала, что на выходных вечеринка в честь Хеллоуина в «Ред дор». В прошлом году я ходил с ней, было весело.

— Не сомневаюсь, — ответила я, изгибая бровь.

— В смысле, приходит много народу. Там будут соревнования по бильярду и дешевая выпивка. Пойдешь?

— Я не большой фанат... переодеваний. Никогда в этом не участвую.

— Я тоже. Просто прихожу туда. — Трэвис пожал плечами.

— Так мы сегодня все-таки идем в боулинг? — спросила я.

Трэвис, скорее всего, хотел побыть наедине со мной, но сейчас времени у него стало предостаточно.

— Да, черт возьми! Я собираюсь задать тебе жару!

— Не на этот раз. — Я прищурилась. — У меня появилась новая сверхсила.

— И что это такое? — Он засмеялся. — Нецензурная лексика?

Я склонилась и поцеловала его в шею, потом провела языком до уха и пососала мочку.

— Отвлекающий маневр, — выдохнула я.

Трэвис схватил меня и опрокинул на кровать.

— Кажется, ты пропустишь еще один урок.

Я уговорила Трэвиса выбраться из постели и пойти хотя бы на историю, и мы помчались в общагу. Свои места мы заняли прямо перед тем, как профессор Чейни начал лекцию. Трэвис надел красную бейсболку задом наперед и поцеловал меня в губы на виду у всей группы.

По пути в столовую он взял меня за руку и переплел наши пальцы. Оттого что держал мою ладонь, парень казался очень гордым, будто провозглашал тем самым, что мы наконец вместе. Финч заметил наши сцепленные руки, и на его лице появилась глупая улыбочка. Он был не единственным. Столь простое проявление привязанности вызывало всеобщие взгляды и обсуждения, где бы мы ни появлялись.

У дверей столовой Трэвис выдохнул последний клуб дыма и посмотрел на меня. Я замешкалась. Америка и

Шепли уже зашли внутрь, а Финч закурил еще одну сигарету, не оставляя мне выбора, кроме как зайти внутрь вдвоем с Трэвисом. Я не сомневалась, что сплетни поднялись до новых высот, когда он поцеловал меня на истории у всех на виду. Я побаивалась выходить на сцену, в которую сейчас превратилась столовая.

— Голубка, что такое? — сказал Трэвис, потянув меня за руку.

— Все пялятся на нас.

Трэвис поднес мою ладонь к губам и поцеловал.

— Они переживут. Это лишь первоначальное потрясение. Помнишь, как мы стали появляться вместе? Через какое-то время их любопытство угасло, они привыкли. Идем. — И он провел меня в дверь.

Я выбрала «Истерн» отчасти из-за скромного количества студентов, но вот обостренная любовь к скандалам меня просто утомляла. Это как анекдот с бородой: все знают, насколько нелепы слухи, но без стыда и совести принимают участие в их распространении.

Мы заняли свои привычные места за столиком. Америка посмотрела на меня со знающей улыбкой. Она болтала как ни в чем не бывало, но вот футболисты, сидевшие в конце стола, пялились на меня так, будто я вся полыхала.

Трэвис подцепил вилкой мое яблоко.

— Гулька, будешь?

— Нет, можешь съесть, малыш.

Мои уши загорелись, когда Америка резко посмотрела на меня.

— Просто вырвалось, — покачала я головой и украдкой глянула на Трэвиса, на лице которого смешались восторг и веселье.

Утром мы несколько раз обменивались этим словечком, поэтому я и забыла, что оно новое для всех, кроме нас.

— Вы такие милые, что аж тошно. — Америка улыбнулась.

Шепли похлопал по моему плечу.

— Ты остаешься вечером? — спросил он, жуя хлеб. — Обещаю, что не стану выходить из спальни и обкладывать тебя матом.

— Шеп, ты защищал мою честь. Так что ты прощен, — сказала я.

Трэвис откусил от яблока и стал жевать. Таким счастливым я его еще не видела. Во взгляде Трэвиса вновь воцарился покой, и, даже несмотря на сотни глаз, устремленных на нас, все казалось... правильным.

Я вспомнила, как часто настаивала на том, что Трэвис мне не подходит, и сколько времени потратила впустую, противясь своим чувствам. Но сейчас я рассматривала бархатные карие глаза, ямочки на щеках и уже не могла вспомнить, о чем так беспокоилась.

— Он выглядит чертовски счастливым, — сказал Крис, толкая в бок своих друзей. — Эбби, ты все-таки сдалась?

— Дженкс, ты что, совсем идиот? — нахмурился Шепли.

Мои щеки тут же зарделись, и я посмотрела на Трэвиса, чей взгляд стал убийственным. Из-за этой ярости мое смущение ушло на второй план.

Я презрительно махнула головой в сторону Криса.

— Не обращай на него внимания.

Через несколько напряженных секунд плечи Трэвиса слегка расслабились, он коротко кивнул, сделал глубокий вдох, потом подмигнул мне. Я дотянулась до его руки и переплела наши пальцы.

— Прошлой ночью ты говорила всерьез? — начал он, но столовая заполнилась смехом Криса.

— Вот это да! Трэвис Мэддокс стал подкаблучником?

— Ты серьезно сказала, что не хочешь, чтобы я менялся? — спросил Трэвис, пожимая мою руку.

Я посмотрела на гогочущего Криса и повернулась к Трэвису.

— Совершенно серьезно. Научи этого придурка манерам.

На лице Трэвиса появилась озорная улыбка, и он прошел в конец стола к месту, где сидел Крис. В столовой воцарилась тишина. Крис перестал смеяться и нервно сглотнул.

— Трэвис, я просто прикалывался, — сказал он, глядя снизу вверх.

— Извинись перед Гулькой, — прорычал Трэвис, сверкая взглядом.

Крис повернулся ко мне с нервной улыбкой.

— Эбби, я... я просто пошутил. Извини.

Я сердито глянула на него, а Крис снова посмотрел на Трэвиса, ища одобрения. Когда тот отошел, Крис заржал и что-то шепнул Брэзилу. Мое сердце бешено забилось при виде того, как Трэвис замер и сжал кулаки.

Брэзил покачал головой и раздраженно фыркнул.

— Крис, когда ты очнешься, помни... что сам виноват.

Трэвис схватил поднос Финча, кинул прямо в лицо Крису и сбил его со стула. Парень нырнул под стол, но Трэвис вытащил его оттуда за ноги, и Крис принялся вопить.

Он свернулся в клубок, а Трэвис пинком опрокинул его на спину. Крис выгнулся, перевернулся и выставил перед собой руки. Трэвис несколько раз ударил его по лицу.

Когда из носа парня потекла кровь, Трэвис выпрямился и заявил, тяжело дыша:

— Если ты, дерьмо собачье, еще раз глянешь на нее, я тебе челюсть размажу!

Я вздрогнула, когда он в последний раз пнул Криса по ноге. Работницы столовой стремглав выбежали из дверей при виде кровавого месива.

— Извини, — сказал мне Трэвис, стирая с щеки кровь Криса.

Некоторые студенты привстали, чтобы ничего не упустить из виду, другие остались на своих местах, наблюдая с легкой улыбкой. Футболисты лишь смотрели на обмякшее тело Криса и качали головами.

Трэвис повернулся, Шепли поднялся из-за стола, взял меня с Америкой за руки и повел из столовой вслед за кузеном. Мы прошли до «Морган-холла». Там я и Америка сидели на ступеньках, а Трэвис маячил перед нами.

— Трэв, ты в порядке? — спросил Шепли.

— Дайте мне минутку, — уперся он ладонями в бедра.

— Удивлен, что ты остановился, — проговорил Шепли, пряча руки в карманах.

— Гулька просила научить его манерам, Шеп, а не убивать. Хотя остановиться мне было нелегко.

Америка приподняла свои огромные солнечные очки квадратной формы и посмотрела на Трэвиса.

— Что сказал Крис? Почему ты так взбесился?

— Больше он этого не скажет, — закипел Трэвис.

Америка посмотрела на Шепли, и тот пожал плечами.

— Я не слышал.

Трэвис снова сжал кулаки.

— Я пойду назад.

Шепли прикоснулся к его плечу.

— Девчонки, вы оставайтесь здесь. Вам не обязательно возвращаться.

Трэвис взглянул на меня, пытаясь сохранить спокойствие.

— Он сказал, будто все думают, что Гулька... Боже, я даже не могу произнести это.

— Просто скажи нам, — пробормотала Америка, разглядывая ногти.

Позади Трэвиса появился Финч, трепещущий от восторга.

— Каждый парень в «Истерне» хочет завалить ее, потому что она покорила недосягаемого Трэвиса Мэддокса. — Финч пожал плечами. — По крайней мере, так говорят.

Трэвис промчался мимо Финча, возвращаясь в столовую. Шепли рванул следом и схватил кузена за запястье. Мои руки взметнулись ко рту, когда Трэвис замахнулся, а Шепли пригнулся. Я взглянула на Америку, но та оставалась равнодушной, будто привыкла к этому.

Как же его остановить? В голову мне пришло лишь одно. Я вскочила со ступенек, побежала к нему, встала на пути, потом запрыгнула и обхватила ногами за талию. Трэвис стиснул мои бедра, а я обняла его и накрыла рот долгим поцелуем. Ярость Трэвиса стала иссякать, он ответил мне. Я отстранилась, зная, что победила.

— Нас не волнует, что они думают, не забыл? Не поддавайся, — сказала я с уверенной улыбкой.

Я действовала на него сильнее, чем мне казалось.

— Голубка, я не позволю им так говорить про тебя, — нахмурившись, произнес Трэвис и опустил меня на землю.

Я обхватила его руками, сцепила пальцы на спине.

— Как? Они считают, во мне есть нечто особенное, поскольку раньше ты ни с кем надолго не связывался. Разве ты не согласен?

— Просто невыносима мысль, что каждый парень в школе хочет из-за этого трахнуть тебя. — Трэвис прижался ко мне лбом. — Свихнуться можно.

— Трэвис, не ведись, — сказал Шепли. — Ты не сможешь побить всех.

— Всех, — вздохнул Трэвис. — А что испытывал бы ты, если бы все думали так про Америку?

— А кто сказал, что не думают? — обиженно произнесла подруга.

Мы засмеялись, а Америка скорчила рожицу.

— Я не шучу.

Шепли потянул ее за руки, заставил встать и поцеловал в щеку.

— Детка, мы знаем. Я уже давно перестал ревновать. Иначе не хватило бы времени на все остальное.

Америка довольно улыбнулась и обняла его. Шепли обладал необъяснимой способностью разряжать обстановку. Несомненно, это результат того, что он вырос рядом с Трэвисом и его братьями, своеобразный защитный механизм.

Трэвис пощекотал у меня за ухом, и я захихикала, но тут увидела, что к нам идет Паркер. Меня охватил тот же порыв, что и в ту минуту, когда я побежала останавливать Трэвиса на пути в столовую. Я моментально отпустила Трэвиса и сделала несколько шагов к Паркеру.

— Мне нужно поговорить с тобой, — сказал он.

Я оглянулась и предупреждающе покачала головой.

— Паркер, сейчас не самый подходящий момент. Честно говоря, очень даже неподходящий. Крис и Трэвис повздорили за обедом, и мой парень еще не остыл. Тебе лучше уйти.

Паркер глянул на Трэвиса, а потом решительно уставился на меня.

— Я знаю, что случилось в столовой. Похоже, ты не понимаешь, во что втягиваешься. Эбби, от Трэвиса надо ждать неприятностей. Это все знают. Никто не говорит о том, как здорово, что ты изменила его. Они ждут, когда он совершит то, чем так знаменит. Я не знаю, что он наговорил тебе, но ты даже понятия не имеешь, что он за человек.

На мои плечи легли ладони Трэвиса.

— Почему бы тебе не рассказать ей?

Паркер занервничал.

— Ты хоть знаешь, сколько раз я развозил с вечеринок униженных девушек после того, как они провели пару часов наедине с ним? Он разобьет тебе сердце.

Пальцы Трэвиса сжались, и я накрыла его руку ладонью, успокаивая.

— Паркер, тебе лучше уйти.

— Эбс, послушай, что я тебе говорю.

— Не называй ее так, черт тебя дери, — прорычал Трэвис.

Паркер не отвел от меня взгляда.

— Я беспокоюсь за тебя.

— Очень ценю это, но не стоит.

Паркер покачал головой.

— Эбби, ты для него лишь вызов. Он заставил тебя считать, что ты отличаешься от других девушек, только ради того, чтобы затащить в постель. Скоро ты ему надоешь. Он же как месячный ребенок.

Трэвис обошел меня и стал так близко от Паркера, что они едва не соприкасались.

— Я позволил тебе высказаться, но мое терпение на пределе.

Паркер попытался взглянуть на меня, но между нами был Трэвис.

— Не смотри на нее, черт побери. Взгляни на меня, избалованное ничтожество. — Тут Паркер и вправду уставился на Трэвиса. — Если хотя бы дыхнешь в ее сторону, я позабочусь о том, чтобы в медицинский колледж ты приковылял на костылях.

Паркер сделал пару шагов назад, и я оказалась в поле его видимости.

— Я думал, ты умнее. — Он покачал головой и ушел.

Трэвис смотрел ему вслед, а затем развернулся и взглянул на меня.

— Ты ведь понимаешь, что это все чушь?

— Уверена, что все думают именно так, — проворчала я, замечая любопытные взгляды ребят, проходящих мимо.

— Тогда я докажу им обратное.

Всю неделю Трэвис серьезно относился к своему обещанию. Он больше не острил с девушками, которые останавливали его в коридорах, иногда даже был чересчур грубым. Когда мы пришли в «Ред» на вечеринку в честь Хеллоуина, я слегка нервничала по поводу того, как он станет сдерживать своих одурманенных сокурсниц. Мы с Америкой и Финчем сидели за соседним столиком и наблюдали, как Шепли и Трэвис играют на бильярде против своих «братьев» по «Сиг Тау».

— Вперед, малыш! — закричала Америка, приподнимаясь на стуле.

Шепли подмигнул ей и послал шар в лунку дальнего правого угла.

— Ура! — завизжала Америка.

Пока Трэвис ждал своей очереди, к нему приблизились три девушки, одетые героинями фильма «Ангелы Чарли». Я улыбнулась, глядя, как он пытается игнорировать их. Когда одна провела пальцем по татуировке, Трэвис отдернул руку. Он отмахнулся от девушки, чтобы ударить по шару, и она надула губки.

— Они такие нелепые, невероятно! Здешние девушки совсем потеряли стыд, — сказала Америка.

Финч покачал головой.

— Все дело в Трэвисе. Наверное, это эффект плохого парня. Девчонки либо спасти его хотят, либо решили, что у них иммунитет против его трюков.

— Наверное, и то и другое. — Я засмеялась, глядя, как девушки ждут внимания Трэвиса. — Кто поверит, что его выбирают, имея только секс на уме?

— Не занудствуй, — сказала Америка, делая глоток.

Финч вынул изо рта сигарету и потянул нас за платья.

— Идем, девчонки! Зяблик[1] танцевать желает!

— Только если ты перестанешь себя так называть, — сказала Америка.

---

[1] Finch — зяблик *(англ.)*.

Финч выпятил нижнюю губу, и Америка улыбнулась.

— Эбби, идем. Ты же не заставишь Финча плакать?

Мы присоединились на танцполе к полицейским и вампирам, а Финч стал демонстрировать телодвижения Джастина Тимберлейка. Я посмотрела через плечо на Трэвиса, он косился на меня. Парень делал вид, что наблюдает за Шепли, который забивал восьмой шар.

Шепли забрал выигрыш, а Трэвис прошел к длинному невысокому столу, отгораживающему танцпол, и взял выпивку. Финч мельтешил по всей площадке и наконец вклинился между нами и Америкой. Трэвис закатил глаза, усмехнулся и вместе с Шепли возвратился к столику.

— Хочу еще чего-нибудь выпить, а ты? — крикнула Америка поверх музыки.

— Я с тобой, — сказала я, глядя на Финча и указывая на бар.

Финч мотнул головой, продолжая танцевать.

Мы с Америкой протиснулись сквозь толпу к стойке. Бармены были загружены работой, поэтому нам пришлось ждать в очереди.

— Сегодня парни в ударе, — сказала Америка.

— Почему находятся желающие ставить против Шепа? — прокричала я ей на ухо. — Я совсем этого не понимаю.

— По той же причине они ставят и против Трэвиса, — улыбнулась Америка. — Болваны.

Рядом с ней на стойку облокотился парень в тоге и улыбнулся.

— Что пьем сегодня, девчонки?

— Спасибо, но мы сами покупаем себе выпивку, — сказала Америка, глядя перед собой.

— Я Майк, — представился парень и указал на своего друга. — А это Логан.

Я вежливо улыбнулась и посмотрела на Америку, которая изображала коронное «отвали». Барменша приняла наш заказ, кивнула парням позади нас, отвернулась и стала делать напиток для Америки. Она вернулась с квадратным стаканом, полным розовой пенистой жидкости, и тремя бутылками пива. Майк дал ей деньги, и она кивнула.

— Здесь сегодня круто, — сказал Майк, глядя на толпу.

— Ага, — раздраженно ответила Америка.

— Я видел, как вы танцуете, — сказал мне Логан, кивая в сторону танцпола. — Вы просто отлично смотрелись.

— Э... спасибо, — сказала я, пытаясь оставаться вежливой и опасаясь, что Трэвис всего в нескольких шагах от нас.

— Хочешь потанцевать? — спросил парень.

— Нет, спасибо. — Я покачала головой. — Я здесь со своим...

— Парнем, — сказал Трэвис, появляясь из ниоткуда.

Он злобно посмотрел на молодых людей, и они попятились, явно напуганные.

Америка не сдержала самодовольной улыбки, когда Шепли обнял ее.

Трэвис кивнул парням, отступающим через зал.

— Бегите подальше.

Те посмотрели на Америку и меня, потом сделали несколько осторожных шагов назад и вовсе скрылись в толпе.

Шепли поцеловал Америку.

— Невозможно никуда ходить с тобой!

Она захихикала, а я улыбнулась Трэвису, который свирепо смотрел на меня сверху вниз.

— Что еще?

— Почему ты позволила ему купить тебе выпивку?

Заметив настрой Трэвиса, Америка отстранилась от Шепли.

— Трэвис, мы не позволяли. Я сказала им «нет».

Трэвис взял бутылку из моих рук.

— А это тогда что?

— Ты что, серьезно? — спросила я.

— Еще как серьезно, — ответил он, бросая бутылку в мусорный бак рядом с баром. — Я сотни раз предупреждал тебя! Нельзя ничего брать у первого встречного. А если он туда что-нибудь подсыпал?

Америка подняла свой стакан.

— Трэв, мы не выпускали напитки из виду. Ты преувеличиваешь.

— Я не к тебе обращаюсь, — сказал он, впиваясь в меня взглядом.

— Эй! — сердито воскликнула я. — Не смей так с ней разговаривать.

— Трэвис, — предупредил Шепли. — Остынь.

— Мне не нравится, что ты позволяешь другим парням покупать тебе выпивку, — сказал Трэвис.

Я изогнула брови.

— Нарываешься на ссору?

— А тебе было бы все равно, если бы ты подошла к бару и увидела, как я пью с какой-нибудь цыпочкой?

— Хорошо. — Я кивнула. — Теперь ты не замечаешь других девушек. Я поняла. Мне тоже надо попытаться.

— Было бы неплохо.

Трэвис старался совладать с собой, а меня совершенно обескураживала его ярость, объектом которой я вдруг стала. Внутри закипело желание защищаться.

— Трэвис, сбавь тон ревнивца. Я ничего такого не сделала.

Он с возмущением смотрел на меня.

— Я прихожу и вижу, как парень покупает тебе выпивку!

— Не кричи на нее! — сказала Америка.

Шепли положил руку Трэвису на плечо.

— Мы все слишком много выпили. Лучше уйдем отсюда.

Успокаивающие слова Шепли на этот раз не сработали. Я внезапно рассердилась, подумав, что Трэвис завершил наш вечер ссорой.

— Скажу Финчу, что мы уезжаем, — проворчала я, идя мимо Трэвиса на танцпол.

Мое запястье сдавила теплая ладонь. Я крутанулась и увидела Трэвиса, без всякого раскаяния схватившего меня.

— Я пойду с тобой.

— Трэвис, я в состоянии сделать несколько шагов сама. — Я вырвалась. — Что с тобой такое?

Я нашла глазами Финча в центре танцпола и протиснулась к нему.

— Мы уходим!

— Что? — крикнул Финч поверх музыки.

— Трэвис бесится! Мы уходим!

Финч закатил глаза и покачал головой, потом махнул мне рукой, и я покинула танцпол. Как только я нашла Америку и Шепли, сзади меня схватил парень в костюме пирата.

— Куда это мы собрались? — Он улыбнулся, прижимаясь ко мне.

Я засмеялась и покачала головой, глядя на дурацкую рожицу, которую он строил. Не успела я уйти, как парень схватил меня за руку. Я очень быстро поняла, что он сделал это, будто ища защиты.

— Ого! — закричал парень, широкими глазами глядя мне за спину.

Трэвис вылетел прямо на танцпол и ударил кулаком в лицо пирату, отчего мы с ним повалились на пол. Упираясь руками в деревянный пол, я не могла поверить в произошедшее. По ладони потекло что-то теплое и влажное. Я повернула ее и съежилась от отвращения. Кровь из носа парня. Пират корчился на полу и прижимал к лицу руки, а по ним текла алая жидкость.

Трэвис помог мне встать, он был потрясен не меньше моего.

— Вот черт! Гулька, ты в порядке?

Оказавшись на ногах, я вырвалась.

— Ты спятил?

Америка потянула меня через всю толпу, ведя на парковку. Шепли открыл машину, и когда мы уселись, Трэвис повернулся ко мне.

— Голубка, прости. Я не знал, что он держался за тебя.

— Твой кулак пролетел в паре дюймов от моего лица! — Я поймала запятнанное маслом полотенце, которое бросил мне Шепли, стерла кровь с руки и поморщилась.

Трэвис помрачнел, осознав серьезность ситуации.

— Я бы не ударил, если бы знал, что могу задеть тебя. Ты ведь это понимаешь?

— Замолчи, Трэвис. Просто замолчи, — сказала я, уставившись Шепли в затылок.

— Гулька... — начал Трэвис.

Шепли ударил рукой по рулю.

— Трэвис, заткнись уже! Ты извинился, а теперь заткнись, черт тебя дери!

Домой мы ехали в тишине. Шепли отодвинул свое сиденье, помог мне выбраться, и я взглянула на Америку. Подруга понимающе кивнула и поцеловала своего парня на прощание.

— Увидимся завтра, малыш.

Шеп покорно кивнул и поцеловал ее.

— Я люблю тебя.

Я прошла мимо Трэвиса до «хонды», и он тут же оказался рядом.

— Да ладно тебе. Не уезжай такой сердитой.

— Я не сердита. Я в бешенстве.

— Трэвис, ей нужно время, чтобы успокоиться, — предупредила Америка, открывая машину.

Он положил руку на пассажирскую дверцу.

— Голубка, не уезжай. Я перегнул палку. Прости меня!

Я подняла руку, показывая ему кровавый след на ладони.

— Позвони мне, когда повзрослеешь.

Трэвис прижался бедром к двери.

— Разве ты можешь вот так уехать?

Я изогнула бровь, и к нам подбежал Шепли.

— Трэвис, ты пьян и вот-вот совершишь огромную ошибку. Отпусти ее, остынь... Вы сможете поговорить завтра, когда протрезвеешь.

В глазах Трэвиса появилось отчаяние.

— Она не может вот так уехать, — сказал он, пристально глядя на меня.

— Трэвис, ничего не выйдет. — Я потянула за ручку. — Отойди!

— Что значит «ничего не выйдет»? — спросил Трэвис, хватая меня за руку.

— Я про грустную мордашку. Я на это не поведусь, — сказала я, отталкивая его.

Шепли мельком взглянул на Трэвиса, а потом повернулся ко мне.

— Эбби, это то, о чем я и говорил. Может, тебе стоит...

— Шеп, не лезь, — резко сказала Америка, заводя машину.

— Я много еще накосячу, Гулька, но ты должна простить меня.

— Завтра на моей заднице будет огромный синячище! Ты ударил того парня, потому что разозлился на меня! О чем это должно мне говорить? Ты, как бык, повсюду видишь красную тряпку!

— Я ни разу не ударил девушку, — сказал он, пораженный моими словами.

— А я не собираюсь становиться первой! — сказала я, потянув за дверцу. — Отвали, черт побери!

Трэвис кивнул и отступил на шаг. Я села рядом с Америкой и захлопнула дверцу. Подруга сдала назад, Трэвис нагнулся и поглядел на меня через окно.

— Ты ведь позвонишь мне завтра? — спросил он, прикасаясь лицом к стеклу.

— Поехали, Мерик, — проговорила я, уклоняясь от его взгляда.

Ночь показалась длинной. Я то и дело смотрела на часы и с содроганием отмечала, что прошел еще один час. Все это время я думала о Трэвисе, спит ли он и стану ли я звонить ему. В конце концов надела наушники от айпода и стала слушать подряд все громкие противные песни.

Последний раз я взглянула на часы около пяти. За окном уже чирикали птицы. Я улыбнулась навалившейся наконец дреме. Показалось, что прошла всего пара минут, когда я услышала стук в дверь и внутрь ворвалась Америка.

Она выдернула наушники из моих ушей и уселась за письменный стол.

— Солнышко встало, а ты выглядишь ужасно. — Подруга надула розовую жвачку, которая тут же лопнула.

— Америка, заткнись! — донесся из-под одеяла голос Кары.

— Ты ведь понимаешь, что такие люди, как вы с Трэвом, будут постоянно воевать? — спросила Америка, разглядывая ногти и жуя.

— Я тебя увольняю. — Я повернулась на бок. — Ты просто моя ужасная совесть.

— Я тебя знаю как свои пять пальцев. — Америка засмеялась. — Дай я тебе сейчас ключи от машины, ты сразу помчалась бы в квартиру.

— Неправда!

— Ага, конечно, — пропела она.

— Мерик, сейчас восемь часов утра. Они, наверное, вырубились.

В этот момент я услышала слабый стук в дверь. Кара вытащила руку из-под одеяла, повернула ручку, и дверь медленно отворилась. На пороге стоял Трэвис.

— Можно войти? — тихим хриплым голосом спросил он.

Синие круги под глазами говорили о нехватке сна или и вовсе о бессонной ночи.

Удивленная измученным видом Трэвиса, я приподнялась.

— Ты в порядке?

Он зашел внутрь и упал передо мной на колени.

— Прости меня, Эбби. Прости, — сказал парень, обнимая меня за талию и кладя голову на колени.

Я положила руки ему на волосы и посмотрела на Америку.

— Я... Мне пора, — сказала она, неуклюже нащупывая дверную ручку.

Кара потерла глаза и вздохнула, потом взяла свою косметичку.

— Я всегда такая чистая, Эбби, когда ты рядом! — проворчала она и хлопнула за собой дверью.

Трэвис взглянул на меня.

— Когда дело касается тебя, я с ума схожу. Но видит бог, Гулька, я пытаюсь. Я не хочу все испортить.

— Тогда не делай этого.

— Ты же знаешь, как мне тяжело. Мне кажется, что в любую секунду ты поймешь, какой же я отстой, и бросишь меня. Когда ты вчера танцевала, на тебя смотрела дюжина парней. Ты идешь к бару, и я вижу, как кто-то покупает тебе выпивку. А потом тебя схватил этот придурок на танцполе.

— Разве ты видел, чтобы я лезла драться каждый раз, когда с тобой разговаривает девушка? Я не могу теперь сидеть взаперти все время. Тебе придется умерить свой пыл.

— Хорошо. Голубка, раньше мне не нужна была постоянная девушка. Я не привык к таким чувствам к кому-нибудь... да к кому угодно. Наберись терпения, и я клянусь, что со всем справлюсь.

— Давай кое-что разъясним для начала. Ты не отстой. Ты — удивительный мужчина. И не важно, кто покупает мне напитки, приглашает танцевать или флиртует со мной. Домой я еду с тобой. Ты спрашивал, доверяю ли я тебе, а выходит, что сам мне не доверяешь.

— Это не так. — Трэвис нахмурился.

— Если ты считаешь, что я брошу тебя ради первого встречного, то не слишком полагаешься на мою верность.

Трэвис крепче обнял меня.

— Гулька, я недостоин тебя. Это не значит, что я не доверяю тебе, просто пытаюсь приготовиться к неизбежному.

— Не говори так. Когда мы наедине, ты само совершенство. У нас все отлично. Но потом ты позволяешь другим все испортить. Я не ожидаю разворота на сто восемьдесят градусов, но тебе придется расставить приоритеты. Невозможно, чтобы каждый раз, когда кто-то посмотрит на меня, ты размахивал кулаками.

— Я сделаю все, что захочешь, — заявил Трэвис. — Просто скажи... что любишь меня.

— Ты ведь это знаешь.

— Я хочу услышать это от тебя, — сказал он, сводя брови на переносице.

— Я люблю тебя, — проговорила я и легонько поцеловала его в губы. — А теперь прекрати вести себя как ребенок.

Он засмеялся и забрался ко мне в постель. Следующий час мы провели под одеялом, хихикали, целовались и почти не замечали Кару, возвратившуюся из душа.

— Не мог бы ты выйти? Мне нужно одеться, — обратилась она к Трэвису, затягивая свой халат.

Парень поцеловал меня в щеку и вышел в коридор.

— Увидимся через пару секунд.

Я рухнула на подушку, а Кара стала рыться в шкафу.

— И чего ты так радуешься? — проворчала она.

— Ничего. — Я вздохнула.

— Эбби, ты знаешь, что такое зависимость от другого? Твой бойфренд самый яркий тому пример. Это как-то странно, учитывая, что от всяческого отсутствия уважения к женщине он пришел к мысли, что не может жить без тебя.

— Может, это и так, — сказала я, не желая, чтобы Кара испортила мне настроение.

— А ты не задумывалась, почему так? В смысле... он переспал с половиной девушек колледжа. Так почему ты?

— Он говорит, я особенная.

— Конечно. Но почему?

— А тебе какое дело? — резко спросила я.

— Очень опасно так в ком-то нуждаться. Ты пытаешься спасти его, а он надеется, что у тебя получится. Вы два недоразумения.

Я улыбнулась, глядя в потолок.

— Причина совсем не важна. Кара, когда чувствуешь себя так хорошо... это прекрасно.

— Ты безнадежна. — Она закатила глаза.

Трэвис постучался в дверь, и Кара впустила его.

— Пойду позанимаюсь в комнате отдыха. Удачи, — сказала она своим самым неискренним голосом.

— Что это с ней? — спросил Трэвис.

— Она заявила, что мы с тобой полное недоразумение.

— Нашла, чем удивить. — Трэвис улыбнулся, а его взгляд вдруг стал сосредоточенным. — Поехали со мной домой?

Трэвис поцеловал меня за ухом. Ощутив прикосновение мягких губ, я положила руку ему на затылок и вздохнула.

— Пожалуй, я останусь здесь. И так все время провожу у тебя.

— Тебе там не нравится? — Трэвис вскинул голову.

Я прикоснулась к его щеке и вздохнула. Он волновался по любому поводу.

— Конечно, нравится, но я ведь там не живу.

Трэвис провел носом по моей шее.

— Я хочу, чтобы ты находилась там. Каждую ночь.

— Не собираюсь переезжать к тебе. — Я покачала головой.

— Я и не предлагал тебе переезжать. Всего лишь сказал, что хочу видеть тебя там.

— Это одно и то же! — Я засмеялась.

— Ты правда не останешься сегодня у меня? — Трэвис нахмурился.

Я покачала головой. Взгляд Трэвиса прошелся по стене и остановился на потолке. Винтики в его голове словно пришли в движение.

— Что замышляешь? — прищурившись, спросила я.

— Пытаюсь придумать еще одно пари.

ГЛАВА 12

ДВА САПОГА ПАРА

Я засунула в рот малюсенькую белую таблетку и обильно запила водой. Посреди комнаты Трэвиса я стояла в лифчике и трусах и собиралась переодеться в пижаму.

— Это еще что такое? — спросил Трэвис, лежа в кровати.

— Э... мои таблетки.

— Какие еще таблетки? — Он нахмурился.

— Те самые, Трэвис! Тебе нужно восстановить запасы твоего ящика, а мне сейчас не очень хочется волноваться, будут у меня месячные или нет.

— А...

— Кому-то из нас приходится быть ответственным, — сказала я, изгибая бровь.

— Боже, ты просто секси, — проговорил Трэвис, опираясь головой на руку. — Самая красивая девушка «Истерна» — моя. Это безумие.

Закатив глаза, я переоделась в лиловую шелковую ночнушку, забралась в постель к Трэвису, погладила его между ног, поцеловала в шею и хихикнула, когда он откинул голову.

— Что, опять? Гулька, ты убьешь меня.

— Ты не сможешь умереть, — сказала я, покрывая его лицо поцелуями. — Ты слишком вредный.

— Я не смогу умереть, потому что чересчур много кобелей захотят занять мое место! Я должен жить вечно лишь для того, чтобы отгонять их!

Когда я снова захихикала, Трэвис повалил меня на спину, пальцем подцепил лиловую бретельку, стянул ее с плеча и поцеловал его.

— Трэв, почему именно я?

Он отслонился и встретился со мной взглядом.

— Что ты имеешь в виду?

— Ты переспал со столькими девушками, но не захотел строить отношения с ними, даже отказывался взять номер телефона. Так почему я?

— Откуда эти мысли? — спросил он, гладя меня по щеке.

— Так, любопытно. — Я пожала плечами.

— А почему тогда я? — поинтересовался он. — Половина парней «Истерна» ждут, когда я напортачу.

— Это не так. — Я поморщилась. — Не меняй тему.

— Чистая правда. Не возьмись я преследовать тебя с самого начала года, за тобой таскался бы не один такой Паркер Хейс. Но он слишком зациклен на себе, чтобы бояться меня.

— Ты уклоняешься от вопроса, причем не самым виртуозным способом!

— Хорошо! Так почему ты? — На лице Трэвиса появилась улыбка, он нагнулся и поцеловал меня. — Я запал на тебя еще после той первой ночи, на арене.

— Что? — с сомнением спросила я.

— Это так. Ты в том кардигане, перепачканная кровью... выглядела совершенно нелепо. — Он усмехнулся.

— Спасибо.

Его улыбка померкла.

— Все случилось, когда ты подняла на меня глаза. В тот самый момент. У тебя был такой удивленный, невинный взгляд... без всяких притворств. Ты не видела во мне пресловутого Трэвиса Мэддокса, — сказал он, закатывая глаза при этих словах. — Ты взглянула на меня как... даже не знаю... как на человека, что ли.

— Открою тебе секрет. Ты и есть человек.

Трэвис убрал волосы с моего лица.

— Нет, до твоего появления только Шепли так ко мне относился. Ты не смущалась в моем присутствии, не флиртовала, не водила руками по волосам. Ты видела именно меня.

— Я вела себя как стерва.

Трэвис поцеловал меня в шею.

— Это тоже сделало свое дело.

Я провела руками по его спине и скользнула в трусы.

— Надеюсь, ты скоро это забудешь. Мне кажется, я никогда не устану от тебя.

— Обещаешь? — с улыбкой спросил он.

На тумбочке зажужжал мобильник, Трэвис улыбнулся и прижал его к уху.

— Да? Черт, нет. Я с Гулькой. Мы как раз ложимся спать. Заткнись, Трент, это не смешно. Серьезно? Что он делает в городе? — Трэвис посмотрел на меня и вздохнул. — Хорошо. Мы приедем через полчаса. Ты слышал меня, придурок. Да потому что я никуда без нее не хожу, вот почему. Хочешь, чтобы я расплющил тебе нос, когда приеду? — Трэвис отключился и покачал головой.

Я изогнула бровь.

— Это самый странный разговор, который я слышала в своей жизни.

— Трент звонил. Томас приехал в город, и сегодня вечер покера у моего отца.

— Вечер покера? — Я сглотнула.

— Ага, они обычно обдирают меня до нитки. Мошенники.

— Через тридцать минут я встречаюсь с твоей семьей? Трэвис посмотрел на часы.

— Через двадцать семь, если быть точным.

— Боже, Трэвис! — застонала я, выпрыгивая из кровати.

— Что ты делаешь? — выдохнул он.

Я порылась в шкафу, прыгая с ноги на ногу, натянула джинсы, потом сняла ночнушку и бросила Трэвису в лицо.

— Не могу поверить, что ты предупредил меня о встрече со своей семьей за двадцать минут! Я готова убить тебя!

Трэвис откинул ночнушку в сторону и посмеялся над моими отчаянными попытками привести себя в порядок.

Я схватила черную футболку с V-образным вырезом и натянула на себя. Потом побежала в ванную, почистила зубы и причесалась. Трэвис встал у меня за спиной, уже одетый, готовый к выходу, и обнял меня за талию.

— Выгляжу как чучело! — Я нахмурилась, глядя в зеркало.

— Да ты хоть понимаешь, какая ты красавица? — спросил Трэвис и поцеловал меня в шею.

Фыркнув, я побежала в комнату и обулась в туфли на каблуке. Трэвис взял меня за руку и повел к выходу. Я остановилась, застегнула черную кожаную куртку и забрала волосы в тугой пучок в предчувствии стремительной поездки до дома его отца.

— Голубка, успокойся. Это всего лишь скопище парней за столом.

— Меня ждет первая встреча с твоим отцом и братьями, со всеми сразу, и ты хочешь, чтобы я успокоилась? — спросила я, забираясь на мотоцикл.

Трэвис повернул голову, прикоснулся щекой к моей щеке и поцеловал в губы.

— Они полюбят тебя, как и я.

Когда мы приехали, я распустила волосы и причесала их пальцами перед тем, как Трэвис подвел меня к двери.

— Вот те на! Наш засранец явился! — крикнул один из парней.

Трэвис кивнул. Он пытался изображать раздражение, но я видела его радость от встречи с братьями. Дом выглядел обветшалым, внутри — темно-желтые выцветшие обои и потертый ковер в коричневых тонах. Мы прошли прямо по коридору в комнату с распахнутыми дверьми. Оттуда струился дым, а братья и отец Трэвиса сидели за круглым деревянным столом на разномастных стульях.

— Эй, следи за своим языком, тут же юная леди, — пробубнил отец Трэвиса, держа во рту сигару.

— Гулька, это мой папа, Джим Мэддокс. Папа, это Голубка.

— Голубка? — с иронией переспросил Джим.

— Эбби. — Я покачала головой.

Трэвис указал на братьев.

— Трентон, Тэйлор, Тайлер и Томас.

Парни кивнули. Все, кроме Томаса, напоминали более взрослую копию Трэвиса: «ежик» на голове, карие глаза, футболка, плотно облегающая мускулы и татуировки. Томас — парень с зелеными глазами и длинноватыми светло-русыми волосами — был одет в классическую рубашку с ослабленным галстуком.

— А у Эбби есть фамилия? — спросил Джим.

— Эбернати, — сообщила я.

— Рад познакомиться, Эбби. — Томас улыбнулся.

— И я рад, — сказал Трент, самым наглым образом разглядывая меня.

Джим дал ему подзатыльник.

— Что я такого сказал? — возмутился Трент, потирая голову.

— Присаживайся, Эбби, и следи, как мы оставим Трэвиса без цента в кармане, — сказал один из близнецов.

Братья были точной копией друг друга, даже татуировки полностью совпадали.

Стены комнаты были испещрены винтажными фотографиями процесса игры в покер и легендарных игроков, рядом с которыми стоял Джим и еще кто-то — как я решила, дед Трэвиса. А на полках лежали старинные игральные карты.

— Вы знали Стю Ангера? — спросила я, показывая на запылившуюся фотографию.

Прищуренные глаза Джима заблестели.

— Тебе известно, кто такой Стю Ангер?

— Мой отец тоже его поклонник, — проговорила я.

Джим встал и показал на соседнюю фотографию.

— А вот здесь Дойл Брансон.

— Мой отец один раз видел его за игрой. — Я улыбнулась. — Он потрясающий.

— Дед Трэвиса играл профессионально, так что здесь к покеру относятся серьезно. — Джим приподнял уголки губ.

Я села между Трэвисом и одним из близнецов, а Трентон не слишком мастерски перетасовал колоду. Парни положили на стол деньги, и Джим раздал всем фишки.

— Эбби, хочешь сыграть? — Трентон изогнул бровь.

Я вежливо улыбнулась и покачала головой.

— Думаю, не стоит.

— Ты не умеешь? — спросил Джим.

Я не сдержала улыбки от его серьезного, чуть ли не покровительственного тона. Знала, какого ответа ожидает Джим, и не хотела разочаровывать его.

— Присоединяйся, я научу. — Трэвис поцеловал меня в лоб.

— Эбби, попрощайся со своими денежками, — посмеялся Томас.

Я поджала губы, порылась в сумочке, достала две купюры по пятьдесят, протянула их Джиму и терпеливо подождала, пока он отсчитает нужное количество фишек.

На лице Трентона появилась самодовольная улыбка, но я проигнорировала ее и сказала:

— Полагаюсь на тренерские способности Трэвиса.

Один из близнецов хлопнул в ладоши.

— Да, черт побери! Сегодня я разбогатею!

— Предлагаю начать сегодня с небольших ставок, — проговорил Джим, бросая на стол пятидолларовую фишку.

Трентон раздал карты, и Трэвис развернул мои веером.

— Ты раньше играла?

— Давно, — ответила я.

— «Лови рыбку»[1] не в счет, Полианна, — сказал Трентон, изучая свои карты.

— Заткнись, Трент. — Трэвис сердито взглянул на брата, а потом снова сосредоточился на моих картах. — Ты должна собирать карты выше по достоинству, по порядку и, если повезет, одной масти.

Сначала Трэвис взглянул в мои карты, потом я в его. В основном я кивала и улыбалась, делала ход, только когда мне говорили. В итоге мы с Трэвисом проиграли, и мои фишки значительно сократились к концу первого раунда. Томас опять начал раздавать.

На этот раз я не стала показывать Трэвису свои карты и заявила:

— Думаю, я все поняла.

— Уверена? — спросил он.

— Уверена, малыш, — ответила я.

После трехчасовой игры я вернула свои фишки и прибрала стопки других игроков с помощью двух тузов, стрита[2] и старшей карты.

— Чушь собачья! — простонал Трентон. — Новичку везет!

---

[1] *«Лови рыбку»* — детская карточная игра.

[2] *Стрит* — пять карт любой масти по порядку старшинства.

— Трэв, у тебя способная ученица, — сказал Джим, переминая во рту сигару.

Трэвис отхлебнул пива.

— Голубка, я тобой горжусь! — Глаза Трэвиса засияли, а на лице появилась улыбка, какой я еще не видела.

— Спасибо.

— Те, кто не умеет играть, обычно учат других. — Томас ухмыльнулся.

— Очень смешно, придурок, — пробурчал Трэвис.

Через четыре часа я допила пиво и, прищурившись, глянула на единственного мужчину за столом, который еще не сбросил карты.

— Тэйлор, твой ход. Будешь вести себя как маленький мальчик или поставишь наконец как настоящий мужчина?

— Вот черт! — Он бросил на стол свои последние фишки.

Трэвис оживленно следил за мной. Это напомнило мне о том, как другие обычно наблюдали за его боем.

— Голубка, что там у тебя?

— Тэйлор!.. — поторопила я.

Его лицо расплылось в улыбке.

— Флеш![1] — улыбнулся он, выкладывая карты на столе.

Пять пар глаз устремились на меня. Я внимательно посмотрела на стол, а потом бросила карты.

— Смотрите и плачьте, ребята! Тузы и восьмерки! — Я хихикнула.

— Фул-хаус?[2] Какого черта? — выкрикнул Трент.

— Извините. Мне все время хотелось это сказать, — проговорила я, собирая фишки.

---

[1] *Флеш* — пять карт одной масти.

[2] *Фул-хаус* — «полный дом», три карты одного достоинства и одна пара.

— Это не везение новичка. — Томас прищурился. — Она умеет играть.

Трэвис мельком глянул на Томаса, а потом на меня.

— Гулька, ты играла раньше?

Я пожала плечами, демонстрируя невинную улыбочку. Трэвис запрокинул голову и зашелся хохотом. Он попытался сказать что-то, но не смог и лишь ударил кулаком по столу.

— Твоя девушка только что обставила нас, черт тебя дери! — сказал Тэйлор, тыкая в меня пальцем.

— Да как это возможно! — завыл Трентон, вставая из-за стола.

— Отличный план, Трэвис. Привести карточного шулера на наш покерный вечер. — Джим подмигнул мне.

— Но я ничего не знал! — Трэвис покачал головой.

— Чушь собачья, — сказал Томас, внимательно глядя на меня.

— Правда! — сквозь смех произнес Трэвис.

— Не хочу говорить, братишка, но мне кажется, я только что запал на твою девчонку, — сказал Тайлер.

— Осторожней. — Улыбка Трэвиса быстро превратилась в гримасу.

— Эбби, я слишком несерьезно отнесся к тебе, — проговорил Трентон. — Но теперь обязательно верну свои деньги.

В последних раздачах Трэвис не участвовал, а наблюдал за тщетными попытками братьев отыграться. Раунд за раундом я собирала их фишки, а Томас все внимательнее присматривался ко мне. Когда я выкладывала карты на стол, Трэвис и Джим смеялись, Тэйлор ругался, Тайлер признавался мне в вечной любви, а Трент демонстрировал самый настоящий приступ гнева.

Потом мы перешли в гостиную, я обменяла свои фишки на деньги и раздала всем по сто долларов. Джим отказался, а вот братья приняли свою долю с благодарностью. Трэвис взял меня за руку и повел к двери.

Я видела, что он невесел, и сжала его кисть.

— Что-то не так?

— Гулька, ты только что отдала четыреста баксов! — Трэвис нахмурился.

— Будь это вечер покера в «Сиг Тау», я оставила бы их себе. Не могу же я грабить твоих братьев при первой встрече.

— Они бы тебе деньги не вернули! — сказал он.

— Я бы потом еще спал как младенец! — усмехнулся Тэйлор.

Томас пристально разглядывал меня и не произносил ни слова, стоя в углу комнаты.

— Томми, чего ты постоянно пялишься на мою девушку?

— Как, ты говоришь, твоя фамилия? — спросил Томас.

Я нервно переступила с ноги на ногу. Мой мозг отчаянно работал, пытаясь выдать нечто остроумное или саркастичное, чтобы как-то избежать ответа. Вместо этого я уставилась на собственные ногти, внутренне ругая себя. Не следовало обыгрывать здесь всех и каждого. Томас все понял, я видела это по его глазам.

Трэвис заметил мою неловкость, повернулся к брату и положил руку мне на талию. Я не знала, хотел ли он защитить меня или приготовился к тому, что скажет его брат.

— Эбернати, и что с того?

— Понимаю, почему ты до сегодняшнего вечера не сложил два и два, но теперь тебе нет оправдания, — с самодовольной улыбкой сказал Томас.

— Что ты, черт побери, несешь? — спросил Трэвис.

— Ты состоишь в каком-нибудь родстве с Миком Эбернати? — обратился ко мне Томас.

Все головы повернулись ко мне, и я нервно провела пальцами по волосам.

— Так ты знаешь Мика? — Трэвис смотрел мне в глаза. — Он же один из лучших игроков за всю историю покера. Знаешь его?

Я содрогнулась, понимая, что меня все-таки загнали в угол.

— Он мой отец.

Комната взорвалась.

— Не может быть! Твою мать!

— Я знал!

— Мы играли с дочерью Мика Эбернати!

— Мик Эбернати? Вот черт!

Только Томас, Джим и Трэвис молчали.

— Я же говорила, парни, что мне не стоит играть, — сказала я.

— Если бы ты упомянула, что твой отец — Мик Эбернати, мы отнеслись бы к тебе куда серьезнее, — ответил на это Томас.

Я осмелилась взглянуть на Трэвиса, который в ужасе смотрел на меня.

— Это ты Счастливые Тринадцать? — спросил он с затуманенным взглядом.

Трентон поднялся, открыл от изумления рот и указал на меня.

— Счастливые Тринадцать в нашем доме! Не может быть! Черт побери, я не верю!

— Так меня прозвали в газетах, — нервничая, произнесла я. — Но не следует верить всему, что там написано.

— Все, парни, мне пора везти Эбби домой, — сказал Трэвис, по-прежнему пялясь на меня.

Джим посмотрел в мою сторону поверх очков.

— Не всему? А чему можно?

— Я не забирала везенье у отца, — усмехнулась я, накручивая прядь волос на палец. — Это же нелепо!

Томас покачал головой.

— Нет, Мик сам давал интервью. Он сказал, что в ночь на твой тринадцатый день рождения везение его покинуло.

— И перешло к тебе, — добавил Трэвис.

— Тебя воспитывали мафиози! — радостно улыбаясь, воскликнул Трент.

— Нет. — Я коротко усмехнулась. — Они не воспитывали меня, просто слишком часто находились поблизости.

— Стыд и позор Мику, что в прессе он смешал твое имя с грязью. — Джим покачал головой. — Ты была ребенком.

— Да это всего лишь везение новичка, — сказала я, отчаянно пытаясь скрыть унижение.

— Тебя учил сам Мик Эбернати, — сказал Джим, с благоговением глядя на меня. — Подумать только, ты играла с профи и выигрывала, это в тринадцать-то лет! — Джим посмотрел на Трэвиса и улыбнулся. — Не ставь против нее, сынок. Она не проигрывает.

Трэвис взглянул на меня, он все еще не оправился от потрясения.

— Э... нам пора, папа. Пока, парни!

Трэвис повел меня к мотоциклу, и оживленные возгласы стихли за дверью. Я завязала волосы в пучок и застегнула куртку, ожидая, когда Трэвис заговорит. Он молча запрыгнул на мотоцикл, и я устроилась у него за спиной. Трэвис, конечно же, переживал, что я не была откровенной с ним; возможно, его выбил из колеи тот факт, что о такой важной стороне моей жизни он узнал вместе со своей семьей. По возвращении в квартиру я ожидала огромной ссоры и пыталась придумать дюжину разных оправданий.

Трэвис провел меня за руку по коридору и помог снять куртку.

Я потянула за светло-рыжий пучок на макушке, и волосы рассыпались по плечам густыми волнами.

— Знаю, ты очень зол, — сказала я, избегая взгляда Трэвиса. — Извини, что не сказала тебе раньше, но обычно я не распространяюсь на этот счет.

— Зол на тебя? — переспросил он. — Да я так взбудоражен, что все плывет перед глазами. Ты только что с легкостью обчистила моих придурков-братьев, стала звездой в глазах отца, и теперь я точно знаю, что ты специально проиграла пари, заключенное перед боем.

— Я бы так не сказала...

— Ты думала тогда о победе? — Он поднял голову.

— Ну, вообще-то, нет, — призналась я, снимая туфли.

— Так, значит, ты хотела быть здесь, со мной. — Он улыбнулся. — Кажется, я снова в тебя влюбился.

— Почему ты не злишься? — спросила я, бросая туфли в сторону шкафа.

Трэвис со вздохом кивнул.

— Гулька, это, конечно, довольно важно. Тебе следовало сказать. Но я понимаю, почему ты этого не сделала. Ты приехала сюда, чтобы жить подальше от всего подобного. Короче, я тебя не осуждаю.

— Что ж, уже легче.

— Счастливые Тринадцать, — сказал Трэвис, качая головой и стаскивая с меня майку.

— Трэвис, не называй меня так. Это не к добру.

— Голубка, черт побери, ты знаменитость! — Трэвис расстегнул мои джинсы и стащил их, помогая мне.

— Отец меня тогда возненавидел. До сих пор считает, что я виновата во всех его бедах.

Трэвис снял футболку и притянул меня к себе.

— Не верится, что передо мной дочь Мика Эбернати. Я все это время был с тобой и даже не догадывался.

Я оттолкнула Трэвиса.

— Трэвис, я не дочь Мика Эбернати! Он остался в прошлом. Я Эбби. Просто Эбби! — Я подошла к шкафу, сняла с вешалки футболку и натянула на себя.

— Извини. — Трэвис вздохнул. — Я слегка ошеломлен твоей известностью.

— Это просто я! — Я приложила руку к груди, страстно желая, чтобы он наконец-то все понял.

— Да, но...

— Никаких «но». Вон как ты смотришь на меня сейчас... Именно поэтому я тебе не сказала. — Я закрыла глаза. — Трэв, я не хочу так больше жить. Даже с тобой.

— Ого! Голубка, успокойся. Давай не будем ссориться. — Он подошел и обнял меня. — Не важно, кем ты была и кем больше не хочешь быть. Важно, что ты нужна мне.

— Тогда у нас есть кое-что общее.

Трэвис с улыбкой повел меня в постель.

— Гулька, сейчас во всем мире только ты и я.

Я свернулась калачиком, уютно устроившись у Трэвиса под боком. Я не планировала, чтобы кто-то, кроме Америки, узнал про Мика, и совсем не ожидала, что мой парень будет из семьи любителей покера. Я тяжело вздохнула и прижалась щекой к его груди.

— Что-то не так? — спросил Трэвис.

— Трэв, я не хочу, чтобы еще кто-нибудь узнал. Я даже не хотела, чтобы ты оказался в курсе.

— Эбби, я люблю тебя. Больше не буду повторять, хорошо? Твоя тайна умрет со мной. — И он поцеловал меня в лоб.

— Мистер Мэддокс, не могли бы вы потерпеть до перемены? — спросил профессор Чейни в ответ на мое хихиканье, когда Трэвис пощекотал мне шею.

Я прокашлялась. От стыда щеки моментально покрылись краской.

— Вряд ли, доктор Чейни. — Трэвис показал на меня. — Вы хорошо разглядели мою девушку?

В аудитории грянул хохот, а мое лицо запылало. Профессор Чейни взглянул на меня с иронией и смущением.

— Вы уж не подведите, — попросил он Трэвиса.

Класс снова захохотал, а я сползла вниз. Трэвис положил руку на спинку моего стула, и лекция продолжилась. После нее Трэвис повел меня на следующее занятие.

— Извини, что поставил тебя в неловкое положение. Не смог сдержаться.

— Впредь уж как-нибудь сдерживайся.

Мимо прошел Паркер, а когда я вежливо улыбнулась в ответ на кивок, его глаза засияли.

— Привет, Эбби. Увидимся внутри.

Он зашел в класс, и несколько секунд Трэвис свирепо смотрел ему вслед.

— Эй! — Я потянула его за руку, и он перевел взгляд на меня. — Забудь про него.

— Он рассказывает парням в «Доме», что ты по-прежнему звонишь ему.

— Это неправда, — равнодушно проговорила я.

— Я знаю, а они нет. Паркер говорит, что ждет своего часа. Брэду он сказал, что ты бросишь меня, как только наступит подходящий момент. Мол, ты звонишь и рассказываешь, какая ты несчастная. Он начинает бесить меня.

— А у него богатое воображение. — Я посмотрела на Паркера, и он улыбнулся, однако я в ответ насупила брови.

— Ты разозлишься, если я опять вгоню тебя в краску?

Я пожала плечами, Трэвис без промедления завел меня в класс, остановился около парты и опустил на пол мою сумку. Взглянув на Паркера, Трэвис притянул меня к себе, одну руку положил на затылок, а другую на ягодицы. Затем он страстно поцеловал меня. Такие энергичные движения губ и языка парень обычно приберегал для спальни, и я, не сдержавшись, вцепилась в его футболку. Перешептывания и смех стали громче, когда все поняли, что Трэвис не собирается отпускать меня.

— После этого она точно залетит! — посмеялся кто-то сзади.

Я отстранилась, пытаясь прийти в чувство. Когда я взглянула на Трэвиса, то увидела, что он еле сдерживается.

— Я хотел все прояснить, — прошептал он.

— Отлично вышло, — заметила я.

Трэвис улыбнулся, поцеловал меня в щеку, а затем посмотрел на разъяренного Паркера.

— Увидимся за обедом. — Трэвис подмигнул мне.

Я рухнула на стул и вздохнула, пытаясь избавиться от зуда между ног. С трудом высидела математику, а когда занятие закончилось, заметила около двери Паркера, прислонившегося к стене.

— Паркер!.. — Я кивнула, намереваясь вести себя не так, как он ожидал.

— Я знаю, что ты с ним. Необязательно ему насиловать тебя перед всем классом только из-за меня.

Я замедлила шаг и приготовилась к нападению.

— Тогда, может, перестанешь рассказывать своим «братьям», что я названиваю тебе. Скоро ты действительно доведешь его, и мне не будет жаль, когда он даст тебе хорошего пинка под зад.

— Только послушай себя. — Паркер поморщился. — Ты слишком много времени проводишь с Трэвисом.

— Нет, я такая на самом деле. Просто об этой моей стороне ты совершенно ничего не знаешь.

— Ты не дала мне такой возможности!

— Паркер, я не хочу ссориться с тобой. — Я вздохнула. — У нас ничего не получилось, понятно?

— Нет, не понятно. Думаешь, мне нравится быть предметом насмешек? Мы все очень ценим Трэвиса Мэддокса, потому что на его фоне выглядим просто идеальными. Он использует девчонок, потом кидает их, так что самый большой зануда в «Истерне» — прекрасный принц по сравнению с Трэвисом.

— Когда ты разуешь глаза и поймешь, что он совсем не такой?

— Эбби, он тебя не любит. Ты для него лишь новая яркая игрушка. Но полагаю, что после сцены в классе ты не такая уж блестящая.

Я отвесила ему пощечину, даже не успев подумать.

— Подожди ты пару секунд, Гулька, я бы сделал это за тебя. — Передо мной стал Трэвис.

Я сжала его руку.

— Трэвис, не надо.

Паркер занервничал, на его щеке проступил красный след.

— Я тебя предупреждал, — сказал Трэвис, прижимая Паркера к стене.

Тот сжал зубы и сверкнул на меня взглядом.

— Давай прекратим это, Трэвис. Я вижу, что вы созданы друг для друга.

— Спасибо за комплимент, — сказал Трэвис, кладя руку мне на плечи.

Паркер оттолкнулся от стены и быстро завернул за угол, к лестнице, поглядывая, не следует ли за ним Трэвис.

— Ты в порядке? — спросил меня парень.

— Рука побаливает.

— Это было круто, Гулька. — Он улыбнулся. — Я впечатлен.

— Теперь он может подать на меня в суд, и придется оплатить ему дорогу в Гарвард. А ты что здесь, кстати, делаешь? Мы же собирались встретиться в столовой.

Уголок его рта приподнялся в озорной улыбке.

— Не смог сосредоточиться на занятии. Вспоминаю тот поцелуй.

Я окинула взглядом коридор и посмотрела на Трэвиса.

— Идем.

— Что? — Все еще улыбаясь, он свел брови.

Я прошла в глубь здания и дернула ручку двери в кабинет физики. Та распахнулась, я заглянула и убедилась, что там темно и пусто. Потом я потянула Трэвиса за руку, хихикая от его растерянности, заперла дверь и прижала парня к ней.

— Что ты делаешь? — Он усмехнулся, когда я поцеловала его.

— Не хочу, чтобы ты был на занятиях рассеянным, — ответила я, снова целуя Трэвиса.

Он поднял меня, и я обхватила его талию ногами.

— Не знаю, что бы я делал без тебя, — сказал Трэвис, одной рукой поддерживая меня, а второй расстегивая ремень. — И не хочу узнать. Никогда. Голубка, ты все, что мне нужно.

— Вспомни об этом, когда снова будем играть в покер и я заберу все твои денежки, — сказала я, снимая майку.

ГЛАВА 13

ПОЛНЫЙ ДОМ

Я повернулась, скептически разглядывая себя в зеркале. На мне было убийственно короткое белое платье с открытой спиной; лиф удерживала полоска из стразов, перекинутая через шею.

— Ух ты! Трэвис описается, когда увидит тебя в этом! — сказала Америка.

— Очень романтично. — Я закатила глаза.

— То, что надо. Больше не ищи, — сказала подруга, радостно хлопая в ладоши.

— А тебе не кажется, что оно слишком короткое? Мэрайя Кери и та столько тела не показывает.

— Не кажется. — Америка покачала головой.

Настал мой черед сидеть на лавочке, пока Америка примеряла наряд за нарядом. Когда пришло время выбирать, она проявила даже большую нерешительность, чем я. В итоге подруга остановилась на чересчур коротком, обтягивающем платьице телесного цвета с лямкой на одно плечо.

Вернувшись домой на «хонде», мы не увидели на стоянке «чарджера», а Тотошка сидел в квартире один.

Америка достала телефон и набрала номер, а когда Шепли ответил, улыбнулась.

— Куда уехал, малыш? — спросила она, потом кивнула и настороженно посмотрела на меня. — Почему я должна злиться? Что еще за сюрприз?

Подруга прошла в комнату Шепли и закрыла дверь. Я чесала за острыми ушками Тотошку, пока Америка бормотала что-то по телефону. Выходя из спальни, она еле сдерживала улыбку.

— Что они опять задумали? — спросила я.

— Едут домой. Пускай Трэвис сам тебе расскажет.

— Боже!.. Что еще такое? — спросила я.

— Я не могу тебе сказать. Это же сюрприз.

Я нервно теребила волосы и ковыряла ногти, ожидая, когда приедет Трэвис со своим очередным сюрпризом. Вечеринка в честь дня рождения, щенок — я не представляла, что будет дальше.

Громкое рычание «чарджера» оповестило о прибытии парней. Поднимаясь по ступенькам, они почему-то смеялись.

— У них, кажется, отличное настроение, — сказала я. — Хороший знак.

Сначала зашел Шепли и сказал:

— Не хотел, чтобы ты подумала, что я не стал по какой-то причине этого делать.

Америка поднялась к своему парню и обняла его.

— Шеп, ты такой глупенький. Будь мне нужен ненормальный бойфренд, я бы встречалась с Трэвисом.

— Это совершенно не показывает, как я отношусь к тебе, — добавил Шепли.

Трэвис с забинтованным запястьем переступил порог, улыбнулся, рухнул на диван, потом положил голову мне на колени.

Я не отводила глаз от повязки.

— И... что ты сделал?

Трэвис улыбнулся и притянул меня для поцелуя. Он заметно нервничал. На его лице была улыбка, но интуиция подсказывала мне, что он не уверен, как я отреагирую на его поступок.

— Сегодня я был слегка занят.

— Чем же? — с подозрением спросила я.

— Успокойся, Гулька. — Трэвис засмеялся. — Ничего дурного.

— Что случилось с твоим запястьем? — спросила я, приподнимая за пальцы его руку.

Снаружи оглушительно взревел мотор, Трэвис подпрыгнул с дивана и открыл дверь.

— Как раз вовремя, черт побери! Я дома уже пять минут! — с улыбкой сказал он.

Вошел мужчина, держа с одной стороны серую софу, обернутую пленкой. Следом появился второй, держа вещь с другого конца. Шепли и Трэвис подвинули вперед старый диван вместе со мной и Тотошкой, и грузчики поставили на его место новую софу. Трэвис снял пленку, подхватил меня на руки и опустил на мягкие подушки.

— Ты купил новый диван? — спросила я, улыбаясь во весь рот.

— Ага, и еще кое-что сделал. Спасибо, парни, — сказал Трэвис, когда грузчики подняли старый диван и удалились.

— Он хранил много воспоминаний. — Я ухмыльнулась.

— Ни одно из них мне не нужно. — Трэвис сел рядом со мной, вздохнул, мельком взглянул на меня, а потом снял липучку, удерживающую бинт на руке. — Только не психуй.

Мои мысли заметались, пытаясь понять, что под этой повязкой. На ум пришел ожог, швы или что-то похуже. Трэвис снял бинт, и я ахнула, увидев черные буквы на внутренней стороне запястья. Кожа вокруг покраснела и блестела от антибиотика, которым смазали татуировку.

Я потрясенно покачала головой, читая одно лишь слово: «Голубка».

— Нравится? — спросил Трэвис.

— Ты сделал на запястье тату с моим именем? — сказала я не своим голосом.

Мысли мои кинулись врассыпную, но я сохраняла спокойный, ровный тон.

— Ага.

Трэвис поцеловал меня в щеку, а я по-прежнему не могла отвести взгляда от стойких чернил на его коже.

— Эбби, я пытался его отговорить. — Шепли покачал головой. — Он уже давно не делал ничего безрассудного. Думаю, у него была ломка.

— Что скажешь? — протараторил Трэвис.

— Не знаю, что и сказать, — ответила я.

— Трэв, тебе стоило сначала спросить у нее, — заявила Америка, качая головой и прикрывая рот ладонью.

— Спросить что? Могу ли я сделать татуировку? — нахмурился Трэвис, поворачиваясь ко мне. — Я люблю тебя. Я хочу, чтобы все знали, я — твой.

— Трэвис, но она навсегда. — Я заерзала.

— Как и мы. — Он прикоснулся к моей щеке.

— Покажи ей остальное, — сказал Шепли.

— Остальное? — спросила я, глядя на второе запястье.

Трэвис встал и стянул футболку. От этого движения его идеальные шесть кубиков пресса напряглись. Трэвис повернулся и продемонстрировал сбоку еще одну свежую татуировку, тянущуюся по всей длине ребер.

— А это что? — спросила я, разглядывая вертикальные символы.

— Это на иврите. — Трэвис неуверенно улыбнулся.

— И что это означает?

— Здесь сказано: «Я принадлежу своей возлюбленной, и она моя навеки».

Я встретилась с ним взглядом.

— Одной тебе показалось мало, ты захотел две?

— Я всегда говорил, что сделаю это, когда найду свою единственную. Я встретил тебя, пошел и сделал татуировки. — Улыбка Трэвиса померкла, когда он увидел выражение моего лица. — Ты злишься? — спросил парень, опуская футболку.

— Нет, я не сержусь. Просто... все это слегка оше-
ломляет.

Шепли притянул к себе Америку.

— Эбби, привыкай. Трэвис импульсивен, он всегда
действует на полную катушку. Так будет продолжаться,
пока он не наденет кольцо на твой пальчик.

Америка удивленно взглянула сначала на меня, потом
на Шепли.

— Что? Они же только начали встречаться!

— Мне нужно выпить, — сказала я, идя на кухню.

Трэвис усмехнулся, глядя, как я роюсь в шкафчи-
ках.

— Гулька, он пошутил.

— Разве? — сказал Шепли.

— Я не говорил про ближайшее будущее, — уклонил-
ся от прямого ответа Трэвис. Он повернулся к Шепли
и проворчал: — Спасибо огромное, придурок.

— Может, теперь ты перестанешь все время болтать
об этом. — Шепли заулыбался.

Я налила стакан виски, залпом выпила и поморщилась, когда жидкость обожгла горло.

Трэвис нежно обнял меня сзади.

— Гулька, я не делаю тебе предложения. Это просто
татуировки.

— Знаю. — Я кивнула и налила себе еще.

Он забрал бутылку из моих рук, закрутил крышку
и поставил обратно в шкафчик. Я не повернулась, но все
равно оказалась лицом к нему, когда Трэвис потянул меня за бедра.

— Ладно. Сперва мне стоило поговорить с тобой, но
я решил купить диван, а потом одно пошло за другим.
Я чересчур уж воодушевился.

— Трэвис, все происходит слишком быстро. Ты упо-
минал про переезд сюда, только что заклеймил себя моим именем, говоришь, что любишь. Я... просто не успе-
ваю в себя прийти.

— Вот, ты психуешь, а я просил тебя этого не делать.

— Мне сложно! Ты узнал про моего отца, и все, что раньше испытывал ко мне, теперь вдруг удвоилось!

— А кто твой отец? — спросил Шепли, раздосадованный, что он не в теме.

Когда я не ответила, он вздохнул.

— Кто ее отец? — спросил Шепли у Америки.

Подруга пренебрежительно покачала головой, а лицо Трэвиса исказилось от возмущения.

— Мои чувства к тебе не имеют никакого отношения к твоему отцу.

— Завтра мы идем на вечеринку для пар. Это важное событие, где мы заявим о наших отношениях или что-то в этом духе. А теперь у тебя на руке мое имя, да еще изречение о том, что мы принадлежим друг другу! Бред какой-то! Да, я психую!

Трэвис сжал ладонями мое лицо, прильнул ко мне в поцелуе, затем поднял и посадил на столешницу. Он попытался проникнуть в мой рот языком, я сдалась, и парень застонал.

Его пальцы впились в мои бедра, он придвинул меня ближе и сказал у моих губ:

— Ты такая горячая штучка, когда злишься.

— Хорошо, — выдохнула я. — Теперь я спокойна.

Он улыбнулся, довольный, что его план сработал. Ему удалось меня отвлечь.

— Гулька, все по-прежнему. Только ты и я.

— Вы просто чокнутые, — сказал Шепли, качая головой.

Америка игриво ударила своего парня по плечу.

— Эбби сегодня тоже кое-что купила для Трэвиса.

— Америка! — возмутилась я.

— Ты нашла платье? — с улыбкой спросил Трэвис.

— Ага, — ответила я, обвивая его руками и ногами. — Завтра твоя очередь психовать.

— С нетерпением жду, — сказал он, подхватывая меня со столешницы.

Когда Трэвис понес меня по коридору, я помахала рукой Америке.

В пятницу после занятий мы с Америкой поехали в центр города, чтобы привести себя в порядок. Сделали маникюр и педикюр, депиляцию воском, автозагар, подкрасили волосы. Когда мы вернулись в квартиру, то увидели, что все заставлено букетами роз. Красные, розовые, желтые и белые — мы словно оказались в магазине цветов.

— Боже! — завизжала Америка, заходя внутрь.

Шепли с гордостью огляделся.

— Мы пошли купить вам по цветочку, но решили, что одного букета точно не хватит.

Я обняла Трэвиса.

— Парни, вы потрясающие. Спасибо!

Трэвис шлепнул меня по попке.

— Гулька, до вечеринки осталось полчаса.

Парни переоделись в комнате Трэвиса, а мы с Америкой облачились в наши платья у Шепли. Когда я застегивала серебристые босоножки на высоком каблуке, в дверь постучали.

— Пора на выход, девчонки, — сказал Шепли.

Америка переступила порог, и ее кавалер присвистнул.

— Где она? — спросил Трэвис.

— Эбби возится с босоножками, — объяснила Америка. — Она будет через секунду.

— Голубка, ожидание убивает меня! — позвал Трэвис.

Я вышла из комнаты, поправляя платье, и Трэвис обомлел.

Америка толкнула его в бок, и он моргнул.

— Черт возьми.

— Готов психовать? — спросила Америка.

— Не собираюсь, она выглядит потрясающе, — сказал Трэвис.

Я улыбнулась и медленно повернулась к нему спиной, демонстрируя глубокий вырез.

— Отлично, вот теперь я психую, — сказал Трэвис, подходя и разворачивая меня.

— Не нравится? — спросила я.

— Тебе понадобится что-то сверху. — Он подбежал к вешалке и наспех набросил мне на плечи куртку.

— Трэв, она не сможет ходить так целый вечер. — Америка ухмыльнулась.

— Эбби, ты очень красивая, — сказал Шепли, словно извиняясь за поведение Трэвиса.

— Да, это так, — заговорил тот, но слова давались ему с трудом. — Ты выглядишь бесподобно, но не можешь пойти в этом. Твоя юбка! Ого, ноги!.. Да, юбка слишком короткая, и это не юбка, а только половинка! У нее же нет спины!

Я не могла сдержать улыбки.

— Трэвис, это такая модель.

— Вы с ним существуете для того, чтобы мучить друг друга? — Шепли нахмурился.

— У тебя есть платье подлиннее? — спросил Трэвис.

Я осмотрела свой наряд.

— Спереди оно, вообще-то, довольно скромное. Просто спина слишком открытая.

— Голубка!.. — Трэвис поежился в преддверии следующих слов. — Я не хочу, чтобы ты злилась, но не могу повести тебя в дом братства в таком виде. В первые же пять минут я расшибу кому-нибудь нос.

Я встала на носочки и поцеловала Трэвиса в губы.

— Я верю в тебя.

— Вечер превратится в пытку, — простонал Трэвис.

— Он будет восхитительным, — обиженно проговорила Америка.

— Зато прикинь, как легко будет снять это платье, — сказала я, целуя Трэвиса в шею.

— В этом-то и дело. Все парни подумают о том же самом.

— Но только ты все узнаешь, — проворковала я.

Трэвис ничего не ответил, и я отстранилась, чтобы увидеть выражение его лица.

— Ты правда хочешь, чтобы я переоделась?

Он тщательно осмотрел мое лицо, платье, потом ноги и наконец выдохнул.

— Не важно, во что ты одета. Выглядишь роскошно. Мне нужно привыкнуть к этому, да? — Я пожала плечами, и он покачал головой. — Мы уже опаздываем. Идем.

Пока мы шагали от машины к дому «Сигмы Тау», я жалась к Трэвису, чтобы согреться. На улице было туманно, но не слишком холодно. Из подвального помещения доносилась громкая музыка, и Трэвис покачивал головой в такт.

Когда мы вошли, все взгляды обратились в нашу сторону. Я не знала, почему именно на нас пялились: то ли из-за того, что Трэвис появился на вечеринке для пар, то ли потому, что он надел классические брюки, или все-таки дело в моем платье. Но факт оставался фактом: все присутствующие неотрывно смотрели на нас.

Америка наклонилась и прошептала мне на ухо:

— Эбби, я так рада, что ты тоже здесь. Я будто попала в фильм с Молли Рингуолд.

— Рада, что могу помочь, — пробурчала я.

Трэвис и Шепли забрали наши куртки и повели нас через всю комнату на кухню.

Шепли достал из холодильника четыре бутылки пива и вручил одну Америке, другую мне. Мы стояли на кухне и слушали, как «братья» Трэва обсуждают его последний бой. Сопровождавшие их девушки из сестричества оказались теми самыми пышногрудыми блондинками, которые приставали к Трэвису, когда мы впервые с ним заговорили.

Узнать Лекси было довольно просто. Я не забыла выражение лица этой девушки, когда Трэвис спихнул ее с коленей за оскорбление Америки. Блондинка с любопытством разглядывала меня, прислушиваясь к каждому слову. Я знала, что ей интересно, почему Трэвис Мэддокс считает меня неотразимой, и поняла, что пытаюсь ей что-то доказать. Я все время держалась за Трэвиса, добавляла где нужно остроумные замечания, шутила над новыми татуировками.

— Приятель, у тебя на запястье имя твоей девчонки? Что, черт побери, заставило тебя сделать это? — спросил Брэд.

Трэвис с гордостью повернул руку, демонстрируя мое имя.

— Я по ней с ума схожу, — сказал он, нежно глядя на меня.

— Да ты ее почти не знаешь. — Лекси усмехнулась.

— Я знаю ее достаточно. — Он нахмурился. — Думал, что татуировки тебя разозлили, а теперь ты ими хвастаешься?

Я поцеловала его в щеку и пожала плечами.

— Они нравятся мне все больше и больше.

Шепли и Америка спустились на нижний этаж, и мы, держась за руки, последовали за ними. Мебель стояла по периметру комнаты, освобождая центр для импровизированного танцпола. Как только мы оказались внизу, заиграла медленная музыка.

Трэвис не мешкая вывел меня на середину зала, обнял и положил мою ладонь себе на грудь.

— Я рад, что раньше не ходил на эти вечеринки. Я должен был привести сюда только тебя.

Я улыбнулась и прижалась щекой к его груди. Теплые ладони Трэвиса коснулись моей обнаженной спины.

— Все пялятся на тебя в этом платье, — сказал он.

Я подняла голову, ожидая увидеть в глазах недовольство, но Трэвис улыбался.

— Вроде даже классно быть с девушкой, которую желает каждый парень.

— Никто меня не желает. — Я закатила глаза. — Им всего лишь любопытно, почему меня желаешь ты. Мне в любом случае жаль того, кто верит, что у него есть шанс. Я безнадежно и полностью влюблена в тебя.

Лицо Трэвиса омрачилось.

— Сказать, почему я тебя желаю? — страдальчески произнес он. — Я не знал, что потерялся, пока ты не нашла меня. Не знал, что такое одиночество, пока впервые не остался в постели без тебя. Ты мой единственный правильный выбор. Голубка, ты именно та, кого я ждал всю жизнь.

Я прижала ладони к его вискам. Трэвис оторвал меня от пола. Я прильнула губами к его рту, и он ответил, вкладывая в поцелуй все, что сейчас сказал. В этот момент я наконец поняла, почему он сделал себе татуировки, почему выбрал меня и чем я отличаюсь от других.

Дело было не только во мне или в нем. Дело было в нашем союзе, именно мы вдвоем составляли исключение.

Колонки завибрировали от энергичной музыки, и Трэвис опустил меня на пол.

— Все еще хочешь танцевать?

Позади нас появились Америка и Шепли.

— Если только сможешь поспеть за мной. — Я изогнула бровь.

— Испытай меня, — ухмыльнулся Трэвис.

Я прижалась к нему бедрами и провела рукой по рубашке, расстегивая две верхние пуговицы. Трэвис усмехнулся и покачал головой. Я повернулась, прижимаясь к нему и двигаясь в такт музыке. Трэвис схватил меня за бедра, а я завела руки за спину, положила их ему на ягодицы, затем прогнулась вперед, и пальцы парня впились в мою кожу.

Когда я выпрямилась, он прикоснулся губами к моему уху и прошептал:

— Продолжай в том же духе, и тогда мы уедем очень рано.

Я с улыбкой повернулась к нему и обхватила руками шею. Трэвис прижался ко мне, я скользнула ладонями под его рубашку и стала ласкать крепкую спину. Когда я поцеловала его в шею, он чуть ли не замурлыкал, и я улыбнулась.

— Боже, Голубка, ты просто убиваешь меня. — Трэвис слегка приподнял подол моей юбки и провел пальцами по бедрам.

— Полагаю, всем понятно, в чем ее привлекательность. — Лекси ухмыльнулась у нас за спиной.

Америка круто развернулась и воинственно направилась к блондинке. Шепли перехватил свою девушку как раз вовремя.

— Еще раз скажешь это — и будешь иметь дело со мной, сучка! — проговорила Америка.

Потрясенная такой угрозой, Лекси спряталась за своим парнем.

— Брэд, лучше надень на свою девушку намордник, — предупредил Трэвис.

Еще через две песни мои волосы намокли и отяжелели. Трэвис поцеловал меня за ухом.

— Идем, Гулька. Хочу покурить.

Он повел меня к лестнице и взял мою куртку, перед тем как подняться на второй этаж. Мы вышли на балкон и увидели Паркера с его девушкой. Она была выше меня, темные короткие волосы заколоты назад невидимкой. Я сразу же заметила ее острые шпильки, поскольку ногой девушка обхватила Паркера за бедра. Она прислонилась спиной к стене, а когда Паркер заметил нас, то вынул руку из-под ее юбки.

— Эбби!.. — удивленно проговорил он, переводя дыхание.

— Привет, Паркер, — сказала я, сдерживая смех.

— Как... поживаешь?

— Отлично, а ты? — Я вежливо улыбнулась.

— Э... — Он взглянул на свою девушку. — Эбби, это Эмбер. Эмбер, Эбби.

— Та самая Эбби? — переспросила она.

Паркер неловко кивнул. Эмбер пожала мою руку с презрением на лице, а потом взглянула на Трэвиса так, будто только что встретилась с врагом.

— Рада познакомиться... наверное.

— Эмбер!.. — одернул ее Паркер.

Трэвис усмехнулся и открыл им двери. Паркер схватил Эмбер за руку и вернулся в дом.

— Вышло как-то неловко. — Качая головой, я скрестила руки на груди и прислонилась спиной к поручню.

Снаружи было холодно, по улице бродили лишь редкие парочки.

Трэвис не мог не улыбаться. Его настроение не омрачил даже Паркер.

— По крайней мере, он решил жить дальше и прекратил лезть из кожи вон, чтобы вернуть тебя.

— Похоже, он не столько пытался вернуть меня, сколько спасти от тебя.

— Он лишь раз забрал у меня девушку, — поморщился Трэвис. — А теперь ведет себя так, будто спасает каждую первокурсницу, которую я трахнул.

— Я тебе говорила, как ненавижу это слово? — Я покосилась на Трэвиса.

— Извини. — Он закурил, глубоко затянулся и выдохнул дым, ставший на морозном воздухе гуще обычного.

Трэвис повернул руку, задержал взгляд на запястье.

— Странно, эта татуировка не моя любимая, но с ней мне спокойнее.

— Очень странно.

Трэвис изогнул бровь, и я засмеялась.

— Да шучу я. Не могу сказать, что понимаю тебя, но это очень мило... в духе Трэвиса Мэддокса, конечно.

— Если от нее у меня такие приятные ощущения, то даже не могу себе представить, каково будет надеть тебе кольцо на палец.

— Трэвис!..

— Года через четыре или пять, — добавил он.

Я набрала воздуха в легкие.

— Нам нужно сбавить обороты. Хорошенько сбавить.

— Гулька, не начинай.

— Если мы продолжим в том же темпе, то к выпускному я стану домохозяйкой с ребенком на шее. Я не готова переехать к тебе и совершенно не настроена обзаводиться семьей.

Трэвис схватил меня за плечи и развернул лицом к себе.

— Но это ведь не из серии «Я хочу узнать других парней»? Не собираюсь ни с кем делить тебя. Не дождешься.

— Мне больше никто не нужен, — раздраженно проговорила я.

Трэвис расслабился, убрал руки с моих плеч и схватился за поручень.

— А в чем тогда дело? — спросил он, глядя на горизонт.

— Я говорю, что нам нужно сбавить обороты. Это все.

Он разочарованно кивнул.

— Не злись. — Я прикоснулась к его руке.

— Гулька, такое ощущение, что мы делаем один шаг вперед и два назад. Каждый раз, когда мне кажется, будто мы заодно, ты ставишь между нами стену. Я этого не понимаю. Почти все девчонки изводят парней разговорами о серьезных отношениях, хотят узнать их чувства, сделать следующий шаг...

— Кажется, мы уяснили, что я не из них?

Трэвис раздраженно уронил голову.

— Я устал от догадок. Эбби, куда, по-твоему, мы идем?

Я уткнулась лицом в его рубашку.

— Когда я думаю о будущем, то вижу тебя.

Трэвис расслабился и прижал меня к себе. Мы смотрели в ночное небо, следили за движением облаков. В свете фонарей проступил силуэт школьного здания. Кутаясь в толстые куртки, участники вечеринки заторопились в теплый дом братства. В глазах Трэвиса я увидела умиротворенность, которая появлялась до этого всего пару раз. Меня осенило, что все благодаря моим ободряющим словам, как это бывало и в другие вечера.

Я повидала неуверенность, живя рядом с теми, кто в полосе невезения боялся собственной тени. Сложно не испугаться темной стороны Вегаса, словно и не тронутой неоновым светом. Но Трэвис Мэддокс не боялся драться, защищать того, кто дорог ему, или же смотреть в глаза униженной и обозленной, презираемой всеми девушки.

Он ничего не боялся. Пока не встретил меня.

Я стала непредсказуемой стороной его жизни, джокером, переменной величиной, неподвластной его контролю. И хотя я дарила ему мгновения спокойствия, смятение, в котором он пребывал без меня, при мне становилось в десять раз хуже. Он с трудом справлялся со своим гневом. Я перестала быть его загадкой и исключением, превратилась в слабость. То же самое произошло и с отцом.

— Эбби! Вот ты где! Я везде тебя ищу! — На балкон выскочила Америка, держа в руке мобильник. — Я только что говорила по телефону с папой. Мик звонил туда вчера вечером.

— Мик? — Мое лицо исказилось от презрения. — Что ему понадобилось?

Америка подняла брови, словно я должна была догадаться.

— Твоя мать все время отключала связь.

— Чего он хотел? — спросила я, испытывая тошноту.

— Узнать, где ты. — Америка поджала губы.

— Они ведь ему не сказали?

Америка приуныла.

— Эбби, он твой отец. Папа посчитал, что Мик имеет право знать.

— Он приедет сюда. — У меня в глазах защипало. — Мерик, он приедет сюда!

— Я знаю! Извини! — Она попыталась обнять меня, но я вырвалась и закрыла лицо ладонями.

На мои плечи легли крепкие руки.

— Голубка, он не обидит тебя, — сказал Трэвис. — Я не позволю.

— Он найдет способ, — сказала Америка, печально глядя на меня. — Всегда находил.

— Мне нужно уйти отсюда.

Я закуталась в куртку, потянула французские двери за ручки, но, пребывая в расстроенных чувствах, не смогла одновременно нажать и толкнуть. По остывшим щекам потекли слезы злости, и в этот самый момент на мою кисть легла рука Трэвиса. Он нажал на ручку, помогая мне, а другой рукой толкнул двери. Я взглянула на него, понимая, как нелепо веду себя. Конечно, я ожидала увидеть на лице парня растерянность и неодобрение, но он смотрел с пониманием.

Трэвис взял мою руку, мы вместе прошли через дом, спустились вниз, миновали толпу у парадной двери. Пока я стремительно неслась к «чарджеру», остальные еле поспевали за мной.

Вдруг Америка схватила меня за куртку и остановила.

— Эбби!.. — прошептала она, показывая на небольшую группу людей.

Они сгрудились вокруг растрепанного мужчины постарше, который как безумный махал фотографией в направлении дома. Парочки кивали, обсуждая ее между собой.

Я промчалась к мужчине и вырвала фотографию из его рук.

— Какого черта ты здесь делаешь?

Народ рассеялся. Шепли и Америка стали по обе стороны от меня, а Трэвис обнял за плечи, подойдя сзади.

Мик окинул взглядом мое платье и неодобрительно цокнул языком.

— Так-так, Конфетка. Можно забрать девчонку из Вегаса, но...

— Заткнись, Мик! Разворачивайся, — указала я ему за спину, — и убирайся восвояси. Я не хочу тебя здесь видеть.

— Не могу, Конфетка. Мне нужна твоя помощь.

— Что на этот раз? — ухмыльнулась Америка.

Мик с прищуром посмотрел на нее, а потом перевел взгляд на меня.

— Ты стала чертовски хорошенькой. Повзрослела. На улице я бы тебя точно не узнал.

Я раздраженно вздохнула. Мне начала надоедать эта болтовня.

— Что тебе надо?

Он пожал плечами.

— Я попал в слегка затруднительное положение, деточка. Папаше нужны деньжата.

— Сколько? — спросила я, зажмурившись.

— У меня все шло как по маслу, правда. Просто немного занял, чтобы пойти дальше... ну ты понимаешь.

— Понимаю, — резко сказала я. — Сколько тебе нужно?

— Двадцать пять.

— Черт, Мик, двадцать пять сотен? Если ты уберешься отсюда к черту...

— Я дам тебе их прямо сейчас, — сказал Трэвис, доставая бумажник.

— Он имеет в виду двадцать пять тысяч, — сказала я, сверкая взглядом, направленным на отца.

Мик внимательно посмотрел на Трэвиса.

— А это еще что за клоун?

Глаза Трэвиса взметнулись от бумажника к Мику, а вес переместился вперед.

— Теперь я вижу, почему такой умник опустился до того, чтобы просить содержание у дочери.

Не успел Мик ответить, как я достала мобильник.

— Кому ты должен на этот раз?

Мик провел рукой по засаленным волосам с сединой.

— Забавная вышла история, Конфетка...

— Кому? — закричала я.

— Бенни.

Моя челюсть отпала, я сделала шаг назад и наткнулась на Трэвиса.

— Бенни? Ты должен Бенни? Какого черта ты?.. — Я сделала вдох, расспрашивать не было смысла. — Мик, у меня нет таких денег.

— Интуиция подсказывает мне, что есть. — Он улыбнулся.

— Так вот, нет! Что, на этот раз ты серьезно влип? Я знала, что ты не остановишься, пока тебя не убьют!

Мик заерзал, самодовольная улыбка исчезла с его лица.

— Сколько есть?

Я скрипнула зубами.

— Одиннадцать тысяч. Я копила на машину.

Америка перевела на меня взгляд.

— Эбби, откуда у тебя одиннадцать тысяч долларов?

— С боев Трэвиса, — сказала я, прожигая взглядом Мика.

Трэвис потянул за мое плечо и посмотрел в глаза.

— Ты заработала одиннадцать тысяч на моих боях? Когда успевала делать ставки?

— Мы с Адамом нашли общий язык, — ответила я, не обращая внимания на удивление Трэвиса.

Мик сразу оживился.

— Конфетка, ты можешь удвоить эту сумму за уик-энд. К воскресенью будет двадцать пять тысяч, и Бенни не подошлет ко мне своих головорезов.

В горле у меня пересохло.

— Мик, я останусь совсем без денег, а еще надо платить за учебу.

— Ты быстро восстановишь эту сумму, — пренебрежительно махнул он рукой.

— Когда последний срок? — спросила я.

— В понедельник утром. Точнее, в полночь, — ответил он.

— Голубка, ты не обязана давать ему ни цента. — Трэвис пожал мою руку.

Мик схватил меня за запястье.

— Это меньшее, что ты можешь сделать! Я бы не попал в такую переделку, если бы не ты!

Америка ударила Мика по руке и оттолкнула его.

— Опять за старое! Она не заставляла тебя занимать деньги у Бенни!

Мик с ненавистью посмотрел на меня.

— Если бы не она, у меня были бы собственные деньги. Эбби, ты все забрала. У меня больше ничего нет!

Я надеялась, что время, проведенное вдали от Мика, приглушит боль, но слезы на глазах говорили обратное.

— Хорошо, я достану денег для Бенни до воскресенья. Но когда я это сделаю, ты, черт побери, оставишь меня в покое. Мик, больше я тебе помогать не буду, слышишь? Держись от меня подальше.

Он хмуро кивнул.

— Как захочешь, Конфетка.

Я пошла к машине и услышала голос Америки:

— Пакуйте чемоданы, мальчики. Мы едем в Вегас.

ГЛАВА 14

ГОРОД ГРЕХА

Трэвис поставил наши чемоданы на пол и оглядел номер.

— Неплохо, да?

— Что?

Запищал замок на моем чемодане, и я распахнула его, качая головой. Я прокручивала разные варианты, времени оставалось всего ничего.

— Это не каникулы. Трэвис, тебя здесь быть не должно.

В следующую секунду он уже стоял рядом, положив руки на мою талию.

— Куда ты, туда и я.

Опустив голову на его грудь, я вздохнула.

— Мне нужно попасть на этаж казино. Ты можешь остаться здесь или поглазеть на стриптиз. Увидимся позже, хорошо?

— Я иду с тобой.

— Трэв, я не хочу, чтобы ты был там.

Лицо Трэвиса стало обиженным, и я прикоснулась к его руке.

— Я собираюсь выиграть за уик-энд четырнадцать тысяч долларов, поэтому должна сосредоточиться. Мне не нравится та, в кого я превращаюсь при игре. Не хочу, чтобы ты видел. Ладно?

Он убрал волосы с моих глаз и поцеловал в щеку.

— Ладно, Гулька.

Трэвис помахал Америке и покинул комнату, а она подошла ко мне в том же платье, которое надевала на вечеринку. Я переоделась в короткое золотистое, нацепила каблуки, скорчила гримасу и посмотрелась в зеркало.

Америка забрала назад мои волосы и сунула в руку черный тюбик.

— Тебе нужно слоев пять туши. Если не накрасишься, твои документы точно запалят. Забыла уже, как играть в эти игры?

Я приняла из рук Америки тушь и потратила десять минут на макияж. Как только закончила, мои глаза засверкали.

— Черт побери, Эбби, только не плачь, — сказала я, промокая их салфеткой.

— Тебе не обязательно это делать, ты ничего ему не должна. — Америка положила ладони на мои плечи, а я бросила последний взгляд в зеркало.

— Мерик, он должен Бенни. Если я этого не сделаю, его убьют.

С таким же сочувствием она смотрела на меня сотни раз, но теперь к нему прибавилось отчаяние. Подруга так часто видела, как отец рушит мою жизнь, что даже сбилась со счета.

— Как насчет следующего раза? И следующего? Это не может продолжаться бесконечно.

— Он обещал мне держаться подальше. Мик Эбернати не подарок, но по своим счетам он всегда платил.

Мы прошли по коридору и ступили в пустой лифт.

— Ты взяла все, что нужно? — спросила я, думая о камерах.

Америка щелкнула пальцами по поддельным правам и улыбнулась.

— Мое имя Кэнди. Кэнди Крофорд, — с безупречным южным акцентом проговорила она.

Я протянула руку.

— Джессика Джеймс. Приятно познакомиться, Кэнди.

Мы надели солнечные очки и приняли каменное выражение. Двери лифта разъехались, открывая неоновые огни и шум казино. Мимо проходили люди из всех слоев общества. Вегас был божественным адом. Здесь под одной крышей собрались танцовщицы с вычурными перьями и сценическим макияжем, проститутки с минимумом одежды, что считалось здесь в порядке вещей, бизнесмены в роскошных костюмах и семьи в полном составе. Мы прошли по дорожке, огражденной с двух сторон красными лентами, и протянули свои документы мужчине в бордовом пиджаке. Он задержал на мне взгляд, и я опустила очки.

— Нам подойдет любое время сегодня, — сказала я скучающим голосом.

Он вернул мне документы и отошел в сторону, давая нам пройти. Мы миновали ряды игральных автоматов, столики для игры в двадцать одно и остановились около рулетки. Я оглядела комнату, понаблюдала за разными покерными столиками и остановила выбор на одном из них — с пожилыми джентльменами.

— Этот, — сказала я, кивая в его сторону.

— Эбби, задай им жару сразу же. Они опомниться не успеют, как проиграют.

— Нет. Это завсегдатаи Вегаса. Придется действовать по-умному.

Я прошла к столику, блистая своей самой очаровательной улыбкой. Местные могли за милю почуять ловкача, но на моей стороне были две вещи, маскирующие запах аферы: молодость... и сиськи.

— Добрый вечер, джентльмены. Не возражаете, если я присоединюсь?

Они даже не подняли глаз.

— Конечно, сладенькая. Бери стул и красуйся. Только не разговаривай.

— Я хочу в игру, — сказала я, передавая Америке очки. — А то в блек-джеке ставки совсем никакие.

Один из мужчин пожевал сигару.

— Это покерный стол, принцесса. Игра пяти карт. Попытай счастья на автоматах.

Я заняла единственный пустой стул и демонстративно скрестила ноги.

— Всегда мечтала поиграть здесь в покер. У меня столько этих фишек!.. — Я выставила стопку пластиковых кругляшков. — В онлайне у меня неплохо получается.

Все пятеро мужчин посмотрели на мои фишки, а потом на меня.

— Есть минимальная первоначальная ставка, красавица, — сказал крупье.

— Сколько?

— Пятьсот, куколка. Послушай... Не хочу, чтобы ты потом слезки лила. Сделай одолжение, выбери какой-нибудь красивенький автомат.

Я выдвинула вперед свои фишки и пожала плечами как беспечная и самоуверенная девчонка, которая вскоре поймет, что промотала все сбережения на колледж. Мужчины переглянулись. Крупье пожал плечами и бросил свои попытки отговорить меня.

— Джимми, — представился один из игроков, протягивая руку.

Когда я пожала ее, он указал на остальных мужчин.

— Мел, Поли, Джо, а это Мигун.

Я посмотрел на тощего мужчину, жующего зубочистку, который тут же подмигнул мне, как и было обещано.

Кивнув, я с притворным предвкушением подождала, пока крупье раздал карты. Первые два раунда я намеренно проиграла, но к четвертой раздаче была на высоте. Для ветеранов Вегаса не составило труда вычислить меня, как и сделал Томас.

— Говоришь, играла в онлайне? — спросил Поли.

— С отцом.

— Ты здешняя? — спросил Джимми.

— Из Уичито, — ответила я.

— Никакой она не онлайн-игрок, скажу я вам, — проворчал Мел.

Час спустя я забрала у своих противников две тысячи семьсот долларов, и они уже вспотели.

— Пас, — хмуро сказал Джимми и бросил карты на стол.

— Не увидь я это воочию, ни за что не поверил бы, — услышала я у себя за спиной.

Мы с Америкой повернулись одновременно, и мои губы растянулись в широкой улыбке.

— Джесс! — Я покачала головой. — Что ты здесь делаешь?

— Вообще-то, ты грабишь мои угодья, Конфетка. Или ты здесь делаешь что-то еще?

Я закатила глаза и повернулась к моим новым знакомым, поглядывающим на меня с подозрением.

— Джесс, знаешь ведь, я этого терпеть не могу.

— Извините нас. — Джесс потянул меня за руку и заставил подняться.

Америка настороженно наблюдала, как он отводит меня в сторону.

Отец Джесса заправлял казино, и неудивительно, что сын присоединился к семейному бизнесу. В детстве мы гонялись друг за другом по коридорам отеля, и я всегда выигрывала, когда мы соревновались в гонках на лифтах. С нашей последней встречи он сильно возмужал. Я помнила его долговязым подростком, но парень, стоявший передо мной, был одет с иголочки, настоящий распорядитель казино, больше не долговязый, а очень даже мужественный. Кожа все такая же смуглая и ровная, глаза зеленые, а вот изменения стали для меня приятным сюрпризом.

— Все это похоже на сон, — сказал Джесс, и его изумрудные глаза заблестели. — Когда я прошел мимо, то сначала подумал, что это ты. Просто не верилось, что ты могла сюда вернуться. Но убедился, увидев, как ты чистишь стол ветеранов.

— Вернулась вот, — сказала я.

— Ты выглядишь... иначе.

— Ты тоже. Как поживает твой отец?

— Он на пенсии. — Джесс улыбнулся. — Ты здесь надолго?

— Только до воскресенья. Мне нужно вернуться на учебу.

— Привет, Джесс, — сказала Америка, беря меня под руку.

— Америка!.. — Джесс ухмыльнулся. — Я должен был догадаться. Вы словно тени друг друга.

— Знай родители Америки, что я привезла ее сюда, все это давным-давно закончилось бы.

— Эбби, рад снова увидеться. Я могу пригласить тебя на ужин? — спросил Джесс, оглядывая мое платье.

— Рада бы поболтать, но я здесь не ради веселья.

Джесс вытянул руку и улыбнулся.

— Как и я. Покажи свои документы.

Я приунала, понимая, что назревает скандал. Джессу не так просто запудрить мозги моими чарами. Пришлось рассказывать правду.

— Я здесь из-за Мика. Он в беде.

— Что случилось? — занервничал Джесс.

— Как обычно.

— Я бы рад помочь. Мы многое вместе прошли, и ты знаешь, что я уважаю твоего отца, но не могу позволить тебе остаться.

Я схватила Джесса за руку и сжала ее.

— Он должен денег Бенни.

— Бог ты мой! — Джесс зажмурился, качая головой.

— У меня срок до завтра. Прошу тебя, Джесс, я буду перед тобой в неоплатном долгу. Только дай мне время.

Он прикоснулся ладонью к моей щеке.

— Вот что я тебе скажу. Если поужинаешь со мной завтра, то дам тебе время до полуночи.

Я посмотрела на Америку, потом на Джесса.

— Я здесь не одна.

— Эбби, соглашайся или уходи. — Он пожал плечами. — Ты ведь знаешь, как здесь ведутся дела. Ты не можешь получить что-то за просто так.

Я тоскливо вздохнула.

— Отлично. Встретимся завтра вечером в «Ферраро», если дашь мне времени до полуночи.

Джесс наклонился и поцеловал меня в щеку.

— Рад был снова встретиться. Увидимся завтра... в пять, хорошо? Я на восьмом этаже.

Я улыбнулась ему на прощанье и вдруг увидела Трэвиса. Он стоял рядом с рулеткой и неотрывно смотрел на меня. Моя улыбка тут же померкла.

— Вот черт, — сказала Америка, потянув меня за руку.

Трэвис злобно глянул на Джесса, когда тот прошел мимо, потом направился ко мне, сунув руки в карманы.

— Это еще кто?

Я посмотрела на Джесса, который косился в нашу сторону.

— Джесс Виверос. Я давно его знаю.

— Как давно?

Я снова глянула на игральный столик.

— Трэвис, у меня нет на это времени.

— Полагаю, он бросил мысли о миссионерстве, — сказала Америка, обворожительно улыбаясь Джессу.

— Это твой бывший? — тут же разозлился Трэвис. — Мне казалось, ты говорила, что он из Канзаса.

Я зыркнула на Америку, затем взяла Трэвиса за подбородок, пытаясь сосредоточить все его внимание на себе.

— Трэв, он знает, что по возрасту я не могу здесь находиться. Он дал мне время до полуночи. Я объясню все позже, но сейчас мне нужно вернуться к игре.

Трэвис сжал зубы, зажмурился, а потом сделал глубокий вдох.

— Хорошо. Увидимся в полночь. — Он нагнулся, чтобы поцеловать меня, но его губы были холодными. — Удачи.

Я улыбнулась, и Трэвис растворился в толпе. Я переключила свое внимание на игроков.

— Джентльмены?..

— Присаживайся, Ширли Темпл[1], — сказал Джимми. — Сейчас отыграемся. Мы не слишком ценим, когда нас обчищают.

— Что ж, попробуйте. — Я улыбнулась.

— У тебя есть десять минут, — прошептала Америка.

— Знаю.

Я попыталась забыть про время, но под столом нервно дергалась нога Америки. На кону стояли шестнадцать тысяч долларов — самая высокая ставка за ночь. Все или ничего.

— Еще не видел, чтобы кто-то играл, как ты, деточка. У тебя почти идеальная игра. Нет никаких телесных сигналов. Мигун, ты заметил? — спросил Поли.

Мигун кивнул, его жизнерадостность улетучивалась с каждым раундом.

— Я заметил. Никаких лишних движений или улыбки, даже глаза ничего не выдают. Это неестественно. У всех есть телесные сигналы.

— Не у всех, — самодовольно проговорила Америка.

---

[1] *Ширли Темпл* — американская актриса, прославившаяся своими ролями в детских фильмах 1930-х гг.

Мне на плечи легли знакомые ладони. Трэвис, поняла я, но отвлекаться не стала, это лишнее, когда на кону три тысячи долларов.

— Открывайся, — сказал Джимми.

Зрители, собравшиеся вокруг нас, зааплодировали, когда увидели мои карты. Из всех игроков только Джимми чуть не побил меня, набрав три карты одной масти. Но с этим мой стрит мог запросто справиться.

— Невероятно! — проговорил Поли, бросая на стол две двойки.

— Я вне игры, — проворчал Джо.

Он встал и широкими шагами удалился от стола.

Зато Джимми проявил настоящее дружелюбие и сказал:

— Сегодня я могу спокойно умереть, понимая, что сыграл с достойным соперником, деточка. Был рад встрече, Эбби.

— Вы знали? — замерла я.

Джимми улыбнулся. На его крупных зубах остались следы от сигар и кофе.

— Я играл с тобою раньше. Шесть лет назад. Давно ждал реванша. — Джимми протянул руку. — Береги себя, деточка, и передавай папе привет от Джимми Песцелли.

Америка помогла собрать мой выигрыш, и я повернулась к Трэвису, глядя на часы.

— Мне нужно больше времени.

— Попытаешь счастья в блек-джек?

— Трэв, я не могу потерять деньги.

— Гулька, ты не проиграешь. — Он улыбнулся.

Америка покачала головой.

— Блек-джэк не ее стихия.

Трэвис кивнул.

— Я тоже немного выиграл. Шесть сотен. Можешь взять себе.

— А я только три. Они твои. — Шепли передал мне свои фишки.

Я вздохнула.

— Спасибо, парни, но мне не хватает пяти штук.

Я взглянула на часы, а когда подняла голову, то увидела приближающегося Джесса.

— Какие успехи? — с улыбкой спросил он.

— Мне не хватает пяти тысяч, Джесс. Дай мне еще времени.

— Эбби, я сделал все, что мог.

Я кивнула, зная, что и так о многом попросила.

— Спасибо, что разрешил остаться.

— Может, я попрошу отца, чтобы он поговорил с Бенни за тебя?

— Не за меня, это неприятности Мика. Я попрошу Бенни продлить срок.

Джесс покачал головой.

— Конфетка, ты знаешь, что это не сработает. Не важно, сколько ты ему предложишь. Если принесешь меньше, Бенни кого-нибудь подошлет к Мику. Тебе лучше держаться подальше от этого.

В глазах у меня защипало.

— Я должна попытаться.

Джесс сделал шаг вперед и наклонился ко мне.

— Эбби, садись на самолет, — тихо произнес он. — Ты слышишь меня?

— Я слышу, — резко ответила я.

Сочувственно глядя, Джесс вздохнул, обнял меня и поцеловал в макушку.

— Мне жаль. Если бы на кону не стояла моя работа, я бы что-нибудь обязательно придумал, ты меня знаешь.

Я кивнула.

— Знаю. Ты сделал все, что мог.

Он приподнял мою голову за подбородок.

— Увидимся завтра в пять.

Он нагнулся и поцеловал уголок моих губ, а потом без единого слова ушел. Я взглянула на Америку, которая следила за Трэвисом. Я не осмеливалась посмотреть ему в глаза, даже представить не могла, насколько он рассержен.

— В пять? — спросил Трэвис, еле сдерживая ярость.

— Она согласилась на ужин, если Джесс позволит ей остаться. Трэв, у нее не было выбора, — сказала Америка.

По ее вкрадчивому голосу я поняла, что Трэвис находится на грани, подняла глаза и увидела его свирепый взгляд. Он смотрел на меня как на предателя, точь-в-точь как Мик, когда понял, что я забрала его везение.

— У тебя был выбор.

— Трэв, ты когда-нибудь сталкивался с гангстерами? Извини, что задела твои чувства, но ужин не такая уж высокая цена за жизнь Мика.

Я видела, что Трэвис вот-вот сорвет на мне свою злость, но ему было нечего сказать.

— Идемте, ребята, нужно найти Бенни, — сказала Америка, потянув меня за руку.

Трэвис и Шепли молчаливо следовали за нами. Мы прошли мимо клуба «Стриптиз» и направились к зданию, где расположился Бенни. Движение людей и машин только начало оживать на главной магистрали города. С каждым шагом внутри меня рос тошнотворный страх. Мозг отчаянно пытался придумать подходящий аргумент для Бенни. К тому моменту как мы постучались в огромную зеленую дверь, которую я столько раз видела раньше, идей не хватало, как и денег.

Я совсем не удивилась, увидев за дверью громадного привратника, устрашающего чернокожего амбала с широченными, длиною с его рост, плечами. Но вот к тому, что рядом будет стоять Бенни, я оказалась не готова.

— Бенни, — выдохнула я.

— Так-так!.. Ты же больше не Счастливые Тринадцать, или я ошибаюсь? Мик не говорил, какой ты стала красоткой. Я ждал тебя, Конфетка. Слыхал, у тебя есть для меня деньжата.

Я кивнула, и Бенни указал на моих друзей. Я вздернула подбородок, демонстрируя притворную уверенность.

— Они со мной.

— Боюсь, твоим спутникам придется подождать снаружи, — сказал привратник необыкновенно глубоким басом.

Трэвис немедленно схватил меня за руку.

— Она не пойдет туда одна. Я с ней.

Бенни оценивающе посмотрел на Трэвиса, и я сглотнула. Когда Бенни взглянул на своего привратника, уголки его губ приподнялись. Я слегка расслабилась.

— Неплохо, — сказал Бенни. — Мик будет рад узнать, что у тебя есть такой надежный друг.

Я прошла внутрь, обернулась и увидела обеспокоенную мордашку Америки. Трэвис крепко держал меня за руку, оставаясь между мною и привратником.

Мы проследовали за Бенни в лифт и в тишине поднялись на четыре этажа. Двери разъехались.

В центре просторной комнаты стоял добротный стол из красного дерева. Бенни проковылял к своему плюшевому креслу и устроился в нем, а нам жестом указал на два стула, располагавшихся возле стола. Опустившись на холодное кожаное сиденье, я подумала, сколько людей сидело здесь до меня за считаные мгновения до своей смерти. Я дотянулась до руки Трэва, и он ободряюще пожал ее.

— Мик должен мне двадцать пять тысяч. Надеюсь, у тебя есть вся сумма, — сказал Бенни, что-то черкая в блокноте.

— Вообще-то... — сказала я и закашлялась. — Бенни, мне пяти тысяч не хватает. Но есть весь завтрашний день, чтобы достать их. Пять тысяч, это ведь не проблема? Ты же знаешь, я не обману.

— Эбигейл!.. — Бенни нахмурился. — Ты меня разочаровываешь. Ведь прекрасно знаешь правила.

— П-пожалуйста, Бенни. Я прошу взять девятнадцать девятьсот, а остальное принесу завтра.

Крошечные, как пуговки, глаза Бенни забегали от меня к Трэвису и обратно. Только теперь я заметила, как из темноты выступили двое мужчин. Трэвис крепче сжал мою руку, и я затаила дыхание.

— Тебе известно, что я беру только полную сумму. Ты пытаешься всучить мне меньше, а это о чем-то да говорит. О чем? Ты не уверена, сможешь ли достать остальное.

Мужчины сделали еще один шаг вперед.

— Бенни, я смогу раздобыть денег, — нервно хихикнула я. — Я выиграла восемь тысяч девятьсот за шесть часов.

— Значит, через шесть часов ты принесешь еще восемь тысяч девятьсот? — с дьявольской улыбкой поинтересовался Бенни.

— Срок истекает лишь завтра в полночь, — сказал Трэвис, поглядывая на мужчин, держащихся в тени.

— Что... что ты делаешь, Бенни? — вся напрягшись, спросила я.

— Мне сегодня звонил Мик. Сказал, ты позаботишься о его должке.

— Я просто помогаю ему. Я не должна тебе денег, — резко сказала я, чувствуя, как оживают инстинкты самосохранения.

Бенни поставил свои обрюзгшие локти на стол.

— Деточка, я собираюсь преподать Мику урок, и мне любопытно, насколько ты везучая.

Трэвис сорвался с места и потянул меня за собой к выходу.

— Джосайя за дверью, юноша. Куда ты хочешь сбежать?

Я ошибалась. Когда я думала, что смогу уговорить Бенни, мне следовало учесть стремление Мика выжить и склонность гангстера к возмездию.

— Трэвис!.. — предупредила я, глядя, как к нам приближаются люди Бенни.

Парень загородил меня собой, выпрямился и заявил:

— Хочу предупредить, Бенни, что вырублю твоих людей не из-за отсутствия уважения. Я люблю эту девушку и не позволю, чтобы ей причинили вред.

Бенни зашелся хохотом.

— Надо отдать тебе должное, сынок. Из всех, кто проходил сквозь эти двери, у тебя самые крепкие яйца. Я расскажу, что тебя ожидает. Огромный парень справа — это Дэвид, и если он не достанет тебя кулаками, то воспользуется ножичком. Слева Дейн, он мой лучший боец. Завтра у него, кстати, бой, и он никогда не проигрывает. Дейн, смотри не покалечь руки. Я поставил на тебя уйму денег.

Дейн улыбнулся Трэвису, следя за ним безумным взглядом.

— Есть, сэр.

— Бенни, остановись! Я достану тебе денег! — закричала я.

— Ага!.. С каждой секундой все интереснее. — Бенни усмехнулся, гнездясь в своем кресле.

Дэвид кинулся к Трэвису, а мои ладони взлетели ко рту. Мужчина был крепким, но медлительным и неуклюжим. Не успел Дэвид нанести удар или достать нож, как Трэвис врезал ему коленом по лицу. Парень не терял времени даром, нападал, вкладывая в атаку всю силу. Пропустив еще три удара — один из них локтем, — Дэвид улегся на пол окровавленной грудой.

Бенни запрокинул голову и истерически засмеялся, ударяя кулаком по столу. На его лице отразился восторг ребенка, смотрящего воскресным утром мультики.

— Что ж, вперед, Дейн. Он же не напугал тебя?

Дейн приблизился к Трэвису с осторожностью и сосредоточенностью профессионального бойца. Он выбросил кулак Трэвису в лицо с молниеносной скоростью, но тот пригнулся и со всей силы двинул Дейна плечом. Они повалились на стол перед Бенни. Дейн схватил Трэвиса и опрокинул его на пол. Несколько секунд они боролись в партере. Потом Дейн встал на ноги и приготовился нанести несколько ударов Трэвису, зажатому между ним и полом. Я закрыла лицо руками, не в силах смотреть на это. Вдруг я услышала вскрик боли и увидела, как Трэвис склонился над Дейном, держа его за всклокоченные волосы и нанося удар за ударом по лицу. Голова Дейна каждый раз билась о стол Бенни. Окровавленный и растерянный, парень попытался встать на ноги.

Трэвис пару секунд наблюдал за ним, а потом снова напал, хрипя с каждым ударом, используя всю свою мощь. Один раз Дейн увернулся и впечатал кулак в челюсть Трэвису.

Тот улыбнулся и поднял вверх палец.

— Одно очко в твою пользу.

Я не могла поверить глазам. Трэвис позволил головорезу ударить в цель. Он явно наслаждался собой. Я никогда еще не видела, как Трэвис дерется без всяких ограничений. Я со страхом наблюдала, как он проверяет всю свою силу на тренированных убийцах и одерживает верх. До этого момента я не осознавала, на что способен Трэвис. Под аккомпанемент неприятного смеха Бенни Трэвис покончил с Дейном, впечатав локоть ему в лицо. Противник лишился сознания еще до того, как коснулся пола. Я проследила взглядом за его телом, рухнувшим на импортный ковер.

— Восхитительно, юноша! Просто восхитительно! — сказал Бенни, восторженно хлопая в ладоши.

Трэвис притянул меня к себе и спрятал за спину, когда дверной проем заполнился массивной фигурой Джосайи.

— Мне позаботиться об этом, сэр?

— Нет! Нет, нет... — сказал Бенни под впечатлением от этой импровизированной сценки. — Как тебя зовут?

Трэвис по-прежнему прерывисто дышал.

— Трэвис Мэддокс, — сказал он, о джинсы стирая с рук кровь Дейна и Дэвида.

— Трэвис Мэддокс, сдается мне, ты можешь подсобить своей подружке.

— Как? — фыркнул Трэвис.

— Завтра ночью бой. Я поставил много денег, а по виду Дейна не скажешь, что он будет в форме. Предлагаю тебе занять его место и победить. Тогда я прощу Мику пять тысяч и одну сотню.

Трэвис повернулся ко мне.

— Голубка?

— Ты в порядке? — со страхом спросила я, вытирая кровь с его лица.

— Детка, это не моя кровь. — Трэвис улыбнулся. — Не плачь.

— Я занятой человек, сынок. — Бенни поднялся из-за стола. — Ты в игре или пас?

— Хорошо, — заявил Трэвис. — Скажите, где и когда, и я там буду.

— Тебе придется драться с Броком Макмэнном. Он не подарок. В прошлом году его исключили из UFC[1].

Трэвиса это будто не тронуло.

— Просто скажите, куда приехать.

Бенни обнажил зубы в акульем оскале.

— Ты мне нравишься, Трэвис. Думаю, мы подружимся.

— Сомневаюсь. — Трэвис открыл для меня дверь.

---

[1] Ultimate Fighting Championship («Абсолютный бойцовский чемпионат») — спортивная организация, базирующаяся в Лас-Вегасе и проводящая бои по смешанным правилам.

Он сохранял боеготовность, пока мы не вышли к парадному.

— Бог ты мой! — выкрикнула Америка, когда увидела кровь на одежде Трэвиса. — Вы в порядке, ребята?

Она схватила меня за плечи и вгляделась в лицо.

— Со мной все нормально. Очередной день в офисе. Для нас обоих, — сказала я, потирая глаза.

Трэвис взял меня за руку, и мы помчались к отелю. Америка и Шепли не отставали. На внешний вид Трэвиса почти никто не обратил внимания.

— Что там, черт побери, произошло? — спросил наконец Шепли.

Трэвис разделся до нижнего белья и направился в ванную. Зашумел душ, и Америка протянула мне коробку салфеток.

— Я в порядке, Мерик.

Она вздохнула и снова сунула мне коробку.

— Нет, не в порядке.

— Это не первое мое родео с Бенни, — сказала я.

Все мои мышцы болели от двадцатичасового напряжения.

— Зато ты впервые видела, как Трэвис на ком-то срывает злость, — сказал Шепли. — Один раз я сам наблюдал. Не слишком приятное зрелище.

— Что все-таки произошло? — настойчиво спросила Америка.

— Мик позвонил Бенни. Свалил все на меня.

— Я убью его! Прикончу этого сукина сына! — закричала Америка.

— Бенни не считал меня ответственной, но хотел преподать Мику урок за то, что посылает дочь расплачиваться по долгам. Он натравил на нас своих псов, и Трэвис с ними расправился. С обоими. Меньше чем за пять минут.

— Так Бенни отпустил вас? — спросила Америка.

Из ванной появился Трэвис с полотенцем на бедрах. Единственный след потасовки — красная царапина на правой щеке.

— Один из парней, которых я вырубил, должен был завтра участвовать в бою. Я займу его место, а взамен Бенни простит Мику оставшиеся пять тысяч долга.

— Это нелепо! — Америка поднялась. — Эбби, почему мы помогаем Мику? Он бросил тебя на съедение волкам! Я точно убью его!

— Если этого не сделаю я, — с негодованием проговорил Трэвис.

— Становитесь в очередь, — сказала я.

— Значит, завтра ты дерешься? — спросил Шепли.

— В заведении под названием «Зеро». В шесть часов. Шеп, это Брок Макмэнн.

Шепли покачал головой.

— Не вздумай. Трэв, не вздумай, черт побери! Брок — настоящий маньяк!

— Ага, — ответил Трэвис. — Но ведь он не борется за эту девушку? — Трэвис обнял меня и поцеловал в макушку. — Ты в порядке, Голубка?

— Это неправильно. Все совершенно неправильно. Даже не знаю, как отговорить тебя.

— Ты видела меня сегодня? Со мной все будет в порядке. Я разок наблюдал, как дерется Брок. Он силен, но не непобедим.

— Трэв, я не хочу, чтобы ты это делал.

— Что ж, а я не хочу, чтобы ты завтра вечером ужинала со своим бывшим. Полагаю, нам обоим придется сделать что-то неприятное, чтобы спасти твоего непутевого отца.

Я и раньше видела, как Вегас меняет людей, создавая монстров и неудачников. Очень легко позволить лоску и ложным мечтам просочиться в твою кровь. Наблюдая, как на лице Трэвиса появляются азарт и решимость, я понимала, что единственным лекарством станет полет домой.

———

Джесс нахмурился, когда я вновь посмотрела на часы.

— Конфетка, ты куда-то опаздываешь? — спросил он.

— Джесс, пожалуйста, прекрати меня так называть. Я просто ненавижу эту кличку!

— Я тоже ненавидел, когда ты уезжала, но не остановил тебя.

— Это бессмысленный разговор. Давай просто поужинаем, хорошо?

— Хорошо. Тогда поговорим о твоем новом парне. Как его зовут? Трэвис?

Я кивнула.

— И что ты делаешь рядом с этим татуированным психом? Такому отморозку место разве что в «Семье» Мэнсона[1].

— Джесс, веди себя как подобает, или я уйду отсюда.

— Просто глазам своим не верю, до того вы разные. Не верю и в то, что ты сидишь напротив меня.

— Поверь наконец. — Я закатила глаза.

— Вот она, девушка, которую я помню, — сказал Джесс.

Я посмотрела на часы.

— У Трэвиса бой через двадцать минут. Я лучше пойду.

— У нас еще десерт.

— Извини, Джесс, но я не могу. Не хочу, чтобы Трэвис волновался, появлюсь я или нет. Это очень важно.

У Джесса опустились плечи.

— Знаю. Ах, где те времена, когда ты вот так же заботилась обо мне.

— Мы тогда были детьми. — Я накрыла его кисть. — Кажется, прошла целая жизнь.

---

[1] *Чарльз Миллз Мэнсон* — американский преступник, лидер коммуны «Семья», члены которой в 1969 г. совершили ряд жестоких убийств.

— Когда мы успели вырасти? Эбби, твое появление — это знак. Я думал, что больше никогда тебя не увижу, но вот ты здесь, передо мной. Останься.

Я медленно покачала головой, боясь обидеть самого старого из своих друзей.

— Джесс, я люблю его.

Улыбка Джесса слегка увяла.

— Тогда тебе лучше идти, — разочарованно проговорил он.

Я поцеловала Джесса в щеку и покинула ресторан.

— Куда направляемся? — спросил таксист.

— В «Зеро».

Водитель повернулся и оценивающе глянул на меня.

— Уверена?

— Еще как! Едем! — сказала я, бросая деньги на сиденье.

ГЛАВА 15
ДОМА

Трэвис наконец-то вышел из толпы вместе с Бенни, который положил руку ему на плечо и что-то зашептал на ухо. Мой парень кивнул и ответил. Кровь застыла у меня жилах при виде такого дружелюбия по отношению к человеку, угрожавшему убить нас менее суток назад.

Трэвис купался в аплодисментах и поздравлениях под оглушительный рев толпы.

Спину он держал прямее обычного, улыбался шире. Подошел ко мне и чмокнул в губы.

Я ощутила солоноватый привкус пота и железный — крови. Трэвис выиграл этот бой, но не без ущерба для себя.

— О чем это вы? — спросила я, глядя, как Бенни хохочет вместе со своей шайкой.

— Расскажу позже. Нам нужно многое обсудить, — с широкой улыбкой сказал Трэвис.

Какой-то мужчина похлопал его по спине.

— Спасибо, — проговорил Трэвис, поворачиваясь к нему и пожимая протянутую руку.

— С нетерпением буду ждать нового матча с твоим участием, сынок, — сказал мужчина, вручая ему бутылку пива. — Это было просто невероятно.

— Идем, Гулька. — Трэвис сделал глоток пива, пополоскал во рту и сплюнул янтарную жидкость с оттенком крови.

Петляя, он прошел сквозь толпу и глубоко вздохнул, когда мы оказались снаружи. Затем он поцеловал меня и повел сквозь клуб «Стриптиз» быстрой, уверенной походкой.

Оказавшись в лифте отеля, Трэвис прижал меня к зеркальной стене и забросил мою ногу себе на бедро. Он впился в меня губами и скользнул рукой от колена вверх по ноге, приподнимая юбку.

— Трэвис, здесь камера, — сказала я сквозь поцелуй.

— А мне плевать. — Он усмехнулся. — Сегодня я праздную.

— Мы можем отпраздновать в номере. — Я оттолкнула его, вытирая губы и глядя на свою руку в поисках красных пятен.

— Голубка, да что с тобой? Ты выиграла, я тоже, мы рассчитались по долгу Мика, и я только что получил предложение века.

Лифт открылся, Трэвис вышел в коридор, но я осталась на месте и спросила:

— Что за предложение?

Трэвис протянул руку, но я проигнорировала этот жест и прищурилась, догадываясь, что он скажет.

— Я же попросил, давай поговорим об этом позже. — Парень вздохнул.

— Давай все же сейчас.

Он подался вперед, схватил меня за запястье, вытащил в коридор, потом поднял на руки.

— Я собираюсь заработать достаточно денег. Возместить то, что забрал Мик, покрыть оставшуюся сумму за наше обучение, расплатиться за мой мотоцикл и купить тебе новую машину. — Он провел ключом-картой по замку, открыл дверь и поставил меня на ноги. — И это только начало!

— И как именно ты собираешься все это осуществить? — В груди у меня все сжалось, а руки задрожали.

Пребывая на седьмом небе от счастья, Трэвис положил ладони на мои щеки.

— Бенни позволит мне драться здесь, в Вегасе. Гулька, шестизначная сумма за бой. Шестизначная! За один бой!

Я закрыла глаза, покачала головой, отгораживаясь от такого воодушевления, и спросила:

— Что ты ответил Бенни?

Трэвис поднял мою голову за подбородок. Я открыла глаза, опасаясь, что договор уже подписан.

— Сказал, что подумаю. — Парень усмехнулся.

Я с облегчением выдохнула.

— Слава богу! Трэв, не пугай меня так. Я думала, ты серьезно.

Лицо Трэвиса исказилось, он распрямил плечи, прежде чем заговорить:

— Голубка, я серьезно. Сказал, что мне сначала нужно поговорить с тобой, думал, ты обрадуешься. Он планирует проводить по одному бою в месяц. Ты хоть понимаешь, сколько это денег? Наличкой!

— Трэвис, я умею считать. А еще умею сдерживать свои эмоции, когда я в Вегасе, чего ты явно не можешь. Нужно увезти тебя отсюда, пока ты не натворил глупостей. — Я подошла к шкафу, сорвала одежду с вешалок и стала яростно запихивать ее в чемоданы.

Трэвис нежно взял меня за руки и развернул к себе.

— Я смогу. Буду драться для Бенни в течение года, и мы обеспечим себя на долгое время.

— И что ты станешь делать? Бросишь учебу и переедешь сюда?

— Бенни оплатит мне перелет и организует бои вне расписания занятий.

Я посмеялась, не веря своим ушам.

— Трэвис, ты не можешь быть таким наивным. Если ты на счету у Бенни, то будешь драться для него не раз в месяц. Ты забыл про Дейна? В итоге ты станешь одним из его головорезов!

Трэвис покачал головой.

— Гулька, мы это уже обсуждали. Ему от меня ничего не нужно, только бои.

— И ты поверил? Его здесь называют Скользким Бенни!

— Голубка, я хотел купить тебе машину. Хорошую. Мы заплатим за наше обучение.

— Да? Теперь мафия раздает стипендии?

Трэвис стиснул зубы. Его злило, что приходится убеждать меня.

— Для нас это отличный вариант. Я буду копить, пока не наберется на дом. Больше я нигде столько не заработаю.

— А как насчет уголовного правосудия? Работая на Бенни, ты еще не раз встретишься с бывшими однокурсниками.

— Детка, я понимаю твои опасения, но буду действовать с умом. Поработаю годок, а потом займусь тем, чем нам, черт побери, захочется.

— Трэв, от Бенни просто так не уходят. Лишь он может сказать тебе, когда ты закончишь. Ты даже не представляешь, с кем имеешь дело! Не похоже, что ты вообще думал на этот счет! Работать на человека, который прошлой ночью чуть душу из нас не вытряс, не останови ты его?

— Вот именно. Я его остановил.

— Трэвис, ты победил двоих не слишком крутых наемников. Что будешь делать, когда их станет дюжина? Как поступишь, когда во время твоего очередного боя они придут за мной?

— Бенни это ни к чему. Ведь я заработаю для него кучу денег.

— Как только ты решишь не драться для него больше, тебя спишут в расход. Вот как поступают эти люди.

Трэвис отошел от меня и посмотрел в окно. Мигающие огни заплясали на его лице, омраченном сомнением. Он принял решение еще до того, как заговорил со мной.

— Голубка, все получится. Я позабочусь об этом. Мы будем обеспечены.

Я покачала головой и отвернулась, запихивая одежду в чемоданы.

Когда мы приземлимся дома, он вновь станет самим собой. Вегас творит с людьми странные вещи, и я не могу урезонить Трэвиса, пока он одурманен потоком денег и виски.

Я отказывалась обсуждать это с ним до посадки в самолет, опасаясь, что придется лететь одной. Пристегнувшись и сжав зубы, я наблюдала, как Трэвис тоскливо смотрит в иллюминатор, пока мы поднимаемся в ночное небо. Он уже скучал по тем неисчерпаемым порочным соблазнам, которые предлагал Вегас.

— Гулька, это же столько денег.

— Нет.

Он резко повернулся ко мне.

— Это мое решение. Не думаю, что ты видишь картину целиком.

— О черт! Похоже, ты напрочь лишился рассудка.

— Ты даже не желаешь обдумать этот вариант?

— Нет, и ты тоже не желаешь. Трэвис, ты не станешь работать на бандита из Лас-Вегаса. Нелепо с твоей стороны рассчитывать, что я захочу обдумывать такой вариант.

Трэвис вздохнул и отвернулся к окну.

— Мой первый бой через три недели.

Потрясенная, я ахнула.

— Ты уже согласился?

— Пока еще нет. — Он подмигнул.

— Но собираешься?

— Ты перестанешь беситься, когда я куплю тебе «лексус». — Он улыбнулся.

— Не нужен мне «лексус», — закипела я.

— Детка, у тебя будет все, что ты пожелаешь. Представь, каково это: заехать в любой автосалон и лишь выбрать цвет для своей новой машины.

— Ты делаешь это не ради меня. Прекрати притворяться.

Он наклонился и поцеловал мои волосы.

— Нет, я делаю это для нас. Ты просто не понимаешь, как здорово все будет.

Мое сердце сжалось, пуская дрожь по всему телу. Он не образумится, пока мы не вернемся домой.

Я отогнала прочь свои страхи. Надо верить в то, что Трэвис любит меня достаточно сильно, что он позабудет о долларах и посулах Бенни.

— Гулька, ты умеешь готовить индейку?

— Индейку?.. — переспросила я, удивившись такой смене темы.

Трэвис пожал мою руку.

— Скоро День благодарения, и ты понравилась моему отцу. Он хочет, чтобы ты пришла к нам на праздник. Но мы всегда в итоге заказываем пиццу и смотрим телик. Я подумал, может, попытаемся вдвоем приготовить индейку? Хоть раз в доме Мэддоксов будет настоящий ужин в честь Дня благодарения.

Я поджала губы, пытаясь не рассмеяться.

— Нужно всего лишь разморозить индейку, положить на противень и печь в духовке весь день. Все просто.

— Значит, ты придешь? Поможешь мне?

— Конечно. — Я пожала плечами.

Трэвис наконец отвлекся от дурманящих огней Вегаса, и я понадеялась, что он поймет, как ошибается насчет Бенни.

Парень взгромоздил наши чемоданы на кровать и рухнул рядом. Про Бенни он больше не заговаривал, и я поверила, что Вегас понемногу выветривается из его организма. Я искупала Тотошку и высушила его полотенцем — после недельного пребывания у Брэзила щенок насквозь провонял дымом и грязными носками.

— Вот! Теперь от тебя пахнет намного лучше! — Я захихикала, когда Тотошка отряхнулся, обрызгав меня.

Щенок встал на задние лапки и вылизал мое лицо крошечным языком.

— Я тоже по тебе соскучилась, красавчик.

— Голубка!.. — позвал меня Трэвис, нервно сжимая кулаки.

— Да? — сказала я, вытирая Тотошку желтым полотенцем.

— Я хочу это делать. Драться в Вегасе.

— Нет, — отрезала я, с улыбкой глядя на счастливую мордочку Тотошки.

— Ты меня не слушаешь. — Трэвис вздохнул. — Я собираюсь это сделать. Через несколько месяцев ты убедишься, что решение было верным.

Я подняла на него глаза.

— Ты собираешься работать на Бенни.

Трэвис нервно кивнул, а потом улыбнулся.

— Гулька, я просто хочу позаботиться о тебе.

От такой решимости на мои глаза навернулись слезы.

— Трэвис, мне не нужны вещи, купленные на эти деньги. Не хочу иметь ничего общего с Бенни, Вегасом или чем-то похожим.

— Зато ты не слишком беспокоилась о том, чтобы купить машину на деньги с моих боев.

— Это совсем другое дело, ты сам знаешь.

— Гулька, все будет в порядке. — Трэвис нахмурился. — Вот увидишь.

Я несколько секунд смотрела на парня в надежде найти в его глазах озорной огонек и услышать, что все это лишь шутка, но видела только неуверенность и алчность.

— Трэвис, зачем ты вообще тогда меня спрашивал? Ты ведь собирался работать на Бенни, не учитывая моего мнения.

— Мне нужна твоя поддержка. Отказываться от таких денег — просто безумие.

С минуту я сидела в прострации, потом, когда до меня дошла суть случившегося, кивнула и сказала:

— Хорошо. Ты сделал свой выбор.

Трэвис засиял от счастья.

— Голубка, ты увидишь. Все будет замечательно. — Он встал с кровати, подошел ко мне и поцеловал мою ладонь. — Я умираю с голода. А ты?

Я покачала головой, он чмокнул меня в макушку и отправился на кухню. Как только в коридоре стихли шаги, я сняла свою одежду с вешалок. К счастью, в чемодане осталось достаточно места для большинства моих вещей. По щекам скатились слезы злости. Мне не следовало брать Трэвиса с собой. Я изо всех сил старалась отгородить его от темных сторон своей жизни, но, как только представился такой случай, без раздумий потащила его в самую гущу всего, что ненавидела.

Трэвис собирался прыгнуть в этот омут. Он не позволил мне спасти его, поэтому я должна выручать себя.

Чемодан наполнился до отказа. Я с трудом застегнула молнию, сняла его с кровати и потащила по коридору к двери, даже не бросив взгляда на кухню. Я торопливо спустилась по ступенькам и с облегчением увидела на парковке Америку и Шепли. Они целовались и смеялись, перекладывая вещи подруги из «чарджера» в «хонду».

— Голубка!.. — с порога позвал меня Трэвис.

Я прикоснулась к руке Америки.

— Мерик, отвези меня в «Морган».

— Что происходит? — спросила она, видя по моему лицу, что дело серьезное.

Я обернулась и взглянула на Трэвиса, спешащего к нам.

— Что ты делаешь? — сказал он, глядя на мой чемодан.

Скажи я ему все сейчас, любая надежда отгородиться от Мика, Вегаса и Бенни рухнула бы. Трэвис не позволил бы мне уехать, а к утру я смирилась бы с его решением.

Я почесала затылок и улыбнулась, пытаясь выиграть время и придумать какой-нибудь предлог.

— Гулька!..

— Я хочу отвезти вещи в «Морган». Там уйма стиралок и сушилок, а у меня куча грязного белья.

— Ты хотела уехать, ничего не сказав мне? — нахмурился Трэвис.

Я взглянула на Америку, потом на Трэвиса, собираясь соврать более-менее правдоподобно.

— Трэв, она скоро вернется. Ты ужасный параноик, — сказала Америка с беззаботной улыбкой, которой так часто обманывала родителей.

— А... — неуверенно сказал Трэвис. — Ты останешься со мной на ночь? — спросил он, теребя мою куртку.

— Не знаю. Все зависит от того, когда я перестираю одежду.

Трэвис улыбнулся и притянул меня к себе.

— Через три недели я смогу кого-нибудь нанять, чтобы возил тряпье в прачечную. Или ты выкинешь все свои грязные вещи и купишь новые.

— Ты снова будешь драться для Бенни? — с явным потрясением спросила Америка.

— Он сделал предложение, перед которым я не мог устоять.

— Трэвис!.. — заговорил Шепли.

— Ребята, еще вы будете на меня давить! Если я ради Гульки не изменил своего решения, то не сделаю этого и ради вас.

Америка с пониманием посмотрела на меня.

— Эбби, нам лучше поехать. Стирка такой горы займет у тебя целую вечность.

Я кивнула, и Трэвис нагнулся, чтобы поцеловать меня. Я привлекла его к себе, зная, что это наш последний поцелуй.

— Увидимся позже, — сказал Трэвис. — Я люблю тебя.

Шепли забросил мой чемодан в багажник «хонды», и Америка заняла место за рулем. Трэвис скрестил руки, о чем-то говоря с Шепли, а подруга включила зажигание.

— Эбби, ты не можешь сегодня ночевать у себя. Когда он узнает, то придет прямо туда, — сказала Америка, медленно выезжая со стоянки.

Слезы заполнили мои глаза и потекли по щекам.

— Знаю.

Радостное выражение на лице Трэвиса исчезло, когда он взглянул на меня.

Не теряя ни секунды, он ринулся к моему окну, застучал по стеклу и спросил:

— Гулька, что случилось?

— Езжай, Мерик, — проговорила я, вытирая слезы, и уставилась на дорогу перед собой.

Трэвис бежал рядом с машиной.

— Голубка!.. Америка, останови свою чертову машину! — закричал он, с силой ударяя ладонью по стеклу. — Эбби, не делай этого! — сказал он, когда все понял, и страх исказил его лицо.

Америка выехала на главную дорогу и нажала на газ.

— Знаешь, а я ведь еще получу по мозгам.

— Мерик, мне так жаль.

Она глянула в зеркало заднего вида, сняла ногу с педали газа и еле слышно пробормотала:

— Боже, Трэвис!..

Я обернулась и увидела, что он изо всех сил бежит следом, пропадая и вновь появляясь в свете уличных фонарей. Достигнув конца дома, Трэвис развернулся и помчался назад к квартире.

— Он за мотоциклом. Поедет за нами в «Морган» и устроит огромный скандал.

Я зажмурилась и попросила:

— Тогда поторопись. Сегодня я переночую в твоей комнате. Как думаешь, Ванесса не будет против?

— Ее никогда там нет. Он и впрямь собирается работать на Бенни?

Слова застряли у меня в горле, и я лишь кивнула.

Америка пожала мою руку.

— Эбби, ты приняла правильное решение. Ты не сможешь опять пройти через это. Если он не послушает тебя, то наплюет и на всех остальных.

Зазвонил мой мобильник. Я посмотрела на забавное лицо Трэвиса на экране и отключилась. Через пять секунд телефон зазвонил снова. Я вырубила его и бросила в сумочку.

— Ужасная выйдет неразбериха, — сказала я, качая головой и вытирая глаза.

— Не завидую тебе. Даже не могу представить, каково это — ты с ним порываешь, а он отказывается уходить. Ты ведь знаешь, что теперь будет?

Мы заехали на стоянку «Морган-холла», и Америка придержала двери, чтобы я занесла внутрь свой чемодан. Потом мы помчались в комнату, и я нетерпеливо вздыхала, пока подруга отпирала дверь. Америка распахнула ее и вручила мне ключ.

— Трэвиса, наверное, сегодня арестуют или что-нибудь в этом духе, — сказала она.

Америка побежала по коридору, а я смотрела в окно. Она стремительно пересекла стоянку и забралась в машину как раз в тот момент, когда рядом остановился Трэвис. Он помчался к пассажирской дверце, дернул ее и посмотрел на «Морган-холл», убедившись, что меня нет в машине. Америка выехала со стоянки. Трэвис забежал в здание, и я повернулась, глядя на дверь. Чуть дальше по коридору он остановился и заколотил кулаками по двери моей комнаты, зовя меня по имени. Я понятия не имела, там ли сейчас Кара. Мне стало не по себе: ох и натерпится же страху бедняжка, пока Трэвис не поймет, что меня там нет.

— Гулька!.. Открой эту чертову дверь! Я не уйду, пока ты не поговоришь со мной! Голубка! — закричал он на всю общагу.

Я съежилась, услышав писклявый голос Кары.

— Что такое? — возмутилась она.

Я прижалась ухом к двери, пытаясь разобрать слова Трэвиса. Сильно напрягаться не пришлось.

— Я знаю, она там! — закричал он. — Голубка?

— Она не... Эй! — завизжала Кара.

Дверь ударилась о бетонную стену, и я поняла, что Трэвис ворвался внутрь.

После минутной тишины я снова услышала его крик:

— Голубка! Где она?

— Я ее не видела! — громко сказала Кара, демонстрируя злость, совершенно не характерную для нее.

Дверь захлопнулась, а меня охватило тошнотворное чувство. Я ждала, что Трэвис станет делать дальше.

После нескольких минут тишины я приоткрыла дверь и высунулась в коридор. Трэвис сидел на полу, прислонившись спиной к стене и закрыв лицо руками. Я притворила дверь так тихо, как только могла. Меня беспокоило, что кто-нибудь вызовет охрану общаги. Через час я снова выглянула в коридор. Трэвис не сдвинулся с места. Ночью я еще пару раз проверяла, там ли он, и к четырем часам наконец-то уснула. Я намеренно проспала занятия, зная, что сегодня никуда не пойду, включила телефон и увидела, что Трэвис заполонил весь ящик входящих сообщений. Бесконечные эсэмэски, посланные мне ночью, начинались извинениями и заканчивались напыщенными тирадами.

Днем я позвонила Америке, надеясь, что Трэвис не изъял у нее телефон. Когда подруга ответила, я вздохнула.

— Привет. — Америка говорила полушепотом. — Я не сказала Шепли, где ты. Не хочу, чтобы он попал в эпицентр скандала. Трэвис ужасно злится на меня. Наверное, сегодня я останусь в «Морган-холле».

— Если Трэвис не успокоился, то... желаю удачи с мирным сном. Прошлой ночью он устроил в коридоре сцену, достойную «Оскара». Странно, что никто не вызвал охрану.

— Сегодня его выгнали с истории. Когда ты не пришла, он опрокинул ваши парты. Шеп слышал, что Трэвис прождал тебя после всех занятий. Эбби, он сходит с ума. Я сказала ему, что ты решилась на это, когда он согласился работать на Бенни. Как Трэвис допустил саму мысль, что ты смиришься?

— Увидимся, когда ты приедешь сюда. Пока я не могу вернуться в свою комнату.

Следующую неделю мы с Америкой жили вместе. Она старалась держать Шепли подальше, чтобы он не поддался соблазну рассказать Трэвису о моем местонахождении. Мне пришлось приложить огромные усилия, чтобы избежать встречи с ним. Я исключила обеды в столовой и лекции по истории, а с занятий уходила пораньше. Я знала, что в итоге придется поговорить с Трэвисом, но не могла это сделать до того, как он успокоится и примет мое решение.

Вечером в пятницу я находилась в комнате одна, лежа в кровати и держа возле уха телефон. Я закатила глаза, когда в животе заурчало.

— Могу заехать за тобой и отвезти поужинать, — предложила Америка.

Я просмотрела учебник по истории, быстро переворачивая страницы, исчерканные на полях любовными посланиями Трэвиса.

— Нет, Мерик, сегодня вы с Шепом впервые за эту неделю вместе. Я загляну в столовую.

— Уверена?

— Ага. Передавай Шепу привет.

Я медленно подошла к столовой, ощущая на себе пристальные взгляды. Вся школа стояла на ушах после нашего расставания, а взрывоопасное поведение Трэвиса только усложняло ситуацию. Когда впереди замаячили лампы столовой, на моем пути возник темный силуэт.

— Голубка!..

Я вздрогнула и остановилась. Трэвис вышел на свет, небритый и бледный.

— Боже, Трэвис! Ты меня чертовски перепугал!

— Если бы ты ответила по телефону, мне не пришлось бы подкрадываться.

— Ты выглядишь ужасно, как в аду побывал.

— Пару раз там был за эту неделю.

Я обхватила себя руками.

— Вообще-то, я шла перекусить. Позвоню тебе потом, хорошо?

— Нет. Нам надо поговорить.

— Трэв!..

— Я отклонил предложение Бенни. Позвонил ему в среду и сказал «нет». — В глазах Трэвиса загорелся огонек надежды, но тут же исчез, когда он увидел выражение моего лица.

— Трэвис, я не знаю, что ты хочешь от меня услышать.

— Скажи, что прощаешь меня и примешь обратно.

Я сжала зубы, запрещая себе плакать.

— Не могу.

Лицо Трэвиса исказилось. Я воспользовалась этой возможностью и обошла его, но он опять загородил дорогу.

— Я не спал и не ел... не могу сосредоточиться. Я ведь знаю, что ты любишь меня. Все будет как раньше.

Я закрыла глаза.

— Между нами все неправильно, Трэвис. Кажется, ты помешан на самой мысли обладать мною.

— Это не так. Голубка, я люблю тебя больше собственной жизни, — обиженно сказал он.

— Об этом я и говорю. Речи помешанного.

— Это не помешательство, а правда.

— Хорошо, но что в таком случае для тебя гармония? Деньги, я, твоя жизнь?.. Или есть что-то важнее денег?

— Я сознаю, что натворил, понятно? Вижу, как ты все восприняла, но знай я, что ты бросишь меня, никогда бы... Я всего лишь хотел позаботиться о тебе.

— Ты уже это говорил.

— Пожалуйста, не поступай так... Я не смогу вынести... Это просто убивает меня, — проговорил он одышливо, как будто из его легких вышибли весь воздух.

— Трэвис, я все решила.

— Не говори так. — Он вздрогнул.

— Все кончено, иди домой.

Трэвис свел брови.

— Но мой дом — это ты.

Его слова задели меня за живое, а в груди все сжалось так, что трудно было дышать.

— Трэв, ты сделал свой выбор, а я свой, — сказала я, проклиная себя за дрожь в голосе.

— Я буду держаться подальше от Вегаса и Бенни, черт побери! Я закончу учебу. Но мне нужна, просто необходима ты, мой лучший друг. — В его надломленном голосе слышалось отчаяние, под стать выражению лица.

В тусклом свете я увидела слезинку, упавшую с ресниц, а в следующую секунду Трэвис дотянулся до меня, обнял и прильнул губами в поцелуе. Он крепко прижался ко мне, а потом нежно положил ладони на мое лицо, становясь настойчивее и в отчаянии пытаясь добиться ответной реакции.

— Поцелуй меня, — прошептал парень, снова прикипая ко мне губами.

Мои глаза и рот оставались закрытыми, а тело обмякло в его объятиях. Я использовала остатки самообладания, чтобы не ответить на поцелуй. Ведь всю неделю я так скучала по этим губам.

— Поцелуй меня! — умоляюще произнес он. — Пожалуйста, Голубка! Я же сказал ему «нет»!

Когда по моему каменному лицу потекли горячие слезы, я оттолкнула Трэвиса.

— Оставь меня в покое!

Я прошла всего пару шагов, и он схватил меня за запястье. Я не повернулась, держа руку вытянутой позади себя.

— Ради бога!

Моя рука опустилась и дернулась, когда Трэвис упал на колени.

— Эбби, умоляю, не делай этого.

Я повернулась и увидела искаженное страданием лицо Трэвиса. Мой взгляд переместился на его руку и остановился на моем имени, выведенном черными буквами на запястье. Я отвернулась и смотрела в сторону столовой. Трэвис доказал мне то, чего я так сильно боялась. Как бы он ни любил меня, я уходила на второй план, когда на кону стояли деньги. Все как с Миком. Уступи я сейчас, Трэвис либо изменит свое решение насчет Бенни, либо будет злиться на меня каждый раз, когда получит возможность облегчить с помощью денег свою жизнь. Я представила, как он, став «синим воротничком», возвращается с работы с тем же взглядом, что и у Мика после неудачной ночи. Я стану виноватой в его неудачах. Нет уж, все плохое осталось в прошлом. Я не позволю, чтобы оно омрачило мне еще и будущее.

— Трэвис, отпусти меня.

Через несколько секунд он все-таки выпустил мою кисть. Я побежала к стеклянной двери и, не оборачиваясь, дернула за ручку. Пока я шла к буфету, все пялились на меня, а как только достигла цели, головы повернулись в другом направлении — к стеклянным дверям, за которыми стоял на коленях Трэвис.

От такого жалкого зрелища по моим щекам побежали слезы, которые я так усердно сдерживала. Я прошла мимо тарелок и подносов, вырвалась в коридор и побежала в уборную. Мало того, что все лицезрели наше с Трэвисом выяснение отношений!.. Я не могла позволить, чтобы меня увидели в слезах.

Я забилась в кабинку и просидела там час, безостановочно рыдая, пока не услышала тихий стук в дверь.

— Эбби?

Я шмыгнула носом.

— Финч, что ты здесь делаешь? Это женский туалет.

— Кара видела, как ты забежала сюда, и сходила за мной в общагу. Впусти, — тихим голосом сказал он.

Я покачала головой. Финч, конечно, не видел меня, но я не могла вымолвить ни слова. Я услышала, как он вздохнул, а потом уперся руками в пол, пытаясь проползти в кабинку под дверцей.

— Не верю, что ты заставляешь меня это делать, — сказал Финч, забираясь внутрь. — Ты пожалеешь, что не открыла дверь. Ведь я только что ползал по залитому мочой полу, а теперь собираюсь обнять тебя.

Я хихикнула, а потом улыбка на моем лице перекосилась. Финч притянул меня к себе. Мои ноги подогнулись, он осторожно опустил меня на пол и посадил к себе на колени.

— Ш-ш. — Финч, качая меня на руках, вздохнул и помотал головой. — Черт побери, девочка моя, что же мне с тобой делать?

ГЛАВА 16

НИКАКИХ БЛАГОДАРНОСТЕЙ

Я рисовала всякую белиберду на обложке тетради, одни квадраты в других, соединяла их, создавая недоделанные объемные кубы. До начала лекции оставалось десять минут, а аудитория по-прежнему пустовала. Моя жизнь понемногу приходила в норму, но все-таки нужна была пара минут, чтобы собраться с духом, прежде чем пообщаться с кем-нибудь, кроме Финча и Америки.

— Да, мы больше не встречаемся, но это не значит, что ты не можешь носить подаренный мною браслет, — сказал Паркер, подсаживаясь ко мне.

— Я собиралась его вернуть.

Паркер улыбнулся, нагнулся и дорисовал стрелочку над одним из кубов.

— Эбс, это подарок. Я не делаю подарки на каких-то условиях.

Доктор Баллард щелкнула пальцами над головой, занимая свое место во главе аудитории, а потом принялась рыться на заваленном бумагами столе. Внезапно помещение наполнилось галдежом, который эхом отлетал от огромных окон, залитых дождевыми каплями.

— Слышал, вы с Трэвисом расстались пару недель назад. — Паркер поднял ладонь, увидев мое раздражение. — Это не мое дело. Просто ты выглядишь расстроенной, а я хотел сказать, что мне жаль.

— Спасибо, — буркнула я, открывая чистую страницу в тетради.

— А еще я хотел извиниться за свое поведение. Я говорил... неприятные вещи. Просто разозлился и выплеснул свой гнев на тебя. Каюсь, я был несправедлив.

— Паркер, свидания меня не интересуют, — предупредила я.

— Я не пытаюсь воспользоваться возможностью. — Он усмехнулся. — Мы по-прежнему друзья, и я хочу убедиться в том, что с тобой все в норме.

— Со мной все в норме.

— Ты на День благодарения домой едешь?

— К Америке еду. Обычно этот праздник я отмечаю с ней.

Паркер хотел что-то сказать, но тут началась лекция.

Разговор о Дне благодарения заставил меня вспомнить о прежнем намерении — помочь Трэвису с индейкой. Я размышляла, как все могло бы быть, и поймала себя на мысли, что волнуюсь, не закажут ли они опять пиццу. Сердце мое сжалось. Я мгновенно отбросила прочь эти мысли, пытаясь сосредоточиться на словах доктора Баллард.

После занятий я увидела, как ко мне со стоянки бежит Трэвис. Мое лицо вспыхнуло. Он снова был гладко выбрит, одет в толстовку с капюшоном и любимую красную бейсболку. Из-за дождя Трэвис пригнулся.

— Эбс, увидимся после перемены, — сказал Паркер, прикасаясь к моей спине.

Я ожидала обнаружить в глазах Трэвиса злость, но он будто и не заметил Паркера.

— Привет, Гулька, — сказал парень, подходя.

Я неловко улыбнулась, а он положил руки в карманы толстовки.

— Шепли сказал, что ты завтра поедешь с ним и Америкой в Уичито.

— Да.

— Ты проведешь все выходные у Америки?

Я пожала плечами, пытаясь вести себя непринужденно.

— Мы очень близки с ее родителями.

— А как же твоя мама?

— Трэвис, моя мать пьяница. Она даже не узнает, что был День благодарения.

Трэвис вдруг занервничал, а мой желудок сжался от вероятности нового публичного скандала. Прогремел гром, Трэвис поднял голову и прищурился — ему на лицо сыпались крупные капли дождя.

— Хочу попросить тебя об одолжении, — сказал он. — Иди сюда.

Трэвис завел меня под ближайший козырек, и я послушно пошла следом, надеясь избежать очередной сцены.

— Что еще за одолжение? — с подозрением спросила я.

— Мои... э... — Трэвис переступил с ноги на ногу. — Папа и парни ждут, что ты придешь в четверг.

— Трэвис! — возмутилась я.

Он смотрел в землю.

— Ты говорила, что придешь.

— Знаю, но теперь это слегка неуместно, не находишь?

На Трэвиса, казалось, мои слова никак не повлияли.

— Ты говорила, что придешь.

— Мы были вместе, когда я согласилась. Теперь ты знаешь, что я не пойду.

— Нет, не знаю. Слишком поздно менять. Томас летит сюда, Тайлер взял отгул на работе. Всем не терпится увидеть тебя.

Я поникла, наматывая на палец мокрые пряди.

— Они ведь и так приехали бы...

— Не все. Мы уже давно не собирались всей семьей на День благодарения. Они пообещали приехать, когда я упомянул о настоящем ужине. На нашей кухне женщины не было со смерти мамы... Да нет же! — Трэвис тряхнул головой. — Дело совсем не в твоей половой принадлежности, не подумай. Просто мы хотим, чтобы ты пришла. Это все, чего я прошу.

— Ты не рассказал им про наш разрыв? — проговорила я с укоризной в голосе.

Трэвис заколебался, а потом ответил:

— Папа стал бы выяснять причину, а я не готов общаться с ним на эту тему. Он бы все уши мне прожужжал, какой я болван. Гулька, пожалуйста, приходи.

— Мне нужно поставить индейку в шесть утра. Тогда нам придется отправиться туда в пять часов...

— Или переночевать там.

Я изогнула брови.

— Ни за что! Мне и так придется врать твоей семье и притворяться, что мы по-прежнему вместе.

— Я же не прошу тебя о самосожжении!

— Тебе следовало сказать им!

— Я и скажу. После Дня благодарения. Обязательно скажу.

Я вздохнула и отвернулась.

— Если пообещаешь, что это не какая-то уловка, чтобы вернуть меня, тогда хорошо.

— Я обещаю. — Он кивнул.

Трэвис пытался скрыть это, но я видела, как загорелись его глаза, и поджала губы, сдерживая улыбку.

— Увидимся в пять.

Трэвис нагнулся и поцеловал меня в щеку, задержавшись чуть дольше положенного.

— Спасибо, Голубка.

Америка и Шепли встретили меня у столовой, и мы вместе зашли внутрь. Я рывком вытащила столовые приборы из подставки и бросила тарелку на поднос.

— Эбби, да что с тобой? — спросила Америка.

— Завтра я не еду с вами, ребята.

Шепли открыл рот от удивления.

— Ты идешь к Мэддоксам?

Америка перевела на меня взгляд.

— Что?

Я вздохнула и пояснила:

— Когда мы летели в самолете, я пообещала Трэвису, что пойду. Он уже всех оповестил.

— Скажу кое-что в его защиту, — начал Шепли. — Он же не думал, что вы расстанетесь, считал, ты придешь. К тому времени как он осознал твой решительный настрой, было уже слишком поздно.

— Шеп, все это чушь собачья, сам знаешь, — закипела Америка. — Эбби, если не хочешь, то не обязательно ходить.

Она была права. Не сказать, что у меня не оставалось выбора. Однако я не могла поступить так с Трэвисом. Даже если бы ненавидела его. А это было не так.

— Если я не пойду, ему придется все объяснять, а я не хочу испортить им День благодарения. Они все соберутся дома в уверенности, что я приду.

— Эбби, ты действительно очень нравишься этим людям. — Шепли улыбнулся. — На днях Джим разговаривал о тебе с моим отцом.

— Отлично, — пробормотала я.

— Эбби права, — сказал Шепли. — Если она не придет, Джим весь день будет ворчать на Трэвиса. Нет смысла портить им праздник.

Америка обняла меня за плечи.

— Можешь поехать с нами. Ты же больше не встречаешься с ним, и тебе не обязательно снова спасать его.

— Знаю, Мерик. Но так надо.

Солнце за окном расплавленным золотом ложилось на здания, а я стояла перед зеркалом и расчесывалась, пытаясь понять, как буду притворяться на Дне благодарения.

— Эбби, всего на один день. Ты продержишься, — сказала я отражению.

Притворство не было для меня проблемой, но если мы оба станем что-то изображать, неизвестно, чем это кончится. Трэвис после ужина привезет меня к себе, и я должна буду принять решение, искаженное фальшивым чувством радости, которое мы станем показывать его семье.

Тук-тук.

Я повернулась и посмотрела на дверь. Кара весь вечер не возвращалась в комнату, а Америка с Шепли были уже в пути.

Так и не догадавшись, кто пришел, я положила расческу на стол, открыла дверь и воскликнула:

— Трэвис!..

— Готова?

Я изогнула бровь.

— К чему?

— Ты сказала, что я должен забрать тебя в пять.

— Я имела в виду пять утра! — Я скрестила руки на груди.

— А... — Трэвис явно огорчился. — Тогда мне надо позвонить отцу и сказать, что мы не останемся на ночь.

— Трэвис!.. — возмущенно проговорила я.

— Я пригнал машину Шепа, чтобы нам не пришлось вешать сумки на мотоцикл. В доме есть гостевая комната, там тебе будет удобно. Мы можем посмотреть кино или...

— Я не собираюсь ночевать в доме твоего отца!

Трэвис поник.

— Хорошо. Я... Увидимся утром.

Он сделал шаг назад, я захлопнула дверь и прислонилась к ней. Во меня бурлили разнообразные эмоции. Я раздраженно выдохнула. Перед глазами отчетливо стояло огорченное лицо Трэвиса. Я дернула дверь на себя, вышла за порог и увидела, как парень медленно удаляется по коридору и набирает телефонный номер.

— Трэвис, подожди. — Он крутанулся, и от обнадеженного выражения его лица мое сердце заныло. — Дай мне минутку, надо собрать вещи.

С благодарной улыбкой он вернулся в комнату — с порога наблюдать, как я запихиваю вещи в сумку.

— Гулька, я по-прежнему люблю тебя.

Я не подняла головы.

— Не начинай. Я делаю это не для тебя.

До дома его отца мы ехали в молчании. Вся машина будто пропиталась нашим нервным напряжением, и я с трудом сохраняла спокойствие, замерев на холодном кожаном сиденье. Как только мы приехали, на крыльцо вышли улыбающиеся Трентон и Джим. Трэвис вытащил из машины наши сумки, и Джим похлопал его по спине.

— Рад видеть тебя, сын. — Улыбка Джима стала шире, когда он взглянул на меня. — Эбби Эбернати. Мы с нетерпением ждем ужина. Прошло много лет с тех пор, как... Гм. В общем, немало воды утекло.

Я кивнула и проследовала за Трэвисом в дом. Джим положил руку на свое брюшко и довольно улыбнулся.

— Трэв, я разместил вас в гостевой спальне, наверху. Сообразил, что вы не захотите воевать с близнецом в его комнате.

Я взглянула на Трэвиса. Слова давались ему с трудом.

— Эбби... займет гостевую комнату. А я размещусь в своей.

Трентон состроил рожицу.

— Почему? Разве она не живет с тобой в квартире?

— Не совсем, — ответил Трэвис, отчаянно пытаясь избежать правды.

Джим и Трентон переглянулись.

— Комната Томаса за многие годы превратилась в склад, поэтому я собирался пустить его к тебе в спальню. Но думаю, он может поспать и на диване, — сказал

Джим, глядя на потрепанные, выцветшие подушки в гостиной.

— Джим, не переживайте. Мы просто хотели выказать вам уважение, — сказала я, прикасаясь к его руке.

Смех Джима прогрохотал на весь дом, и он похлопал меня по руке.

— Эбби, ты знакома с моими сыновьями, а значит, должна понимать, что меня невозможно ничем оскорбить.

Трэвис кивнул в сторону лестницы, и я последовала за ним. Он ногой открыл дверь, поставил на пол наши сумки, взглянул на кровать, а потом повернулся ко мне.

По периметру комнаты шли коричневые панели, а ковер того же цвета, лежащий на полу, был совсем истрепанным. Грязно-белые стены, где-то откололась краска. Здесь была лишь одна фотография — Джима и мамы Трэвиса. На голубом студийном фоне стояла молодая пара с пушистыми волосами и улыбками. Этот снимок, конечно же, сделали, когда у них еще не появились мальчики; им обоим не больше двадцати.

— Извини, Гулька. Я посплю на полу.

— Еще как поспишь, — сказала я, завязывая волосы в хвост. — Не могу поверить, что позволила себя уговорить.

Трэвис сел на кровать и с досадой потер лицо.

— Все это закончится плохо, черт возьми. Не знаю, о чем я думал.

— А вот мне это точно известно. Трэвис, я не глупая.

Он посмотрел на меня и улыбнулся.

— Но ты же пришла.

— Мне нужно подготовить все к завтрашнему дню, — сказала я, открывая дверь.

Трэвис поднялся на ноги.

— Я помогу.

Мы начистили гору картофеля, нарезали овощей, поставили размораживаться индейку и начали делать коржи для пирога. Первый час прошел в неловкости, но когда приехали близнецы, все собрались на кухне. Джим рассказывал про каждого из сыновей, и мы смеялись над историями о прошлых провальных Днях благодарения, — когда семья пыталась организовать что-то помимо привозной пиццы, это неизменно заканчивалось провалом.

— Диана была чертовски классным поваром, — задумчиво сказал Джим. — Трэв не помнит, но после того, как она умерла, не было смысла повторить то, что она готовила.

— Эбби, не напрягайся. — Трентон усмехнулся и взял из холодильника пиво. — Достанем картишки, хочу вернуть деньжата, что проиграл тебе.

Джим покачал пальцем перед носом своего сына.

— Трент, в эти выходные никакого покера. Я принес домино, так что иди раскладывай. И без ставок, черт тебя дери. Я серьезно.

Трентон потряс головой.

— Хорошо, старина, хорошо.

Братья Трэвиса поплелись в гостиную, а Трент задержался, обернулся и сказал:

— Идем, Трэв.

— Я помогаю Гульке.

— Не так много здесь осталось, малыш, — ответила я. — Иди.

При этих словах его глаза наполнились нежностью, и он прикоснулся к моим бедрам.

— Ты уверена?

Я кивнула, Трэвис нагнулся, поцеловал меня в щеку и сжал бедра, а потом отправился вслед за Трентоном.

Джим проводил сыновей взглядом и с улыбкой покачал головой.

— Эбби, ты творишь невероятное и, скорее всего, даже не понимаешь, насколько мы это ценим.

— Это все идея Трэвиса. Я рада, что могу помочь.

Джим прислонился своим крупным телом к столешнице и глотнул пива, обдумывая свои следующие слова.

— Вы с Трэвисом мало друг с другом разговариваете. У вас проблемы?

Пока раковина заполнялась горячей водой, я выдавила туда моющей жидкости, пытаясь придумать ответ, не похожий на банальную ложь.

— Полагаю, все немного изменилось.

— Я так и подумал. Наберись терпения. Трэвис плохо помнит, что они с матерью были близки, а когда мы ее потеряли, он так и не стал прежним. Я надеялся, это пройдет с возрастом, все-таки он был очень мал. Нам всем пришлось тяжко, но Трэв... перестал привязываться к людям. Я очень удивился, когда он привез тебя к нам. То, как сын ведет себя с тобой, как смотрит... Я сразу понял, что ты для него особенная.

Я улыбнулась, но не отвела взгляда от посуды.

— Трэвису придется несладко, и он наделает кучу ошибок. Сын вырос в компании пацанов, оставшихся без матери, и одинокого брюзгливого старика в качестве отца. После смерти Дианы мы все чувствовали себя потерянными, и я никак не помог мальчикам справиться с этим. Эбби, прощать провинности Трэвиса будет непросто, при этом придется еще и любить его. Ты единственная женщина, которую он полюбил после матери. Не знаю, что с ним будет, если и ты бросишь его.

Я сглотнула слезы и кивнула, не в силах ответить. Джим положил руку на мое плечо.

— Я не видел, чтобы он когда-либо улыбался так же, как с тобой. Надеюсь, однажды все мои мальчики встретят своих Эбби.

Шаги Джима стихли в коридоре, а я с силой сжала край раковины, пытаясь успокоить дыхание. Я знала, что мне будет сложно провести праздничные дни с Трэвисом и его семьей, но не думала, что мое сердце вновь окажется разбитым. В соседней комнате парни смеялись и шутили, пока я вытирала посуду и ставила ее на место. Я убрала на кухне, помыла руки и направилась вверх по лестнице.

Трэвис схватил меня за руку.

— Гулька, еще рано. Ты ведь не хочешь спать?

— Долгий выдался день. Я устала.

— Мы собирались посмотреть фильм. Почему бы тебе не спуститься и не посидеть с нами?

Я посмотрела наверх, а потом на Трэвиса, улыбающегося, полного надежды.

— Хорошо.

Он повел меня за руку к дивану, и мы сели рядом, когда появились вступительные титры.

— Тэйлор, выруби свет, — приказал Джим.

Трэвис положил руку на спинку дивана, позади меня. Притворяясь для всех, он пытался одновременно успокоить меня, что не станет заходить далеко. Парень следил за своими поступками, стараясь не извлекать выгоды из ситуации, в итоге я оказалась наполнена противоречивыми эмоциями — благодарностью и разочарованием. Сидя так близко от него, вдыхая запах табака и одеколона, я с трудом сохраняла дистанцию между нами, физически и эмоционально. Как я и опасалась, моя решительность стала колебаться. Я попыталась выкинуть из головы все, что сказал мне на кухне Джим.

На половине фильма входная дверь распахнулась, и из-за угла появился Томас с сумками в руках.

— Счастливого Дня благодарения! — сказал он, ставя на пол свой багаж.

Джим встал и обнял своего старшего сына. Все, кроме Трэвиса, поприветствовали его.

— Не поздороваешься с Томасом? — прошептала я.

Трэвис не взглянул на меня, наблюдая, как обнимаются и смеются его родные.

— У меня всего одна ночь с тобой. Я не потеряю ни секунды.

— Привет, Эбби. Рад снова увидеться. — Томас улыбнулся.

Трэвис положил руку мне на колено. Я посмотрела на нее, и выражение моего лица изменилось. Когда я взглянула на Трэвиса, он убрал ладонь и сцепил руки на коленях.

— Ого, проблемы в раю? — спросил Томас.

— Заткнись, Томми, — проворчал Трэвис.

Настроение в комнате переменилось, и все уставились на меня, ожидая объяснений.

Я нервно улыбнулась, взяла Трэвиса за руку, положила голову ему на плечо и сказала:

— Мы очень устали. Весь день провозились с едой.

Он посмотрел на наши руки, сжал мои кисти и свел брови на переносице.

— Тут даже не усталость, я просто измотана, — выдохнула я. — Пойду спать, малыш. — Я обвела всех взглядом. — Спокойной ночи, парни.

— Спокойной ночи, дочка, — сказал Джим.

Братья Трэвиса пожелали мне того же, и я направилась вверх по лестнице.

— Я тоже закругляюсь, — услышала я голос Трэвиса.

— Неудивительно, — поддразнил Трентон.

— Везучий негодяй, — проворчал Тайлер.

— Эй, не говорите так про свою сестру, — предупредил Джим.

Мое сердце сжалось. Все эти годы я считала родителей Америки своей настоящей семьей. Марк и Пэм всегда заботились обо мне с неподдельной добротой, но это было лишь временным явлением. Теперь же шесть неуправляемых, сквернословящих, обаятельных мужчин встретили меня с распростертыми объятиями, а завтра я собиралась сказать им «до свидания» в последний раз.

Трэвис поймал дверь, не успела она закрыться, и тут же замер.

— Хочешь, чтобы я подождал снаружи, пока ты переоденешься?

— Я в душ. В ванной переоденусь.

Он потер затылок.

— Хорошо, сделаю себе тогда кровать.

Я кивнула и направилась в ванную. Терла себя чуть ли не до дыр в стареньком душе, пытаясь сосредоточиться на каплях воды и мыльной пене, перебороть ужас перед ночью и утром. Когда я вернулась в комнату, Трэвис бросил подушку на свою импровизированную кровать на полу, потом неуверенно улыбнулся и направился в душ.

Я забралась в кровать, натянула одеяло до подбородка и попыталась игнорировать постель, устроенную на полу. Вернувшись, Трэвис глянул на нее с такой же грустью, как и я, а потом выключил свет и устроился там.

Несколько минут было тихо, потом я услышала печальный вздох Трэвиса.

— Это ведь наша последняя ночь вместе?

Я несколько секунд помолчала, придумывая, что сказать.

— Трэв, я не хочу воевать с тобой. Просто спи.

Я услышала, как он заерзал, повернулась, поглядела на него и прижалась щекой к подушке. Парень положил голову на руку и посмотрел мне прямо в глаза.

— Я люблю тебя.

Несколько секунд я молча глядела на него, потом повторила:

— Ты обещал.

— Я обещал, что это не уловка. Так и есть. — Он дотянулся и коснулся моей руки. — Но не могу сказать, будто не думал о том, чтобы снова быть с тобой.

— Ты мне дорог. Я не хочу, чтобы ты страдал. Мне следовало в первую очередь довериться своей интуиции. У нас изначально ничего не могло получиться.

— Но ты же любишь меня?

— По-прежнему, — вздохнула я.

Глаза Трэвиса увлажнились, и он сжал мою руку.

— Могу я попросить об одолжении?

— Как раз сейчас одно делаю, — с ухмылкой сказала я.

На лице Трэвиса не дрогнул ни один мускул.

— Если это действительно так... если ты не вернешься ко мне, то могу ли я обнимать тебя сегодня ночью?

— Трэв, мне кажется, это плохая идея.

Он стиснул мою руку.

— Пожалуйста!.. Я не смогу спать в такой близости от тебя и знать, что второго шанса не будет.

Я посмотрела в его полные отчаяния глаза и нахмурилась.

— Но я не стану заниматься с тобой сексом.

— Я не об этом прошу. — Он покачал головой.

Думая о последствиях, я обвела взглядом тускло освещенную комнату. Смогу ли я сказать Трэвису «нет», если он передумает? Я зажмурилась, отодвинулась от края кровати и приподняла одеяло. Трэвис забрался в постель рядом со мной и сразу прижал меня к себе. Его обнаженная грудь вздымалась и опускалась от прерывистого дыхания.

Я поругала себя за то, что мне так спокойно с ним, и сказала:

— Буду скучать по этому.

Трэвис поцеловал мои волосы и прижал меня сильнее. Казалось, как бы он ни обнимал меня, ему этого недостаточно. Трэвис уткнулся лицом в мою шею, а я погладила его по спине, успокаивая, хотя мое сердце было таким же разбитым. Он сделал глубокий вдох, крепко обнял меня и опять приник лицом. Какими бы несчастными мы ни были в последнюю ночь пари, это оказалось в сто раз хуже.

— Трэвис, я... не думаю, что смогу так.

Он сильнее прижал меня к себе, и по моей щеке скатилась первая слезинка.

— Не смогу так. — Я зажмурилась.

— Тогда не надо, — проговорил он. — Дай мне еще один шанс.

Я попыталась вырваться, но объятия были слишком крепкими. Тогда я закрыла лицо ладонями и заплакала. От моих всхлипов сотрясались наши тела. Трэвис печально посмотрел на меня.

Своей большой нежной ладонью он отвел от моего лица руки и поцеловал одну. Я прерывисто вздохнула, когда парень скользнул взглядом по моим губам и остановился на глазах.

— Голубка, я никого не полюблю так, как тебя.

Я шмыгнула носом и прикоснулась к его лицу.

— Не смогу.

— Знаю, — сказал он надломленным голосом. — Я не раз убеждался, что недостаточно хорош для тебя.

— Трэв, дело не только в тебе. — Я скривилась. — Мы не подходим друг другу.

Он покачал головой, желая возразить, но передумал, тяжело вздохнул и опустился мне на грудь. Когда часы в дальнем конце комнаты показывали одиннадцать, дыхание Трэвиса замедлилось и выровнялось. Мои веки отяжелели, я несколько раз моргнула, а потом провалилась в сон.

— Ой! — Я отдернула руку от духовки и засунула обожженные пальцы в рот.

— Гулька, ты в порядке? — спросил Трэвис, шаркая ко мне через комнату и натягивая на себя футболку. — Ай! Пол замерз, черт его дери!

Я сдержала смех, наблюдая, как Трэвис прыгает на одной ноге, потом на другой, пока его ступни привыкают к остывшему кафелю.

Сквозь жалюзи проникли первые солнечные лучи. Все Мэддоксы, за исключением одного, спокойно спали в своих постелях. Я продвинула старенький противень в глубь духовки, закрыла дверцу и подставила пальцы под холодную воду.

— Можешь вернуться в кровать. Мне надо было только поставить индейку.

— Ты идешь? — спросил Трэвис, обхватывая себя руками и пытаясь согреться.

— Да.

— Тогда веди, — махнул он в сторону лестницы.

Трэвис снял футболку, мы забрались в постель и натянули одеяло до подбородка. Он обнял меня, и мы оба задрожали в ожидании тепла.

Трэвис поцеловал меня в макушку и заговорил:

— Смотри, Гулька. На улице снег.

Я повернулась к окну и увидела белые хлопья в свете уличного фонаря.

— Как на Рождество, — сказала я, начиная согреваться.

Трэвис вздохнул, я повернулась и посмотрела ему в лицо.

— Что?

— Тебя не будет здесь на Рождество.

— Я здесь сейчас.

Он приоткрыл губы и наклонился, чтобы поцеловать меня, но я отстранилась и покачала головой.

— Трэв!..

Он стиснул меня и наклонился, карие глаза наполнились решимостью.

— У меня осталось меньше суток с тобой, Гулька. Я собираюсь поцеловать тебя. Собираюсь сегодня все время это делать. Целый день. При каждом удобном случае. Если хочешь, чтобы я остановился, только скажи, но пока ты молчишь, я не потеряю ни секунды нашего последнего дня.

— Трэвис!..

Я надеялась, он не обманывает себя насчет того, что произойдет по окончании вечера. Я приехала сюда, чтобы притворяться. Но как бы тяжело ни было нам потом, мне не хотелось говорить ему «нет».

Трэвис заметил, что я смотрю на его губы, снова приоткрыл их и прижался к моему рту. Все началось с невинного поцелуя, но, как только он проник внутрь языком, я отозвалась на ласки. Тело Трэвиса тут же напряглось. Он прильнул ко мне, дыша через нос. Я перекатилась на спину, а Трэвис лег сверху, не отрываясь от моих губ ни на секунду.

В мгновение ока он раздел меня. Когда между нами не осталось ни клочка ткани, Трэвис стиснул железные прутья изголовья и быстрым движением вошел в меня. Я закусила губу, удерживая вскрик. Трэвис стонал, по-прежнему целовал меня, а я вжималась ногами в матрас, изгибая спину и приподнимая бедра навстречу.

Вцепившись одной рукой в изголовье, а другой поддерживая мою голову, Трэвис стал двигаться внутри меня твердыми решительными толчками. Его язык вновь скользнул сквозь мои губы. Я ощутила дрожь в теле Трэвиса, когда он застонал, сдерживая обещание сделать наш последний день незабываемым. Могла бы потратить тысячу лет, стараясь стереть из памяти это мгновение, но оно все равно будет прожигать мою память.

Через час я зажмурилась и сосредоточилась на ощущениях; все мое тело сотрясалось изнутри. Трэвис задержал дыхание и сделал последний толчок. Я рухнула на кровать, совершенно обессилевшая. Трэвис, сильно вспотев, пытался выровнять дыхание.

Внизу я услышала голоса и закрыла рот ладонью, хихикая над нашей выходкой. Трэвис лег на бок и посмотрел на меня своими нежными карими глазами.

— Ты сказал, что собираешься только поцеловать меня. — Я заулыбалась.

Ощущая близость обнаженного тела, видя в глазах беспредельную любовь, я откинула свое разочарование, злость и упрямство. Я любила Трэвиса. Не важно, по каким причинам я выбрала жизнь без него, хотелось мне совсем не этого. Даже если бы я не передумала, мы не могли бы держаться вдалеке друг от друга.

— Почему бы нам не проваляться в постели весь день? — Трэвис улыбнулся.

— Ты не забыл? Я приехала сюда, чтобы готовить.

— Нет, чтобы помогать мне готовить, а в следующие восемь часов я на свой пост не выйду.

Я прикоснулась к лицу Трэвиса. Желание прекратить наши мучения стало невыносимым. Если я скажу ему, что передумала и все снова как раньше, нам не нужно будет притворяться весь день. Мы сможем нормально провести праздник.

— Трэвис, мне кажется, мы...

— Не говори ничего, ладно? Не хочу об этом думать, пока не придется. — Он поднялся, натянул трусы, подошел к моей сумке, бросил на кровать мои вещи и надел майку. — Я хочу, чтобы в моей памяти остался замечательный день.

На завтрак я приготовила яичницу, а на ланч сделала бутерброды. Когда по телику началась игра, я принялась за ужин. При каждом удобном случае Трэвис становился позади, клал руки мне на талию и прижимался губами к шее. То и дело глядя на часы, я сгорала от нетерпения — скорей бы остаться на минутку наедине с ним и объявить свое решение. Так хочется увидеть его лицо, когда он узнает, что мы снова вместе.

День заполнился смехом, разговорами и непрерывным потоком жалоб Тайлера на столь очевидное проявление любви Трэвиса.

— Трэвис, сколько можно? — стонал Тайлер. — Сняли бы себе номер в гостинице.

— Ты прямо позеленел от зависти, — поддразнил Томас.

— Я не завидую, придурок. — Тайлер криво улыбнулся. — Меня уже тошнит от них.

— Тай, оставь их в покое, — предупредил Джим.

Когда мы сели ужинать, Джим настоял, чтобы индейку разрезал Трэвис. Я улыбнулась, глядя, как тот с гордостью берется за дело. Я слегка волновалась, пока меня не закидали комплиментами. К тому времени как я подала пирог, на столе уже не оставалось ничего съестного.

— Наверное, мало еды? — Я засмеялась.

Джим улыбнулся, облизывая вилку в предвкушении десерта.

— Эбби, ты наготовила в избытке, просто мы хотели набить животы до следующего года... если ты, конечно, не решишь повторить это на Рождество. Ты теперь тоже Мэддокс. Мы будем рады видеть тебя на всех праздниках, и не за плитой.

Я взглянула на Трэвиса, чья улыбка померкла. Сердце мое сжалось. Мне обязательно нужно ему сказать.

— Спасибо, Джим.

— Не говори так, папа, — сказал Трентон. — Она просто обязана готовить! Я так вкусно не ужинал с пяти лет! — Он засунул в рот полкуска пирога с пеканом и с удовольствием стал жевать.

В окружении этих довольных мужчин, потирающих сытые животы, я чувствовала себя как дома. Невероятные эмоции захлестнули меня, когда я представила себя за этим же столом на Рождество, Пасху и все прочие праздники. Мне хотелось стать частью этой шумной, потрепанной жизнью семейки, которую я так обожала. Когда пирога не осталось, кое-кто из братьев принялся убирать со стола, а близнецы отправились мыть посуду.

— Я сама помою, — сказала я, поднимаясь.

Джим покачал головой.

— Не надо. Ребята об этом позаботятся. Веди Трэвиса на диван и отдыхайте. Ты славно потрудилась, дочка.

Близнецы стали брызгаться друг в друга мыльной водой, а Трентон выругался, поскользнувшись в луже и разбив тарелку. Томас отчитал братьев, достал щетку, совок и смел стекло. Джим похлопал сыновей по плечу и обнял меня перед тем, как удалиться к себе в комнату.

Трэвис положил мои ноги себе на колени, снял туфли и стал массировать ступни большими пальцами. Я откинулась на спинку и вздохнула.

— Это лучший День благодарения после смерти мамы.

Я подняла голову, чтобы увидеть выражение его лица. Трэвис улыбался, но с ноткой грусти.

— Я рада, что приехала.

Лицо Трэвиса переменилось, и я приготовилась к тому, что он скажет. Сердце мое забилось чаще. Я надеялась, он попросит меня вернуться, и я отвечу «да». Казалось, Лас-Вегас остался далеко позади, а теперь я сижу в доме своей новой семьи.

— Я изменился. Не знаю, что случилось со мной в Вегасе. То был не я. Я мог думать лишь о том, на что мы потратим эти гигантские деньги. Не понимал, как тебе больно оттого, что я пытаюсь вернуть тебя к прежней жизни, хотя в глубине души, наверное, знал. Я заслужил твой уход, все бессонные ночи и непроходящую боль. Мне все это было нужно, чтобы понять, насколько ты дорога мне, что я готов сделать, чтобы удержать тебя.

Я закусила губу, с нетерпением ожидая той части, где смогу сказать «да». Хотела, чтобы он отвез меня к себе в квартиру и мы всю ночь напролет будем отмечать воссоединение. Я сгорала от желания расслабляться на новом диване с Тотошкой, смотреть фильмы и смеяться, как раньше.

— Ты сказала, что все кончено, и я принимаю это. С нашей встречи я стал другим человеком. Я изменился... к лучшему. Но как бы сильно я ни старался, все равно не смогу стать тем, кто тебе нужен. Сначала мы были друзьями, Голубка. Я всегда буду тебя любить, но если не могу сделать счастливой, то мои попытки вернуть прошлое бессмысленны. Я не способен представить себя с другой, но буду счастлив сохранить с тобой хотя бы дружбу.

— Дружбу? — переспросила я.

Это слово обжигало мне горло.

— Я желаю тебе счастья, что бы ни потребовалось для этого.

Внутри меня все перевернулось, и я поразилась тому, какую боль причинили мне его слова. Он отпускал меня, когда я сама не хотела этого. Я могла сказать ему, что передумала, и он забрал бы свои слова обратно, но удерживать его, когда он решился отпустить меня, было несправедливо по отношению к нам обоим.

Я улыбнулась, перебарывая слезы.

— Спорю на пятьдесят баксов, ты еще поблагодаришь меня, когда встретишь свою будущую жену.

Трэвис свел брови вместе и поник.

— Легкий спор. Единственная женщина, на которой я мог бы жениться, только что разбила мне сердце.

После этих слов я больше не могла изображать улыбку. Смахнув слезы, я встала.

— Думаю, пора везти меня.

— Извини, Голубка. Это совсем не смешно.

— Трэв, ты не так понял, я имела в виду отвезти домой. Я действительно устала.

Трэвис втянул воздух и кивнул, вставая с дивана. Я обняла его братьев и попросила Трентона попрощаться за меня с отцом. Трэвис стоял на пороге с нашими сумками, и все парни договорились собраться дома на Рождество. Я изображала улыбку, пока мы не вышли за дверь. Когда Трэвис проводил меня до «Морган-холла», его лицо по-прежнему выражало печаль, однако мука исчезла. Все же эти выходные не были уловкой, чтобы вернуть меня. Они стали финалом.

Трэвис наклонился, поцеловал меня в щеку и придержал дверь, глядя, как я захожу внутрь.

— Спасибо за сегодняшний день. Ты даже не представляешь, как осчастливила мою семью.

Я остановилась на нижней ступеньке.

— Ты ведь завтра им все расскажешь?

Он взглянул на стоянку, потом на меня.

— Почти уверен, что они все поняли. Не ты одна ходила с каменным лицом, Гулька.

Я растерянно посмотрела на него, и впервые он ушел от меня, даже не оглянувшись.

ГЛАВА 17

КОРОБКА

Итоговые экзамены стали проклятием для всех, кроме меня. Я усердно готовилась — в комнате с Карой и Америкой или в библиотеке. Трэвиса видела лишь мельком, когда изменилось расписание зачетов. На зимние каникулы я отправилась домой к Америке, конечно же, благодаря Шепли, который остался с Трэвисом. Поэтому мне не пришлось лицезреть постоянные проявления любви.

Последние четыре дня каникул я провалялась, подхватив простуду. Трэвис говорил, что хотел сохранить нашу дружбу, однако даже не позвонил. Я с радостью погрязла в жалости к себе; хотелось раз и навсегда покончить с этой историей до возвращения на учебу.

Обратная дорога в «Истерн» заняла целую вечность. Я с нетерпением ждала весеннего семестра, как и встречи с Трэвисом.

Первый день занятий ознаменовался новым потоком энергии, прокатившимся по общаге, и снежной погодой. Новые курсы означали появление иных друзей и знакомств. У меня не было ни единого совместного занятия с Трэвисом, Паркером, Шепли или Америкой, зато Финч не попал лишь на одно.

За обедом я с волнением ждала Трэвиса, но он, войдя, лишь подмигнул мне и занял место в конце стола со своими «братьями». Я пыталась сосредоточиться на разговоре Америки и Финча о последней футбольной игре сезона, однако все время отвлекалась на голос Трэвиса. Он потчевал всех рассказами о своих приключениях и стычках с законом, а также о новой девушке Трентона. Я внутренне сжалась, ожидая услышать о какой-нибудь особе, которую он склеил в «Ред дор» и повез домой, но этим парень с друзьями не поделился.

С потолка столовой все еще свисали красные и золотые новогодние шары, покачиваясь в воздушном потоке от обогревателей. Я закуталась в кардиган. Финч заметил мою нервозность, обнял и погладил по руке. Я знала, что слишком много внимания обращаю на Трэвиса, ожидая его взгляда, но он будто забыл, что я сижу за этим же столом.

Трэвис оставался невосприимчив к ордам девушек, подходившим к нему после вестей о нашем разрыве. Однако он вернул наши отношения на платонический уровень, хотя и довольно напряженный. Мы прожили порознь без малого месяц, в итоге я не знала, как вести себя рядом с ним.

Трэвис покончил с едой, подошел к нам и положил руки мне на плечи. Мое сердце затрепетало.

— Шеп, как занятия? — спросил он.

Шепли наморщился.

— Первый день — отстой. Бесконечное изложение учебной программы и правил поведения. Я вообще не понимаю, зачем так рано приехал.

— Э... без этого никак. А у тебя, Гулька? — спросил Трэвис.

— То же самое, — сказала я ровным голосом, пытаясь не выдать волнения.

— Хорошо отдохнула? — поинтересовался Трэвис, покачивая меня из стороны в сторону.

— Неплохо, — ответила я как можно убедительнее.

— Отлично. У меня еще одно занятие. Пока.

Я проследила, как он быстрым шагом вышел за двери и закурил на улице.

— Ого, — пискляво произнесла Америка, взглянула на Трэвиса, рассекавшего ногами снег на пустыре, и покачала головой.

— Что такое? — спросил Шепли.

Америка раздосадованно положила подбородок на кулак.

— Странно как-то...

— Ты о чем? — спросил Шепли, отбрасывая светлые пряди Америки назад, чтобы провести губами по ее шее.

Она улыбнулась и прильнула к нему.

— Он совершенно нормальный... каким может быть Трэвис, конечно. Что это с ним?

Шепли пожал плечами.

— Не знаю. Он уже некоторое время такой.

— Эбби, как могло все стать наоборот? Он в отличном настроении, а ты несчастна, — сказала Америка, не обращая внимания на тех, кто развесил уши.

— Несчастна? — удивленно переспросил Шепли.

Я растерянно открыла рот и залилась краской.

— Неправда!

Америка поковырялась в салате.

— Он почти что в нирване, а ты...

— Мерик, прекрати, — предупредила я.

Подруга пожала плечами и принялась за еду.

— Должно быть, притворяется.

Шепли толкнул ее в бок.

— Америка, так ты идешь со мной на вечеринку святого Валентина для пар?

— Разве нельзя спросить ласково? Как положено нормальному бойфренду?

— Я это делал, причем уже не раз. А ты все время говоришь: «Спроси попозже».

Подруга откинулась на стуле и надула губки.

— Я не пойду без Эбби.

Лицо Шепли исказилось от раздражения.

— В прошлый раз она все время провела с Трэвом. Ты ее почти не видела.

— Мерик, хватит строить из себя ребенка, — сказала я, кидая в нее веточку сельдерея.

Финч толкнул меня локтем.

— Будь у меня такая возможность, красотуля, я бы тебя туда сводил.

— Чертовски хорошая мысль. — У Шепли засветились глаза.

— Шеп, я не в «Сиг Тау». — Финч поморщился. — Я нигде не состою. Братства противоречат моей религии.

— Финч, пожалуйста!.. — попросила Америка.

— Дежавю, — проворчала я.

Финч искоса глянул на меня и вздохнул.

— Эбби, ничего личного. Я еще не был на свидании... с девушкой.

— Знаю. — Я потрясла головой, пытаясь скрыть смущение. — Все в порядке. Правда.

— Ты нужна мне там, — сказала Америка. — Мы заключили договор, помнишь? Никаких вечеринок поодиночке.

— Мерик, ты вряд ли будешь одна. Прекрати драматизировать, — сказала я, раздраженная этим разговором.

— Хочешь драмы? Когда на каникулах ты заболела, это я поставила рядом с твоей кроватью мусорное ведро, всю ночь держала коробку с бумажными платками и вставала, чтобы дать тебе сироп от кашля! Ты в долгу передо мной!

— Америка Мэйсон, — поморщилась я. — А я столько раз придерживала твои волосы, когда тебя тошнило!

— Ты чихала мне в лицо! — сказала Америка, показывая на свой нос.

Я сдула с лица непослушные пряди. У меня никогда не получалось переспорить Америку, если она решительно настраивалась добиться своего.

— Отлично, — сквозь зубы сказала я, а потом подарила подруге свою самую фальшивую улыбку. — Ты пойдешь со мной на дурацкую вечеринку «Сиг Тау» по случаю Дня святого Валентина?

Финч притянул меня к себе.

— Да. И только потому, что ты назвала ее дурацкой.

После обеда я пошла с Финчем на занятия, по пути обсуждая вечеринку и то, как мы оба страшимся ее. Мы сидели рядом на психологии, и я в отчаянии замотала головой, когда преподаватель начал излагать программу курса. В этот день я ее слушала уже четвертый раз!

За окном кружился снег, умоляя впустить его, а потом разочарованно падая на землю.

После занятий мимо прошел парень, которого я однажды видела в «Доме». Хлопнув по моей парте, он подмигнул мне. Я вежливо улыбнулась и повернулась к Финчу. Тот одарил меня лукавой улыбкой. Я запихнула в рюкзак учебник с ноутбуком, повесила все это на плечи и поплелась по засыпанной солью тропинке в «Морган».

На пустыре стайка ребят затеяла игру в снежки, и Финч передернулся, глядя на взмывшую в воздух бесцветную пыль.

Пока он докуривал сигарету, я составляла ему компанию. К нам подбежала Америка, потирая руки в ярко-зеленых варежках.

— Где Шеп? — спросила я.

— Поехал домой. Вроде как Трэвису понадобилась его помощь.

— А ты почему не отправилась с ним?

— Эбби, я там не живу.

— Это только в теории. — Финч подмигнул ей.

— Да, мне нравится проводить время со своим парнем. — Америка закатила глаза. — Подайте на меня в суд.

Финч бросил окурок в снег.

— Я пошел, девчонки. Увидимся за ужином?

Мы с Америкой улыбнулись и кивнули. Финч сначала поцеловал в щеку меня, потом Америку. Уходя, он держался середины мокрого тротуара, чтобы, не дай бог, не
ступить в снег.

— Он такой нелепый. — Америка покачала головой,
следя за его усилиями.

— Мерик, этот парень из Флориды. Он не привык
к снегу.

Подруга засмеялась и потянула меня к двери.

— Эбби!

Я обернулась и увидела, как мимо Финча пробежал
Паркер. Он остановился и отдышался, перед тем как заговорить. Пушок на его серой куртке вздымался с каждым вздохом, и я усмехнулась, когда Америка с любопытством взглянула на Паркера.

— Я... фух! Я хотел спросить, не желаешь ли ты где-
нибудь сегодня поужинать?

— Ну... уже пообещала Финчу сделать это с ним.

— Хорошо, не беда. Я просто хотел опробовать новую
закусочную в центре. Все говорят, что там здорово, —
сказал Паркер.

— Может, в следующий раз, — сказала я, осознавая
свою ошибку.

Я надеялась, что он не воспримет мой легкомыслен-
ный ответ как отказ. Паркер кивнул, сунул руки в карманы и удалился туда, откуда явился.

Когда мы с Америкой вошли в комнату, Кара при
виде нас скорчила гримасу и погрузилась в чтение новых учебников. После каникул ее нрав ни капли не
улучшился. Раньше я пропадала у Трэвиса, так что не-
сносные комментарии Кары и ее отношение ко мне еще
можно было терпеть. Но две непрерывные недели до
окончания семестра, проведенные в ее компании, заста-
вили меня пожалеть, что я не согласилась жить с Америкой.

— Кара! Как я соскучилась, — проговорила Америка.

— Взаимно, — проворчала Кара, не отрывая глаз от книги.

Америка принялась болтать о том, как провела день, и о планах на выходные, разумеется разработанных вместе с Шепли. Мы поискали в Интернете прикольные ролики, нахохотались до слез. Кара несколько раз раздраженно фыркнула по поводу нашего шумного поведения, но мы ее проигнорировали. Я была благодарна Америке за визит. Время пролетело так стремительно, что я даже не успела подумать, звонил ли Трэвис, пока она не собралась уходить. Америка зевнула и посмотрела на часы.

— Я спать. Эб... вот черт! — Она щелкнула пальцами. — Я оставила у Шепа косметичку.

— Мерик, это не трагедия, — ответила я, хихикая над последним роликом.

— Так-то оно так, только там у меня противозачаточные таблетки. Идем, нужно их забрать.

— А ты не можешь попросить Шепли привезти косметичку?

— Трэвис взял его машину. Он в «Реде» с Трентом.

— Опять? — Я поморщилась, под ложечкой засосало. — Почему он так много тусуется с Трентом?

— А какая разница? — пожала плечами Америка. — Идем!

— Я не хочу наткнуться на Трэвиса. Будет выглядеть нелепо.

— Ты меня хоть слушаешь? Он не дома, а в «Реде». Идем же! — заныла подруга, потянув меня за руку.

Я поднялась, все еще сопротивляясь, и Мерик вытащила меня из комнаты.

— Наконец-то. — Кара вздохнула.

Мы подъехали к квартире Трэвиса, и я заметила под лестницей «харлей», а вот «чарджер» Шепли отсутствовал. Я с облегчением вздохнула и по обледеневшим ступенькам последовала за Америкой.

— Осторожно, — предупредила она.

Знай я, каким волнующим будет новый приход в эту квартиру, ни за что бы не позволила Америке уговорить себя. Из-за угла на меня помчался Тотошка, скользнул по кафелю и врезался в ноги. Я подняла его и позволила лизнуть меня. Хоть бы он не забыл!.. Я пронесла щенка через гостиную и подождала, пока Америка найдет косметичку.

— Я точно знаю, что оставила ее здесь! — крикнула подруга из ванной, вышла в коридор и скрылась в спальне Шепли.

— Ты смотрела в шкафчике под раковиной? — спросил Шепли.

Я глянула на часы.

— Мерик, поторопись, нам пора.

Америка раздраженно вздохнула в спальне.

Я снова опустила глаза на часы, а потом вздрогнула, когда за спиной отворилась входная дверь. Внутрь проковылял Трэвис, обнимая хихикающую Меган. Мое внимание привлек пакетик в ее руке. Меня затошнило, когда я поняла, что́ это: презервативы. Вторая рука Меган повисла на шее Трэвиса так, что нельзя было разобрать, кто кого обнимает.

Трэвис окинул взглядом комнату и вдруг посреди гостиной заметил меня. Он замер, а Меган, все еще улыбаясь, перевела взгляд на мою персону.

— Голубка!.. — ошеломленно проговорил Трэвис.

— Нашла! — сказала Америка, выбегая из комнаты Шепли.

— Что ты здесь делаешь? — спросил Трэвис.

Вместе со снежинками потянуло резким запахом виски. Меня охватила злость, необходимость изображать равнодушие сразу отпала.

— Я рада видеть, Трэв, что ты стал прежним, — сказала я, а в глазах защипало и затуманилось.

— Мы как раз уходим, — рявкнула Америка, схватила меня за руку и провела мимо Трэвиса.

Мы сбежали по ступенькам к машине и, к счастью, остановились, потому что я больше не могла сдерживать слез. Вдруг моя куртка за что-то зацепилась, я чуть не опрокинулась на спину и выпустила руку Америки. Подруга споткнулась одновременно со мной. Трэвис поймал меня за куртку, и в моих глазах защипало еще сильнее на морозном ночном воздухе. На губах и воротнике Трэвиса я заметила нелепые красные мазки.

— Ты куда? — спросил он, глядя на меня мутными растерянными глазами.

— Домой, — резко ответила я, поправляя куртку.

— Что ты здесь делаешь? — проговорил парень, отпуская меня.

Я услышала скрип снега под ногами Америки. Подруга остановилась за моей спиной. Шепли помчался вниз по ступенькам, затормозил позади Трэвиса и с опаской поглядел на свою девушку.

— Извини. Знала бы, что ты будешь здесь, не пришла бы.

Трэвис сунул руки в карманы куртки.

— Гулька, ты можешь приходить сюда, когда захочешь. Незачем от меня шарахаться.

Мой голос прозвучал язвительнее, чем было необходимо:

— Не хочу отвлекать тебя!

Я посмотрела на верх лестницы, где с самодовольным видом стояла Меган, отвернулась и сказала:

— Повеселись хорошенько.

Трэвис схватил меня за руку.

— Подожди. Ты злишься?

Я вырвалась из его рук.

— Даже не знаю, чему удивляюсь.

Брови Трэвиса взметнулись.

— Я не понимаю тебя! Не понимаю! Ты говоришь, что все кончено... и я чертовски несчастен! Мне пришлось вдребезги разбить телефон, чтобы не названивать тебе каждую минуту каждого проклятого дня. Я притворялся в универе, что все хорошо, чтобы ты была счастлива... а тебе, черт побери, угодно злиться? Ты разбила мое чертово сердце!

— Трэвис, ты пьян. Пусть Эбби едет домой, — сказал Шепли.

Трэвис схватил меня за плечи и притянул к себе.

— Я нужен тебе или нет? Гулька, хватит мучить меня!

— Я пришла сюда не к тебе, — сказала я, сердито глядя на него.

— Мне она не нужна, — сказал Трэвис, глядя на мои губы. — Голубка, я так несчастен. — Его глаза заблестели, и он нагнулся, чтобы поцеловать меня.

Я схватила его за подбородок, оттолкнула и с отвращением проговорила:

— Трэвис, у тебя на губах ее помада.

Он отступил на шаг, краем рубашки вытер губы, посмотрел на красные следы на белой ткани и покачал головой.

— Я просто хотел забыться. На одну чертову ночь.

Я стерла навернувшиеся слезы.

— Тогда не останавливайся.

Я направилась к «хонде», но Трэвис снова перехватил меня. В следующую секунду к нам подбежала Америка и стала бить кулаками по его руке. Он посмотрел на нее, не веря своим глазам. Америка заколотила парню в грудь. Подруга не отставала, пока он не отпустил меня.

— Оставь ее в покое, подонок!

Шепли схватил мою заступницу, но она оттолкнула его, повернулась и дала Трэвису пощечину. Я вздрогнула от резкого громкого шлепка. Все на секунду замерли, пораженные внезапной яростью Америки. Трэвис нахмурился, но защищаться не стал. Шепли снова схватил Америку и, удерживая за запястья, потащил в «хонду». Подруга яростно отбивалась, пыталась вырваться. Ее светлые волосы разметались по сторонам. Подумать только, осмелилась напасть на Трэвиса! В ее обычно беззаботном взгляде теперь сквозила неподдельная ненависть.

— Как ты мог? Трэвис, она заслуживает лучшего!

— Америка, хватит! — Еще никогда Шепли не кричал при мне так громко.

Подруга опустила руки, с неверием и злостью глядя на своего бойфренда.

— Ты его защищаешь?!

Шепли заметно нервничал, но не сдавал позиций.

— Эбби сама порвала с ним. Он пытается жить дальше.

Америка прищурилась и вырвала руку.

— Почему бы тебе тоже не пойти и не найти первую попавшуюся шлюху?.. — Она взглянула на Меган. — Мог бы привезти ее из «Реда» домой и трахнуть. Вдруг это поможет тебе забыть меня.

— Мерик!.. — Шепли ухватился за нее, но она выскользнула, села за руль и хлопнула дверью.

Я устроилась рядом, пряча глаза от Трэвиса.

— Детка, не уходи, — взмолился Шепли, прислонившись к стеклу.

Америка завела машину.

— Шеп, здесь есть две стороны: правильная и противоположная. Ты занял не ту.

— Я на твоей стороне, — с отчаянием сказал он.

— Больше нет, — ответила Америка, сдавая назад.

— Америка? Америка! — крикнул вслед Шепли.

Подруга выехала на дорогу, оставляя его позади.

— Мерик!.. — Я вздохнула. — Ты не можешь порвать с ним из-за этого. Он прав.

Америка положила ладонь на мою руку и сжала ее.

— Это не так. Ничего из случившегося нельзя считать правильным.

Когда мы заехали на парковку рядом с «Морган-хол-лом», зазвонил телефон Америки.

Она закатила глаза и ответила:

— Больше не звони мне. Я серьезно, Шеп. Нет... потому что я этого не хочу, вот почему. Ты не можешь защищать его. Нельзя смотреть сквозь пальцы на то, как он обидел Эбби, и быть в то же время со мной. Именно это я и имею в виду, Шепли! Не важно! Эбби же не бросается в постель к первому встречному! Шепли, проблема не в Трэвисе. Он не просил тебя защищать его! Тьфу!.. Меня достало говорить об этом. Не звони мне! Пока.

Она выбралась из машины и пошла вверх по лестнице. Я пыталась угнаться за подругой, ожидая услышать, что говорил Шепли. Когда телефон снова зазвонил, Америка вырубила его.

— Трэвис заставил Шепли отвезти Меган домой. Шеп хотел заехать сюда на обратном пути.

— Мерик, ты должна с ним помириться.

— Нет, ты моя лучшая подруга. Я не могу стерпеть то, что увидела сегодня, не способна быть с тем, кто это защищает. Эбби, мы закончили этот разговор. Я серьезно!..

Я кивнула, и Америка притянула меня к себе. В обнимку мы дошли до своих комнат. Кара уже спала. Я решила не идти в душ и забралась в постель в одежде, даже не сняв куртки. Я не могла не думать о Трэвисе, ввалившемся в квартиру вместе с Меган, и о красной помаде, размазанной по его лицу. Пыталась выбросить из головы мысли о том, что произошло бы между ними, не заявись я туда. В моей душе перемешались разнообразные эмоции, и в итоге я пришла в отчаяние. Шепли был прав. Я не смела злиться на Трэвиса, но понимание этого нисколько не помогало справиться с болью.

Когда я опустилась за парту рядом с Финчем, друг покачал головой. Знаю, выглядела я ужасно. У меня едва остались силы, чтобы переодеться и почистить зубы. За ночь я проспала всего час, постоянно вспоминая красную помаду на губах Трэвиса и страдая из-за разрыва Шепли и Америки.

Подруга решила сегодня не вылезать из постели, ведь на смену злости у нее неизменно приходила депрессия.

После уроков Финч пошел со мной в столовую. Как я и опасалась, Шепли поджидал Америку у дверей.

— Где Мерик? — спросил он, увидев меня.

— Сегодня не пошла на занятия.

— Она у себя? — Он пошел к «Морган-холлу».

— Шепли, прости меня, — крикнула я ему вслед.

Он медленно повернулся и поглядел на меня так, будто дошел до белого каления.

— Как бы я хотел, чтобы вы с Трэвисом сошлись уже, черт вас дери! Не пара, а сущий торнадо! Когда вы счастливы, вокруг радость, любовь да бабочки! Когда беситесь, тянете за собой весь чертов мир!

Он зашагал прочь, а я шепнула:

— Неплохо.

Финч потащил меня в столовую.

— Весь мир. Ух ты. Как думаешь, ты сможешь применить свои навыки вуду в пятницу на тестировании?

— Посмотрим.

Финч выбрал сегодня новый столик, и я с радостью последовала за другом. Трэвис сел со своими «братьями», но даже не взял подноса и вскоре ушел. Меня он заметил только на выходе, но не остановился.

— Так, значит, Америка с Шепли тоже расстались? — что-то жуя, спросил Финч.

— Вчера мы были у Шепа. Трэвис приехал домой с Меган, и... закончилось все кошмарно.

— Ой.

— Вот так. Мне очень плохо.

Финч похлопал меня по спине.

— Эбби, ты не в силах контролировать их решения. Значит, нам удастся пропустить вечеринку в «Сиг Тау»?

— Похоже на то.

Финч улыбнулся.

— Но я все-таки свожу куда-нибудь тебя и Мерику. Будет весело.

Я прислонилась к его плечу.

— Финч, ты лучший.

О Дне святого Валентина я особо не задумывалась, но обрадовалась, что у меня появились планы. Я даже представить не могла, каково будет провести праздник наедине с Америкой, выслушивая весь вечер ее сетования по поводу Шепли и Трэвиса. Она непременно пустится в разглагольствования, иначе не будет Америкой, но на людях ее тирада хотя бы не получится такой длинной.

Закончился январь. После неудавшейся, однако достойной похвалы попытки Шепли вернуть Америку его и Трэвиса видели все реже. В феврале они и вовсе перестали появляться в столовой. Трэвиса я встречала лишь пару раз по пути в аудиторию.

В выходные перед Днем святого Валентина Америка и Финч уговорили меня пойти в «Ред», и всю дорогу до клуба я опасалась застать там Трэвиса. Мы зашли внутрь, и, не увидев его, я с облегчением вздохнула.

— Первый круг выпивки за мной. — Финч указал на столик и двинул сквозь толпу к бару.

Мы сидели и наблюдали, как танцпол наполняется пьяными студентами. После пятой выпивки Финч потянул нас танцевать. Я наконец расслабилась и решила хорошенько отдохнуть. Мы хихикали и часто врезались друг в друга, а потом зашлись истерическим смехом, когда парень по соседству крутанул свою партнершу, не удержал ее и повалил на пол.

Двигаясь в такт музыке, Америка подняла руки над головой. Ее кудряшки прыгали из стороны в сторону. Я засмеялась, увидев коронную танцевальную рожицу подруги, а потом резко остановилась, когда за ее спиной вырос Шепли. Он что-то шепнул ей на ухо, и она развернулась. Они обменялись парой слов, потом Америка взяла меня за руку и повела к столику.

— Ну конечно. Как только я иду развеяться, появляется он, — проворчала она.

Финч принес нам еще по рюмке.

— Подумал, вам понадобится.

— И правильно подумал. — Америка запрокинула голову до того, как мы сказали тост, а я покачала головой, чокаясь с Финчем.

Я удерживала взгляд на лицах друзей, но понимала, что где Шепли, там и Трэвис. Заиграла новая мелодия, и Америка поднялась из-за стола.

— Черт возьми, я не собираюсь весь вечер сидеть.

— Вперед, девочка моя! — Финч улыбнулся, следуя за ней на танцпол.

Я пошла за ними, ища глазами Шепли, но он куда-то исчез. Тогда я немного расслабилась, стараясь избавиться от мысли, что Трэвис явится на танцпол с Меган. Рядом с Америкой отплясывал парень из общаги. Подруга улыбалась ему, чтобы отвлечься. Как мне показалось, она пыталась создать видимость, что ей хорошо, в надежде, что Шепли заметит это. Я на секунду отвернулась, а когда снова посмотрела на Америку, ее партнер исчез. Она пожала плечами, не переставая трясти бедрами в такт музыке.

Когда заиграла следующая песня, рядом с Америкой появился другой парень, а его приятель решил потанцевать со мной. Через пару секунд мой новый партнер ока-

зался за моей спиной и положил ладони мне на талию.
Словно прочитав мои мысли и поняв, что я сомневаюсь,
он тут же убрал руки. Я обернулась, но он исчез. Взглянув
на Америку, я заметила, что и второй парень тоже сгинул.

Финч заметно нервничал. Увидев его лицо, Америка
изогнула бровь, но тот лишь покачал головой и продолжил танцевать.

К третьей песне я вспотела и ужасно устала. Вернувшись за столик, я положила отяжелевшую голову на руку и посмеялась, когда увидела, что Америку пригласил
танцевать еще один бедолага. Она подмигнула мне, но
вдруг ее кавалера кто-то сдернул с танцпола, и он затерялся в толпе.

Я встала и обошла площадку, глядя в том направлении, куда потащили парня. Алкоголь в моей крови тотчас
же воспламенился, когда я обнаружила Шепли, держав-
шего удивленного студента за шкирку. Рядом стоял Трэвис и истерически смеялся, пока не увидел меня. Он ударил Шепли по руке. Тот посмотрел в мою сторону и сразу же бросил свою жертву на пол.

Все стало ясно как день. Они заводили сюда парней,
которые танцевали с нами, и угрозами заставляли их держаться от нас подальше.

Я свирепо взглянула на эту парочку и направилась
к Америке, продираясь сквозь плотную толпу. Мне даже пришлось отпихнуть с дороги пару человек. Не успела я добраться до танцпола, как Шепли схватил меня за
руку.

— Не говори ей! — попросил он, пытаясь сдержать
улыбку.

— Шеп, какого черта ты творишь?

Он пожал плечами, довольный собой.

— Я люблю ее, поэтому не допущу, чтобы с ней танцевали другие.

— Тогда зачем было трогать парня, танцующего со
мной? — спросила я, скрестив руки на груди.

— Это не я, — сказал Шепли, мельком глянув на Трэвиса. — Извини, Эбби. Мы просто веселились.

— Совсем не весело.

— Что не весело? — спросила Америка, сердито глядя на Шепли.

Он сглотнул и умоляюще посмотрел на меня. Я была в долгу перед ним, поэтому держала язык за зубами.

Шепли понял, что я не выдам его, облегченно вздохнул и с обожанием посмотрел на Америку.

— Потанцуем?

— Нет, я не хочу, — сказала она, возвращаясь к столику.

Он последовал за ней, оставив нас с Трэвисом наедине.

— Потанцуем? — пожал плечами Трэвис.

— Что? Разве Меган не здесь?

Он покачал головой.

— Раньше ты была такой милой, когда напивалась.

— Очень рада разочаровать тебя. — Я повернулась к бару.

Трэвис пошел следом и столкнул со стульев двух парней. Несколько секунд я сердито смотрела на него, но он как ни в чем не бывало сел и только потом выжидающе глянул на меня.

— Сядешь? Принесу тебе пива.

— Думала, ты не покупаешь девушкам напитки в баре.

Трэвис повернул голову в мою сторону и раздраженно нахмурился.

— Но ты особенная.

— Ага, ты это всегда говоришь.

— Да ладно, Гулька. Что стало с нашей дружбой?

— Трэвис, мы, очевидно, не можем быть друзьями.

— Почему?

— Потому что я не хочу видеть, как ты каждый вечер лапаешь других девиц, а ты не подпустишь никого танцевать со мной.

— Я люблю тебя. — Он улыбнулся. — Я не могу позволить другим парням танцевать с тобой.

— Правда? Насколько сильно ты любил меня, когда покупал ту коробку презервативов?

Трэвис вздрогнул. Я направилась к столику и увидела, как Шепли и Америка, крепко переплетясь в объятиях, целуются со всей страстью.

— Сдается, мы все же идем на вечеринку «Сиг Тау», — нахмурился Финч.

— Вот черт!.. — Я вздохнула.

ГЛАВА 18

ХЕЛЛЕРТОН

С момента воссоединения Америка в «Моргане» не появлялась. Она отсутствовала за обедами, звонила редко. Я вовсе не винила ее. Им с Шепли нужно было многое наверстать после разлуки. Если честно, я даже радовалась тому, что Америка слишком занята и не звонит из квартиры. Я терялась, слыша на заднем плане голос Трэвиса, и слегка завидовала подруге, ведь она находилась рядом с ним, а я нет.

С Финчем мы виделись довольно часто. Эгоистично, конечно, но я была благодарна судьбе за то, что он так же одинок, как и я. Мы вместе ходили на занятия, обедали, учились, и даже Кара привыкла к его компании.

Мои пальцы слегка онемели, пока я стояла у «Морган-холла» и ждала, когда Финч докурит.

— Ты бы мог, как вариант, бросить курить. А то я обморожусь, стоя тут с тобой ради моральной поддержки.

— Я обожаю тебя, Эбби. — Финч засмеялся. — Но курить не брошу.

— Эбби!..

Я повернулась и увидела на тротуаре Паркера. Он прятал руки в карманах, нос покраснел на холоде, а губы увлажнились. Я засмеялась, когда Паркер достал воображаемую сигарету и выдохнул несуществующий дым в морозный воздух.

— Финч, ты сэкономил бы уйму денег. — Паркер улыбнулся.

— Почему сегодня все критикуют мою привычку? — раздраженно спросил тот.

— Что такое, Паркер? — спросила я.

Он вынул из кармана два билета.

— Вышел новый фильм про Вьетнам. Подумал, ты захочешь сходить, поэтому решил купить билеты на сегодняшний вечер.

— Только не дави на нее, — сказал Финч.

— Я могу пойти с Брэдом, если у тебя какие-то планы. — Паркер пожал плечами.

— Это не свидание? — спросила я.

— Нет. Мы просто друзья.

— Да уж, видели мы, что из этого получается, — поддразнил Финч.

— Замолчи! — Я хихикнула. — Паркер, очень заманчивое предложение, спасибо.

Его глаза засияли.

— Как насчет пиццы перед кино? Я не очень люблю попкорн и всякую дребедень.

— Пицца подойдет, — согласилась я.

— Фильм начнется в девять, поэтому я заберу тебя в полседьмого.

Я кивнула, и Паркер махнул мне на прощание.

— Боже! — сказал Финч. — Ты маньячка, Эбби. Ведь знаешь, что с Трэвисом это не прокатит.

— Ты же слышал. Это не свидание. И я не собираюсь подстраивать свои планы под Трэвиса. Он не посоветовался со мной, прежде чем привел домой Меган.

— Никак не можешь забыть?

— Похоже на то.

Мы с Паркером заняли столик в углу, я потерла руки в варежках, пытаясь согреться, и улыбнулась, вспомнив, что именно здесь сидела в первый раз с Трэвисом.

— Что смешного? — спросил Паркер.

— Мне просто нравится это место. Хорошие были времена.

— Я заметил браслет, — сказал он.

Я посмотрела на бриллианты, сияющие на моем запястье.

— Так ведь я говорила, что он мне нравится.

Официантка принесла меню и приняла заказ на напитки. Паркер рассказал мне про свое весеннее расписание и поделился успехами в подготовке к экзаменам. К тому времени как официантка принесла бокалы, я поняла, что Паркер заметно нервничает. Казалось, он еле дышит. Не решил ли парень вопреки своим словам, что мы все-таки на свидании.

Паркер прокашлялся.

— Извини, что не даю и слова сказать. — Он постучал по горлышку бутылки и покачал головой. — Просто я так давно не разговаривал с тобой. Столько всего накопилось.

— Все в порядке.

В этот момент на двери зазвенел колокольчик и вошли Шепли и его кузен. Наши с Трэвисом взгляды тотчас же встретились, вот только он совсем не удивился.

— Господи, — выдохнула я.

— Что? — Паркер обернулся, когда вновь прибывшие расположились на другой стороне зала.

— Тут рядом есть закусочная, можем пойти туда, — тихо проговорил Паркер, сразу разволновавшись.

— Сейчас не самый подходящий для этого момент, — проворчала я.

— Наверное, ты права. — Паркер поник.

Мы попытались возобновить беседу, но получалось плохо. Около Трэвиса официантка простояла намного больше положенного, оправляя волосы и переминаясь с ноги на ногу. Когда Трэвис ответил по мобильнику, она наконец очнулась и приняла наш заказ.

— Я буду тортеллини, — сказал Паркер, глядя на меня.

— А я... — На этом я замолчала, отвлекшись на Трэвиса и Шепли: те встали из-за стола.

Трэвис последовал за Шепли к выходу, но замешкался и повернулся. Когда он увидел, что я наблюдаю за ним, то двинул прямиком через весь зал. Официантка с надеждой заулыбалась, словно он шел попрощаться с ней. Но ее ждало разочарование. Он стал рядом со мной и даже не взглянул в ее сторону.

— Гулька, через сорок пять минут у меня бой. Я хочу, чтобы ты была там.

— Трэв...

На его лице застыло непреклонное выражение, но в глазах была напряженность. То ли дело в моем свидании с Паркером, то ли Трэвису действительно хочется, чтобы я была в клубе? Хотя решение я приняла в ту же секунду.

— Ты нужна мне там. Это повторный матч с Брэди Хоффманом из «Стейта». Соберется большая толпа, денег будет уйма... Адам говорит, Брэди готовился к матчу.

— Ты уже дрался с ним, Трэвис, и знаешь, что легко победишь.

— Эбби... — тихо произнес Паркер.

— Ты нужна мне там, — повторил Трэвис, подрастеряв уверенность.

Я посмотрела на Паркера и виновато улыбнулась.

— Извини.

— Ты это серьезно? — У него брови полезли на лоб. — Вот так уйдешь посреди ужина?

— Ты ведь можешь еще позвонить Брэду? — спросила я, вставая.

Края рта у Трэвиса безостановочно ползли вверх, он бросил на стол двадцатку.

— Этого хватит?

— Меня не волнуют деньги. Эбби...

— Паркер, он мой лучший друг. — Я пожала плечами. — Если я нужна ему там, то должна пойти.

Трэвис взял меня за руку и повел наружу. Паркер, совершенно растерянный, смотрел нам вслед. Шепли уже сидел в «чарджере», по телефону разнося новости. Трэвис сел со мной на заднее сиденье и крепко сжал мою руку.

— Трэв, я только что говорил с Адамом, — произнес Шепли. — Он сказал, ребята из «Стейта» уже появились, пьяные и с кучей бабла. Они все на взводе. Может, лучше не везти туда Эбби?

— Ты присмотришь за ней, — заявил Трэвис.

— А где Америка? — спросила я.

— Готовится к тесту по физике.

— Да уж, там приличная лабораторка, — сказал Трэвис, а я усмехнулась и посмотрела на него.

Он тоже улыбался.

— Откуда ты знаешь про лабораторку? — поинтересовался Шепли. — У тебя же не было физики.

Трэвис ухмыльнулся, и я толкнула его локтем в бок. Он поджал губы, пытаясь перебороть смех, а потом подмигнул мне. Когда наши пальцы переплелись, с его губ слетел легкий выдох. Я знала, о чем он думает, ведь сама испытывала то же самое. В эти драгоценные минуты создавалось ощущение, что все по-прежнему.

Мы заехали на неосвещенную стоянку. Трэвис все время держал меня за руку, пока мы не забрались через окно в подвал научного корпуса Хеллертона. Его построили всего год назад, поэтому внутри не воняло грязью и сыростью, как в других подвалах.

Как только мы вышли в коридор, донесся рев толпы. Я глянула в проем и увидела океан лиц, по большей части незнакомых. Каждый держал в руках пиво, но студентов колледжа «Стейт» было легко найти в толпе. Именно они пошатывались из стороны в сторону с полузакрытыми глазами.

— Голубка, не отходи от Шепли. Здесь будет кошмар. — Трэвис, стоя у меня за спиной, окинул взглядом толпу и покачал головой при виде такого скопления людей.

В студенческом городке здание Хеллертона было самым вместительным, поэтому Адам часто проводил здесь бои, когда ожидал огромную толпу. Несмотря на обширность территории, многие жались к стенам и толкали друг друга, чтобы занять место получше.

Из-за угла появился Адам, явно недовольный моим присутствием.

— Трэвис, я, кажется, советовал тебе не приводить на бои свою девушку.

— А она больше и не моя девушка. — Трэвис пожал плечами.

Внешне я оставалась спокойной, но столь непринужденная фраза полоснула меня словно ножом по сердцу. Адам взглянул на наши сцепленные руки, а потом поднял глаза на Трэвиса.

— Я никогда вас не пойму.

Он покачал головой и повернулся к толпе. По лестнице все еще стекался народ, а те, кто уже пришел, стояли плотно, плечом к плечу.

— Сегодня здесь безумие какое-то, Трэвис, так что без фокусов.

— Адам, я постараюсь всех развлечь.

— Я не за это волнуюсь. Брэди ведь тренировался.

— Я тоже.

— Чушь собачья. — Шепли засмеялся.

Трэвис пожал плечами.

— На прошлой неделе я подрался с Трентом. Шустрый стал паршивец.

Я усмехнулась, и Адам сердито зыркнул на меня.

— Трэвис, отнесись к этому серьезно, — сказал он. — Сегодня на кону много денег.

— А я что, несерьезен? — проговорил Трэвис, уставший от нотаций.

Адам повернулся, поднес к губам мегафон и встал на стул, возвысившись над морем пьяных зрителей. Трэвис притянул меня к себе. Адам поприветствовал толпу, а потом принялся оглашать правила.

— Удачи, — сказала я, кладя ладонь Трэвису на грудь.

Раньше я никогда не нервничала на его боях, за исключением матча с Броком Макмэнном в Вегасе, но теперь не могла отделаться от зловещего предчувствия. Оно появилось, как только мы ступили в Хеллертон. Что-то было не так, и Трэвис это тоже заметил.

Он притянул меня за плечи, поцеловал в губы, потом резко отстранился и коротко кивнул.

— Вот и вся удача, которая мне нужна.

Я еще находилась под впечатлением от теплых губ Трэвиса, когда Шепли отвел меня в сторону, к стене позади Адама. Меня толкали и пихали, что напомнило о первом увиденном мною поединке Трэвиса. Но на этот раз толпа вела себя еще более разнузданно, некоторые студенты «Стейта» настроились довольно враждебно. Когда Трэвис вышел на арену, парни из «Истерна» стали всячески подбадривать его, а ребята из «Стейта» разрывались между освистыванием чужака и поддержкой Брэди.

Со своего места я отлично видела, как Брэди навис над Трэвисом, дергаясь от нетерпения. На лице Трэвиса играла обычная улыбочка, он оставался равнодушен к творящемуся вокруг неистовству. Когда Адам дал сигнал о начале боя, Трэвис позволил Брэди нанести первый удар. Я обмерла, глядя, как в лицо Трэвису врезается кулак. Брэди действительно тренировался.

Трэвис улыбнулся, показав кровавые зубы. Он тут же собрался и стал парировать каждый удар Брэди.

— Почему он позволяет бить себя так часто? — спросила я у Шепли.

— Не думаю, что позволяет, — ответил тот, качая головой. — Эбби, не переживай. Трэвис сделает его.

Через десять минут Брэди запыхался, но по-прежнему наносил крепкие удары в бока и челюсть. Когда он попытался пнуть Трэвиса, тот поймал ногу противника, вздернул ее и с невероятной мощью ударил в нос. Потом он задрал ногу Брэдли еще выше, и тот потерял равновесие. Толпа взорвалась, когда Брэди рухнул на пол, хотя надолго там не задержался. Когда боец поднялся, из носа у него струилась темная кровь. В следующую секунду он нанес два удара Трэвису по лицу. Из рассеченной брови тут же потекла кровь, залила щеку.

Я закрыла глаза и отвернулась, надеясь, что Трэвис вскоре завершит бой. Слегка переместившись, я внезапно оказалась подхваченной людским потоком, и меня отнесло на несколько шагов от увлеченного схваткой Шепли. Попытки высвободиться провалились, и вскоре меня оттеснили к дальней стене.

Ближайший выход располагался на другой стороне помещения, на том же расстоянии, что и дверь, через которую мы пришли сюда. Толпа швырнула меня о бетонную стену с такой силой, что воздух вылетел из легких.

— Шеп! — крикнула я, махая рукой, чтобы привлечь его внимание.

Бой был в самом разгаре, и никто меня не услышал.

Какой-то парень потерял равновесие, схватился за мою кофту, попытался выпрямиться и расплескал на нее пиво. Я насквозь промокла от шеи до талии; в нос ударил резкий запах дешевого пойла. Парень все держался за мою кофту, пытаясь встать с пола. Я принялась разжимать его пальцы. Даже не взглянув, он отпустил меня и стал проталкиваться сквозь толпу.

— Эй! Я знаю тебя! — закричал мне на ухо другой парень.

Я отпрянула, сразу же узнав его. Итан, которому Трэвис угрожал в баре, — тот самый тип, что ухитрился избежать обвинений в изнасиловании.

— Да. — Я поправила кофту, пытаясь найти лазейку в плотной стене тел.

— Чудный браслет, — сказал он, проводя ладонью по моей руке и хватая за запястье.

— Эй!.. — предупредила я, вырываясь.

Итан держал мою руку, покачиваясь и улыбаясь.

— В прошлый раз наш разговор грубым образом прервали.

Я встала на носочки и увидела, что Трэвис, дважды ударив Брэди по лицу, окинул толпу взглядом. Он искал меня, вместо того чтобы сосредоточиться на бое. Мне нужно было вернуться на свое место, пока Трэвис не отвлекся слишком сильно.

Едва я сделала шаг по направлению к толпе, как Итан схватил меня за джинсы и снова прижал к стене.

— Я еще не закончил, — сказал он, похотливо глядя на промокшую кофту.

Впившись ногтями в его руку, я сбросила ее с джинсов.

— Пусти! — закричала я, когда он стал сопротивляться.

Итан засмеялся и притянул меня к себе.

— А я не хочу отпускать.

Я пыталась найти в толпе знакомое лицо и в то же время оттолкнуть Итана. Его крепкие руки с силой схватили меня. В панике я уже не могла отличить студентов «Стейта» от тех, что учились в «Истерне». Казалось, никто не замечает моей потасовки с Итаном, а из-за шума еще и не слышит. Парень прижимался ко мне, лапая за ягодицы.

— Я всегда считал, что у тебя отличная задница, — сказал он, дыша перегаром.

— Отвали! — закричала я, отпихивая его.

Я пыталась высмотреть Шепли, но тут встретилась взглядом с Трэвисом. Он наконец нашел меня в толпе и в тот же миг кинулся на людскую стену.

— Трэвис! — крикнула я, но мой голос затерялся среди рева фанатов.

Одной рукой я отталкивала Итана, а другой тянулась к Трэвису.

Попытки Трэвиса пробиться ко мне оказались тщетными. Его отбросили обратно на арену. Брэди воспользовался преимуществом и нанес удар локтем в голову. Толпа слегка притихла, когда Трэвис вырубил кого-то из зрителей, пытаясь добраться до меня.

— Отвали от нее! — крикнул он.

Между тем Итан не обращал ни на кого внимания, удерживая меня и пытаясь поцеловать.

Он провел носом по моей щеке, затем по шее и невнятно пробормотал:

— Ты великолепно пахнешь.

Я оттолкнула его голову, но, ничуть не смутившись, он схватил меня за запястье.

Распахнутыми от страха глазами я снова принялась искать Трэвиса, который в отчаянии указывал Шепли на меня.

— Забери ее! Шеп! Забери Эбби! — Он все еще пытался пробиться сквозь толпу, но Брэди вернул его в круг и снова ударил.

— Ты такая горячая штучка, знаешь об этом? — сказал Итан.

Я зажмурилась, когда моей шеи коснулись чужие губы. Во мне закипела ярость, и я снова оттолкнула его.

— Отвали, говорю! — крикнула я и вонзила колено ему в пах.

Он согнулся пополам, прижимая руку к источнику боли, другой по-прежнему держа мою кофту, и взвизгнул:

— Ах ты, сука!

В следующую секунду я оказалась свободна. Шепли схватил Итана за шиворот, вздернул и свирепо посмотрел в глаза. Он прижал мерзавца к стене, несколько раз ударил по лицу и остановился не раньше, чем изо рта и носа хлынула кровь.

Шепли потащил меня к лестнице, отпихивая всех, кто вставал на пути. Он помог мне выбраться через окно, а потом спуститься по пожарной лестнице. Первым спрыгнул вниз и поймал меня.

— Эбби, ты в порядке? Он ничего тебе не сделал? — спросил Шепли.

Рукав моей кофты держался на честном слове, а в остальном я оказалась целой и невредимой. Я покачала головой, по-прежнему пребывая в шоковом состоянии. Шепли осторожно обхватил мое лицо и посмотрел в глаза.

— Эбби, скажи, ты в порядке?

Я кивнула. Когда в крови поутих адреналин, на глаза навернулись слезы.

— Я в порядке.

Шепли обнял меня и прислонился щекой к моему лбу, а потом напрягся.

— Трэв, сюда!

Со всех ног к нам мчался Трэвис, остановившийся только тогда, когда я оказалась в его объятиях. Он был весь в крови, глаз затек, на губах тоже кровь.

— Боже правый, она не пострадала? — спросил он.

Шепли все еще держал руку у меня на спине.

— Эбби сказала, что нет.

Трэвис отстранился на расстояние вытянутой руки и нахмурился.

— Гулька, ты цела?

Я кивнула и увидела первых зрителей, появившихся в окне над пожарной лестницей. Трэвис крепко обнимал меня и молчаливо всматривался в лица. Вот спустился невысокий парень и замер, увидев на тротуаре нас.

— Ты!.. — зарычал Трэвис.

Он выпустил меня, пробежал через лужайку и опрокинул парня на землю. Я в страхе повернулась к Шепли.

— Этот тип все время толкал Трэвиса обратно на арену, — сказал тот.

Пока двое боролись на земле, вокруг собралась толпа зевак. Трэвис снова и снова бил парня по лицу. Тяжело дыша, Шепли прижимал меня к себе. Парень прекратил сопротивляться, и Трэвис оставил в покое окровавленное тело.

Зрители расступились, видя в глазах Трэвиса ярость и давая ему пройти.

— Трэвис! — крикнул Шепли, указывая.

В тени крался Итан, придерживаясь за кирпичную стену Хеллертона. Услышав крик Шепли, он повернулся как раз вовремя, чтобы увидеть своего противника. Итан похромал через лужайку, бросив бутылку с пивом; он стремился поскорее выбежать на улицу. Когда он добрался до машины, Трэвис схватил его и ударил о корпус.

Итан просил пощады, даже когда Трэвис бил его головой о дверцу машины. Мольбы стихли после громкого удара черепом о лобовое стекло. Трэвис оттащил Итана к передку автомобиля и разбил фару его макушкой, затем бросил на капот, лицом вниз, и стал выкрикивать ругательства.

— Черт, — сказал Шепли.

Я повернулась и увидела красно-синие огни полицейской машины, быстро приближавшейся к нам. С пожарной лестницы люди стали прыгать чаще, образовался настоящий водопад. Студенты разбегались во все стороны.

— Трэвис! — закричала я.

Он оставил на капоте обмякшего Итана и ринулся к нам. Шепли потащил меня на стоянку, рывком открыл дверцу. Я прыгнула на заднее сиденье и с волнением дождалась, когда все усядутся. Автомобили срывались со своих мест, выезжали с парковки, но проезд заблокировала вторая полицейская машина.

Парни запрыгнули ко мне. Увидев, что единственный выезд перекрыт, Шепли выругался, нажал на газ и выбросил «чарджер» на обочину. Мы пронеслись по газону между двумя зданиями и снова вылетели на дорогу за университетом.

Шепли вдавил ногу в педаль газа, раздался визг шин и рев мотора. Когда мы резко повернули, меня мотнуло в сторону. Я больно ударилась обо что-то ободранным локтем.

Мы мчались по пустым улицам, освещенным фонарями. Казалось, дорога заняла не меньше часа.

Шепли припарковал «чарджер» и выключил зажигание. Парни вышли из машины, не обмолвившись ни словом. Трэвис поднял меня на руки.

— Что случилось? — По лестнице сбежала Америка. — Матерь Божья, Трэвис, что с твоим лицом?

— Расскажу тебе внутри, — сказал Шепли, ведя ее к двери.

Трэвис пронес меня наверх, через гостиную, и посадил на свою кровать. Тотошка прыгал у моих ног, а потом забрался на койку и лизнул меня в лицо.

— Не сейчас, дружище, — тихо произнес Трэвис.

Он отнес щенка в коридор и закрыл дверь.

Затем он опустился передо мной на колени и прикоснулся к оторванному рукаву. Я взглянула в лицо Трэвису. Вокруг красного, опухшего глаза намечался синяк. Ссадина над бровью покрылась кровью. Губы окрасились в алый цвет, а кожа на костяшках кое-где оказалась содранной. Белая футболка была в крови, земле и травяном соке.

Я прикоснулась к глазу Трэвиса, он вздрогнул и отвел мою руку.

— Извини, Голубка. Я... — Парень прокашлялся, обуреваемый злостью и тревогой. — Я не смог добраться до тебя.

— Попросишь Америку отвезти меня в «Морган»? — спросила я.

— Ты не можешь сегодня вернуться туда. Повсюду копы. Оставайся здесь. Я посплю на диване.

Я прерывисто вздохнула, пытаясь сдержать слезы. Ни к чему Трэвису видеть их, он и так переживает.

Он поднялся и открыл дверь.

— Куда ты? — поинтересовалась я.

— Приму душ. Скоро вернусь.

Мимо него протиснулась Америка, села и обняла меня.

— Прости, что не была рядом! — Она всхлипнула.

— Я в порядке, — сказала я, смахивая слезы с перепачканного лица.

Шепли постучался и вошел внутрь, держа полстакана виски.

— Вот, — сказал он, отдавая спиртное Америке.

Она обхватила стакан руками и пихнула меня.

Я запрокинула голову, обжигая горло алкоголем. Когда виски достигло желудка, я поморщилась.

— Спасибо, — сказала я, возвращая Шепли стакан.

— Я даже не понял сначала, что случилось. Эбби, извини.

— Шеп, ты не виноват. Никто не виноват.

— А Итан? — закипел он. — Подонок чуть ли не насиловал тебя у стены.

— Дорогая моя! — вскрикнула Америка и притянула меня к себе.

— Мне нужно еще выпить, — сказала я.

— Мне тоже, — кивнул Шепли, возвращаясь на кухню.

В комнату вошел Трэвис с полотенцем вокруг бедер. Он прикладывал к глазу холодную банку пива. Америка молча покинула комнату, Трэвис надел трусы, а потом взял свою подушку. На этот раз Шепли принес четыре стакана, до краев наполненных янтарной жидкостью. Мы без промедления проглотили виски.

— Увидимся утром. — Америка поцеловала меня в щеку.

Трэвис взял мой стакан и поставил на тумбочку. Несколько секунд он смотрел на меня, потом подошел к шкафу, достал оттуда футболку и бросил на кровать.

— Извини, я такой осел, — сказал парень, вновь прикладывая пивную банку к глазу.

— Выглядишь ужасно. Завтра будет еще хуже.

Он с отвращением покачал головой.

— Эбби, сегодня досталось тебе. За меня не волнуйся.

— Сложно не волноваться, когда у тебя глаз заплыл. — Я положила на колени футболку.

Трэвис стиснул зубы, потом заявил:

— Позволь я тебе остаться с Паркером, этого бы не случилось. Но я знал, что ты пойдешь со мной, если попрошу.

Слова Трэвиса застали меня врасплох.

— Поэтому ты позвал меня? Хотел что-то доказать Паркеру?

— Не без того, — смущенно признался Трэвис.

От моего лица отхлынула кровь. Впервые Трэвис обвел меня вокруг пальца. Я пошла в Хеллертон, веря, что он нуждается во мне, что вопреки всему мы вернулись к прежним отношениям, но стала лишь средством, чтобы пометить территорию, не более, и сама позволила Трэвису поступить так.

— Убирайся, — со слезами на глазах сказала я.

— Голубка... — Трэвис шагнул ко мне.

— Убирайся! — Я схватила с тумбочки стакан и бросила его в Трэвиса.

Он пригнулся, стакан ударился о стену и разлетелся на миллион крошечных сверкающих осколков.

— Ненавижу тебя!

Грудь Трэвиса всколыхнулась, будто кто ударил его. Со страдальческим выражением лица он ушел, оставив меня одну.

Я сбросила с себя одежду и натянула футболку. Звуки, вырвавшиеся из моего горла, удивили меня. Давно уже я не плакала навзрыд. Через секунду в комнату влетела Америка.

Она забралась на кровать и обняла меня. Подруга не задавала вопросов и не пыталась утешить, просто прижимала меня к себе, позволяя моим слезам насквозь пропитать подушку.

ГЛАВА 19

ПОСЛЕДНИЙ ТАНЕЦ

Не успело солнце подняться над горизонтом, как мы с Америкой тихо покинули квартиру. По пути в «Морган» молчали. Я была благодарна подруге за эту тишину, не хотела говорить и думать, хотела только выкинуть из памяти последние двенадцать часов.

Все мое тело ныло, будто я побывала в автокатастрофе; любое шевеление стоило неимоверных усилий. Зайдя в комнату, я увидела, что постель Кары заправлена.

— Я немного побуду здесь, можно? — спросила Америка. — Ты мне дашь щипцы для выпрямления волос?

— Мерик, со мной все в порядке. Иди учиться.

— Нет, не в порядке. Я не хочу оставлять тебя одну.

— Сейчас как раз это мне и необходимо.

Америка открыла рот, чтобы возразить, но лишь вздохнула. Я не изменила бы своего решения.

— После учебы навещу тебя. Отдыхай.

Я кивнула и заперла за ней дверь. Кровать скрипнула, когда я с раздраженным вздохом рухнула на нее. Все это время я думала, что Трэвис нуждается во мне, но сейчас казалась себе новой блестящей игрушкой, как назвал меня Паркер. Трэвис хотел доказать этому субъекту, что я по-прежнему принадлежу ему. Ему.

— Я ничья, — сказала я пустой комнате.

Когда эти слова проникли в мой мозг, меня захлестнуло разочарование прошлой ночи. Я никому не принадлежала.

Так одиноко мне еще не было никогда.

————

Финч поставил передо мной бутылку из темного стекла. Никто из нас не был в настроении веселиться. Меня утешало лишь то, что, по словам Америки, Трэвис всеми правдами и неправдами будет избегать вечеринки. С потолка свисали пустые пивные банки, обернутые розовой и красной упаковочной бумагой. Кругом мелькали красные платья всевозможных фасонов. Столы были усыпаны крошечными сердечками из фольги. Финч закатил глаза из-за нелепости декораций.

— День святого Валентина в доме братства, что может быть романтичнее, — сказал он, глядя на проходящие мимо парочки.

С самого нашего приезда Шепли и Америка танцевали внизу, а мы с Финчем протестовали, сидя на кухне. Я быстро опустошила бутылку, пытаясь стереть воспоминания о прошлой вечеринке для пар, где была с Трэвисом.

Зная о моем подавленном состоянии, Финч открыл новую бутылку и вручил мне.

— Принесу еще, — сказал он, возвращаясь к холодильнику.

— Гостям — кег, а бутылки для «Сиг Тау». — Девушка, появившаяся рядом, ехидно усмехнулась.

Я посмотрела на красный стаканчик в ее руке и проговорила:

— Тебе это сказал твой бойфренд, потому что рассчитывал на дешевое свидание.

Девушка прищурилась, оттолкнулась от стойки и удалилась.

— Кто это? — спросил Финч, ставя передо мной четыре бутылки.

— Какая-то стерва из сестричества, — проворчала я, глядя, как она уходит.

Когда к нам присоединились Шепли и Америка, рядом со мной стояло уже шесть пустых бутылок. Во рту все онемело, и мне стало легче улыбаться. Я расслабленно прислонилась к столешнице. Трэвис не появился, как и обещал, и я могла провести остаток вечеринки в спокойствии.

— Вы будете танцевать или как? — спросила Америка.

Я взглянула на Финча.

— Финч, ты пойдешь со мной?

— А ты еще в состоянии танцевать? — Он изогнул бровь.

— Есть только один способ проверить, — ответила я, потянув его вниз по лестнице.

Мы качались из стороны в сторону и тряслись, пока я вся не вспотела. Когда я уже думала, что мои легкие взорвутся, зазвучала медленная песня. Финч неуверенно глядел на танцующие парочки.

— Ты меня и под это заставишь танцевать? — спросил он.

— Финч, это же День святого Валентина. Представь, что я парень.

Он засмеялся и притянул меня к себе.

— Сложно, когда на тебе это коротенькое розовое платьице.

— Ну и что. Можно подумать, ты не видел никогда парня в платье.

— И то верно. — Финч пожал плечами.

Я хихикнула и положила голову ему на плечо, двигаясь под медленную музыку. От алкоголя мое тело стало тяжелым, движения заторможенными.

— Ты не против, Финч, если я украду ее?

Рядом стоял Трэвис, с озорным взглядом ожидая моей реакции. У меня моментально вспыхнули щеки.

Финч посмотрел на меня, потом на Трэвиса.

— Конечно.

— Финч!.. — зашипела я в спину уходящему другу.

Трэвис притянул меня к себе, пытаясь сохранять между нами приличное расстояние.

— Мне казалось, ты не собирался приходить.

— Да, но я знал, что ты здесь, и был обязан прийти.

Я смотрела куда угодно, только не Трэвису в глаза. Остро ощущала каждое движение его тела — то, как он вдавливал пальцы в мою кожу, как переступал. Он провел руками по моему платью. Я совсем растерялась, пытаясь притворяться, что ничего не замечаю. Глаз Трэвиса уже поджил, синяк почти исчез, а красные царапины и вовсе испарились, будто я их выдумала. Все следы той ужасной ночи стерлись, остались лишь жалящие воспоминания.

Трэвис следил за каждым моим движением, а на середине песни вздохнул.

— Гулька, ты такая красивая.

— Не начинай.

— Чего не начинать? Нельзя сказать, что ты красивая?

— Не начинай, и все.

— Я не хотел.

— Спасибо, — раздраженно фыркнула я.

— Нет, ты очень красивая. Серьезно. Я о том, что сказал в спальне. Не буду врать. Я с огромным удовольствием увел тебя со свидания с Паркером...

— Трэвис, это было не свидание. Мы просто ужинали. Теперь он не разговаривает со мной, спасибо тебе большое.

— Я слышал об этом. Мне жаль.

— Нет, не жаль.

— Ты права, — запинаясь, сказал он, когда увидел мое рассерженное лицо. — Но я... Это не единственная причина, по которой я взял тебя на бой. Гулька, ты была мне там нужна. Ты мой талисман.

— Запомни, я для тебя — никто, — резко сказала я, свирепо глядя на него.

Брови Трэвиса взметнулись, он остановился.

— Ты для меня — всё.

Я поджала губы, пытаясь оставаться разъяренной, но, когда он так смотрел, невозможно было злиться на него.

— У тебя ведь нет ко мне ненависти? — спросил парень.

Я отвернулась, создавая между нами пространство, и проговорила:

— Иногда я жалею об этом. Все стало бы гораздо проще, черт побери.

Трэвис еле заметно улыбнулся.

— Что бесит тебя больше? Мой поступок, из-за которого можно возненавидеть меня? Или твоя неспособность сделать это?

Внутри снова вспыхнула ярость. Я оттолкнула Трэвиса и побежала мимо него на кухню. На глаза уже наворачивались слезы, но я не собиралась превращаться в плаксу у всех на виду. Финч стоял рядом со столом, и я с облегчением вздохнула, когда он сунул мне пиво.

Весь следующий час я наблюдала, как Трэвис отшивал девчонок и поглощал виски в гостиной. Каждый раз, когда он ловил мой взгляд, я отворачивалась, намереваясь завершить вечер без скандалов.

— Выглядите невеселыми, — сказал нам с Финчем Шепли.

— Ага, такие унылые, что просто сил нет, — проворчала Америка.

— Не забывайте, мы не хотели приходить, — напомнил Финч.

Америка состроила свою знаменитую мордашку.

— Эбби, ты могла бы притвориться. Ради меня.

Не успела я ляпнуть что-нибудь грубое, как Финч прикоснулся к моей руке.

— Думаю, мы выполнили свой долг. Эбби, ты готова уйти?

Быстро прикончив пиво, я взяла Финча за руку. Я очень хотела уйти, но вдруг внизу зазвучала наша с Трэвисом песня, под которую мы танцевали в мой день рождения, и ноги замерли сами по себе. Я схватила бутылку Финча и сделала глоток, пытаясь заглушить воспоминания.

К столешнице прислонился Брэд и спросил:

— Потанцуем?

Я улыбнулась и покачала головой.

Он начал что-то говорить, но вдруг его кое-кто перебил:

— Потанцуй со мной.

Трэвис стоял всего в нескольких шагах, протянув руку. Америка, Шепли и Финч уставились на меня, ожидая ответа с тем же волнением, что и сам Трэвис.

— Оставь меня в покое. — Я скрестила руки на груди.

— Гулька, это наша песня.

— У нас нет песни.

— Голубка...

— Нет!

Я посмотрела на Брэда и выдавила улыбку.

— Брэд, я с удовольствием потанцую.

Конопатое лицо Брэда расплылось в улыбке, когда он повел меня к лестнице.

Трэвис плелся следом, в глазах застыла мука.

— Тост! — крикнул он.

Я вздрогнула, повернулась и увидела, как Трэвис забрался на стул и отобрал пиво у стоявшего рядом «брата» из «Сиг Тау». Америка следила за моим бывшим с жалостью на лице.

— За придурков! — Он указал на Брэда. — И за девушек, которые разбивают наши сердца. — Трэвис кивнул в мою сторону, и его взор затуманился. — Еще за этот кошмар, черт побери: потерять лучшую подругу, потому что ты по глупости влюбился в нее.

Трэвис допил пиво и бросил бутылку на пол. В комнате воцарилась тишина, лишь с нижнего этажа доносилась музыка. Все растерянно смотрели на Трэвиса.

Униженная такой тирадой, я схватила Брэда за руку и повела на танцпол. Позади шли другие парочки, ожидая, что я разревусь или еще как-то отреагирую на речь Трэвиса. Я сделала каменное лицо, чтобы не доставить им такого удовольствия.

После пары неуклюжих шагов в танце Брэд вздохнул.

— Все так... странно.

— Добро пожаловать в мою жизнь.

Трэвис протолкался сквозь танцующие пары, стал рядом с нами, пошатнулся и вновь обрел равновесие.

— Я заберу твою партнершу.

— Ничего подобного! — Я не желала даже смотреть на него.

Спустя несколько напряженных секунд я все же подняла глаза и обнаружила, что Трэвис прожигает Брэда взглядом.

— Если не отойдешь от моей девушки, вырву твою проклятую глотку, — проговорил Трэвис. — Прямо здесь, на танцполе.

Брэд заколебался, нервно переводя взгляд с меня на Трэвиса.

— Извини, Эбби. — Он медленно отпустил меня и вернулся наверх, а я, униженная, осталась наедине с Трэвисом.

— Трэвис, то, что я испытываю к тебе сейчас... очень напоминает ненависть.

— Потанцуй со мной, — пошатываясь из стороны в сторону, взмолился он.

Когда песня закончилась, я с облегчением вздохнула.

— Трэв, иди выпей еще бутылку виски.

Я повернулась и стала танцевать с единственным парнем, оказавшимся без пары.

Музыка играла быстрее, и я улыбнулась своему новому партнеру, игнорируя Трэвиса, стоявшего совсем близко. За моей спиной стал танцевать еще один «брат» из «Сиг Тау», кладя ладони мне на бедра. Я завела руки назад, притягивая его к себе. Это напомнило мне танец Трэвиса и Меган в «Реде». Я изо всех сил старалась воссоздать ту сцену, хотя мечтала забыть о ней навсегда.

Ладони парня скользили по всему моему телу, а с алкоголем в крови я стала совсем раскованной.

Внезапно я оказалась в воздухе. Трэвис перебросил меня через плечо и в то же время толкнул «брата» так, что тот повалился на пол.

— Опусти меня! — крикнула я, колотя кулаками по его спине.

— Я не позволю тебе позориться из-за меня, — зарычал он и побежал вверх по лестнице, перескакивая через ступеньки.

Пока Трэвис нес меня по залу, все смотрели, как я пытаюсь вырваться.

— А так ты меня не позоришь? — спросила я. — Трэвис!

— Шепли! Донни снаружи? — поинтересовался Трэвис, избегая ударов моих рук и ног.

— Э... да, — ответил тот.

— Опусти ее! — приказала моя подруга, делая к нам шаг.

— Америка!.. — извиваясь, проговорила я. — Не стой! Помоги мне!

Уголки ее губ приподнялись, и она усмехнулась.

— До чего же дико вы смотритесь.

Потрясенная ее реакцией, я сердито свела брови.

— Спасибо огромное, подруга!

Трэвис вынес меня за дверь. Холодный воздух обжигал голые участки моего тела, и я стала протестовать еще громче:

— Опусти, черт бы тебя побрал!

Трэвис открыл дверцу машины, бросил меня на заднее сиденье и сел рядом.

— Донни, ты сегодня трезвенник?

— Ага, — сказал тот, неуверенно глядя на мои попытки сбежать.

— Отвези меня домой.

— Знаешь, я не думаю...

Голос Трэвиса был ровным, но устрашающим.

— Сделай, как я прошу, Донни, или получишь по башке, клянусь богом.

Донни съехал с обочины, и я прыгнула к дверце.

— Я не поеду к тебе!

Трэвис схватил мои запястья. Я наклонилась и укусила его за руку.

Когда я впилась зубами в кожу, он зажмурился и зарычал.

— Давай, Гулька, делай, что хочешь. Я уже устал от твоих выходок.

Я отпустила его и дернула руками, пытаясь вырваться.

— Моих выходок? Выпусти меня из этой чертовой машины!

Он поднес мои ладони к своему лицу.

— Я люблю тебя, черт побери! Ты никуда не пойдешь, пока мы не протрезвеем и не разберемся во всем!

— Трэвис, только ты еще во всем не разобрался! — сказала я.

Он отпустил мои запястья, я скрестила руки на груди и дулась всю дорогу.

Когда машина остановилась, я подалась вперед.

— Донни, ты можешь отвезти меня домой?

Трэвис вытащил меня из машины, опять перебросил через плечо и понес вверх по ступенькам.

— Пока, Донни.

— Я позвоню твоему отцу! — закричала я.

Трэвис громко рассмеялся.

— Скорее всего, он похлопает меня по плечу и скажет, что пора уже, черт возьми!

Пока Трэвис пытался попасть ключом в замок, я пиналась и брыкалась, стараясь вырваться.

— Прекрати, Гулька, мы так упадем с лестницы!

Открыв дверь, Трэвис прошагал в комнату Шепли.

— Пусти меня! — закричала я.

— Хорошо, — сказал Трэвис, бросая меня на кровать Шепли. — Отоспись. Поговорим утром.

В темной комнате выделялся яркий прямоугольник света, падавшего из дверного проема. Превозмогая ярость и хмель, я сосредоточила взгляд и увидела на лице поворачивающегося к двери Трэвиса самодовольную улыбку.

Я ударила кулаками по матрасу.

— Трэвис, ты больше не будешь указывать мне, что делать! Я не принадлежу тебе!

Трэвис мгновенно развернулся, его лицо исказилось от злости. Он подошел и склонился, упираясь в кровать.

— Зато я принадлежу тебе!

На его шее вздулись вены. Я встретила взгляд Трэвиса, не позволяя себе дрогнуть.

Тяжело дыша, он посмотрел на мои губы и прошептал:

— Я принадлежу тебе.

Его злость поутихла, и я поняла, насколько близки мы друг другу.

Не успела я придумать причину для отказа, как Трэвис обхватил мое лицо и впился в губы поцелуем. Затем он без промедления поднял меня на руки, широкими шагами отнес в свою комнату и упал вместе со мной на кровать.

Я стянула с него футболку и стала возиться в темноте с ремнем. Трэвис рывком расстегнул его, вырвал из шлевок и швырнул на пол. Одной рукой он приподнял меня, а другой расстегнул молнию на платье. Я сняла его через голову и отбросила в темноту. Трэвис страстно поцеловал меня и застонал от желания.

Ловким движением он скинул боксерские трусы и прижался ко мне грудью. Я схватила его за ягодицы, но, когда попыталась притянуть к себе, Трэвис воспротивился.

— Мы пьяны, — тяжело дыша, сказал он.

— Пожалуйста! — Я прижалась губами к его рту, отчаянно желая потушить пожар между ног.

Трэвис решил возобновить наши отношения, а я не собиралась бороться с неизбежным, поэтому была более чем готова провести с ним ночь.

— Это неправильно, — сказал он.

Трэвис навис надо мной, прижавшись своим лбом к моему.

Видя его нерешительность, я не сомневалась, что моя возьмет. Необъяснимым образом мы не могли находиться вдали друг от друга, но я больше не нуждалась в объяснении, даже в предлоге. В эту секунду мне требовался лишь он, Трэвис.

— Я хочу тебя.

— Мне нужно, чтобы ты кое-что сказала, — проговорил он.

Мое тело отчаянно жаждало его, и я больше не могла терпеть.

— Я скажу все, что захочешь.

— Тогда говори, что принадлежишь мне, что снова будешь со мной. Я ничего не стану делать, пока мы не вместе.

— Но мы ведь так по-настоящему и не расставались, — сказала я, надеясь, что этих слов достаточно.

Трэвис покачал головой, слегка проводя своими губами по моим.

— Мне нужно услышать, нужно знать, что ты моя.

— Я стала твоей с первой секунды, как мы встретились.

Мой голос опустился до мольбы. В другой ситуации я точно смутилась бы, но сейчас не жалела ни о чем. Я боролась с чувствами, сдерживала их. Но свои самые счастливые дни я провела в «Истерне», и все до единого — с Трэвисом. Споря, смеясь, любя и плача...

Улыбающимися губами Трэвис нежно поцеловал меня. Когда я прижала любимого к себе, он не сопротивлялся. Все его мускулы напряглись; задержав дыхание, он проник в меня.

— Скажи это снова, — прошептал Трэвис.

— Я твоя, — выдохнула я.

Каждая клеточка моего тела заныла в ожидании большего.

— Я не хочу с тобой расставаться. Никогда.

— Обещай, — сказал Трэвис и застонал с новым толчком.

— Я люблю тебя. Всегда буду любить.

Я говорила еле слышно, но все время смотрела Трэвису в глаза. И видела, как из них исчезает неуверенность. В тусклом свете его лицо засияло от счастья. Достигнув высшей точки, Трэвис запечатлел поцелуй на моих губах.

Трэвис разбудил меня поцелуями. Моя голова была тяжелой, она кружилась от поглощенной без меры выпивки, но мгновения до отключки я помнила в мельчайших подробностях.

Бархатные губы покрывали поцелуями мои ладони, руки, шею, а когда Трэвис дошел до рта, я улыбнулась.

— С добрым утром, — сказала я.

Трэвис не ответил, продолжая целовать. Он крепко обнял меня и зарылся лицом в мои волосы.

— Ты что-то сегодня неразговорчив, — сказала я, лаская его спину.

Мои ладони опустились на ягодицы, я забросила ногу парню на бедро и поцеловала в щеку.

Трэвис покачал головой и прошептал:

— Хочу, чтобы все было вот так.

— Не поняла. — Я нахмурилась. — Я что-то пропустила?

— Не собирался тебя будить. Поспи еще.

Я приподняла голову Трэвиса за подбородок, посмотрела в его красные, опухшие глаза и с тревогой спросила:

— Да что с тобой?

Он взял мою руку и поцеловал в ладонь, потом прижался головой к шее.

— Голубка, просто засыпай. Хорошо?

— Что-то произошло? С Америкой?

Задав последний вопрос, я села на кровати. Даже увидев страх в моих глазах, Трэвис не переменил выражения лица, лишь вздохнул и тоже сел, глядя на наши руки.

— Нет, с Америкой все в порядке. Они с Шепом вернулись в четыре ночи, сейчас еще в постели. Рано же, давай поспим.

Мое сердце бешено забилось в груди. Я знала, что уже не усну. Трэвис прильнул ко мне в поцелуе. Его губы двигались иначе, так, словно он делал это в последний раз. Парень уложил меня на подушку, крепко обнял и пристроил голову на грудь.

В моих мыслях, словно каналы по телевизору, мелькали всевозможные причины такого поведения.

Я прижала Трэвиса к себе, боясь задать вопрос.

— Ты спал?

— Я не смог. Не хотел... — Его голос затих.

Я поцеловала Трэвиса в лоб.

— Что бы там ни было, мы с этим справимся. Так почему бы тебе не поспать? Разберемся во всем, когда проснешься.

Трэвис вздернул голову и внимательно посмотрел на меня.

— Что ты имеешь в виду, когда говоришь: «Мы с этим справимся»?

Я недоуменно захлопала глазами. Даже вообразить не могла, что так растревожило его, пока я спала.

— Не знаю, в чем дело, но я здесь.

— Ты здесь? В смысле, остаешься? Со мной?

Выглядела я, наверное, глупо, но голова просто раскалывалась от спиртного и от странных слов Трэвиса.

— Да. Я думала, мы обсудили это ночью.

— Так и есть. — Он воодушевленно кивнул.

Я задумчиво обвела взглядом спальню. Белые стены больше не пустовали, как в первые дни нашего знакомства. Теперь их покрывали безделушки из тех мест, где мы вдвоем проводили время, а также черные рамки с фотографиями. Вот я одна, вот с Трэвисом, а это Тотошка, а рядом — друзья. Сомбреро, что раньше висело над изголовьем кровати, сменилось большой фотографией: мы вдвоем на моем дне рождения.

Я прищурилась, глядя на Трэвиса.

— Ты думал, я проснусь и буду злиться на тебя? Решил, что я уйду?

Трэвис пожал плечами, неуклюже изображая равнодушие, хотя раньше это давалось ему с легкостью.

— Этим ты как раз и знаменита.

— Вот почему ты расстроен? Всю ночь переживал и гадал, что произойдет, когда я проснусь?

Он заерзал, будто слова давались ему с трудом.

— Я не хотел, чтобы все так произошло. Вчера немного перебрал, преследовал тебя на вечеринке, как маньяк, а потом унес оттуда против твоей воли. Затем мы... — Он с отвращением покачал головой, вспоминая минувшую ночь.

— Пережили лучший секс в моей жизни? — Я улыбнулась, сжимая его руку.

Трэвис усмехнулся, и напряжение спало с его лица.

— Значит, у нас все в порядке?

Я поцеловала Трэвиса, с нежностью положила ладони на его лицо.

— Да, глупыш. Ведь я обещала, забыл? Сказала тебе все, что ты хотел услышать, мы снова вместе, а ты по-прежнему несчастлив?

Улыбка на его лице перекосилась.

— Трэвис, прекрати. Я люблю тебя, — сказала я, разглаживая морщинки вокруг его глаз. — Эта нелепая холодная война могла закончиться еще на День благодарения, но...

— Минутку!.. Что? — перебил он, отстраняясь.

— На День благодарения я чуть не сдалась, но ты сказал, что готов отступить ради моего счастья. Из-за гордости я промолчала, не сказала, что хочу снова быть с тобой.

— Ты, черт побери, шутишь? Я хотел облегчить тебе жизнь! Ты хоть знаешь, как я был несчастен?

— Выглядел ты после разрыва отлично. — Я нахмурилась.

— Это же ради тебя! Я боялся потерять любимую, вот и стал притворяться другом. Мы все это время могли быть вместе?! Голубка, какого черта?

— Я...

Мне нечего было ответить. Я заставила нас обоих страдать. И я не заслуживала оправдания.

— Мне жаль.

— Тебе? Я чуть не упился до смерти, еле вставал по утрам, в Новый год разбил телефон вдребезги, только чтобы не позвонить... а тебе жаль?

Закусив губу, я пристыженно кивнула. Я даже понятия не имела, через что он прошел. При его словах внутри все перевернулось от щемящей боли.

— Мне очень-очень жаль. Извини.

— Ты прощена, — с улыбкой сказал Трэвис. — Больше так не делай.

— Не буду. Обещаю.

На его щеках появились ямочки.

— Я так сильно люблю тебя. — Он покачал головой.

ГЛАВА 20
ДЫМ

Пролетело несколько недель, и я даже опомниться не успела, как наступили весенние каникулы. Вполне ожидаемый поток сплетен и любопытных взглядов иссяк, и жизнь вернулась в привычное русло. Уже давно в подвалах «Истерна» не проводилось боев. Адам залег на дно после того, как у полиции возникла уйма вопросов — что именно происходило в ту ночь. Трэвис с нетерпением ждал звонка, чтобы отправиться на последний бой, который позволил бы оплатить счета за лето и начало осени.

Белый толстый слой все еще покрывал землю, и в пятницу перед обеденным перерывом на хрустальной лужайке разразилась битва с применением снежков. Мы с Трэвисом кое-как добрались до столовой. Я крепко держала его за руку, пытаясь увернуться от комков снега и не упасть на землю.

— Гулька, в тебя не попадут. — Трэвис прижался холодным покрасневшим носом к моей щеке. — Все знают, что не стоит со мной связываться.

— Знать-то знают, но береженого бог бережет.

Он отряхнул рукав моей куртки и повел меня дальше через хаос. Мы резко затормозили, когда мимо с визгом пронеслась группа девчонок, преследуемых бейсбольной командой. Как только они исчезли с нашего пути, Трэвис довел меня до дверей в целости и сохранности.

— Вот видишь, — с улыбкой произнес он. — Я же говорил, ты сможешь.

Вся его веселость испарилась, когда между нашими лицами пролетел снежок и врезался в дверь. Трэвис сердито глянул на лужайку, но увидел толпу ребят, беспорядочно кидающихся друг в друга, и отказался от мести.

Открыв дверь, Трэвис взглянул на снег, который таял и бежал по крашеному металлу на землю.

— Идем внутрь.

— Отличная мысль.

Трэвис подвел меня за руку к буфетной стойке, где обычно набирал на один поднос различные горячие блюда. Кассирша уже несколько недель назад перестала изумляться, привыкнув к нашей традиции.

— Эбби!.. — Брэзил кивнул мне и подмигнул Трэвису. — Какие планы на следующую неделю?

— Останемся здесь, — сказал Трэвис, расставляя на столе пенопластовые тарелочки. — Приезжают мои братья.

— Я убью Дэвида Лапински! — заявила Америка, приближаясь к нам и стряхивая с волос снег.

— Прямое попадание! — Шепли захохотал, но Америка зыркнула на него, и смех превратился в нервную усмешку. — В смысле... какой козел.

Мы засмеялись, видя неподдельное раскаяние на лице Шепли. Америка зашагала к буфету, а он посеменил следом.

— Вот же подкаблучник! — Брэзил поморщился.

— Америка слегка на взводе, — объяснил Трэвис. — На следующей неделе встречается с его родителями.

Брэзил кивнул, его брови изогнулись.

— Так, значит, они...

— Ага, — подтвердила я. — Они вместе навсегда.

— Ничего себе, — сказал Брэзил.

Пока он ел, растерянность не сходила с его лица. Мы были еще слишком молоды, и Брэзил никак не мог просечь столь серьезные намерения Шепли.

— Брэзил, когда и тебя накроет, ты все поймешь, — сказал, улыбаясь мне, Трэвис.

Вся столовая стояла на ушах из-за игрищ на улице и быстро приближавшихся каникул. До их начала оставались считаные часы. Столики заполнялись народом, разговоры переросли в громкий гул; студенты норовили перекричать друг друга.

Шепли и Америка вернулись, уже помирившись. Сияя от счастья, подруга заняла место рядом со мной, она без умолку болтала о близящейся встрече с родителями своего парня. Она взволнованно рассуждала, что нужно уложить в чемоданы, какие вещи взять, чтобы не показаться претенциозной.

— Детка, я же сказал: они полюбят тебя так же, как и я, — обещал Шепли, заводя волосы ей за ухо.

Америка вздохнула и улыбнулась; она всегда так делала, когда ее успокаивал Шепли.

На столе завибрировал мобильник Трэвиса. Он проигнорировал вызов, продолжая рассказывать Брэзилу про нашу игру в покер с братьями.

Я взглянула на экран, прочла имя и похлопала Трэвиса по плечу.

— Трэв!..

Не извинившись, он отвернулся от Брэзила.

— Да, Голубка?

— Подумала, ты захочешь поговорить.

Он посмотрел на мобильник и вздохнул.

— Или нет.

— Это может быть важным.

Он хмыкнул и ответил на вызов.

— Да, Адам, в чем дело? — Взгляд Трэвиса бегал по столовой, пока он слушал и время от времени кивал. — Адам, это мой последний бой. Пока я не уверен. Без нее не пойду, а Шеп уезжает из города. Я знаю... понял тебя. Хм, неплохая мысль.

Я изогнула брови, увидев, как оживились глаза Трэвиса, что бы там ни предложил Адам. Когда Трэвис отключился, я вопросительно посмотрела на него.

— Денег хватит, чтобы заплатить за восемь месяцев аренды. Адам нашел Джона Сэвиджа. Тот пытается стать профи.

— Я не видел его в бою, а ты? — спросил Шепли, подаваясь вперед.

— Только один раз, в Спрингфилде, — ответил Трэвис. — Он хорош.

— Но недостаточно, — сказала я.

Трэвис нагнулся ко мне и с благодарностью поцеловал в лоб.

— Трэв, я могу остаться дома.

— Нет. — Он покачал головой.

— Не хочу, чтобы тебя били, как в прошлый раз, потому что ты переживал за меня.

— Гулька, я же сказал: нет.

— Я подожду тебя и не лягу спать, — сказала я, пытаясь изобразить радость.

— Попрошу Трента. Только ему я могу доверить тебя, чтобы сосредоточиться на бое.

— Большое спасибо, придурок, — проворчал Шепли.

— Эй, ты прозевал свой шанс, — поддразнил кузена Трэвис, однако в его словах была доля правды.

Шепли тут же приуныл. Он по-прежнему испытывал вину за ночь в Хеллертоне. На протяжении нескольких недель этот парень ежедневно извинялся передо мной, но теперь его угрызения совести поослабли, он мучился молча. Мы с Америкой внушали ему, что не стоит себя корить, но Трэвис всегда будет считать его виноватым.

— Шепли, тут нет твоей вины. Ты спас меня, помнишь? — Я похлопала парня по руке и повернулась к Трэвису. — Когда бой?

— На следующей неделе. Я хочу, чтобы ты была там. Ты мне нужна.

Я улыбнулась и положила подбородок на его плечо.

— Значит, я там буду.

Трэвис проводил меня на занятие, несколько раз удерживая по пути, когда я оступалась на льду.

— Поосторожней!

— Я это специально делаю. Ты такой простофиля.

— Если хочешь, чтобы я тебя обнял, просто попроси. — Он притянул меня к груди.

Позабыв о других студентах и летающих повсюду снежках, мы слились в поцелуе. Мои ноги оторвались от земли; Трэвис продолжал целовать меня, неся через студенческий городок, а потом поставил перед дверью аудитории.

— В следующем семестре надо будет так подгадать с расписанием, чтобы побольше занятий проводить вместе.

— Постараюсь. — Я поцеловала его напоследок и села за парту.

Трэвис улыбнулся мне и потом пошел на свое занятие, проходившее в соседнем корпусе. Однокурсники уже привыкли к столь беззастенчивым проявлениям нашей любви и к ежедневным опозданиям моего парня на несколько минут.

Удивительно, как быстро промчалось время. Выполнив тест, последний на этот день, я вернулась в «Морганхолл». Кара, как обычно, сидела на кровати. Я выудила из шкафа пару вещиц.

— Уезжаешь из города? — спросила Кара.

— Нет, просто кое-что хотела взять. Пойду сейчас в научный корпус за Трэвом, а потом всю неделю проведу с ним в квартире.

— Я так и поняла, — сказала она, не отрываясь от учебника.

— Хороших каникул, Кара.

— Мм.

Общежитие почти опустело, лишь кое-где слонялись студенты. Завернув за угол, я увидела, что Трэвис курит на улице. На короткий ежик волос он натянул вязаную шапку, руку сунул в карман потертой куртки из темно-коричневой кожи. Трэвис задумчиво смотрел под ноги, из его носа струился дым. Я подошла совсем близко, но он был слишком погружен в мысли.

— О чем задумался, малыш? — спросила я.

Парень не поднял головы.

— Трэвис?

Узнав мой голос, он заморгал, и обеспокоенное выражение сменилось натянутой улыбкой.

— Привет, Голубка.

— Все в порядке?

— Сейчас да, — сказал он, притягивая меня к себе.

— Хорошо. В чем тогда дело? — нахмурилась я, скептически глядя на него.

— Да так, много всего на уме. — Трэвис вздохнул.

Я подождала, и он продолжил:

— Эта неделя, бой, ты будешь там...

— Я сказала, что могу остаться дома.

— Гулька, ты нужна мне там. — Трэвис бросил окурок на землю, проследил, как тот упал в глубокий след в снегу, взял меня за руку и повел за собой к стоянке.

— Ты разговаривал с Трентоном? — спросила я.

— Я жду, когда он перезвонит мне. — Трэвис покачал головой.

Америка опустила окно машины и высунула голову из «чарджера», принадлежащего Шепли.

— Поторопитесь! Мороз ведь!

Трэвис улыбнулся, ускорил шаг и открыл мне дверцу.

Шепли и Америка возобновили разговор, который был начат, когда подруга узнала про встречу с родителями. Я же наблюдала за Трэвисом, уставившимся в окно. Едва мы въехали на стоянку рядом с квартирой, зазвонил его мобильник.

— Какого черта, Трент? — ответил Трэвис. — Я звонил тебе четыре часа назад. Ты вроде не слишком завален работой. Проехали. Слушай, выручи. На следующей неделе у меня бой. Нужно, чтобы ты пошел. Я не знаю точного времени, но, когда позвоню, ты должен будешь добраться в течение часа. Сможешь? Да или нет, придурок? Хочу, чтобы ты присмотрел за Голубкой. В прошлый раз какой-то урод стал лапать ее, и... Ага. — Голос Трэвиса стал угрожающим. — Я позаботился об этом. Значит, позвоню?.. Спасибо, Трент.

Трэвис отключился и откинул голову на сиденье.

— Получилось? — спросил Шепли, следя за Трэвисом в зеркало заднего вида.

— Ага. Я не был уверен, что справлюсь там без него.

— Я же говорила тебе... — начала я.

— Гулька, сколько раз надо повторять? — Трэвис нахмурился.

Я покачала головой, удивившись раздражению в его голосе.

— Все равно не понимаю. Раньше ты не нуждался во мне.

Он легонько провел пальцами по моей щеке.

— Раньше я не знал тебя. Когда я дерусь, а тебя нет рядом, я не могу сосредоточиться. Начинаю гадать, где ты, что делаешь... А когда вижу тебя, могу собраться. Знаю, звучит нелепо, но это правда.

— А мне нравится такая нелепость. — Я подставила губы для поцелуя.

— Иначе и быть не может, — пробормотала Америка.

В тени «Китон-холла» Трэвис крепко обнял меня. На ночном холоде от нашего дыхания шел пар. Я слышала приглушенные разговоры тех, кто проходил через боковую дверь в нескольких шагах от нас, даже не зная о нашем присутствии.

«Китон» был самым старым зданием в «Истерне». Бои проводились там и раньше, но я слегка занервничала из-за выбора места. Адам ожидал, что народу будет битком, потому и выбрал китонский подвал, самый просторный в студенческом городке. Перед крошащимися кирпичными стенами высились леса, внутри тоже шел ремонт.

— Ничего умнее Адам не мог придумать, — проворчал Трэвис.

— Поздно что-либо менять, — сказала я, глядя на строительные леса.

Завибрировал мобильник, экран отбросил синий свет на лицо Трэвиса, и я увидела между бровей две морщинки. Он нажал на кнопку, резко захлопнул телефон и сильнее прижал меня к себе.

— Ты сегодня здорово нервничаешь, — прошептала я.

— Мне станет лучше, когда Трент притащит сюда свою никчемную задницу.

— Я здесь, плакса, — тихо проговорил Трент.

В темноте я едва могла различить его силуэт, но в полоске лунного света сияла улыбка.

— Как ты, сестренка? — спросил Трент, одной рукой обнимая меня, а другой толкая Трэвиса.

— Отлично, Трент.

Трэвис тут же расслабился и повел меня за здание.

— Если нагрянут копы и мы разделимся, то встретимся в «Морган-холле», — сказал Трэвис брату.

Мы остановились около окна, расположенного на уровне земли. Оно было открыто — значит, Адам внутри, ждет нас.

— Прикалываешься? — спросил Трент, глядя на окно. — Туда даже Эбби едва пролезет.

— Ты сможешь, — заверил его Трэвис, забираясь в темный проем.

Как и много раз до этого, я сунулась вперед и спрыгнула, зная, что Трэвис подхватит меня.

Мы подождали пару секунд, потом ворчащий Трент соскочил с подоконника на бетонный пол.

— Тебе повезло, что я обожаю Эбби. Я не ради всякого такое сделаю, — бухтел он, поправляя рубашку.

Трэвис подпрыгнул и резким движением закрыл окно.

— Сюда, — повел он нас сквозь темноту.

Мы миновали коридор за коридором, я крепко держала Трэвиса за руку, а Трент ухватился за мою футболку. Под ногами скрипел песок. Мои глаза пытались приспособиться к темноте; нигде ни малейшего источника света.

После третьего поворота Трент запаниковал:

— Нам нипочем не найти выход отсюда.

— Пойдете следом за мной, — сказал Трэвис, раздраженный жалобами Трента. — Все будет хорошо.

Когда в коридоре стало светлее, я поняла, что мы уже близко. Вскоре оглушительно заревела толпа — вот мы и пришли. Обычно в помещении, где Трэвис ждал боя, находилась всего одна лампа и стул, но из-за ремонта тут все было заставлено школьной мебелью и каким-то оборудованием, и все накрыто белыми простынями.

Пока Трэвис и Трент обсуждали тактику поединка, я высунула нос за дверь. В соседнем помещении царил тот же хаос, что и на последнем бою. Народу собралось не меньше, места явно не хватало. Под пыльными простынями стояла мебель, передвинутая к стенам, чтобы создать пространство для зрителей.

Света было меньше, чем обычно. Наверное, Адам не желал привлекать излишнего внимания. С потолка свисали лампы, роняя тусклое сияние на деньги в руках тех, кто делал ставки.

— Голубка, ты меня слышала? — Трэвис прикоснулся к моей руке.

— Что? — заморгала я.

— Я хочу, чтобы ты не отходила от этого проема. Все время держи Трента за руку.

— Я не сдвинусь с места, обещаю.

Трэвис улыбнулся, продемонстрировав идеальные ямочки на щеках, и сказал:

— А теперь нервничаешь ты.

Я посмотрела в проем, потом на Трэвиса.

— Трэв, у меня не очень хорошее предчувствие. Это не из-за поединка, тут что-то другое. Место какое жуткое, бр-р...

— Мы здесь не задержимся, — заверил меня Трэвис.

Раздался усиленный мегафоном голос Адама, а потом мне на щеки легли столь знакомые теплые ладони.

— Я люблю тебя, — сказал Трэвис.

Он обнял меня, оторвал от пола, поцеловал, отпустил, продев мою руку под локоть Трента.

— Не спускай с нее глаз, — сказал Трэвис брату. — Ни на секунду. Как только начнется бой, здесь будет безумие.

— Давайте поприветствуем участника сегодняшнего боя Джона Сэвиджа!

— Я буду беречь ее как свою жизнь, братишка, — пообещал Трент, слегка дернув меня за руку. — А теперь иди и надери этому парню задницу.

— Трэвис Мэддокс Бешеный Пес! — прокричал в рупор Адам.

Трэвис шел через толпу под оглушительный рев. Я взглянула на Трента, у того на губах застыла улыбочка. Другие бы не заметили, но я увидела в его глазах гордость.

Когда Трэвис дошел до центра арены, я сглотнула. Джон был ненамного крупнее моего парня, но выглядел посерьезнее прежних соперников, включая борца из Вегаса. Не пытаясь запугать Трэвиса взглядом, как другие, он изучал своего противника, прокручивал бой в голове. В его глазах я заметила не только аналитические наклонности, но также отсутствие страха. Еще до начала боя я поняла, что схватка будет нелегкой для Трэвиса. Перед ним стоял сущий дьявол.

Трэвис тоже заметил разницу. Его обычная ухмылка сменилась сосредоточенностью, взгляд стал пристальным. Когда прозвучал сигнал, Джон атаковал.

— Боже, — сказала я, сжимая руку Трента.

Брат имитировал движения Трэвиса, будто они были единым целым. Внутри у меня все сжималось с каждым новым ударом Сэвиджа, я еле сдерживалась, чтобы не зажмуриться. Джон не растрачивал силы попусту, его движения были ловкими и выверенными. По сравнению с этим боем все предыдущие казались пустяком. Мощь, сквозившая в движениях бойца, сама по себе внушала страх, будто все действо было тщательно поставлено и доведено до совершенства.

В воздухе повис тяжелый запах. От пыли, поднятой с простыней, першило в горле. Чем дольше шел бой, тем более зловещим делалось мое предчувствие. Я не могла избавиться от него, но заставляла себя не двигаться с места, чтобы Трэвис сосредоточился на схватке.

Завороженная тем, что происходило в центре подвала, я вдруг ощутила резкий толчок сзади. Моя голова дернулась, но я крепче вцепилась в Трента; я отказывалась покидать свое место. Трент повернулся, схватил двух парней за рубашки и повалил, как тряпичных кукол.

— Назад, а то убью! — крикнул он зевакам.

Я сильнее сжала его руку, и он похлопал меня по кисти.

— Эбби, я здесь. Просто наблюдай за боем.

Трэвис дрался довольно хорошо, и я ахнула, когда увидела его первую кровь. Толпа завопила громче, но предупреждение Трента заставило и других зрителей держаться от нас на безопасном расстоянии.

Нанеся противнику мощный удар, Трэвис мельком взглянул на меня и вновь переключился на борьбу. Двигался он проворно, чуть ли не просчитывая каждый ход соперника.

С явным раздражением Джон обхватил Трэвиса руками и повалил на пол. Толпа, как один человек, тоже пригнулась, следя за продолжением схватки в партере.

— Трент, я не вижу его! — закричала я, еле держась на носочках.

Трент осмотрелся, нашел стул Адама, перекинул меня с одной руки на другую, словно в танце, а потом помог забраться на стул.

— Теперь видишь?

— Ага! — сказала я, держась ради равновесия за Трента. — Он сверху, но ноги Джона вокруг его шеи!

Трент подался вперед, прикладывая ладони ко рту.

— Трэвис, надери ему зад!

Я посмотрела на Трента, а потом подалась вперед, чтобы лучше видеть схватку. Вдруг Трэвис поднялся, а Джон крепко сжал его шею ногами. Трэвис упал на колени, и соперник сильно ударился головой и спиной о бетонный пол. Ноги Джона обмякли, отпустили шею Трэвиса. Тот бил Сэвиджа кулаком, пока Адам не отстранил его и не бросил на неподвижное тело красный платок.

Толпа разразилась радостными воплями, Адам поднял руку Трэвиса. Трент обхватил мои ноги, выкрикивая «ура». Трэвис с широкой кровавой улыбкой смотрел на меня. Его правый глаз уже опухал.

По рукам потекли деньги, народ стал расходиться. Мой взгляд привлекла мигающая лампа, что раскачивалась в углу за спиной Трэвиса. С нее капала какая-то жидкость, пропитывая лежащую внизу простыню. Внутри у меня все сжалось.

— Трент!..

Когда он отреагировал, я указала на угол. В этот же миг лампа упала, и взмыли языки пламени.

— Вот черт! — сказал Трент, сжимая мои руки.

Парни, стоявшие рядом, отпрыгнули от огня. Они в ступоре глазели, как пламя перекидывается на соседнюю простыню. В углу заклубился черный дым, и все разом запаниковали, ринулись к выходу.

Я встретилась взглядом с Трэвисом. Его лицо исказил неописуемый ужас.

— Эбби! — закричал он, проталкиваясь к нам.

— Сюда! — позвал Трент, снимая меня со стула.

В подвале стало темно, с другого конца помещения доносился громкий треск. Загорелись другие лампы. Трент схватил меня за руку и потянул за собой.

— Мы не выберемся здесь! Надо тем же путем, каким пришли! — закричала я, сопротивляясь.

Трент оглянулся, обдумывая план эвакуации посреди всеобщего хаоса. Я снова взглянула на Трэвиса, пытавшегося пробиться к нам. Радостные возгласы сменились криками страха и отчаяния. Все одновременно ломились к выходу.

Трент потащил меня к проему, я оглянулась, протянула руку к своему парню и закричала:

— Трэвис!

Он кашлял, разгоняя дым ладонью.

— Трэв, сюда! — позвал Трент.

— Трент, выведи ее отсюда! Выведи отсюда Голубку!

Трент в растерянности посмотрел на меня. В его глазах застыл страх.

— Я не знаю, где выход.

Взглянув на Трэвиса, я увидела силуэт на фоне языков пламени.

— Трэвис!

— Идите! Я догоню вас снаружи! — Его голос потонул во всеобщем беспорядке.

Я сжала руку Трента и сказала:

— Сюда!

Мои глаза слезились от дыма. На пути Трэвиса к единственному оставшемуся выходу толпилась уйма паникующих людей.

Я тянула Трента за руку, отталкивая всех со своего пути. Мы достигли дверного проема, и я огляделась. Два темных коридора тускло освещались пожаром, бушевавшим за нашими спинами.

— Сюда! — Я снова дернула Трента за руку.

— Ты уверена? — спросил он дрожащим голосом.

— Идем! — Я потащила его за собой.

Чем дальше мы шли, тем темнее были помещения. Через некоторое время дышать стало легче, ведь мы покинули задымленную зону, но вот крики не стихали. Напротив, звучали громче и отчаяннее. Ужасающие звуки подстегивали нас. После второго поворота мы уже слепо брели в темноте. Я вытянула свободную руку, нащупывая стену, а второй сжимала кисть Трента.

— Как думаешь, он выбрался? — спросил Трент.

Этот вопрос вывел меня из равновесия. Постаравшись выкинуть из головы кошмарные ответы, я сдавленным голосом сказала:

— Продолжаем идти.

Трент приостановился. Когда я потянула его за руку, вспыхнул огонек. Парень держал зажигалку и щурился, пытаясь разглядеть выход в тесном помещении. Я последовала за светом и ахнула, когда увидела дверной проем.

— Сюда! — сказала я, увлекая Трента за собой.

Когда я выбежала в соседнюю комнату, на меня навалились какие-то люди и опрокинули на пол. Это были три девушки и два парня с перепачканными лицами и круглыми от страха глазами. Один из парней помог мне подняться.

— Где-то там есть окна, через них можно выбраться! — сказал он.

— Мы только что оттуда, — помотала я головой. — Там ничего нет.

— Вы их просто не заметили. Я знаю, что нам туда!

Трент потянул меня за руку.

— Идем, Эбби, они знают, где выход!

Я опять покачала головой.

— Мы ходили здесь с Трэвисом. Я точно помню.

Трент сжал мою кисть.

— Я сказал брату, что не спущу с тебя глаз. Мы идем с ними.

— Трент, мы там были. Там нет окон!

— Пойдем, Джейсон! — вскрикнула девушка.

— Мы уходим, — сказал Джейсон, глядя на Трента.
Тот снова потянул меня за собой.

— Пожалуйста, Трент! — взмолилась я. — Нам сюда,
я знаю!

— Пожалуйста, идем со мной, — сказал он.

Я покачала головой, по щекам потекли слезы.

— Поверь, я была здесь раньше. В той стороне нет
выхода!

— Ты пойдешь со мной! — крикнул он, не отпуская
меня.

— Остановись, Трент! Мы идем не туда! — закричала я.

Мои ноги скользили по бетонному полу. А когда запах дыма окреп, я вырвалась и побежала в противоположном направлении.

— Эбби! Эбби! — звал Трент.

Я продолжала бежать, держа руки перед собой и ожидая, что вот-вот налечу на стену.

— Вот же самоубийца! — услышала я голос девушки. — Идемте.

Я врезалась плечом в угол, крутанулась, упала, приподнялась на трясущихся руках и кое-как встала. Нащупала дверной проем и перешла в соседнюю комнату.

Там стояла кромешная тьма, но я преодолела панику
и осторожно пошла прямо, рассчитывая нащупать еще
одну стену. Через несколько секунд меня накрыло ужасом — за спиной раздались вопли.

— Пожалуйста, — прошептала я темноте. — Пусть
здесь будет выход.

Я нащупала еще один дверной проем, а когда прошла
сквозь него, увидела серебристую полоску. Сквозь окон-
ное стекло струился лунный свет. Из моего горла вырвал-
ся всхлип.

— Т-трент! Это здесь! — позвала я. — Трент!

Я прищурилась, уловив вдалеке какое-то движение.

— Трент! — выкрикнула я.

Мое сердце чуть ли не выскакивало из груди.

На стенах плясали тени, и я с ужасом поняла, что приняла за людей языки приближающегося пламени.

— Боже, — сказала я, глядя на окно.

Трэвис захлопнул его, вдобавок для меня оно находилось слишком высоко. Я поискала, на что можно встать. По периметру комнаты стояла деревянная мебель, покрытая белыми простынями. Теми самыми, которые станут пищей для огня, пока комната не превратится в преисподнюю.

Я стащила с одного стола кусок белой материи. В воздухе закружилась пыль, когда я бросила простыню на пол и подтащила громоздкий стол к окну. Я придвинула его к стене и забралась наверх, кашляя от дыма, который медленно заполнял комнату. Окно по-прежнему находилось в нескольких футах надо мной.

Я закряхтела, пытаясь открыть его, неуклюже ворочая задвижку туда-сюда. Но она не поддавалась.

— Давай, черт тебя дери! — закричала я, налегая на стекло.

Я отстранилась и попыталась с размаха открыть его. Когда это не сработало, я подцепила край рамы ногтями и не сломала их. Искоса я увидела вспышку света и вскрикнула, когда по белым простыням в коридоре пополз огонь.

Я посмотрела на окно, снова впиваясь пальцами в раму. На кончиках появилась кровь, металлические края резали кожу. Инстинкт самосохранения поглотил все другие чувства, я сжала кулаки и с силой ударила по окну. Небольшая трещина побежала по стеклу, которое с каждым ударом покрывалось моей кровью.

Я еще раз стукнула по окну кулаком, потом сняла ботинок и стала бить им со всей силы. Вдалеке завизжали сирены, я всхлипнула и в отчаянии хлопнула ладонями по стеклу. Моя будущая жизнь лежала совсем близко, по ту сторону окна. Я снова вцепилась в раму, а потом принялась колотить по стеклу руками.

— Помогите! — закричала я, увидев, как пламя подползает все ближе. — Кто-нибудь, помогите!

Позади кто-то кашлянул.

— Голубка?

Услышав знакомый голос, я крутанулась.

В дверном проеме возник Трэвис, его лицо и одежда перепачкались гарью.

— Трэвис! — выкрикнула я, спрыгнула со стола, побежала к нему, измученному и грязному, и с силой врезалась в него.

Кашляя и задыхаясь, он обнял меня и обхватил мое лицо.

— Где Трент? — спросил парень хриплым голосом.

— Он пошел за ними! — заорала я, а по моему лицу катились слезы. — Я пыталась убедить его пойти со мной, но Трент не захотел!

Трэвис взглянул на приближавшееся пламя и изогнул брови. Я вдохнула и закашлялась, когда дым заполнил легкие. Трэвис посмотрел на меня, и его глаза заволокло слезами.

— Гулька, я вытащу нас отсюда.

Он быстро и страстно поцеловал меня, потом забрался на мою импровизированную лестницу, надавил на окно и попробовал повернуть задвижку. При этом мышцы на его руках напряглись — он использовал всю свою силу.

— Эбби, отойди! Я выбью стекло!

Боясь пошевелиться, я сделала назад лишь шаг. Трэвис согнул руку в локте, занес кулак и с криком ударил по окну. Я отвернулась и закрыла лицо окровавленными руками, когда стекло с дребезжанием разлетелось.

— Идем! — закричал Трэвис, протягивая руку.

Комната заполнилась жаром. Трэвис потянул меня наверх и вытащил наружу.

Стоя на коленях, я ждала, когда он сам выберется на улицу, а потом помогла ему встать на ноги. С другой стороны здания выли сирены. На соседних домах плясали красно-синие круги от маячков пожарных и полицейских машин.

Мы побежали к толпе, собравшейся перед зданием, и стали выискивать Трента среди перепачканных лиц. Трэвис звал брата по имени, с каждой секундой отчаиваясь все больше. Он достал мобильник, посмотрел, не пропустил ли звонок, потом захлопнул его и прижал перепачканную ладонь к губам.

— Трент! — закричал Трэвис, вытягивая шею и вертя головой.

Спасшиеся обнимали друг друга и всхлипывали рядом с машинами «скорой помощи», с ужасом наблюдая, как пожарные заливают в окно воду и вбегают в здание со шлангами наперевес.

Трэвис провел рукой по волосам и прошептал:

— Он не выбрался. Гулька, он не выбрался.

Мое дыхание остановилось, когда я увидела слезы на покрытом гарью лице. Трэвис упал на колени, и я опустилась вместе с ним.

— Трэв, он умен. Наверняка выбрался, нашел другой выход, — сказала я, пытаясь убедить в этом и себя.

Трэвис рухнул на колени, обеими руками схватился за мою кофту. Я обняла его, не зная, что еще могу сделать.

Прошел час. Крики и всхлипы выживших и зрителей сошли на нет, наступила зловещая тишина. С угасающей надеждой мы увидели, как пожарные вывели двух людей, а потом еще несколько человек вышло по одному. Пока медики помогали пострадавшим, а «скорые» уносились в ночь с жертвами пожара, мы ждали. Прошло полчаса. Многих уже невозможно было спасти. Количество тел, лежавших на земле, превысило число уцелевших. Трэвис не спускал глаз с двери, ожидая, когда из пепла вынесут его брата.

— Трэвис!..

Мы одновременно повернулись и увидели Адама. Трэвис поднялся и потянул меня за собой.

— Рад видеть, ребята, что вы выбрались, — потрясенно сказал Адам. — Где Трент?

Трэвис не ответил.

Наши взгляды переместились на обуглившиеся останки «Китон-холла»; из его окон все еще шел густой черный дым. Я уткнулась лицом в грудь Трэвиса и крепко зажмурилась в надежде, что очнусь от этого кошмара.

— Я должен... позвонить отцу, — сказал Трэвис, сдвигая брови и открывая мобильник.

Я сделала глубокий вдох, надеясь, что голос не подведет меня.

— Трэвис, может, нам следует подождать. Мы пока ничего не знаем.

Он не сводил глаз с кнопок. Его губы дрожали.

— Это несправедливо, черт побери. Ему там вообще не следовало быть.

— Трэвис, произошел несчастный случай. Ты же не мог этого предвидеть. — Я прикоснулась к его щеке.

Лицо Трэвиса исказилось, он зажмурился, глубоко вздохнул и набрал номер отца.

ГЛАВА 21

ПОЛЕТ

Из-за входящего вызова цифры на экране вдруг сменились именем, и глаза Трэвиса округлились.

— Трент? — С его губ слетел смешок удивления,
а лицо расплылось в улыбке.

Трэвис посмотрел на меня.

— Это Трент! — Я ахнула, сжала его руку, а он закричал:

— Где ты? Что значит — в «Моргане»? Я буду там через секунду, не двигайся с чертова места!

Я рванула вперед, пытаясь угнаться за Трэвисом. Он
как сумасшедший бежал через студенческий городок,
таща меня за собой.

Когда мы добрались до «Моргана», мои легкие разрывались на части. По ступенькам сбежал Трент.

— Господи помилуй, братишка! Я думал, ты поджа-
рился, как тост! — сказал Трент, прижимая нас к себе
так крепко, что даже трудно стало дышать.

— Ну ты и негодяй! — закричал Трэвис, отпихивая брата. — Я думал, ты мертв, черт возьми! Ждал, когда спасатели вынесут из «Китона» твое обуглившееся
тело!

Трэвис нахмурился, глядя на брата, потом снова его
обнял, нащупал мою кофту, прижал к себе и меня. Через
некоторое время он отпустил Трента, но не меня.

— Извини, Эбби. Я запаниковал.

— Рада, что с тобой все в порядке. — Я покачала головой.

— Со мной? Да мне лучше умереть, чем явиться к Трэвису без тебя. Когда ты убежала, я попытался найти тебя, заблудился и стал искать другой выход. Я шел вдоль стен, ища то самое окно, натолкнулся на копов, и они помогли мне выбраться. Я здесь чуть не спятил, черт побери! — воскликнул он, проводя рукой по коротким волосам.

Большими пальцами Трэвис смахнул слезы с моих щек, а потом задрал майку и вытер гарь с лица.

— Давайте уйдем отсюда. Скоро здесь все заполонят копы.

Трэвис обнял брата еще раз, и мы направились к «хонде» Америки. Трэвис наблюдал, как я пристегиваюсь. Он нахмурился, когда услышал мой кашель.

— Может, тебя стоит отвезти в больницу? На осмотр?

— Я в порядке, — ответила я, переплетая наши пальцы.

Опустив глаза, я увидела глубокий порез на внешней стороне его ладони.

— Это в бою или в окне?

— В окне, — ответил он, хмуро глядя на мои окровавленные ногти.

— Знаешь, ты спас мне жизнь.

Он сдвинул брови.

— Я не собирался уходить без тебя.

— Я знала, что ты придешь, — сказала я, крепко сжимая его кисть.

Мы держались за руки всю дорогу до квартиры. Глядя на багряную воду в душе, я уже не могла отличить, моя это кровь или Трэвиса. Я рухнула на кровать, по-прежнему ощущая запах дыма и паленой кожи.

— Вот, возьми. — Трэвис протянул мне низкий стакан с янтарной жидкостью. — Это поможет расслабиться.

— Я не устала.

Он не опускал стакан. В налитых кровью глазах читалось утомление.

— Попробуй отдохнуть, Гулька.

— Даже боюсь закрывать глаза. — Я приняла стакан и проглотила то, что в нем было.

Трэвис забрал его и поставил на тумбочку рядом со мной. Некоторое время мы сидели в тишине, осмысливая случившееся за последние часы. Я зажмурилась, когда воспоминания заполнились криками ужаса людей, оказавшихся в ловушке. Неизвестно, сколько времени потребуется, чтобы забыть это. Да и смогу ли?..

На колено легла теплая рука Трэвиса, выводя меня из кошмара наяву.

— Сегодня погибло много народу.

— Я знаю.

— До завтра мы и не узнаем, сколько именно.

— По дороге мы с Трентом столкнулись с группой ребят. Удалось ли им выбраться? Так напуганы были...

Мои глаза наполнились слезами, но не успели они заструиться по щекам, как меня обхватили крепкие руки Трэвиса. Рядом с ним было спокойно и надежно. Когда-то меня пугало ощущение такой легкости в его объятиях, но после нынешних ужасных событий это могло только радовать. Было лишь одно объяснение чувству безопасности: я принадлежала Трэвису.

Теперь я точно знала это. Без всяких сомнений, без переживаний насчет того, что подумают другие, и страха совершить ошибку, я улыбнулась, обдумывая свои следующие слова.

— Трэвис!.. — сказала я, не отрывая головы от его груди.

— Что, детка? — прошептал он.

Наши телефоны зазвонили в унисон. Я передала Трэвису его мобильник и ответила на свой.

— Алло?

— Эбби! — завизжала Америка.

— Мерик, я в порядке. Мы в порядке.

— Мы только что узнали! Это во всех новостях!

Я слышала, как Трэвис объясняет Шепли случившееся, и изо всех сил пыталась успокоить Америку. Я ответила на дюжину ее вопросов и, сохраняя голос ровным, поведала о своих наиболее страшных приключениях. Но расслабилась я, лишь когда Трэвис накрыл мою кисть.

Я будто пересказывала чью-то историю, сидя в безопасности рядом с Трэвисом, за миллион миль от кошмара, чуть не унесшего наши жизни.

Америка всхлипнула, осознав, как близки мы были к смерти.

— Я сейчас же пакую вещи. Утром мы будем дома. — Подруга шмыгнула носом.

— Мерик, не уезжайте из-за нас. Мы в порядке.

— Я обязана увидеть тебя и обнять. Только тогда я поверю, что ты в порядке. — Она заплакала.

— Сможешь обнять меня в пятницу.

Она снова шмыгнула.

— Я люблю тебя.

— Я тоже. Хорошего отдыха.

Трэвис посмотрел на меня и прижал телефон к уху.

— Шеп, лучше обними свою девушку. Кажется, она очень расстроена. Знаю, приятель... я тоже. До скорого.

Я отключила связь за секунду до Трэвиса, и мы еще некоторое время сидели молча, переваривая случившееся.

Через несколько минут Трэвис откинулся на подушку и притянул меня к своей груди.

— Как там Америка? — спросил он, глядя в потолок.

— Расстроена. Но с ней все будет хорошо.

— Рад, что их там не было.

Я даже представить себе не могла, что случилось бы, не отправься они к родителям Шепли.

Вспомнились искаженные ужасом лица. Вспомнилось, как те девушки пытались выбраться из подвала, расталкивая парней.

Перед внутренним взором появились испуганные глаза Америки. Мне стало тошно при мысли о красивых светлых волосах подруги, перепачканных гарью, как у других мертвецов, уложенных на газоне перед зданием.

— Я тоже рада, — содрогнувшись, сказала я.

— Извини. Ты сегодня многое пережила. Я не должен подливать масла в огонь.

— Трэв, ты там был.

Несколько секунд он молчал, а когда я уже собиралась заговорить, тяжело вздохнул:

— Меня, вообще-то, трудно испугать. Но это случалось. Когда я впервые проснулся без тебя, когда ты оставила меня после Вегаса, когда подумал, что придется сообщить отцу о смерти Трента. Но я пришел в настоящий ужас, увидев тебя в той охваченной пламенем комнате. Добрался до двери, был уже в нескольких шагах от выхода, но не смог уйти.

— Ты о чем? С ума сошел? — Я приподняла голову и внимательно посмотрела ему в глаза.

— Еще никогда в жизни я не был в таком здравом уме. Поэтому развернулся и добрался до той комнаты, где должна была находиться ты. Все остальное потеряло значение. Я даже не знал, выберемся мы или нет, просто хотел быть рядом, что бы ни случилось. Голубка, я боюсь лишь одного — жизни без тебя.

Я с нежностью поцеловала его.

Когда наши губы разъединились, я улыбнулась.

— Тогда тебе нечего бояться. Мы вместе навсегда.

— Я бы прожил все заново. — Трэвис вздохнул. — Не отдал бы ни секунды, лишь бы оказаться здесь и сейчас.

Мои веки отяжелели, и я сделала глубокий вдох. Легкие протестовали, все еще не отойдя от дыма. Я кашлянула, но расслабилась, когда теплые губы Трэвиса коснулись моего лба. Он водил рукой по моим влажным волосам, и я слышала, как мерно бьется сердце в его груди.

— Вот оно, — проговорил он.

— Что?

— Мгновение. Когда я наблюдаю за тобой во сне... и вижу умиротворенность на твоем лице. Это оно. После смерти матери все изменилось, но я снова ощущаю это. — Он опять глубоко вздохнул и прижал меня крепче. — В ту секунду, когда мы встретились, я понял: в тебе есть нечто такое, что необходимо мне. Как оказалось, это вовсе не «нечто»... это ты целиком.

Уголки моего рта приподнялись, и я уткнулась лицом Трэвису в грудь.

— Трэв, дело в нас. Все бессмысленно, если мы не вместе. Ты заметил это?

— Заметил? Да я тебе весь год об этом толкую! — поддразнил он. — Это уже факт. Цыпочки, бои, расставания, Паркер, Вегас, даже пожар... Наши отношения способны выдержать что угодно.

Я снова приподняла голову и увидела счастье в глазах Трэвиса. Это напомнило мне о гармонии, читавшейся на его лице, когда я проиграла пари и осталась с ним в квартире, когда впервые призналась в любви, когда взглянула на него утром после Дня святого Валентина. Похожее выражение, но не то же самое. Теперь оно стало постоянным. Осторожность и надежда исчезли из его взгляда, зато появилось безоговорочное доверие.

Я поняла это. Ведь глаза Трэвиса были отражением моих.

— Вегас?.. — сказала я.

Трэвис нахмурился, не совсем понимая мой замысел.

— И что?..

— Ты подумывал вернуться туда?

Его брови взметнулись.

— По-моему, это не слишком хорошая мысль.

— А если мы просто туда на одну ночь?

Он растерянно осмотрелся в темной комнате.

— На одну ночь?

— Женись на мне, — без колебаний сказала я и сама удивилась, как легко это далось.

Лицо Трэвиса расплылось в широкой улыбке.

— Когда?

Я пожала плечами.

— Мы можем купить билеты на завтра. Сейчас весенние каникулы. У меня нет никаких планов, а у тебя?

— Сейчас я разоблачу твой блеф, — потянулся он к телефону. — «Американ эйрлайнс»! — проговорил парень, следя за моей реакцией. — Я бы хотел забронировать два билета до Вегаса. На завтра. Хм... — Он взглянул на меня: не передумала ли. — На два дня. В оба конца. Не важно, какие места.

Я положила подбородок ему на грудь, ожидая, когда он закончит бронировать билеты. Чем дольше Трэвис говорил по телефону, тем шире становилась его улыбка.

— Ага... подождите минутку. — Он указал на свой бумажник. — Гулька, достань мою карточку.

Я радостно вытащила карточку и подала ему.

Трэвис продиктовал оператору номер, время от времени поглядывая на меня.

— Да, мэм, — подтвердил он заказ. — Да, заберем на стойке регистрации. Спасибо.

Парень дал мне свой телефон, я положила его на тумбочку и дождалась, когда Трэвис заговорит.

— Ты только что попросила жениться на тебе, — сказал он, ожидая подвоха.

— Точно.

— Ты ведь понимаешь, все всерьез. Я только что забронировал два билета до Вегаса, на завтрашний полдень. Значит, мы женимся вечером.

— Спасибо.

Трэвис прищурился.

— Когда ты пойдешь в понедельник на занятия, то будешь уже миссис Мэддокс.

— Ой, — сказала я, оглядываясь по сторонам.

Трэвис изогнул брови.

— Передумала?

— На следующей неделе мне нужно разобраться с одним важным докладом.

Трэвис медленно кивнул, настороженно взглянул на меня и с надеждой спросил:

— Так завтра ты выйдешь за меня?

— Ага. — Я улыбнулась.

— Ты серьезно?

— Да.

— Как же я люблю тебя, черт побери! — Он впился мне в губы поцелуем.

— Вспомнишь об этом лет через пятьдесят, когда я по-прежнему буду обставлять тебя в покере. — Я захихикала.

Его лицо сияло торжеством.

— Если это означает шестьдесят или семьдесят лет с тобой, детка... то разрешаю делать все, что угодно.

Я изогнула бровь.

— Ты еще об этом пожалеешь.

— Спорим, что нет?

Я улыбнулась так лукаво, как только смогла.

— Ты настолько уверен, что готов поспорить на свой новенький мотоцикл?

Трэвис тряхнул головой, а дразнящая улыбка сменилась серьезностью.

— Я поставлю что угодно. Гулька, я не жалею ни об одной секунде, проведенной с тобой, и никогда не буду жалеть.

Я протянула руку, Трэвис без промедления сжал ее, поднес к губам и нежно поцеловал. В комнате воцарилась тишина, слышался лишь слабый вздох после поцелуя.

— Эбби Мэддокс... — сказал Трэвис, сияя от счастья при свете луны.

Я прижалась щекой к его обнаженной груди.

— Трэвис и Эбби Мэддокс. Хорошо звучит.

— Кольца!.. — Трэвис нахмурился.

— О них мы позаботимся позже. Я доверяю это тебе.

— Э... — Трэвис замолчал, с подозрением глядя на меня.

— Что? — спросила я, напрягаясь.

— Только не злись, — нервно заерзав, сказал он и крепче сжал меня в объятиях. — Я вроде как... уже позаботился об этом.

— О чем? — спросила я, изгибая шею, чтобы взглянуть ему в глаза.

Он уставился в потолок и вздохнул.

— Ты будешь злиться.

— Трэвис!..

Я нахмурилась, когда он дотянулся до тумбочки и выдвинул ящик.

— Что еще? — Я убрала с лица влажные волосы. — Ты купил презервативы?

— Нет, Гулька. — Он усмехнулся.

Трэвис сдвинул брови на переносице, залез рукой вглубь ящика, нащупал то, что искал, переместил взгляд на меня и извлек из своего тайника бархатную коробочку.

Я опустила глаза, когда Трэвис положил ее себе на грудь и подпер голову рукой.

— Что это? — спросила я.

— Ты хочешь узнать, как оно выглядит?

— Хорошо, спрошу иначе. Когда ты это купил?

Трэвис вздохнул. Коробочка поднялась и опустилась вместе с его грудью.

— Некоторое время назад.

— Трэв...

— Просто увидел однажды и подумал, что оно будет идеально смотреться... на твоем пальчике.

— Когда именно?

— Разве это важно? — Трэвис слегка поморщился, и я не смогла сдержать смех.

— Можно взглянуть? — Я улыбнулась; голова у меня шла кругом.

Трэвис тоже улыбнулся, глядя на коробочку.

— Открой.

Я прикоснулась к ней пальцем, ощутила бархатную поверхность, взялась за золотистый замочек и открыла. Перед глазами сверкнуло, и я захлопнула крышку.

— Трэвис! — вскрикнула я.

— Я знал, что разозлишься! — сказал он, садясь и беря меня за руки.

Я сжала коробочку как гранату, которая вот-вот взорвется, потом закрыла глаза и покачала головой.

— Ты с ума сошел?

— Я знаю, о чем ты думаешь. Но мне пришлось. Это идеальное кольцо. И я оказался прав! С тех пор я не видел подходящих!

Я удивленно посмотрела на Трэвиса и прочла в его карих глазах не тревогу, а гордость. Осторожно убрала ладонь с коробочки, приоткрыла ее и достала кольцо из крошечной прорези. Крупный круглый бриллиант сверкал даже при тусклом свете, ловя лунное сияние каждой гранью.

— Боже мой!.. — прошептала я, когда Трэвис взял мою левую руку. — Оно великолепно!

— Можно надеть? — спросил он, внимательно глядя на меня.

Когда я кивнула, Трэвис поджал губы, надел мне на палец серебристое кольцо и на несколько секунд задержал на нем взгляд.

— Вот теперь оно великолепно.

Мы некоторое время пялились на мою руку, потрясенные таким контрастом — огромный бриллиант на маленьком тонком пальчике. Белое золото было украшено мелкими бриллиантами по обе стороны от большого.

— Ты мог бы сделать двойной взнос за машину, — произнесла я еле слышно, не в силах говорить громче.

Когда Трэвис поднес мою руку к губам, я проследила за ней взглядом.

— Я миллионы раз представлял, как оно будет смотреться на твоей руке. А теперь...

— Что? — с улыбкой спросила я, любуясь его завороженным взглядом.

Трэвис поднял на меня взгляд.

— Думал, мне еще лет пять придется мучиться, прежде чем я смогу испытать такое.

— Я хотела этого не меньше, чем ты, устала притворяться каменной статуей, — сказала я и прижалась губами к его рту.

ЭПИЛОГ

Трэвис сжал мою руку, я затаила дыхание, пытаясь сохранить безмятежность на лице, но все же поморщилась, и хватка любимого тут же стала сильнее. Белый потолок кое-где потемнел от протечек, в остальном комната была безупречной: никакого мусора или разбросанных инструментов, все на своих местах. От этого мне даже стало немного легче. Я приняла решение. Я справлюсь.

— Детка!.. — Трэвис нахмурился.

— Смогу. — Глядя на пятна под потолком, я вздрогнула, когда ощутила прикосновение пальцев, но постаралась не напрягаться.

Когда раздалось жужжание, в глазах у Трэвиса появилась тревога.

— Голубка!.. — снова начал он, но я покачала головой.

— Все хорошо. Я готова.

Я неохотно поднесла телефон к уху. Сейчас начнется! Мало мне мучений...

— Я убью тебя, Эбби Эбернати! — закричала Америка. — Убью!

— Официально я уже Эбби Мэддокс, — улыбнулась я новоиспеченному мужу.

— Это нечестно! — простонала Америка, и вся злость исчезла из ее голоса. — Я должна была стать подружкой невесты! Выбирать с тобой платье, устраивать девичник и нести твой букет!

— Ну да. — Я снова вздрогнула, и улыбка Трэвиса померкла.

— Ты ведь знаешь, что не обязана этого делать, — сказал он, сводя брови.

Свободной рукой я обхватила его пальцы.

— Ну да.

— Ты уже говорила это! — резко сказала Америка.

— Не тебе.

— Нет, ты разговариваешь со мной, — закипела она. — Ты не увильнешь от этого разговора! Я тебе это еще припомню, слышишь? Никогда, никогда не прощу!

— Простишь.

— Ты! Да ты!.. Эбби, да ты просто вредина! Самая ужасная из лучших подруг!

Я засмеялась, заставив дернуться сидящего рядом мужчину.

— Не шевелитесь, миссис Мэддокс.

— Извините, — сказала я.

— Кто это?

— Гриффин.

— Что за Гриффин, черт побери? Дай угадаю! Ты пригласила на свадьбу какого-то незнакомца, а не лучшую подругу? — С каждым вопросом ее голос звучал все пронзительнее.

— Нет, он не ходил на свадьбу, — сказала я терпеливо.

Трэвис вздохнул и нервно поерзал на стуле, сжимая мою руку.

— Я должна это тебе, не забыл? — улыбнулась я ему сквозь боль.

— Извини, но вряд ли я смогу принять такое, — сказал Трэвис взволнованным голосом, после чего ослабил руку, посмотрел на Гриффина и попросил: — Поторопись, пожалуйста.

Тот покачал головой.

— Сам весь в тату и не может пережить нанесение простейшей надписи на тело подружки. Закончу через минуту, приятель.

Трэвис нахмурился.

— Она мне не подружка, а жена.

Америка ахнула, когда до нее дошел смысл нашего разговора.

— Ты делаешь татуировку? Эбби, что с тобой случилось? Отравилась дымом при пожаре?

Я взглянула на черное пятно внизу живота и улыбнулась.

— У Трэва на запястье мое имя...

Когда жужжание возобновилось, я сделала еще один глубокий вдох. Гриффин стер с кожи краску и начал заново.

Я цедила, превозмогая боль:

— Мы женаты. Я тоже хотела что-нибудь в этом духе.

— Не стоило, правда... — Трэвис покачал головой.

— Не начинай. — Я прищурилась. — Мы уже это обсуждали.

— Ты сошла с ума. — Америка хихикнула. — Когда приедешь домой, сдам тебя в психушку. — Ее голос был по-прежнему визгливым, раздраженным.

— А что такого? Мы любим друг друга, прожили вместе почти весь год. Почему бы и нет?

— А то, что тебе всего девятнадцать, дурища! Сбежала и никому ничего не сказала, а меня нет там, с тобой! — закричала подруга.

— Мерик, извини, мне нужно идти. Увидимся завтра, хорошо?

— Не знаю, захочу ли видеть тебя завтра! Вряд ли я вообще пожелаю общаться с Трэвисом! — вредничала она.

— До завтра, Мерик. Я уверена, что ты захочешь увидеть мое кольцо.

— И татушку, — сказала она, вмиг подобрев.

Я сунула Трэвису телефон и переключилась на жжение, за которым следовали сладкие секунды покоя, когда Гриффин стирал краску.

Трэвис положил мой телефон к себе в карман, сжал обеими руками мою кисть и прислонился лбом к моему.

— Ты так же переживал, когда делал себе татуировки? — улыбнулась я при виде его взволнованного лица.

Он вздрогнул, словно ощущал мою боль в тысячу раз сильнее, чем я сама.

— Э... нет. Это другое. Намного хуже.

— Готово! — В голосе Гриффина появилось то же облегчение, что и миг спустя на лице Трэвиса.

Я откинула голову на кушетку.

— Слава богу!

— Слава богу! — Трэвис вздохнул, поглаживая мою руку.

Я обвела взглядом изящные линии на воспаленной коже:

«Миссис Мэддокс».

— Ух ты! — приподнялась я на локтях, чтобы получше разглядеть татушку.

Хмурость на лице Трэвиса сменилась торжеством.

— Она прекрасна.

Гриффин покачал головой.

— Если бы мне доплачивали по доллару за каждого новоиспеченного мужа, который привел сюда свою жену и еле выдержал процедуру... кстати, в отличие от нее, я бы отсюда сбежал ко всем чертям.

— Сколько с меня, умник? — проворчал Трэвис.

— Чек лежит на кассе, — усмехнувшись, сказал Гриффин.

Я обвела взглядом комнату — повсюду блестящий хром, на стенах образцы татуировок. Снова посмотрела на свой живот, где черными изящными буквами красовалась моя новая фамилия. Трэвис наблюдал за мной с нескрываемой гордостью, а потом глянул на свое обручальное кольцо из титана.

— Мы сделали это, детка, — тихо произнес он. — Я все еще не могу поверить, что ты моя жена.

— Придется поверить. — Я улыбнулась.

Он помог мне встать с кушетки, и я постаралась беречь правый бок — двигалась как можно осторожнее, чтобы джинсы не задевали раздраженную кожу. Трэвис достал бумажник, быстро подписал чек и повел меня к такси, ожидавшему нас снаружи. Снова зазвонил мой мобильник, и когда я увидела, что это Америка, то не стала отвечать.

— Теперь так и будет давить на совесть. — Трэвис нахмурился.

— Подуется, пока фотографии не увидит, а через сутки все пройдет.

Трэвис озорно посмотрел на меня.

— Уверена, миссис Мэддокс?

— Ты перестанешь меня так называть? С того момента как мы ушли из часовни, уже раз сто повторил.

Трэвис покачал головой и открыл мне дверцу такси.

— Я перестану тебя так называть, когда наконец поверю, что все это наяву.

— Наяву, не сомневайся, — сказала я, передвигаясь на сиденье, чтобы освободить Трэвису место. — В доказательство у меня есть воспоминания о брачной ночи.

Трэвис прислонился ко мне, провел носом по нежной коже на шее и добрался до уха.

— Это точно.

— Ой! — пискнула я, когда он прижался к моей повязке.

— Вот черт, Гулька, извини.

— Ты прощен. — Я улыбнулась.

В аэропорт мы ехали, держась за руки. Я хихикнула, заметив, что Трэвис без всякого раскаяния смотрит на свое обручальное кольцо. В глазах моего мужа застыла умиротворенность, к чему я уже стала привыкать.

— Когда приедем в квартиру, до меня, наверное, наконец-то дойдет смысл случившегося и я перестану вести себя как придурок.

— Обещаешь? — Я опять улыбнулась.

Трэвис поцеловал мою руку и положил себе на колени.

— Нет.

Я засмеялась и прислонилась головой к его плечу. Такси наконец замедлило ход и остановилось напротив аэропорта. Снова зазвонил мобильник, и на экране появилось имя Америки.

— Просто неугомонная. Дай, поговорю с ней, — сказал Трэвис, дотягиваясь до телефона. — Алло? — Он терпеливо выслушал все вопли, затем улыбнулся. — Потому что я ее муж. Могу отвечать на все адресованные ей звонки. — Он взглянул на меня, открыл дверцу такси и подал руку. — Мы в аэропорту. Почему бы вам с Шепом не забрать нас? Тогда всю дорогу сможешь отчитывать. Да, всю дорогу. Мы прибываем около трех. Хорошо, Мерик, увидимся. — Трэвис вздрогнул от резкого голоса Америки и вернул мне телефон. — Ты не шутила. Она и правда в бешенстве.

Он расплатился с таксистом, перебросил через плечо свою сумку, взял за ручку мой чемодан и покатил его, а свободной рукой нашел мою руку.

— Не верю, что ты позволишь Америке кричать на нас целый час, — сказала я, следуя за ним сквозь дверь-вертушку.

— Ты действительно думаешь, что я разрешу повышать голос на мою жену?

— Я смотрю, ты уже сроднился с этим словом.

— Пора мне признаться. С той секунды, как встретил тебя, я знал, что ты станешь моей женой. Я с нетерпением ждал момента, когда смогу называть тебя так... поэтому теперь буду злоупотреблять этим словом. Привыкай. — Трэвис говорил так непринужденно, словно заранее подготовил речь.

Я засмеялась и сжала его пальцы.

— Я не против.

Он искоса взглянул на меня.

— Правда?

Я кивнула, он притянул меня к себе и поцеловал в щеку.

— Хорошо. Скоро тебя от этого затошнит, но будь снисходительна.

Я последовала за ним по коридорам, вверх по эскалаторам, мимо пунктов досмотра. Когда Трэвис проходил через рамку металлоискателя, раздалось громкое гудение. Охранник попросил моего мужа снять кольцо; ответом была свирепая гримаса.

— Я подержу его, сэр, — сказал охранник. — Это займет всего несколько секунд.

— Я дал ей слово, что никогда не сниму, — сквозь зубы проговорил Трэвис.

Охранник протянул руку. Вокруг его глаз, излучавших терпение и понимание, собрались морщинки.

Трэвис нехотя стянул кольцо, бросил его на ладонь охраннику, прошел через рамку и вздохнул. Он не устроил скандала; представляю, чего ему это стоило. Я обошлась без приключений, заранее сняв кольцо. С лица Трэвиса не сходило напряжение, но, когда нас пропустили, он расслабился.

— Малыш, все в порядке. Оно снова на твоем пальце. — Я хихикнула.

Трэвис поцеловал меня в лоб, притянул к себе, и мы в обнимку прошли в терминал. Я ловила любопытные взгляды прохожих и гадала: неужели так заметно, что мы молодожены? Может, все дело в глупой улыбке Трэвиса, контрастирующей с бритой головой, татуировками и мускулами.

В аэропорте царила суета. Шумели взбудораженные туристы, пищали игровые автоматы, туда-сюда слонялись люди. Я улыбнулась, посмотрев на державшуюся за руки молодую пару. Эти ребята выглядели такими же взволнованными и радостными, как мы с Трэвисом, когда только прилетели. Конечно же, уберутся они отсюда с тем же облегчением и потрясением, что испытали мы.

Листая журнал в ожидании рейса, я легонько погладила дергающееся колено Трэвиса. Его нога замерла, и я улыбнулась, не сводя глаз с фотографий знаменитостей. Муж из-за чего-то переживал, и я ждала, когда он сам расскажет. Знала, что ему нужно время обдумать. Через несколько минут его колено вновь задергалось, но на этот раз остановилось само.

— Голубка!..

— Да?

Через несколько секунд Трэвис вздохнул.

— Ничего.

Время пролетело стремительно. Казалось, мы только присели, как уже прозвучал номер нашего рейса. Мы встали в очередь на посадку. Скоро предъявим билеты и пройдем по длинному коридору к самолету, который доставит нас домой.

Трэвис замешкался.

— Не могу отделаться от этих мыслей, — еле слышно сказал он.

— Ты о чем? Плохое предчувствие? — Я внезапно занервничала.

Трэвис с обеспокоенным видом повернулся ко мне.

Я провела ладонями по мускулистой спине и опустила руки на его талию.

— Из-за этого ты переживаешь?

Он глянул на свою левую руку, где серебристо блестело кольцо.

— Просто не могу отделаться от чувства, что воздушный замок развеется и я снова буду лежать в постели один, мечтая, чтобы ты была рядом.

— Трэв, не знаю, что с тобой делать! Я ради тебя кое-кого отшила, причем дважды, и поехала с тобой в Вегас — тоже дважды. Я побывала в аду и вернулась едва живая, вышла за тебя замуж и заклеймила себя твоим именем. Уже не знаю, как доказать, что я твоя.

На его губах появилась легкая улыбка.

— Мне нравится, когда ты так говоришь.

— Что я твоя? — спросила я и, поднявшись на носочки, поцеловала его в губы. — Я — твоя. Миссис Трэвис Мэддокс. На веки вечные.

Его улыбка исчезла, когда он посмотрел на посадочный выход, а потом на меня.

— Голубка, я же все испорчу. Тебе надоест мой дурной характер.

Я засмеялась.

— Это уже произошло, но я все же вышла за тебя.

— Думал, как только мы поженимся, я перестану переживать, что потеряю тебя. Но кажется, если я сяду на этот самолет...

— Трэвис, я люблю тебя. Полетели домой.

Он сдвинул брови.

— Ты ведь меня не бросишь? Даже когда я буду редкостным болваном?

— Я поклялась перед лицом Господа — и Элвиса, — что не брошу.

Хмурое лицо Трэвиса слегка прояснилось.

— Это ведь навсегда?

Мои губы растянулись в улыбке.

— Тебе станет легче, если мы заключим пари?

Другие пассажиры обходили нас, ловя обрывки нелепого разговора.

По-прежнему ко мне липли любопытные взгляды, но это уже не волновало меня. Я думала лишь о том, что во взгляде Трэвиса вновь воцарилась гармония.

— Что я за муж такой, если буду спорить на собственный брак?

— Глупый, — улыбнулась я. — Разве отец не говорил тебе, что не стоит заключать со мной пари?

— Все-таки хочешь пари? Ты так уверена в этом?

Я обвила руками его шею и улыбнулась.

— До того уверена, милый, что ставлю на кон своего первенца.

СОДЕРЖАНИЕ

Макгвайр Дж.

М 15 Мое прекрасное несчастье : роман / Джейми Макгвайр ; пер. с англ. Ю. Белолапотко. — СПб. : Азбука, Азбука-Аттикус, 2014. — 416 с. — (Сто оттенков любви).

ISBN 978-5-389-04649-8

Красавец, сердцеед, чемпион подпольных боев Трэвис не может пожаловаться на недостаток женского внимания. Но однажды университетскому Казанове встретилась девушка — похоже, та самая, единственная. Загадочная и недоступная Эбби.

Трэвис похвалился при ней, что на ринге мог бы с легкостью одолеть любого соперника, вот только приходится работать на публику — делать вид, будто ты слабее, чем есть на самом деле. Эбби не поверила в его неуязвимость, и тогда было заключено пари: если в очередном поединке он пропустит хоть один удар, то целый месяц будет обходиться без секса, а если выиграет, то Эбби весь месяц проживет в его доме...

УДК 821.111(73)
ББК 84(7Сое)-44

Литературно-художественное издание

ДЖЕЙМИ МАКГВАЙР
МОЕ ПРЕКРАСНОЕ НЕСЧАСТЬЕ

Ответственный редактор Геннадий Корчагин
Редактор Александр Маковцев
Художественный редактор Илья Кучма
Технический редактор Татьяна Раткевич
Компьютерная верстка Ирины Варламовой
Корректоры Маргарита Ахметова, Анна Быстрова

Знак информационной продукции
(Федеральный закон № 436-ФЗ от 29.12.2010 г.): (18+)

Подписано в печать 24.03.2014.
Формат издания 84 × 108 $^1/_{32}$. Печать офсетная. Тираж 3000 экз.
Усл. печ. л. 21,97. Заказ № 8690.

ООО «Издательская Группа „Азбука-Аттикус“» —
обладатель товарного знака АЗБУКА®
119334, г. Москва, 5-й Донской проезд, д. 15, стр. 4

Филиал ООО «Издательская Группа „Азбука-Аттикус“»
в Санкт-Петербурге
191123, г. Санкт-Петербург, наб. Робеспьера, д. 12, лит. А

ЧП «Издательство „Махаон-Украина“»
04073, г. Киев, Московский пр., д. 6 (2-й этаж)

Отпечатано в ООО «Тульская типография»
300600, г. Тула, пр. Ленина, 109

HAOL1130904R

ПО ВОПРОСАМ ПРИОБРЕТЕНИЯ КНИГ ОБРАЩАЙТЕСЬ

В Москве:
ООО «Издательская Группа
„Азбука-Аттикус“»
Тел.: (495) 933-76-00,
факс: (495) 933-76-19
E-mail: sales@atticus-group.ru
info@azbooka-m.ru

В Санкт-Петербурге:
Филиал ООО «Издательская Группа
„Азбука-Аттикус“» в г. Санкт-Петербурге
Тел.: (812) 327-04-55
факс: (812) 327-01-60
E-mail: trade@azbooka.spb.ru
atticus@azbooka.spb.ru

В Киеве:
ЧП «Издательство „Махаон-Украина“»
тел./факс: (044) 490-99-01
E-mail: sale@machaon.kiev.ua

Информация о новинках и планах,
а также условия сотрудничества
на сайтах

www.azbooka.ru
www.atticus-group.ru